南海学人文丛

晚清之际：
诗人心态与诗歌走向

郭蓓　著

中国大百科全书出版社

图书在版编目（CIP）数据

晚清之际：诗人心态与诗歌走向 / 郭蓓著 .
北京：中国大百科全书出版社，2024. -- ISBN 978-7
-5202-1592-3

Ⅰ. I207.209

中国国家版本馆 CIP 数据核字第 2024PC1238 号

出 版 人　刘祚臣
策 划 人　曾　辉
出版统筹　程　园
责任编辑　宋　娴
责任校对　齐　芳
责任印制　李宝丰
封面设计　黄　琛
出版发行　中国大百科全书出版社
地　　址　北京市阜成门北大街 17 号
邮政编码　100037
电　　话　010-88390969
网　　址　www.ecph.com.cn
印　　刷　北京君升印刷有限公司
开　　本　710 毫米 × 1000 毫米　1/16
印　　张　20
字　　数　258 千字
版　　次　2024 年 9 月第 1 版
印　　次　2024 年 9 月第 1 次印刷
书　　号　ISBN 978-7-5202-1592-3
定　　价　88.00 元

本书如有印装质量问题，可与出版社联系调换。

本书由海南师范大学中国语言文学省级 A 类重点学科、中国语言文学一级学科博士点资助出版

目　录

1_　　引　言

5_　　第一章　晚清重大历史事件背景下的诗歌创作与诗人群体

6_　　第一节　晚清重大历史事件与诗歌创作革新

49_　　第二节　晚清重大历史事件背景下的诗人群体

72_　　第二章　鸦片战争中的爱国诗潮

73_　　第一节　鸦片战争爱国诗潮中的诗人心史

81_　　第二节　鸦片战争爱国诗潮中的诗歌走向

95_　　第三章　太平天国运动的诗歌表达

96_　　第一节　诗人笔下的太平天国心史

101_　　第二节　认同机制下的诗歌创作走向

138_　　第四章　洋务运动与诗坛新貌

138_　　第一节　洋务运动中士人的心路历程

147_　　第二节　洋务运动影响下的诗坛新貌

153_　**第五章　诗人笔下的中法战争**

154_　　第一节　中法战争中的诗人心态

164_　　第二节　中法战争中的诗歌走向

183_　**第六章　甲午战争与诗人的忠愤诗魂**

184_　　第一节　诗人对民族心史的描绘

210_　　第二节　甲午战争爱国诗潮中的创作走向

215_　**第七章　维新变法运动的诗性书写**

216_　　第一节　纷繁复杂的戊戌心史

231_　　第二节　维新变法运动中的诗歌走向

241_　**第八章　"庚子"之诗与诗中"庚子"**

242_　　第一节　庚子事变中的诗人心态

252_　　第二节　庚子事变中的诗歌走向

292_　**结　语**

304_　**主要参考文献**

引　言

　　晚清诗歌，产生于社会急剧变化、民族灾难空前深重的历史时期。诞生于此时的诗歌，不仅是记录历史事实、反映诗人心灵史程的重要载体，更在一系列重大历史事件的冲击与影响下发生着诸多新变。

　　在鸦片战争等一系列重大历史事件的影响与刺激下，晚清诗歌无论从主题题材、形制功能，还是艺术手法、风格流变，均产生了重大变化。晚清以来，社会生活的广阔导致了诗歌题材的空前扩大。因历史事件而产生的仇洋御侮、师法西方等全新题材不仅成为了诗歌创作的主流内容，诸如哀怜民苦、忧国自伤等传统题材也在全新的时代背景下生发出了更为丰富的内涵。战争风云的变幻大大激发着诗人们的创作热情，在记录时事、抒发感情的创作需求下，诗人们最大限度地将诗歌体式加以突破、改造，古体诗、乐府诗等传统诗体再次焕发出新的生命力，数量、规模等均远远超过前代的大型组诗应运而生。众多传统的诗歌艺术手法在全新的时代背景下，在诗人追求诗歌审美的过程中，也被灵活运用。此外，晚清诗风之流变也在众多历史事件的影响下，呈现出与历史行迹相符的特征。

　　个人命运始终与时代变化息息相关。晚清诸多重大历史事件不仅彻底改变了众多诗人的命运，而且还空前激发了诗人的创作意识，极大地影响着诗人的创作目的。战祸连连，众多诗人同许多百姓一样，深味家破人亡之悲、流离丧乱之苦。饱经苦楚磨难的诗人不仅把诗歌创作作为宣泄痛愤悲愁的重要方式，更将之作为疗愈创伤、重构身份的重要手段。此外，由于报纸、电报等通信手段的发展，诗人接收信息的速度与数量远胜从前。历次重大事件的巨大影响力吸引了诗人持续且高度的关注，最大限度地激发了诗人的创作意识，形成了几乎无事不入诗的创作风潮。

与许多重大历史事件相伴而生的晚清诗歌还承担着展现诗人心史的重要使命。晚清以来，山飞海立的时代剧变、外侮内乱的接连发生，使得许多诗人的命运发生了巨大的转折，诗人也将自己的经历遭际、所思所感付诸诗笔，细致地描绘着重大历史事件中个体心路历程的变迁。

晚清重大历史事件对诗歌创作、诗人群体的影响又因各个事件的性质、经过、结局和影响力的差异而有所不同。本文在宏观论述晚清重大历史事件对诗歌创作、诗人群体产生影响的基础上，分别以鸦片战争、太平天国运动、洋务运动、中法战争、甲午战争、维新变法运动、庚子事变及其对应的爱国诗潮为对象进行个案研究，具体分析诗人在这七个重大历史事件影响下的心史与诗歌创作的走向。

鸦片战争作为晚清历史沉重的开端，对诗人的冲击之大不言而喻。在战争的影响下，这一时期诗人的心态发生了剧烈转变。战争初期，士人阶层为天朝上国的优越感所蒙蔽，普遍对侵略军不以为意，甚或多有鄙视，惨败后则惊慌失措、悲哭不已。战后，许多志士开始冷静地反思整个战争过程，甚至提出了向西方学习的主张。战争中，清王朝上下的表现与举动亦使诗人认识到其腐朽无能，于是挞伐皇权帝制、肯定百姓力量、思考国家出路的诗作大量出现，大大拓展了这一时期诗歌题材的广度与深度。此外，凄凉悲楚与刚健雄浑并立的诗风、大型组诗的复归也是此间诗歌创作的极大亮点。

　　太平天国运动因其性质的特殊性，其对应的创作诗潮亦颇具特色。由于身份地位、阶级立场、思想观念的差异，这一时期的诗人形成了太平天国阵营、清军阵营以及两大阵营外的诗人群体的创作格局。前两个阵营中的诗人因军政繁忙等原因，诗作数量较少，且多为抒怀之作。两大阵营外的诗人，或亲历战争，或饱经丧乱，以诗笔跟进战争过程的同时，亦书写了在阶级对立状态下诗人挣扎苦痛的复杂心史。这一时期，诗人群体独特的对立形态、同一阵营内诗作高度的相似性等特质共同构成了此间诗坛的新貌。

　　洋务运动作为一场持续时间较长的发生在清王朝内部的自强运动，对诗人造成的影响与冲击远逊于其他重大历史事件，因而诗作数量较少。在为数不多的诗作中，诗人仍如实记录了对西方先进事物由艳羡到学习，再到反思的完整的心路历程。在洋务运动影响下，新意境的产生、音译词的使用成为了这一时期诗歌创作的主要创新之处。

　　爆发于同治中兴余响下的中法战争是晚清时期颇为特殊的历史事件。战争结局的特殊性引发的诗人愤怒的情绪、高昂的斗志、对战争的反思以及对国家出路的思索，构成了这一时期诗人的心史。在难以接受的战争结局等因素的影响下，诗人对意象的运用及空前强烈的情感抒发则是此间诗歌创作发生的显著变化。

　　甲午战争的惨败及《马关条约》的签订给国人造成了空前强烈的精神创伤与思想冲击，于是一个以诗歌记录时事、勾画心史的爱国诗潮迅速形成。这一时期的诗歌除纪实之外，诗人层次丰富的爱国情感与对时局的深刻反思和认知亦深蕴其中，危亡之际中华民族的心灵历程也因此得以展现。而这一时期，组诗形式的创新、诗篇结构的艺术化以及丰富多变的艺术手法，更是晚清诗歌深受重大历史事件影响而发生新变的明证。

　　维新变法运动的惨烈结局引发了诗人阶层的全面震动。在高压的政治环境下，在森然肃杀乃至恐怖的政治氛围下留存的为数不多的诗作，却承载着诗人纷繁复杂的心声。维新变法运动使士人阶层备受打击，诗坛无疑为凄楚悲郁之气所笼罩，但仍有一些诗人，敢于在此世纪交替之际发出激昂的呐喊。对立共存的诗风是这一时期最显著的诗歌创作走向。

在错综复杂的中外矛盾与国内矛盾的双重刺激下，晚清诗坛爆发了最后一次爱国诗潮——庚子事变爱国诗潮。短短数月间，山飞海立的剧变给诗人内心造成的强烈冲击远胜于前番数次重大历史事件。诗人心头积郁的痛楚、焦虑、愤怒、愧疚等情绪喷涌而出，化为内涵丰富的诗篇，构成了一代文人悲壮的心史。这一时期，在诗人迫切的创作需求下出现的对社会图景与众生群相的描绘、诸多大型组诗、凄楚悲凉的诗风以及相似的诗语表达，不仅是庚子事变爱国诗歌的显著特点，而且更多角度地展示了此间诗歌创作的走向。

晚清重大历史事件背景下的诗歌，丰富了中国"诗史"传统，在展现诗人个体心史的同时，谱写了特色鲜明的晚清诗人群体心史，更从题材、诗风、文学样式等方面极大地拓展了晚清文学的内涵。

第一章

晚清重大历史事件背景下的
诗歌创作与诗人群体

晚清以降，古老的华夏帝国一方面遭受外国殖民者的凭陵，一方面封建专制王朝已趋于穷途末路，外患内忧前所未有。晚清诗歌正是在这样急剧动荡的历史背景中，带着时代赋予它的鲜明特色，创造了中国古典诗歌最后的辉煌。

晚清七十年间，西方殖民者的野蛮入侵不断将中华民族推向灾难的深渊，腐朽黑暗的清王朝对内压迫的日益加深则将国人置于更加水深火热的境地。重重灾难接踵而至，激起了国人的愤怒与反抗，更激发了无数志士保家卫国、救亡图存的心愿。"夫诗者，言其志之所之也。志之所之，盈于情，奋于气，而击发于境风识浪奔昏交凑之时世。"①七十年间，从鸦片战争时的懵然震惊到洋务运动的求富自强，从轰轰烈烈的太平天国起义到波澜壮阔的义和团运动，从中法战争的"不败而败"到甲午战后台湾人民奋然保卫领土的斗争，从探索国家出路的戊戌变法到预

---

① 钱谦益：《爱琴馆评选诗慰序》，见钱谦益著，钱仲联标校：《牧斋有学集》（中），上海：上海古籍出版社，1996 年，第 713 页。

备立宪……诗人们在动荡剧变的时代中，"穷尽其短长高下抑抗清浊吐含曲直乐淫怨诽之极致"[①]，撰构了无数从题材内容到艺术手法皆颇具新意的诗篇，由此书写了一部时代特色鲜明、以爱国精神为核心、艺术形式匠心独运的晚清诗史。

第一节　晚清重大历史事件与诗歌创作革新

晚清以来，内乱迭起，外患频仍。种种时代因素迫使清代诗歌脱离了其自身发展运行的轨道，新的历史背景造就了其独特的嬗变轨迹，诗歌的每一个内部构成因子无不因受到强大的外部冲击而激变。因此，晚清诗歌无论从主题题材、艺术手法，还是诗歌形制、诗风流变，无一不裹挟着浓烈的时代气息，发生着巨大的变化。

一、主题与题材的扩大

鸦片战争以来，本就腐朽的清王朝在侵略者坚船利炮的攻击下，门破锁落，败绩连连。先进的海洋文明为古老的华夏帝国带来的，是天摇地撼、日月变色的剧变，是炮声隆隆、枪声尖利的侵略与窥伺，是腥风血雨、狼子野心的屠杀与掠夺，是前仆后继、勇往直前的奋起与反抗，是痛定思痛、穷则思变的学习与探索。在深沉晦暗的时代背景下，诗人走出了自己的小天地，减却了吟风弄月、抒写私怀的安乐与闲适，暂歇了应和酬唱、歌功颂圣的无聊与空虚，不得不注目于满目疮痍的九州大

---

① 钱谦益：《爱琴馆评选诗慰序》，见钱谦益著，钱仲联标校：《牧斋有学集》（中），上海：上海古籍出版社，1996年，第713页。

地，不得不痛切思虑国家的前途与民族的命运。凡此种种，皆成为晚清诗歌新的关怀对象，诗歌的主题与题材得到前所未有的扩充。

（一）仇洋御侮，主战拒和

晚清以来，清王朝始终处于敌强我弱、被动挨打的战争局面。面对远渡重洋、非我族类，且将我泱泱大国及其子民当作侵略与残害对象的侵略者，素有强烈的天朝上国优越感的诗人骤然陷入了心理失重之境，迸发出前所未有的民族情感。需要注意的是，在新的历史背景下，古老的"华夷之辨"已失去了其现实意义。"夷"成为晚清前期侵略者的代称，后来逐渐演变为"洋"，而"华"则包含了所有抗击侵略的国人。

面对穷凶极恶的侵略者，面对一次更甚一次的侵略，仇洋御侮始终是贯穿整个晚清诗歌的一条主线。鸦片战争后，凡侵略军所至之地，百姓无不哀鸿遍野，惨遭荼毒。在广东，战后的城镇"化日光天成鬼域"[①]"亲朋无处问行踪"[②]；在舟山，死难的百姓"乱尸如败叶，飘过吉祥门"[③]；在战后的镇江，由于积尸遍地，无奈之下，"儿郎漫把棺材验，冒认他尸做父魂"。[④] 侵略军过境时，许多诗人也同百姓一样仓皇出逃，深味家破人亡、颠沛流离之苦，切肤之痛使其饱含血泪的诗作成为他们对侵略军最直接的仇恨与控诉。张际亮在其诗作中写道，侵略军每

---

①　无名氏：《广东纪事新诗十二首》，见阿英编：《鸦片战争文学集》（上），北京：古籍出版社，1957年，第209页。

②　无名氏：《广东纪事新诗十二首》，见阿英编：《鸦片战争文学集》（上），北京：古籍出版社，1957年，第208—209页。

③　姚燮：《闻定海城陷五章》，见姚燮著，路伟等编集：《姚燮集》第3册，杭州：浙江古籍出版社，2013年，第622—623页。

④　无名氏：《京口夷乱竹枝词》，见阿英编：《鸦片战争文学集》（上），北京：古籍出版社，1957年，第224页。

下一城后则"淫掠可怜遍童妇"[1]，"残尸满地无人识"[2]之景更是屡见不鲜。百姓但凡听到"红毛"要来的消息，无论男女老少，皆哭天抢地，四散奔逃。张际亮《后宁波哀》对此详细记录道："居者闻此言，仓皇弃楼台。行者闻此言，奔走起尘埃。妇孺闻此言，哭泣沿江涯。舟子闻此言，故向中流开。千钱至万钱，百唤始一回。船中男女杂，项背相挤排。箱箧任倒置，啼笑纷婴孩。"[3]这一幕幕触目惊心的场景，无疑激起了诗人仇恨的怒火，如周沐润《沪渎佐幕》写道：

> 热血喷肝膈，笔舌杀鬼虏。正直如张易，海神不敢侮。
> 惜哉未知兵，空触刑天舞。不杀士不勇，不杀国不武。吾言岂
> 狂谬，天地须一怒。[4]

又如林昌彝《杞忧》：

> 但使苍天生有眼，终教白鬼死无皮。弯弓我慕西门豹，
> 射汝河氛救万甿！[5]

诗中饱含着对侵略者不杀不快的仇视情绪。

---

① 张际亮：《镇海哀》，见张际亮著，王飚校点：《思伯子堂诗文集》（下），上海：上海古籍出版社，2007年，第1181—1182页。

② 张际亮：《定海哀》，见张际亮著，王飚校点：《思伯子堂诗文集》（下），上海：上海古籍出版社，2007年，第1181页。

③ 张际亮著，王飚校点：《思伯子堂诗文集》（下），上海：上海古籍出版社，2007年，第1182页。

④ 《清代诗文集汇编》编纂委员会编：《清代诗文集汇编》第638册，上海：上海古籍出版社，2010年，第145页。

⑤ 林昌彝著，王镇远等校点：《林昌彝诗文集》，上海：上海古籍出版社，2012年，第141页。

巡检晚清前期诗人描绘侵略者的诗歌，对于无比痛恨之流，诗人多以"夷""寇""蛮""鬼""贼""红毛"等蔑称述之，对其侵略野心多以"狼贪"形容，对其嚣张气焰则多以"蛮氛""妖氛"概括。这些言辞，一方面体现出诗人对罪行罄竹难书的侵略者的强烈义愤与极端仇视，另一方面则体现出中华士民对非我族类者的强烈排斥，诗人正是以这种族类歧视的偏狭心态来维护自己受辱的民族尊严。

此后，国难日深，国人对于侵略者的仇视在庚子事变时期达到了顶峰，义和团拳民尤甚。龙顾山人郭则沄记录道：

> 杨黄近侍尽英雄，要使蛮夸拜下风。梦蹋鲸涛飞杀贼，晓来十指血花红。
>
> 拳众之黠者，自谓有杨宗保、黄霸天、高君保等充其近侍，人莫之见。每凌晨睡起辄曰，夜踏海至西洲，杀毛子若干，指手间血迹为证。①

义和团拳众固有其愚昧之处，但其所作所为中体现出的对洋人的仇视与痛恨，是十分强烈的。此外，庚子事变中，义和团拳民为抵御外侮所做的斗争，亦不容忽视。当时，除义和团拳民自发的灭洋斗争外，朝廷亦对其行为进行着刻意引导：

> 九门颁示勖同仇，鹣鲽衡量赏不侔。咄咄吟中论故事，几曾研尽月支头。
>
> 时义和团统率庄王载勋出示募能杀洋人者，杀一男夷赏

---

① 龙顾山人：《庚子诗鉴》，见中国社会科学院近代史研究所编：《义和团史料》（上），北京：中国社会科学出版社，1982年，第34页。

银五十两，女夷四十两，稚夷二十两。①

官方以如此形式鼓励灭洋，足见清末之时，朝廷数十年间遭洋人屡屡侵略而积攒的仇恨之深。义和团拳民对洋人的仇恨还延及一切西洋事物：

> 药店朝来起火鸦，飞烟突卷箭楼斜。银房宝市繁华界，焦土凄凉剩几家。
>
> 是岁五月之初，拳众检索都市，至大栅栏老德记药房，谓是中有洋货，即纵火焚之，烈日炎风，凉棚栉比，火势蔓延不已。拳中曰：此天火也！②

拳民肆意纵火的暴行自有其愚昧之处，但追根究底，这些极端行为也是晚清以来底层百姓长期惨遭侵略者屠戮、欺压的反击。

面对丧心病狂的侵略者，自鸦片战争时期起，主战拒和始终是士人阶层的主流心态，众多诗人也纷纷赋诗以表雄心壮志。如林则徐写道："元老忧时鬓已霜，吾衰亦感发苍苍。余生岂惜投豺虎，群策当思制犬羊。"③诗人白发苍苍但壮心不已的形象跃然纸上。身处西北关塞时，林则徐主战御侮之情不但丝毫未减，反而愈发强烈："小丑跳梁谁殄灭，

---

① 龙顾山人：《庚子诗鉴》，见中国社会科学院近代史研究所编：《义和团史料》（上），北京：中国社会科学出版社，1982年，第41—42页。

② 龙顾山人：《庚子诗鉴》，见中国社会科学院近代史研究所编：《义和团史料》（上），北京：中国社会科学出版社，1982年，第43页。

③ 林则徐：《壬寅二月祥符河复，仍由河干遣戍伊犁，蒲城相国涕泣为别，愧无以慰其意，呈诗二首》，见林则徐著，《林则徐全集》编辑委员会编：《林则徐全集·诗词卷》，福州：海峡文艺出版社，2002年，第205页。

中原揽辔望澄清。关山万里残宵梦，犹听江东战鼓声。"①对于朝廷或权臣主动乞和的行径，诗人则毫不留情地予以挞伐。鸦片战争后，魏源针对主动乞和的权臣，曾赋诗多篇刺之，如《寰海后》其九：

　　曾闻兵革话承平，几见承平话战争。鹤尽羽书风尽檄，儿谈海国婢谈兵。

　　梦中疏草苍生泪，诗里莺花稗史情。官匪拾遗休学杜，徒惊绛灌汉公卿。②

风声鹤唳，国难当头，国中儿女人人高度关注战事，更有甚者在梦中都有净谏之举。尾联中，诗人却笔锋突转，建议士人不要流露出爱国之情，因为朝中"绛灌"之流对此终究无动于衷。诗人前三联将感情铺叙至极致，尾联笔锋突转，将国人与朝中和戎之人形成鲜明对比，给读者心理造成陡然失重之感，在增强诗歌抒情效果的同时，讽刺之意更深。

李鸿章作为晚清时期的关键人物，屡次参与了不平等条约的签订。对于主战的士人来说，李鸿章无异于卖国贼，因此不少诗人将批判的矛头对准了他。如张罗澄《感事》：

　　南关旧恨积难平，又听东隅战马声。谁铸九州成大错？忍教万里坏长城。

　　延陵仗剑前锋挫，越石投戈一枕横。漫怪相公颜独厚，

　　① 林则徐：《子茂簿君自兰泉送余至凉州，且赋七律四章赠行，次韵奉答》，见林则徐著，《林则徐全集》编辑委员会编：《林则徐全集·诗词卷》，福州：海峡文艺出版社，2002年，第214页。
　　② 中华书局编辑部编：《魏源集》，北京：中华书局，2018年，第784页。

创深痛钜苦寻盟。①

甲午战后，李鸿章赴日谈判时遇刺，子弹伤及面部。诗人对其受伤后依然坚持议和之举反语讥讽，挖苦甚深，足见内心之愤恨。

庚子事变时，诗人对朝廷主动向洋人示好之举亦多有批判。龙顾山人《庚子诗鉴》中对此记录颇多：

> 百道梯冲俯薰街，纷纷国瘥恣崖柴。摩空一语开汤网，不独茶瓜谊可怀。
>
> 董福祥奉命攻使馆，初尚秉荣文忠指挥，荣教以向空发枪，使宫中闻之可矣。福祥如其教，故使馆始终未下。西人之被围者，亦谓华军发弹太高，不能命中，是可互证。其时屡有诏保护外使，又频以瓜果馈使团，皆荣阴主之，留为议和地也。②

> 笳声迢递白旗飘，书版横陈玉带桥。保使似闻宣尺诏，当关不用霍嫖姚。
>
> 《庚子使馆被围记》云，鏖战历月余之久，忽枪声渐稀，鸣笳四起，围攻者渐皆引去。一人手执休战白旗，擎木板置西偏桥上，大书云："奉上谕保护使馆，即刻停止攻击，将有照会。"③

---

① 阿英编：《甲午中日战争文学集》，北京：中华书局，1958年，第100页。
② 中国社会科学院近代史研究所编：《义和团史料》（上），北京：中国社会科学出版社，1982年，第41页。
③ 中国社会科学院近代史研究所编：《义和团史料》（上），北京：中国社会科学出版社，1982年，第52页。

庚子事变时，军民攻打各国使馆日久，胜利在望。可朝廷却在此关键之时派人为被围困的洋人送去瓜果，献媚讨好，继而直接下令停战，极大地挫伤了本国军民抗敌御侮的积极性。这两首诗中，诗人皆是以洋人的口吻叙述朝廷的求和之举。前者中诗人认为，洋人不仅要感谢朝廷送来瓜果，更要感谢朝廷网开一面之恩；后者中诗人写道，朝廷下令停止攻击，使馆中的洋人化险为夷，无须再费心自保。如此反讽，足见诗人痛恨之深。

（二）旌表英烈，指斥哀怯

晚清历次反侵略斗争中，中华民族涌现出了无数保家卫国不惜身死的民族英雄。从鸦片战争时的陈连升父子、关天培、陈化成、朱贵等，到中法战争时期的冯子材、刘永福，再到甲午战争中的邓世昌，这些人无不以实际行动昭彰着不屈的国魂。其英名与功绩亦为诗人所铭记，化为众多激荡人心的诗篇，传诵至今。

鸦片战争中，张维屏听闻陈连升父子、葛云飞、陈化成的英雄事迹后，慨然作《三将军歌》旌表其事。诗曰：

> 三将军，一姓葛，两姓陈，捐躯报国皆忠臣。英夷犯粤寇氛恶，将军捧檄守沙角。奋前杀敌敌稍却，公奋无如兵力弱。敌人蜂拥向公扑，短兵相接乱刀落。乱刀斫公肢体分，公体虽分神则完。公子救父死阵前，父子两世忠孝全。陈将军，有贤子；葛将军，有贤母。子随父死不顾身，母闻子死数点首。夷犯定海公守城，手轰巨炮烧夷兵。夷兵入城公步战，枪洞公胸刀劈面。一目劈去斗愈健，面血淋漓敌惊叹。夜深雨止残月明，见公一目犹怒瞪。尸如铁立僵不倒，负公尸归有徐保。陈将军，福建人，自少追随李忠毅，身经百战忘辛勤。英

夷犯上海，公守西炮台，以炮击夷兵，夷兵多份摧。公方血战至日盰，东炮台兵忽奔散。公势既孤敌愈悍，公口喷血身殉难。十日得尸色不变，千秋祠庙吴人建。我闻人言为此诗，言非一人同一辞。死夷事者不止此，阙所不知诗亦史。承平武备皆具文，勇怯真伪临阵分。天生忠勇超人群，将才孰谓今无人？君不见，二陈一葛三将军。①

陈连升在敌强我弱的情况下，依然奋勇杀敌，最后死于敌人乱刀之下，其子亦阵亡。葛云飞在定海之战中，拼死守城，身受枪伤、刀伤，鲜血淋漓，至死依然保持着战斗状态，令敌人大为震惊。陈化成则在兵勇逃散的情况下，坚守炮台，不幸罹难。此诗在极短的篇幅内，言简意赅地描绘了三位将军战斗至牺牲的全过程，可谓气势雄壮、震人心魄之作。诗末，诗人以超卓的见识将全诗的情感推向了高潮。诗人认为，所谓将才，只有战场上才可分辨，现如今也并非没有将才。言下之意，三人远胜奔逃的哀兵怯将。在隐含的比较中，三人的英雄形象得到了进一步升华。更可贵的是，诗人认为战争中死难的英勇将士无数，为之赋诗亦是著史，彰显了诗人在宏大的历史背景下新的创作观念。

庚子事变中牺牲的聂士成，遭人诬陷，许多诗人亦为之鸣不平。吴鲁《百哀诗》中写道：

胡骑纵横陷八沟，羽书入告至尊忧。危星竟中飞枪陨，警电遥传急火流。

独旅无援空感喟，前愆追咎太苛求。昭昭功罪非难定，

---

① 张维屏著，关步勋等标点：《张南山全集》（三），广州：广东高等教育出版社，1994年，第150—151页。

究与偷生胜一筹。

聂士成殉难，虽奉谕旨照提督例赐恤，有咎其部下暗通洋人者，有咎其练兵多年，不堪一战者。夫部下既暗通洋人，何以主帅死于洋人？此不待辨而明也。……政府袒护私人，变乱黑白，大局安得不坏？可叹，可叹！　①

大沽炮台失守后，聂士成奉命率军攻打天津租界。八里台血战中，聂士成两腿中弹后，依然坚持战斗，后被敌枪击中腹部，最后胸膛中弹，壮烈殉国。聂士成死后，生者依然对其百般诬陷与非议，直令诗人感叹"偷生胜一筹"。朝中是非不辨，黑白不分，诗人心中充溢着不平、悲愤与惋惜。

回顾历代爱国诗歌中被歌颂的英雄人物，多为汉武唐宗、霍去病等英主名臣，底层百姓多以遭受战祸的受害者或渴望英雄人物解救自身于水火的形象出现于诗歌中。但时至晚清，自三元里义民自发地举起抗敌御侮的第一杆大旗后，如此众志成城保家卫国的底层百姓、下层士卒也作为爱国英雄被众多诗人屡屡歌颂。

鸦片战争爆发后，英国侵略军进攻宁波时，遭到了义民乡勇、底层士卒的顽强抵抗，贝青乔赋《军中杂诔诗》记之曰：

几个将军肯断头？英风独不负兜鍪。突锋冒炊捐躯易，难在靴刀奋一抽。

大兵进剿时，江上募水勇，备火攻船为声援，距宁城十

---

① 吴鲁：《统带武卫前军提督聂士成在天津八沟殉难》，见吴鲁：《百哀诗》，北京：北京古籍出版社，1990 年，第 37 页。

余里，火已发，英夷惊起，驾炮来扑，死者数十人。①

　　陡见鸦群健鹘来，紫薇街上势喧豗。一枪风卷梨花急，
洞胁犹能殪贼魁。
　　扬州捕役杨泳，率其子弟二十人应募来营，皆善拳勇，
得少林宗派者也。进兵时，先令伏入宁城为内应，后大兵外
溃，巷战，死者过半焉。②

　　奋袖高提博浪椎，暗中飞击胜交绥。伫听霹雳冲车响，
可惜多鱼早漏师。
　　乡勇头目谢宝树，河南人。攻贼镇海招宝山，受重伤，同
伴负归骆驼桥前营，创裂而死，临绝犹以我军胜败为问也。③

　　"几个将军肯断头"，诗人以反问的口吻将给予敌军沉重打击的义民
与贪生怕死身处高位的将军相比，足见诗人对义民的赞扬。无论是视死
如归的水勇，还是率人埋伏参与巷战的杨泳，抑或是临死犹关心胜败的
谢宝树，作为千千万万义民的代表，在诗人心中他们都是值得不吝笔墨
去歌颂、记录的英雄。同样，中法战争中，黄遵宪《冯将军歌》中记录
的"奋梃大呼从如云，同拼一死随将军。将军报国期死君，我辈忍辜将
军恩。……从而往者五千人，五千人马排墙进"④的义民，也受到了黄
遵宪的赞扬。
　　屡屡赋诗称颂英勇斗争的百姓，不仅扩充了晚清诗歌的题材，更足

---

①　贝青乔著，马卫中等点校：《贝青乔集》，上海：上海古籍出版社，2013 年，第 30 页。
②　贝青乔著，马卫中等点校：《贝青乔集》，上海：上海古籍出版社，2013 年，第 30—31 页。
③　贝青乔著，马卫中等点校：《贝青乔集》，上海：上海古籍出版社，2013 年，第 31 页。
④　陈铮主编：《黄遵宪集》（一），北京：中华书局，2019 年，第 171—172 页。

以证明在诗人心目中，百姓已成为爱国斗争中不可忽视的重要力量。与捐躯赴国难的英烈形成鲜明对比的，则是备受诗人挞伐的哀兵怯将。鸦片战争中，宁波遭到英国侵略军猛烈的进攻，然而守城的军队却"寇未来时已无色。寇来弃甲杂民奔，长官先不知何适。传闻大臣耽，又闻将军逃"[1]。愤恨之下，诗人高呼"我皇之仁如天高，嗟汝士民曷不忍死凭城濠。主客众寡势所操，巷战犹足歼其曹"[2]，对城中守军士民不做任何抵抗的行径予以强烈谴责。诗人途经奉化县时，逃兵的所作所为更令诗人气愤不已：

　　我昨至奉化，惟见负贩人。今朝宁波返，逃兵一何纷。怒气索饮食，乍笑旋吟呻。怪其疴楚意，视无损伤痕。不敢与久坐，窃听何所云。共言主帅刻，买酒方无钱。又言红毛巧，炮火必着身。先走或不死，不死由鬼神。旁友本营将，曳履欹冠巾。仰视故咄咤，侧睨皆逡巡。佩刀割大肉，醉饱卧向天。乌呼用此辈，安能张我军？[3]

宁波城内的守军，平日只知纵酒享乐，大敌当前时贪生怕死，逃跑时惟恐落于人后。更可气的是，他们出逃后竟对百姓欺凌勒索，直令诗人感叹以此辈御敌，无怪军威难张。更令诗人痛恨的，则是将领的失职。鸦片战争爆发后，贝青乔投笔从戎，入扬威将军奕经幕，以期经世

---

　　① 张际亮：《宁波哀》，见张际亮著，王飚校点：《思伯子堂诗文集》，上海：上海古籍出版社，2007年，第1182页。

　　② 张际亮：《宁波哀》，见张际亮著，王飚校点：《思伯子堂诗文集》，上海：上海古籍出版社，2007年，第1182页。

　　③ 张际亮：《奉化县》，见张际亮著，王飚校点：《思伯子堂诗文集》，上海：上海古籍出版社，2007年，第1183页。

报国。然入幕后，军中种种乱象令其颇为痛心，故作《咄咄吟》以记之，其中记录将领昏庸享乐、怯惧避敌之诗，俯拾皆是：

> 梁溪水阵结如环，幕府风清羽檄间。十斛香螺千尺绢，朝朝挥洒米家山。[1]

> 模出香泥美且鬈，居然阿堵有神传。若教画上麒麟阁，压倒貂蝉几辈贤。[2]

> 春风满座醉嘈嘈，一掷何妨百万豪？恰喜羽书中夜静，蜡灯酣赌好分曹。[3]

> 铙歌仿佛起江津，画舫中添满座春。唱罢梨园新乐府，芙蓉湖上月如银。[4]

奕经雅好丹青，尤善米家山水，在军中时不以军务为要，反而时时作画，以享清闲。此外，奕经还将苏州善捏泥塑小像的百姓召入军中，带领随员各试其技，成日享乐。不仅如此，奕经麾下参赞、侍卫、幕僚诸人，常彻夜赌博、狎妓，耽于丝竹，败坏军纪，令诗人痛恨不已。庚子事变中，清廷之哀兵怯将与鸦片战争时相比，有过之而无不及：

> 入市残兵似虎骄，西师未至且逍遥。累累攫得谁家物，

---

[1] 贝青乔著，马卫中等点校：《贝青乔集》，上海：上海古籍出版社，2013年，第275页。

[2] 贝青乔著，马卫中等点校：《贝青乔集》，上海：上海古籍出版社，2013年，第275页。

[3] 贝青乔著，马卫中等点校：《贝青乔集》，上海：上海古籍出版社，2013年，第275页。

[4] 贝青乔著，马卫中等点校：《贝青乔集》，上海：上海古籍出版社，2013年，第275页。

卖向街头插草标。①

专阃无才一叹同，斗蛇坐视笑元戎。末途剩有迎降策，
却逞妖书惑圣聪。②

第一首诗描绘了溃败的清军入城后，依然耀武扬威，屡屡掠夺民财
甚至出卖以换取钱财的无耻行径；第二首诗则记录了吉林将军长顺无视
侵略者暴行，反而请义和团拳众作法，以期御敌的愚昧之举。诗人对哀
兵怯将的句句指斥、字字声讨，无一不是在国难时诗人发出的振聋发聩
的呐喊，无一不彰显着诗人对腐朽王朝的痛恨与失望。

（三）注目西方，穷变自强

晚清以来，伴随着历次侵略战争和洋务运动，西方先进的物质文明
成果大量涌入。国难日深之时，先进的科技成果不仅令士民耳目一新，
进步的士人还选择进一步了解西方的政治制度等，以期借鉴自强。因
此，对西方文明的描绘，改革积弊、振兴自强的心愿的抒发，便成了晚
清诗歌的又一重要题材。

洋务运动开展后，电报、轮船、火车等极大地便利了士民的生活，
许多诗人亦以之入诗，撰构了许多彰显时代气息的诗篇。如黄遵宪《今
别离》中对电报之便利的称赏："朝寄平安语，暮寄相思字。驰书迅已
极，云是君所寄。"③一些走出国门、游历西方的士人亦将其所见的新鲜

---

① 龙顾山人：《庚子诗鉴》，见中国社会科学院近代史研究所编：《义和团史料》（上），北京：
中国社会科学出版社，1982 年，第 147 页。

② 龙顾山人：《庚子诗鉴》，见中国社会科学院近代史研究所编：《义和团史料》（上），北京：
中国社会科学出版社，1982 年，第 142 页。

③ 陈铮主编：《黄遵宪集》（一），北京：中华书局，2019 年，第 189 页。

事物付诸笔端，撰构了许多饱含新意的诗篇。如斌椿对水法的描绘：

> 水法奇观天下罕，园中掘地埋铜管。机括激成十丈高，
> 冷气飕飗庭院满。
> 千寻瀑布悬寒涛，百道飞泉珠乱跳。别苑离宫三十六，
> 晚凉处处不须招。[1]

俄国壮观的喷泉令诗人颇感新奇，它送来的阵阵清凉亦令诗人舒畅惬意，诗语中满载着欣羡与喜爱。游历的经历，亦使斌椿亲身验证了许多科学知识，改变了此前愚昧的认知：

> 卫公来京师，赠我《联邦志》（美国使臣卫廉士，驻北京
> 六年，前载赠予《联邦志略》，所言疆域政事甚详）。才士丁韪
> 良，著书讲文艺（美国文士丁韪良，学问甚优，以所著《地球
> 说略》等书见惠）。初如井底蛙，开编犹愦愦。书云地形方，
> 主静明其义；岂知地球圆，昼夜如斯逝。算法推太西，精巧运
> 神智。远近窥天文，行星推度细。火轮创舟车，制器洵奇异。
> 窥象辨高卑，蠡测得其意。我今游四海，三分曾历二。行踪已
> 过半，即可悟全例。所惜居地中，星躔徒仰起。会当凌虚空，
> 目击人间世。抟扶九万里，乾坤胥定位。[2]

---

[1] 斌椿：《行馆水法共三十一处，每处有水管百余，高十五六丈，如玉柱然》，见斌椿：《海国胜游草》，长沙：岳麓书社，2008年，第176—177页。

[2] 斌椿：《过伯尔灵、比利时各国都，晤美理驾使臣，言其国地形与中土相对；此正午，彼正子也，与〈联邦志略〉诸书相符》，见斌椿：《海国胜游草》，长沙：岳麓书社，2008年，第181页。

游历西方的经历，使诗人验证了此前从书中获取的诸多看似不可思议的天文、地理知识，更激发了其强烈的求知欲。以积极开放的心态学习、接受科学知识，广泛接触西方文化，对于传统的封建文人来讲确非易事。

针对巨大的中西差异，晚清许多进步士人提出过许多振衰起敝、谋求自强的建议，陈季同则以晚清以来中西互遣使者游历一事入手，表达了自己的看法：

> 吾华昔派人游历，五大部洲多足迹。金钱浪费成效无，未见归来能树立。分投各省去为官，豸衮章身鹤顶冠。名利兼收良有以，国家强弱卿何干？……相沿积习误因循，强邻遂笑秦无人。海东之役是明验，朝朝洗面泪痕新。西人游历求实事，不徒奔走空来去。周咨博访求通商，至再至三至于屡。归装满载汪洋间，珍馐物产无等闲。以我有余补不足，西人长技在他山。方今国用处奇绌，成败攸关在一决。励精图治能自强，姑息苟安知必绝。①

与游历时注重实务的西方人不同，清廷派出游历西洋的士人大多不以强国富民为意，多为毫无作为、追名逐利之流，诗人无奈诘问道："往来如织争游历，孰为中华讲自强？"②诗人认为，甲午战争已给予我国血的教训，如今若再不励精图治，仍姑息苟安，必将自取灭亡。与以往相较，晚清时期进步士人多从军事、政治制度、文化教育等方面出发，

---

①　陈季同：《见洋人游历有慨》，见陈季同著，沈岩校注：《清代陈季同〈学贾吟〉手稿校注》，北京：国家图书馆出版社，2011年，第127—128页。
②　陈季同：《申家坡遇游历法国人三名同行戴巨二君与之相见甚欢》，见陈季同著，沈岩校注：《清代陈季同〈学贾吟〉手稿校注》，北京：国家图书馆出版社，2011年，第127页。

提出改良建议，陈季同以游历之事入手，视角堪称新颖。

（四）哀怜民苦，忧国自伤

晚清时期，兵连祸结，国势阽危，天灾不断，百姓几乎无一日不在生死线上徘徊挣扎。素有民胞物与情怀的传统文人亦对无辜百姓的悲惨遭遇给予了高度的关注与极大的同情。庚子一役，百姓所受锋镝之苦堪称晚清之最。最令诗人痛心的，莫过于无数百姓惨遭屠戮：

> 村墟鸡犬荫桑麻，幻化都成劫后沙。抄蔓岂徒夷十族，白沟河畔万千家。[1]

白沟河地处水陆要冲，经济繁荣，有居民数万家。只因义和团首领张德成家住于此，侵略军便对此地进行了惨无人道的屠城之举。屠杀之外，侵略军大肆奸淫掳掠，亦令百姓苦不堪言：

> 斗酒输将敢告疲，闭门翻惹海鸥疑。避兵漫倚平安帖，笒凤鞭鸾又一时。[2]

洋兵过境时，屡屡入民家奸淫掳掠。遇开门者多不入，若遇关门者必强行闯入。饱受侵扰的百姓忧惧难安，惶惶不可终日。侥幸存活的百姓，其生存状态亦令诗人悲楚万分：

---

① 龙顾山人：《庚子诗鉴》，见中国社会科学院近代史研究所编：《义和团史料》（上），北京：中国社会科学出版社，1982年，第105页。

② 龙顾山人：《庚子诗鉴》，见中国社会科学院近代史研究所编：《义和团史料》（上），北京：中国社会科学出版社，1982年，第105页。

> 憔悴鹑衣伏水门，哀鸿无语阵云昏。忍饥剩有凄惶泪，手拾残禽带血吞。[1]

　　侥幸存活的难民扶老携幼逃难时，却发现无路可逃。无奈之下，唯有忍饥待死。一旦发现有死去的飞禽走兽，则带血生吞。

　　朝不保夕的百姓除承受着侵略军惨无人道的摧残外，还遭受着清政府残酷的压榨与剥削。郑珍《南乡哀》则讲述了严酷的盘剥下民不聊生之状：

> 提军驻省科军粮，县令鼓行下南乡。两营虎贲二千士，迫胁富民莫遥指。计口留谷余助官，计资纳金三日完。汝敢我违发尔屋，汝敢我叛灭尔族。旬日坐致银五万，秤计钗钿斗量钏。呜呼！南乡之民苦诉天，提军但闻得七千。[2]

　　朝廷为征集军粮，竟不惜调动数千人的军队下乡。官军淫威之下，短短数日内，百姓不得已交出了赖以生存的余粮外，还被迫上交了大量首饰钱财。征收钱粮时，提军中饱私囊之举激起了百姓强烈的愤怒。南乡百姓无处诉苦，只能向天悲号。

　　多难的晚清令诗人心中充满着国祸家难之悲、精神创忆之痛。诗人处在时代的洪流中，个人升沉遭际亦与国家前途、民族命运息息相关。种种心绪交织，催生了晚清诗歌的又一重要题材——忧国自伤。

　　鸦片战争后，林则徐获罪西行。但其以天下为己任的士人担当并

---

[1]　龙顾山人：《庚子诗鉴》，见中国社会科学院近代史研究所编：《义和团史料》（上），北京：中国社会科学出版社，1982年，第55页。

[2]　郑珍著，黄万机等校点：《巢经巢诗文集》，上海：上海古籍出版社，2016年，第274页。

未因此消减分毫，他反而更加密切地关注着战事与国势。他在西行途中写道：

> 我无长策靖蛮氛，愧说楼船练水军。闻道狼贪今渐戢，
> 须防蚕食念犹纷。①

作为鞠躬尽瘁的老臣，在垂暮之年获罪西行的途中依然心系社稷，为自己于国无功而深感惭愧，其深切的爱国之情至今仍令人动容。

《马关条约》签订后，陈季同与丘逢甲合议，设立"台湾民主国"，但保台义举终告失败。面对金瓯已缺的现实，陈季同回天无力之下只能哀泣道：

> 台阳非复旧衣冠，从此威仪失汉官。壶峤而今成弱水，
> 海天何计挽狂澜。
> 谁云名下无虚士，不信军中有一韩。绝好湖山今已矣，
> 故乡遥望泪阑干。②

甲午战争后，唐景崧急电朝廷，请求派陈季同赴台，期望通过陈季同的人脉求得法国的干预，扭转台湾被割让的命运。陈季同赴台后积极斡旋，但始终未能如愿。诗人作为当事者，为保卫台湾尽心尽力，却依然难挽危局，诗人心中的无奈与失落不言而喻。回天乏术，诗人唯有以悲泣抒发心中的自责、悲愤与无奈。

---

① 林则徐：《程玉樵方伯饯余于兰州藩廨之若己有园，次韵奉谢》，见林则徐著，《林则徐全集》编辑委员会编：《林则徐全集·诗词卷》，福州：海峡文艺出版社，2002年，第210页。

② 陈季同：《吊台湾》，见陈季同著，沈岩校注：《清代陈季同〈学贾吟〉手稿校注》，北京：国家图书馆出版社，2011年，第186页。

戊戌变法失败后，梁启超被迫东渡。去国离乡，多年经营的事业与心血毁于一旦，诗人难免心生悲慨：

> 辜负胸中十万兵，百无聊赖以诗鸣。谁怜爱国千行泪？说到胡尘意不平。①

迫于现实，诗人爱国之志难伸，唯有将满腔报国热情付诸诗笔。

无论是报国无方的惭愧，还是败兵失地的哀泣，抑或是壮志难酬的失意，都是在动荡的时代背景下诗人因自身经历生发出的最诚挚的爱国之情。正因如此，其深沉的自伤之情，才更显可贵。

二、诗歌形制与诗体内涵的新变

自鸦片战争起，战争风云空前激发着诗人的创作热情。为记录时事，抒发激昂的爱国之情，诗人最大限度地对诗歌体式进行突破、改造，在宏大的历史背景中赋予传统诗体新的内涵。

（一）大型组诗与诗史精神的呈现

晚清以降，山飞海立的时代剧变迫使诗人改变了吟风弄月的悠然闲适，渐渐注目于当下生活的万千变化，开始以敏感的笔触记录世间可歌可泣、可悲可叹的种种世相，以艺术的方式再现中华民族为民族独立、自由解放而进行的斗争及所经历的一切苦难。肇始于斯的晚清诗歌，始终紧紧拥抱着现实生活，注视着人间沧桑。而晚清时期叙事诗与纪事诗

---

① 梁启超：《读陆放翁集》，见汪松涛编注：《梁启超诗词全注》，广州：广东高等教育出版社，1998年，第24页。

的兴盛，尤其是大型组诗的兴起与繁荣，正是此间以诗著史最有力的明证。

自鸦片战争时贝青乔 120 首的《咄咄吟》，到庚子事变时胡思敬 52 首的《驴背集》，复侬氏与杞庐氏 100 首的《都门纪变百咏》，延清 300 余首的《庚子都门纪事诗》，再到郭则沄 320 首的《庚子诗鉴》等，晚清大型组诗无论是数量还是规模均远迈前代，叙事性与写实性亦空前增强。

晚清大型组诗的诗史性，首先源于诗人身处的历史背景与创作动机。如贝青乔在《咄咄吟·自序》中写道：

> 道光二十一年十月二十日，扬威将军奕经奉旨进剿宁波英夷，道出吾苏，驻节沧浪亭行馆。仆投效军门，荷蒙收隶麾下，随至浙中。……然军旅之中，听睹所及，有足长胆识者，暇辄纪以诗，积久得若干首，加以小注，略述原委，分为二卷，题曰《咄咄吟》，言怪事也。[1]

又如复侬氏、杞庐氏《都门纪变百咏·自叙》所言：

> 庚子三月，襆被作宣南游。……讵坐席未暖，遽遘民教相仇之祸。……寓斋在禁城东偏，距薰街蛮邸，一里而近。每当踆乌西坠，主客相搏，巨炮雷轰，惊丸霆集，飞落檐瓦，咄咄逼人。……与友人杞庐氏，日以小诗自娱，就所闻见，辄复分咏。积一月之久，得绝句百首，略加诠次，邮寄南中，俾故乡

---

① 贝青乔著，马卫中等点校：《贝青乔集》，上海：上海古籍出版社，2013 年，第 179—181 页。

人士，得悉危城近况，天涯游子，亦借以作平安之报也。①

再如胡思敬《驴背集》中对创作背景及目的的介绍：

> 庚子之变，予随扈不及，挈室避居昌平。尝孤身跨一蹇
> 驴，微服入都，探问兵间消息，返则笔而记之。既又系以小
> 诗，皆实录也。……诗凡四卷，以其有关掌故不忍割弃，汇而
> 存之，即题曰《驴背集》。戎马倥偬之中，非敢慕前贤风雅，
> 痛定思痛，亦毋忘在莒之意耳。②

研读以上诸位诗人的序言，有助于探析晚清组诗具备极高诗史性
的原因。首先，诗人作为创作的主体，无一不是晚清重大历史事件的亲
历者，其诗歌内容皆源于诗人的亲身经历，这无疑从根本上保证了诗歌
的纪实性、客观性。其次，从创作目的来讲，诸位诗人，不管是"听睹
所及，有足长胆识者，暇辄纪以诗"，还是"俾故乡人士，得悉危城近
况"，亦或是"毋忘在莒之意"，其根本皆导源于对当下自己见证、目
睹、亲历的一切的真实反映，这便决定了诗歌内容具备极强的史实性。
第三，诸位诗人所历战祸持续时间均较长，这决定了诗人无法在短时
间内集中创作反映整个历史事件或历史事件的某一阶段的诗篇，因此
晚清时期的许多大型组诗皆为积少成多、集腋成裘之作。而组诗中每
一首诗，都与战争进程相伴而生，具有极强的时效性，由此汇集而成的
组诗自然具备着高度的写实性。同时，这也是晚清组诗规模宏大的重要
原因。第四，从组诗自身来讲，组诗并非是单纯的诗歌堆积，而是在特

---

① 阿英编：《庚子事变文学集》（上），北京：中华书局，1959 年，第 118 页。
② 胡思敬：《驴背集》，北京：北京古籍出版社，1990 年，第 107 页。

殊的创作背景与条件下，诗人以某种线索将单篇诗作缀合起来的"聚合体"，其主题、内容具有高度的内在统一性。这种诗歌形式极大地贴合了晚清乱世中，急欲以诗著史的诗人们的创作方式与需求，这也是造就晚清组诗诗史性极强的又一重要原因。

晚清大型组诗多以每诗一注、诗注结合的方式构成。其中，诗多以七言绝句为主，注释多置于诗末。绝句作为传统的诗歌体裁，具有篇幅短小、语言明了、言约义丰等优点，但诗人以之记录晚清重大事件时，短短 28 字确实难以将某一具体事件的来龙去脉讲述详尽，也不能将某个场景完全描绘清晰，因此注文的作用尤为重要。以《咄咄吟》第三十五首为例，诗曰：

> 血海倾翻万火轮，貔貅分队压城闉。突烽冒烬捐躯死，我亦疚心误六人。①

若以记叙性文学作品的六要素，即时间、地点、人物、起因、经过、结果来考查此诗，除此役发生的具体时间外，其他五个要素基本具备，却又不甚清晰，只知此诗记录了一场非常惨烈的战役。而诗注则详尽地解释了此战的来龙去脉：

> 初张应云命宁波监生胡我鉴、武举人叶长庚召募乡勇二百五十九人以听调遣。胡与叶皆籍隶慈溪后山北，所募乡勇多系乡里，不听驱使。将军遂命投效知县程钟英及仆往弹压之。迨进兵时，此路乡勇未经札调，钟英谓坐糜粮饷，不用则不如弗募也，坚欲进战。仆亦怂恿之，遂同从九品程福基带赴宁波

---

① 贝青乔著，马卫中等点校：《贝青乔集》，上海：上海古籍出版社，2013 年，第 202 页。

西门。适遇总翼长段永福按队进城之时，谓乡勇不应在前，压入后队。而月城中地雷既发，火焰四起，夷人大开北门（即永丰门），转从小路蜂拥而至，后队反当其冲。乡勇头目陆承兰、毛大光、韩大林等六人为炮轰毙，余众亦溃散。①

诗注详细介绍了诗人与程福基带领 259 名不听驱使的乡勇入宁波城，惨遭埋伏后与英军短兵相接，六人身死、余众溃散之事。注释中，诗歌中不甚清晰的叙事要素得以一一展现，甚至人物的姓名、籍贯、官职等都一清二楚，不可谓不详备。再如龙顾山人《庚子诗鉴》中对义和团拳众愚昧行为的记述：

> 召亡自昔听于神，眼底何曾见似人。顶上圆光心上字，冷云佛是我真身。②

研读此诗仅知，义和团拳众崇拜"顶上圆光心上字"但又不似人的神明形象。至于崇拜这一神明形象的作用、目的、过程及神明的具体形象，诗人则一发记于诗注中：

> 拳众所佩辟兵符，以黄纸朱砂画至，其象有头无足，面尖削粗具眉眼，顶四周有光，耳际腰间作犬牙诘屈状。心下秘字一行云："冷云佛前心，玄火神后心。"且持咒曰："左青龙，右白虎，冷云佛前心，玄火神后心，先请天王将，后请黑

---

① 贝青乔著，马卫中等点校：《贝青乔集》，上海：上海古籍出版社，2013 年，第 202 页。
② 龙顾山人：《庚子诗鉴》，见中国社会科学院近代史研究所编：《义和团史料》（上），北京：中国社会科学出版社，1982 年，第 53 页。

煞神。"谓持诵则枪炮不燃，固未验也。别有秘咒诵之能致人
于死，益荒诞无稽矣。①

　　诗注中，拳众崇拜的神明形象得以具体化，拳众作法请神的全过程
得到了忠实记录，诗人对此的态度看法亦得以展现。如今读来，诚可谓
是诗人对庚子事变时期义和团拳众形象及其活动方式的忠实复原。
　　晚清大型组诗依诗作注、以注解诗的写作特色将诗、文的功能进行
了有层次的融合与延伸，极大地提升了诗歌的纪事性。而字数数倍于诗
歌的注文，亦不仅仅发挥着诗人所谓"略述原委""有关掌故"的功能，
而是在保证文学抒情性时更充分地展现着记叙因素。此外，注文具有散
文表达的随意与自由等特性，长于叙事状物，可以详细记录社会事件发
生的来龙去脉、社会风貌的方方面面，非常适合描绘诗歌中无法展开叙
说的细节。晚清诗歌的诗史精神，正是在注以诗为主题统帅、诗靠注文
诠释补充的一组组大型组诗中得以全面展现。
　　此外，独立成章、多篇缀合的古体组诗也是诗人在重大历史事件
背景下对诗歌体制的又一突破与创新。这类组诗打破了以贝青乔《咄咄
吟》为代表的一题数章的撰构方式，而是各自独立成章，但缀合后又能
较为完整地反映整个重大历史事件或其中的某一阶段。而且古体诗形制
自由，诗语长短不拘，尤其适合记述漫长复杂的战争过程。特别是在甲
午战争时，以房毓琛、黄遵宪、洪弃生等为代表的诗人根据自己的见
闻，各自创作的反映战事的古体组诗，堪称绝佳的甲午战争诗史。

---

① 龙顾山人：《庚子诗鉴》，见中国社会科学院近代史研究所编：《义和团史料》（上），北京：中国社会科学出版社，1982年，第53页。

（二）乐府诗的功能转变

乐府诗自诞生之日起，就是统治者"观风俗，知厚薄"的窗口，承担着考察民隐的政治任务。发展至唐代，杜甫首先突破了创作乐府诗必用古题的束缚，开创了"即事名篇"的创作手法，创始了"新乐府"题材，为元（稹）白（居易）等称赏。元稹在《乐府古题序》中说："况自《风》《雅》，至于乐流，莫非讽兴当时之事，以贻后代之人。沿袭古题，倡和重复，于文或有短长，于义咸为赘剩。尚不如寓意古题，刺美见事，犹有诗人引古以讽之义焉。……近代唯诗人杜甫《悲陈陶》《哀江头》《兵车》《丽人》等，凡所歌行，率皆即事名篇，无复倚傍。予少时与友人乐天、李公垂辈，谓是为当，遂不复拟赋古题。"[1]他们继承了杜甫现实主义的创作精神，以"歌诗合为时而著"为纲领，创作了许多以讽喻为手法反映现实的"新乐府"作品，影响深远。唐代以后，根据所咏事件自制新题成为乐府诗创作的主要方式，而这种"即事名篇"的"新乐府诗"便成为古体诗中的一个重要门类。

晚清战乱频仍，实乃多事之秋。为适应诗人抒发强烈情感的需求，全面描绘晚清丰富的社会画卷，晚清乐府诗继承了古代乐府诗取材于现实、反映现实的优良传统，赓续着宝贵的诗史精神。鸦片战争前夕，面对江河日下的清王朝，魏源曾模拟白居易新乐府作《江南吟》组诗十首，平易写实，分别从盐务、防汛、苛捐杂税、官吏贪污及财政亏空等角度摹画了当时的社会现实。但纪实之外，最终目的还是与传统的乐府诗一样——劝谏并呼吁统治者进行改革。如《江南吟·防桃汛》：

> 防桃汛，防伏汛，防秋汛，与水争堤若争命，霜降安澜万人庆。两河岁修五百万，纵不溃堤度支病。试问东汉至唐亦

---

① 元稹著，冀勤点校：《元稹集》，北京：中华书局，2010年，第292页。

> 漕汴，何以千岁无河患？试问乾隆以前亦治河，何以岁费不闻
> 百万过？沙昏昏，波浩浩，河伯娶妇，河宗献宝。桃花浪至鲤
> 鱼好，酒地花天不知老。板筑许许，鼍鼓逢逢，隆堤如天，束
> 水如墉。不闻治河策，但奏防河功，合向羽渊师黄熊。①

  乾隆朝以来，水患频发，清廷虽投入了大量人力、物力、财力治水，修筑堤坝，但仍然无济于事。诗人通过对历史上水患发生频率及治水花费的回顾，讽刺了当下尸位素餐、弄虚作假的治河官员，并委婉地劝谏统治者不可轻信官员所奏功绩。诗人纪事之外，最终的落脚点仍是劝谏。

  1840 年以后，在时代背景的影响下，随着诗人对清王朝腐朽程度认识的加深，乐府诗发生了由"献谏"向"著史"的功能转变。太平天国运动爆发后，诗人马寿龄以其 1853—1854 年出逃金陵前后的所见所闻、所思所感为内容，创作了《金陵癸甲新乐府五十首》《金陵城外新乐府三十首》两组大型新乐府组诗。关于这两组新乐府组诗的创作背景，沈锽在《金陵新乐府题词》中说："癸丑春，明经陷贼中，越甲寅之夏，始得间关出走。一年内，身所历目所睹者，悉笔之于篇。"②取材于现实，以亲身经历、耳闻目睹之事入诗，首先便为这两组诗打下了叙事的底色。翻检其内容，则是诗人对两年间金陵沦陷的过程、太平军建立统治的措施及城外清军动向的如实记述。如《破皇城》记述了太平军攻下南京内城的全过程：

---

① 中华书局编辑部编：《魏源集》，北京：中华书局，2018 年，第 666 页。

② 《清代诗文集汇编》编纂委员会编：《清代诗文集汇编》第 566 册，上海：上海古籍出版社，2010 年，第 288 页。

大兵已破攻皇城，皇城止有八旗兵。贼见旗人恒切齿，目为妖魔专杀此。先到三牌楼，次到西华门。百姓执梃如云屯，旗营二女逐贼奔。刘公巷战督乡勇，朱书十字留血痕。同时力尽慷慨死，百姓尤感慈母恩。皇城岌岌殆将破，大帅乘舆城下过。或言行至大中桥，舆夫卸肩受贼刀。或言湖广皆同调，已入贼营戴风帽。君子耻言莫须有，定论还需千载后。①

此诗描绘了太平军攻打皇城时肆意杀戮，城内刘公率领百姓抵抗，大帅仓皇逃窜以及城中谣言四起的场景。与传统的乐府诗相比，此诗仅仅是对时事的记录，毫无劝谏之意。诗人描绘清军丑态时，亦无一言半语劝谏统治者严厉治军，如《吸鸦片》：

小兵草草灯一盏，对眠吐纳语声软。大帅严严灯两碗，左左右右免展转。

吸烟未了又熬烟，烟鬼满营烟满天。翻羡贼人法令严，手乍持枪头已悬。②

军中自上而下，无不吸食鸦片，以致军纪浮浪散漫，毫无战斗力。但清军丝毫没有认识到问题在于自身，反倒责怪太平军太过勇猛。诗人只如实描绘了清军吸食鸦片的状况，并无劝谏统治者之语。不仅如此，诗人还以极其严厉的口吻对朝臣加以批判："可恨庸臣自养虎，二百十

---

① 马寿龄：《金陵癸甲新乐府五十首·破皇城》，见《清代诗文集汇编》编纂委员会编：《清代诗文集汇编》第566册，上海：上海古籍出版社，2010年，第274页。

② 马寿龄：《金陵城外新乐府三十首·吸鸦片》，见《清代诗文集汇编》编纂委员会编：《清代诗文集汇编》第566册，上海：上海古籍出版社，2010年，第285页。

年变焦土"①，对清廷的昏聩与无能加以指斥。

邵孟的《宝天彝斋清史乐府》是晚清以乐府诗著史的又一代表。邵氏诸诗，完整地展现了庚子事变时，自义和拳乱爆发至《辛丑条约》签订的全过程。其《西幸陕》曰：

> 庚子七月廿一日，联军蓦地入燕京。太后挈帝避寇去，乘舆西幸太仓皇。寒透葛衣怯单薄，饥求豆粥谁奉盛？三晋云山皆惨淡，二陵风雨益凄凉。回首都城见尘雾，风声鹤唳苦频惊。红巾十万今安在？扈军只余五百名。追原祸始嗟何及？罪己诏书墨数行。最是令人断肠处，魂召妃子鬼无灵。②

诗人除记述两宫狼狈出逃之事外，还言及罪己诏的颁布及珍妃之死，提纲挈领地概括了庚子事变期间数月内发生的大事。与马寿龄一样，提及统治者时，邵孟亦毫不留情地斥责："白莲余孽死灰然，山东乃有义和拳。……蔓延津沽及畿辅，围攻使馆烧京城。尸之者谁西太后，王公大臣相左右。堂堂中国倚匪徒，明诏褒嘉殊可丑。"③

翻检晚清以来的诸多乐府诗，不但终篇难寻劝谏统治者的字句，反而多有挞伐。这意味着，随着日益深重的内忧外患，士人阶层对统治阶级的认知更加清晰，诗歌中蕴含的对皇权帝制的批判指斥以及对敌人的激烈仇恨，更非此前乐府诗可比。传统的乐府诗体，在帝国主义屡次侵略，清王朝腐败无能，民族灾难日深的时代背景下，发生了从献谏到著

---

① 马寿龄：《金陵癸甲新乐府五十首·拆皇城》，见《清代诗文集汇编》编纂委员会编：《清代诗文集汇编》第 566 册，上海：上海古籍出版社，2010 年，第 282 页。

② 阿英编：《庚子事变文学集》（上），北京：中华书局，1959 年，第 146 页。

③ 邵孟：《义和拳》，见阿英编：《庚子事变文学集》（上），北京：中华书局，1959 年，第 146 页。

史的功能性转变，焕发出新的生命力。

三、艺术手法的继承与创新

诗歌创作的艺术手法发展至晚清，堪称丰富齐备。时至晚清，诗人们在继承传统艺术手法的基础上，又结合全新的时代背景有所创新，从而造就了晚清诗歌独特的艺术风貌。

（一）用典

用典之意在于援古证今，借古抒怀。晚清之时，颓丧的国势之下，重臣乞和、割地赔款、不败而败之事屡屡上演。抚今追昔，历史的相似性触发了诗人心中强烈的爱国之情，在撰构诗歌时便出现了同类典故选择使用与某一典故重复使用的特殊现象。

鸦片战争最终以道光帝急派耆英、伊里布南下乞和而收场，故而在诗人的眼中，二人与历史上的乞和之臣、奸佞之臣无异。由是，诗语中多用此类典故加以讽刺。如陆嵩《禁烟叹》："魏绛论和戎，此岂口足实"[1]，又如魏源《寰海》其四曰："安邦只是诸刘事，绛灌何能赞塞防。"[2] "魏绛""和戎"，指晋国魏绛与周边少数民族议和之事；"绛灌"，即绛侯周勃与颍阴侯灌婴的合称，二人曾谗嫉陈平、贾谊等人。诗人用此类典故，尖刻地讽刺了主和的最高统治者与南下乞和的诸臣。统治者决意乞和，在诗人看来，亦与历史上诸次议和之举相似，于是魏源以澶渊之盟的典故劝谏统治者"漫言孤注投壶易，万古澶渊几寇莱"[3]，《广

---

[1] 《清代诗文集汇编》编纂委员会编：《清代诗文集汇编》第570册，上海：上海古籍出版社，2010年，第613页。

[2] 中华书局编辑部编：《魏源集》，北京：中华书局，2018年，第781页。

[3] 魏源：《寰海后》，见中华书局编辑部编：《魏源集》，北京：中华书局，2018年，第783页。

东纪事新诗十二首》的作者则以城下之盟的典故讥刺曰："临危且救军中急，不顾贻羞城下盟。"[1]

中法战争期间，正当前线捷报频传，胜利在望时，清政府却突然下令停战，急令撤兵。朝廷此举，与岳飞事相类，于是纷纷以其典故入诗，一抒愤懑，如张罗澄《越南事平作》曰："铜柱合铭交趾国，金牌突召岳家军"[2]，又如杨浚《闻津门和议成感作》云："千年铜柱无惭色，一夜金牌有哭声"[3]，再如李光汉写道："十二金牌事，于今复见之"[4]。

典故自是继承而来，但在反映晚清重大历史事件的诗歌中，对典故的独特使用方式，则是诗人的创新。

（二）诗篇结构艺术化

晚清实乃多事之秋，诗歌作为反映时代生活与剧变的重要载体，传统平实甚少变化的诗歌结构已不足以满足诗人的创作需求。因此，波澜起伏的章法结构被广泛运用于古体叙事诗及描摹人物、抒情议论的绝句与律诗。

就叙事诗而言，诗人通常的做法皆是先蓄势至顶峰，进而笔锋突转，给读者造成极其强烈的心理落差，如黄遵宪《哀旅顺》：

> 海水一泓烟九点，壮哉此地实天险。炮台屹立如虎阚，
> 红衣大将威望俨。下有深池列巨舰，晴天雷轰夜电闪。最高峰

---

① 阿英编：《鸦片战争文学集》（上），北京：古籍出版社，1957年，第209页。

② 阿英编：《中法战争文学集》，北京：中华书局，1957年，第87页。

③ 《清代诗文集汇编》编纂委员会编：《清代诗文集汇编》第712册，上海：上海古籍出版社，2010年，第429页。

④ 李光汉：《后海疆六首·战交趾》，见阿英编：《中法战争文学集》，北京：中华书局，1957年，第80页。

顶纵远览，龙旗百丈迎风飐。长城万里此为堑，鲸鹏相摩图一啖。昂头侧睨何眈眈，伸手欲攫终不敢。谓海可填山易撼，万鬼聚谋无此胆。一朝瓦解成劫灰，闻道敌军蹑背来。[1]

旅顺港占据天险，军备充实，固若金汤，颇为日、俄等国侵略者忌惮。但正是如此坚固的海港，却"一朝瓦解成劫灰"。诗人欲抑先扬，分别从地势、军备等方面极言旅顺坚不可摧之势，却在诗末仅以一句道出了旅顺之战的惨烈结局。前后强烈的对比与巨大的反差强烈地震撼着读者，表现力极强。

同样的手法亦被诗人用来描摹人物，如龙顾山人在《庚子诗鉴》中对义和团拳众的描绘：

五佛冠高被发森，铜街一过万家喑。从他重画长围策，咫尺难窥紫竹林。

拳众有披发而金箍者，有戴五佛冠者，有背插四旗如剧中战将者，捉刀腾踯，塞衢充路，所至必呼备送斋饭。紫竹林西人悉毁界外民舍，而遍布以沙囊，每处数人扼守之。遇匪众来攻，扼要发枪，击毙少数，余匪即退。以数万拳攻数十洋人，始终不克。足见黔驴之技。[2]

义和团拳众打扮怪异，行事粗鲁，声势浩大，颇具骇人之效。但投入到真正的战斗中时，则不堪一击。此诗前后之转折，充分显示出诗人

---

① 陈铮主编：《黄遵宪集》（一），北京：中华书局，2019年，第214页。
② 中国社会科学院近代史研究所编：《义和团史料》（上），北京：中国社会科学出版社，1982年，第67页。

对拳众之厌恶与鄙薄。

晚清许多抒情之作，亦极尽顿挫之能事。如许荫亭《感怀》：

> 不堪回首旧山河，瀛海滔滔付逝波。万户有烟皆劫火，
> 三台无地不干戈。
> 故交饮恨埋芳草，新鬼衔冤衣女萝。莫道英雄心便死，
> 满腔热血此时多。①

此诗系台湾沦陷时诗人书写感怀之作。全诗锤炼严谨，沉浸哀痛之后，忽作高亢之音，情辞凄切，郁愤中颇见慷慨之音。

以上三类诗歌，大都于顿挫中以对立之景造成极其强烈的反差，极大地增强了抒情效果。

（三）拟古

拟古作为诗歌艺术手法由来已久。晚清时期，拟古之作虽屡见不鲜，但诗人对杜诗推崇尤甚。究其原因，当是在晚清国破家亡的危局下，诗人与杜甫产生了强烈的跨越历史时空的情感共鸣，于是撰构了大量以杜诗为立足点的诗篇。

诗人对杜诗的推崇，首先体现在大量模拟之作的产生上。社稷陵替，诗人感受到了历史的相似性，在与杜甫产生强烈的情感共鸣后，从其诗作中寻找具有范式意义且能反映当下时局的作品加以模拟，以抒胸臆，自然成为了诗人拟古的首要选择。自鸦片战争时，从姚燮《诸将五章》《冬日独醉书感八章用少陵秋兴韵》《春感八章再叠少陵秋兴韵》《三叠秋兴韵八章》诸作以及张际亮、释觉阿《诸将》诗，到甲午

---

① 李生辉等选注：《甲午战争诗歌选注》，大连：大连出版社，1994年，第278页。

战争时，赵铭《拟诸将五首》、郭家声《效诸将》、诸可宝《拟少陵体诸将诗五首》、潘宗傅《诸将五首》等诗歌，拟杜之作可谓贯穿整个晚清。杜诗中，又以《秋兴》《诸将五首》为主要拟作对象。《秋兴》是杜甫表达身世之悲、离乱之苦和故园之思的代表作，《诸将五首》则是其痛感朝廷将帅平庸无能的讥讽之作。以《秋兴》《拟杜诸将》为主要对象的拟作，充分展示了乱世中诗人纷繁复杂的心绪，渴望战胜侵略者的强烈愿望，是杜甫爱国精神的宝贵赓续。

其次，诗人在创作方法上亦多师法杜甫。如姚燮《山阴兵》：

> 冪冪江雨凄，江湾少人过。亭柱多漏痕，一兵藉草卧。覆领闻微呻，呼痛不呼饿。面目经火焦，血肉土搀涴。自言垂尽心，碎作万米簸。忆昨临战时，弃马将先懦。同队兵五人，三者俱残锉。其一怜我伤，力疾冒烟驮。顷犹依我旁，煮药守砖锉。生逃罪当杀，恐遭黜者逻。遣其归报家，且死免同坐。但得尸还乡，速亡转堪贺。偃地枯木巢，惨有病鸱和。如听招魂词，哀作楚音些。①

姚燮此诗师法杜甫"三吏""三别"等诗，塑造了一个重伤后依然为家人考虑，免其连坐的兵丁形象。敌强我弱，主将先逃，底层士卒可谓命如草芥。姚燮塑造的这一人物形象鲜明地反映了时代内容，极具典型意义。

第三，诗人对杜诗的推崇还体现在大量集杜诗的出现。集句虽是诗歌创作的一种方式，但原本诗句皆源于古人，故而本文将之归入拟古一

---

① 姚燮著，路伟等编集：《姚燮集》第 3 册，杭州：浙江古籍出版社，2013 年，第 629—630 页。

类。大量集杜诗出现，固然与杜诗自身的经典性和影响力有关，但在晚清时期大量出现，则是诗人借杜诗抒发爱国情怀的重要方式。如张罗澄《集杜拾遗句柬赠刘渊亭军门二首》其二曰：

> 尽使鸱鸮相怒号，应弦不碍苍山高。凌烟功臣少颜色，万古云霄一羽毛。
>
> 殊锡曾为大司马，将军只属汉嫖姚。即今飘泊干戈际，只在忠良翊圣朝。①

这首诗的诗句分别出自杜甫《朱凤行》《久雨期王将军不至》《丹青引赠曹将军霸》《咏怀古迹》《诸将五首》《赠田九判官》《丹青引赠曹将军霸》《诸将五首》。战事突起，良将缺乏，诗人唯有将希望寄托在刘永福身上，盼其重整山河。此诗虽是集句之作，但衔接流畅，内涵丰富，毫无生涩之感。

相似的历史情境激发了诗人对杜甫的追怀及对杜诗的推崇，激起了诗人以杜诗为对象的创作热情，在多事之秋的晚清，极大地丰富了杜诗的现实意义。

（四）讽刺

晚清诗歌中，讽刺手法常用于挞伐尸位素餐、贪生怕死的文臣武将、士卒兵勇。但对这一手法灵活多变的使用，则是诗人的创新之处。

首先，诗人善于运用对比的手法对记述对象加以讽刺。如金和《六月初二日纪事一百韵》：

---

① 阿英编：《甲午中日战争文学集》，北京：中华书局，1958 年，第 101 页。

将军刻日封鲸鲵，大睡忽得人提撕，更不深守处女闺。初时颇闻兵怨诋，谓我一战身则脔，重赏安见信有□？……倘欲狂寇庭全犁，除非有牵乳自羝。……先期大飨聊止啼，军帖火急一卷批。牛羊猪鱼鹅鸭鸡，茄瓠葱韭菰菔藜，桃杏栌芍菱藕梨，酒盐粉饵油酱醯，五日购物车接巂。……绕营三里借灶炷，釜甑不足杂瓿瓶。庖人累及民家妻，咄嗟而办发未篦。……卓午大宴山之蹊，银刀雕题相招携。……如坻立划如淮澌，须臾腹饱酣颜霓。[1]

清军出征前，为了满足士兵的要求，将军大摆宴席，群宴士兵，甚至还请来了娼妓优伶为其助兴。只盼出征后能旗开得胜。战前，大军亦积极整军备战：

洗枪雷动鸟避棲，祷神红烛光腾奎。餈饦分觅干粮赍，更锁铁幕脂绿鞮，旌幢摇摇皆皂绨。黄昏陈过扬狂壂，传闻此战惟鸣鼙，环城四面分航梯。苟有一人颜惨悽，返走半步生难傒。军法所在霜威凄，誓不令贼诛重稽。[2]

临战前，将士们整顿军备，重申军法，声势浩大地准备开赴前线，与敌军决一死战，最后却是“但见泛泛如凫鹥，兵不血刃身不泥，全军而退归来兮”[3]的结局。诗人在客观冷静的描述中，将清军前后不一的

① 金和著，胡露校点：《秋蟪吟馆诗钞》，上海：上海古籍出版社，2012年，第85—86页。

② 金和：《六月初二日纪事一百韵》，见金和著，胡露校点：《秋蟪吟馆诗钞》，上海：上海古籍出版社，2012年，第86页。

③ 金和：《六月初二日纪事一百韵》，见金和著，胡露校点：《秋蟪吟馆诗钞》，上海：上海古籍出版社，2012年，第87页。

言行举止加以叙述，形成强烈对比，突出了清军将士的可鄙可笑，达到了强烈的讽刺效果。

其次，晚清的讽刺诗并不都是笔锋犀利的辛辣之作，也有不少婉而多讽的诗篇。如马寿龄《盖屋》：

> 大兵桓桓猛如虎，大营盘盘密如雨，冬忧初寒夏忧暑。帐房布一层，何如室一堵？将军传令具栋宇，匠人供役笑相语。城中屋毁千万户，忍使将军同此苦。①

诗人寥寥数语，就描绘出清军遍寻理由、迁延不战的丑态。而后，更是以匠人调笑之语，塑造出了一个欺压百姓、作威作福的将军形象，极尽讽刺。

第三，反语讥讽虽由来已久，但晚清诗歌中，其蕴含感情之强烈，讽刺意味之深，已远非前代诗歌可比。如鸦片战争中，诗人对奕经的讽刺：

> 奕世难逃此武功，求和纳贿暗关通。军需办尽全无用，都付夷人一火中。②

对于敌人来说，奕经求和纳贿之举可谓功高望重。如此讥讽，足见诗人愤恨之深。

晚清特殊的时代背景赋予了讽刺诗新的时代内容和文化内涵，极大

---

① 《清代诗文集汇编》编纂委员会编：《清代诗文集汇编》第566册，上海：上海古籍出版社，2010年，第284页。

② 无名氏：《广东感时诗》，见阿英编：《鸦片战争文学集》（上），北京：古籍出版社，1957年，第205页。

地促进了讽刺手法的多元化发展。

四、诗风的嬗变

　　晚清诗歌作为屈辱历史的见证，国人血泪的载体，自诞生之日起，就打下了晦暗沉重的底色。翻检晚清诗歌，国破家亡、苍生蒙难导致的悲号，可谓扑面而来，诸如朱琦《定海纪哀》《定海知县殉难诗以哀之》，张际亮《定海哀》《镇海哀》《宁波哀》，江湜《志哀九首》《哀流民》，成本璞《辽东哀》，袁昶《哀旅顺口》《哀威海卫》，张秉铨《哀台湾》，康有为《六哀诗》，吴鲁《百哀诗》等诗作，不胜枚举。可以说，在苦难深重的晚清，诗人几乎无事不哀，事事可哀。由于重大历史事件频发，晚清诗风在整体呈现出悲慨凄凉的面貌下，又因历次重大历史事件的结局差异而有所变化。鸦片战争和太平天国运动作为晚清前期内忧外患之最，给承平日久的清王朝带来的是惊天动地的震撼与重如千钧的打击。对手之强大，战争之惨烈，清军之怯懦，朝廷之黑暗……融于诗篇的种种惨剧皆化作了笼罩于诗坛的悲楚凄冷之气。此后，随着洋务运动的开展与中法战争中的镇南关大捷，面对国力的提升与反侵略斗争的首次胜利，慷慨激昂的诗风迅速在诗坛蔓延，形成了晚清诗坛少有的亮丽风景。但接踵而至的甲午战争、戊戌变法和庚子事变，很快击碎了国人刚刚重拾的民族自信。多年经营的水师一朝惨败，戊戌六君子血染京城，八国联军攻入京城，两宫西狩……前所未有的悲剧接连上演，诗人之悲痛臻于极致，诗中之悲哀愁苦、凄冷酸楚亦达至顶峰。重大历史事件对诗风走向的干预和影响，整体态势较为明显。

　　鸦片战争中，东南半壁被祸严重，身经离乱的诗人对此感触尤深，故而其诗之悲楚亦更为强烈。定海、镇海、宁波接连沦陷后，张际亮一路出行避祸，所见竟皆是"绍兴十万家，八九去村族。昨日失余姚，大半遭屠戮，官军守曹娥，传闻惟痛哭"[①] 的惨剧。避祸至嵊县时，危机暂解，仓皇出逃、流离失所的辛酸悲楚瞬间涌上心头，化作一首首悲歌：

> 红叶清溪映碧山，摘蔬刈稻野人闲。不知烽火孤城逼，倦客伤心鬓自斑。[②]

> 陈公岭上风雨凄，岭厂荒庵密竹齐。苦乞一间难憩足，残兵卧地遍鸡棲。[③]

> 昏黑投门竟自开，主人慰藉劝持杯。败篱破壁灯无焰，豚犬声中睡梦回。[④]

国破家亡的伤心失意，避祸逃命的惊惧难安，露宿乞食的狼狈心酸，无一不是诗人内心痛楚的真实写照。

太平天国战争时，东南半壁几成劫灰。江宁大营溃散后，太平军连下四城，势如破竹。家住苏州的江湜被迫偕家人出逃，形势危急时，又奉双亲之命携幼弟冒死出逃，以存宗嗣。出逃路上，心生悲慨，遂赋诗曰：

---

① 张际亮：《日铸岭》，见张际亮著，王飚校点：《思伯子堂诗文集》，上海：上海古籍出版社，2007 年，第 1185 页。

② 张际亮：《自奉化避兵至嵊县口号八首》，见张际亮著，王飚校点《思伯子堂诗文集》，上海：上海古籍出版社，2007 年，第 1184 页。

③ 张际亮：《自奉化避兵至嵊县口号八首》，见张际亮著，王飚校点《思伯子堂诗文集》，上海：上海古籍出版社，2007 年，第 1184 页。

④ 张际亮：《自奉化避兵至嵊县口号八首》，见张际亮著，王飚校点《思伯子堂诗文集》，上海：上海古籍出版社，2007 年，第 1184 页。

　　　　澄弟从我来，步步同苦辛。对泣互相吊，两身如一身。
此外谁骨肉，阻绝荒江滨。见汝思汝兄，思弟因思亲。思亲
之思我，犹我思家人。家人共我思，心与心相因。犹之我与
汝，思家日相循。相循不独已，如转双车轮。肉有化作土，
骨有扬作尘。独此望乡心，虽死长为魂。我欲竟我语，哽咽
难重陈。①

　　流离丧乱中，被迫分别的无奈，思乡念亲的哀愁，时时刻刻萦绕在
诗人心头。

　　太平军来袭后，江湜父母及一妹投水自尽。家破人亡的巨大悲痛使
诗人虽生犹死，其痛楚亦化作"翻愿受贼戕，痛以一刀毕"②"不如去年
死，棺衾恒易求"③"不愿再为人，且作同巢鸟"④"愿身化为佛，不受轮
回欺"⑤等字字血泪的诗句。江湜饱蘸血泪的诗作，不仅是其一家悲惨
遭遇的记录，更是时代悲剧的明证。

　　无论是避祸的张际亮还是出逃的江湜，都是千千万万罹难士民的代表。
他们痛心失落的悲吟，不仅是个人命运的记录，更是时代悲剧的写照。

　　爆发于同治中兴余响下的中法战争，一改此前清王朝被动挨打的局

---

① 江湜：《志哀九首》，见江湜著，左鹏军校点：《伏敔堂诗录》，上海：上海古籍出版社，
2008年，第307—308页。

② 江湜：《志哀九首》，见江湜著，左鹏军校点：《伏敔堂诗录》，上海：上海古籍出版社，
2008年，第306页。

③ 江湜：《志哀九首》，见江湜著，左鹏军校点：《伏敔堂诗录》，上海：上海古籍出版社，
2008年，第305页。

④ 江湜：《志哀九首》，见江湜著，左鹏军校点：《伏敔堂诗录》，上海：上海古籍出版社，
2008年，第306页。

⑤ 江湜：《志哀九首》，见江湜著，左鹏军校点：《伏敔堂诗录》，上海：上海古籍出版社，
2008年，第306页。

面，取得了反侵略斗争的首次胜利。这场战争，令国人看到了重振国威的希冀，极大地鼓舞了士民，诗坛悲郁之气不再，取而代之的是讴歌胜利的欣喜与振奋人心的欢呼。《谅山大捷图题辞十四篇》堪称此间昂扬激越诗风的代表作：

> 诏书飞下五云中，矍铄登坛气尚雄。整顿六师成仓卒，将军不愧老元戎。
>
> 旧日威名动九边，壶浆箪食饷军前。斯行早慰云霓望，十万欢声奏凯还。①

> 将军仗钺受专征，画角油幢细柳营。鬼国三年劳薄伐，王师一月定边城。
>
> 云中金阙颁纶绖，天上银河洗甲兵。旧是伏波威震处，好镌铜柱续勋名。②

> 将军学文更学武，七十老翁猛如虎。手提象郡八千兵，直扫龙堆八百部。……丈八蛇矛一尺须，眼光射断敌人首。三军惊看肉飞仙，声势轰腾震九天。为欧突厥肘见骨，为斗雷公眉尽然。马首殷红渗战血，敉曹胆气真横绝。……袒裼犹存暴虎心，声威直到阴山阴。一夜匈奴弃甲遁，秋风吹送凯歌音。③

---

① 许应骙：《谅山大捷图题辞》，见阿英编：《中法战争文学集》，北京：中华书局，1957年，第89页。

② 许应锵：《谅山大捷图题辞》，见阿英编：《中法战争文学集》，北京：中华书局，1957年，第91页。

③ 冯铭恩：《谅山大捷图题辞》，见阿英编：《中法战争文学集》，北京：中华书局，1957年，第92页。

冯子材年迈之际，临危受命整军出征，竟取得如此重大的胜利，士民无不欢欣鼓舞。无论是对冯子材丰功伟绩的赞扬，亦或是对其战斗过程的描绘，无不彰显着民族自信的复归。

甲午战争的惨败、维新变法运动的惨烈结局和庚子国变的巨大耻辱，迅速磨灭了中法战争以来诗坛的明快之气，取而代之的是无尽的痛楚与哀伤。败兵失地的郁愤，割地赔款的无奈，国将不国的悲哭……种种心绪，凝结成诗人心头挥之不去的悲楚，化作了弥漫于整个诗坛的哀伤。如吴恭亨《东师》其四：

> 越南沦覆琉球陷，视属藩轻错已深。磨剑横教人借口，引绳不悟敌生心。
>
> 诸军灞上怜儿戏，万里神州痛陆沉。无救艰难谋战海，茫茫虚牝掷黄金。①

晚清以来，清廷对周边藩属国不够重视导致其一一为侵略者占据，已然铸成大错。如今多年经营的水师亦复战败，直令诗人有靡费国帑之感。诗人抚今追昔，对败绩的回顾透露出诗人心中无尽的酸楚。再如吴重熙《感事》其四：

> 破胆方期敌尽惊，谁知功又隳垂成？军中樵采偏无禁，阃外声歌辄有声。
>
> 摇扇人人思避暑，乘风处处纵烧兵。疮痍未复魂难定，惨目伤心铁瓮城。②

---

① 阿英编：《甲午中日战争文学集》，北京：中华书局，1958年，第50页。

② 阿英编：《甲午中日战争文学集》，北京：中华书局，1958年，第109页。

甲午战败彻底击碎了同治中兴以来民族振兴的希望。此番战败，神州大地处处皆是惨目伤心之景。诗人心中充溢着对甲午之战惨败的震惊与伤心。

庚子事变的巨大耻辱和惨烈结局，更令诗人心中悲不自胜，撰构出许多细腻幽微、深婉凄楚之作。如吴鲁《伤春八首》其二：

> 东窗睡觉日高悬，氤氲中含淑景妍。堂上新泥添燕户，城闉敌垒喷狼烟。
>
> 每翻骚楚歌山鬼，重拾残罍种水仙。园鸟惊心花溅泪，伤春叠拟杜陵篇。①

此诗以乐景衬哀情，虽无一字直言国变之惨烈，却更显诗人悲楚的心境。加之对杜诗的化用，其哀婉之情倍增。再如《伤春八首》其八：

> 去年清明看海棠，花之寺里花满廊。今年胡尘暗京阙，兵戈丧乱皆踉跄。都人好游花之寺，花外神仙亦憔悴。樽酒诗歌两消歇，镇日昏昏负花事。珠帘画栋开轩楹，飞扬跳掷喧胡兵。绮阁歌楼作牛宅，当时百计费经营。眼前春光变秋色，明媚山川亦陈迹。世态翻覆斯须问，吾身哀乐安有极？②

诗人以今昔赏花之景的差异入手，将惨烈的国变以平和的口吻娓娓道来，进而思及自身命运的沉浮，堪称融情于景的佳作。

寻绎晚清诗风嬗变的历程，重大历史事件堪称决定性因素。而诗风

---

① 吴鲁：《百哀诗》，北京：北京古籍出版社，1990年，第66页。

② 吴鲁：《百哀诗》，北京：北京古籍出版社，1990年，第68页。

的流变，又与历史行迹相符，与清廷兴衰同步。国家兴盛时，诗风趋于昂扬明快；国难日深时，诗风愈发沉郁悲楚。

第二节　晚清重大历史事件背景下的诗人群体

在晚清重大历史事件的冲击下，诗坛爆发了一系列爱国诗潮。围绕一个个爱国诗潮，又诞生了一个个颇具特色的诗人群体。

晚清初期，受消息传播方式与速度的制约，鸦片战争诗群首先展现出了明显的地域性。广东、浙江地区作为鸦片战争的主战场，生活在这些区域的诗人最先接触到有关战争的各类讯息，因而是这一爱国诗潮中的创作主力。京城作为全国的政治中心，是各类重要信息的集散地，因此生活或活动于此的诗人也创作了不少作品。反观广大内陆地区的诗人，则较少参与此次爱国诗潮，足见鸦片战争在当时并未受到内地士民及时的、较为广泛的关注。其次，鸦片战争诗群还具备着极强的同一性。战争爆发后，天朝盛世梦碎的巨大心理落差、对敌军的仇恨、无力回天的痛苦、对朝廷的失望……种种情绪交织层叠，激发了国人高度相似的民族自尊与自救观念，加之国人心态的集体失衡形成了强烈的向心力，爱国之情因而更加激昂。在共同的情感流向下，诗人打破了门户之见，搁置了流派之争，淡化了艺术审美的差异，不约而同地投入到了这部诗坛交响乐中。但囿于诗人各自人生经历和社会地位的差异，其关注点也各有侧重，因而呈现出和而不同的创作风貌。上层官员是国家决策的参与者和制定者，关注点更为宏观。如三代帝师祁寯藻，作为最高统治者的代言人，在鸦片战争时期多关心国家禁烟政策的推行，诗作更为宏观恢廓，雅正敦厚。下层官吏大都辗转多地任职，于民生疾苦最为了解，加之以家国天下为己任的士人担当和进取之心，往往能根据民间实际向统治者建言献策，魏源作为这一类人群的典型代表，其诗多变风变雅之音，但感情仍较为沉稳，并不十分激烈。至于底层文人，在鸦片战争的乱流中，或亲历战火，妻离子散；或辗转逃亡，居无定所；或贫病交加，歌哭抒怀，是灾祲最直接的见证者。坎坷的经历激起了他们极大的愤慨，因此诗风张扬凌厉，感情充沛真实，讥嘲直接有力，姚燮等人正是以亲身血泪书就了不朽的篇章。诸位诗人虽因鸦片战争的冲击聚集于爱国精神的大纛，但均保留了各自的特性，有着自己独特的艺术发挥，极大地强化了鸦片战争诗群的同一性。

太平天国运动诗群因诗人阶级地位、身份立场的不同，由太平天国阵营内的诗人、清军阵营内的诗人以及两大阵营外的诗人构成。太平天国阵营中的成员文化程度虽普遍较低，但其核心领袖及主要将领均接受过一定程度的教育，可以熟练运用各类诗体进行创作。因此，太平天国阵营中的诗人主要以洪秀全、洪仁玕、冯云山、李秀成等为主。清军阵营内的诗人又可根据构成人员的派别分为湘军集团与淮军集团。曾国藩组建湘军的同时，延揽了颇多文士。这些文士或出于保卫道统的使命感，或出于满足自身利益的现实需求，在曾国藩的号召下，纷纷投身其军幕，形成了思想同盟。加之曾国藩在诗坛的巨大影响力，这一思想同盟同时又是一个诗人团体，王闿运、郭嵩焘等人堪称其中翘楚。淮军集团虽然未以卫道大旗延揽文士，并未形成相应的文学集团，但其成员如刘秉璋、潘鼎新、张树声、刘铭传、吴长庆等普遍能诗，征战江南期间留下了许多风貌独特的诗篇。两大阵营外的诗人又因身份地位的差异，对太平天国运动展现出不同的态度。以金和、江湜、马寿龄等为代表的寒士，均生活在战祸颇深的江南一带。太平天国运动中，他们饱经离乱，深味家破人亡之痛，屡屡挣扎于死亡线上，自然对太平军抱有极端仇视的态度。而此时的清军，却并未如这些寒门诗人所愿解民倒悬，反而多有滥杀无辜、贪腐怯战之丑行，无疑加重了他们与统治集团的离心倾向。这些诗人，内心一方面承受着太平军带来的无可化解的家破人亡之恨，另一方面又充满着对清军的失望、绝望乃至憎恶。无法改变的阶级立场和无处安放的忠君爱国之心令其生活在两个对立阶级的夹缝中，极尽辛酸。此外，如何绍基、许瑶光等虽为两大对立阵营外的诗人，但因其身居高位、要职等原因，诗作中只展现出了对太平军的挞伐与控诉，极少有反映清军罪行的文字。

洋务运动作为一场发生在清王朝内部的持续时间较长的自强运动，其冲击力远逊于晚清其他重大历史事件，相较之下参与创作的诗人数量亦远不及其他诗群。但从洋务运动本身出发，该诗群的诗人又可分为参与者和旁观者。曾国藩、李鸿章、左宗棠、张之洞、盛宣怀等位高权重者虽为洋务运动各项事业的兴办者、创建者，但鲜少赋诗，今存与洋务运动相关的诗作寥寥无几。身为旁观者的诗人，如黄遵宪、许銮、陈季同、洪弃生、斌椿等士人及下层官僚，大多有过出国学习、考察、游历的经历，在享受着洋务运动各项事业带来的诸多便利的同时，还观察着洋务运动带来的诸多变化与影响，从而能以较为冷静、客观的眼光分析洋务运动的得失。

中法战争因其特殊的结局引起了诗人的高度关注，因而中法战争诗群中的诗人构成亦较为广泛。高层官员王之春、彭玉麟，底层小吏许銮、郑观应，特别是诸多江苏籍寒士如陈玉树、倪在田、戴启文、曾朴、沈汝瑾等，皆以极大的热情参与到中法战争爱国诗潮的创作中。就诗人所处地域分布来看，大部分皆生活或活动于东部沿海地区，呈现出较强的地域性。

甲午战争爱国诗潮的最大特色在于形成了空前广泛的创作群体。关于这一点，孔广德在编辑《普天忠愤集》时便已认识到。他在《自叙》中指出："贵自士大夫而贱至布衣，以及泰西洋士、绣阁名媛，凡其绪论有关时局者，辄录之。"① 诗潮中，广大诗人群体的身份构成一再扩展，无论是以黄遵宪、王树枏为代表的士人，还是房毓琛、李葆恂、周锡恩、成本璞、毛乃庸等下层小吏，尽管存在着政治主张与艺术审美的歧异，但在拯救民族危亡这一点上却达成了广泛共识。此外，台湾地区洪弃生、丘逢甲、连横等多位诗人及大量诗作的涌现，众多无名的下层文人、布衣寒士、职业报人等发出的声音，甚至邱伯馨、瓦兰芬、佩珊等女性诗人的出现都延展着甲午战争爱国诗潮的创作广度。

维新变法诗群因诗人立场之差异可分为参与者、支持者、反对者三类。康、梁及戊戌六君子作为变法中心人物，事败后或死或逃；其他参与者，如徐致靖、张荫桓亦遭监禁、流放。死者惨烈的结局与生者悲苦酸辛的生存状态成为维新变法运动为之打下的最深的烙印。维新变法作为时代的主流思潮，得到了许多进步士人的支持。但在恐怖的政治氛围下，敢于赋诗纪事述怀并进入这一诗群的人却并不多。因此，黄遵宪、严复、郑孝胥、唐烜等人之举才愈发可贵。反对者则以王先谦、叶德辉为代表。

导致中华民族陷入空前亡国灭种危机的庚子事变，引起了举国上下士民的强烈震动。事变发生后，身处京城的士民，无论是在京任职的吴鲁、延清、胡思敬，抑或是寓居京城的游客复侬氏与杞庐氏，皆争先恐后地拿起诗笔，记录着事变的每一处细节与京城中的情形。京城以外的士民，亦适时地参与到了诗潮中。如西安知府胡延、内廷供支局委员颜缉祜二人，就因在两宫西幸时供奉内廷而躬亲目睹了许多内廷之事，于是分别作《长安宫词》《汴京宫词》记之。又如离京避祸的龙顾山人郭则沄，杂采传闻、史料笔记等，以诗著史，撰成了颇具史料价值的《庚子诗鉴》。再如缪荃孙等人，因身处京外，在听闻各类消息的情况下，

---

① 孔广德编，蒋玉君校注：《普天忠愤集校注》，广州：中山大学出版社，2021年，第6页。

多赋诗抒情议论，表达对时事的看法。此外，许多不具名的诗人也参与到了此次诗潮的创作中，足见庚子事变诗群构成之广泛与复杂。

需要注意的是，由于许多诗人身历多个重大历史事件，因而各个诗人群体间存在相互覆盖的现象。

生活于晚清的诗人群体，其个人命运与王朝兴衰息息相关。在时代的悲剧中，无数诗人的命运与心态都发生着剧变。在诸多历史事件的强烈刺激下，诗人作为诗歌创作的主体，其创作意识、创作心态、创作目的亦随之发生着变化。

一、命运的转折与心灵的劫难

时代的洪流裹挟着无数人奔腾向前，身在其中的每一个个体无不深受其影响。因此，晚清诸多国难对无数心系家国天下、社稷安危的士人来说，亦是命运的转折与心灵的劫难。

（一）伤心失意的姚燮

姚燮（1805—1864），字梅伯，号复庄，别署大梅山民、复道人等，浙江镇海（今宁波）人。生具异禀，聪慧过人，博学多艺，兼善诗、词、骈文，能作传奇、戏曲，擅长绘画，尤工梅花，是一位全能的艺术家。三十岁中举，此后屡试不第，而后身罹鸦片战争之祸，晚年唯有以文画润笔自给，穷困潦倒，一生坎坷。

道光二十年（1840），姚燮在京中刚刚参加完会试，便听闻鸦片战争爆发的消息。初次面对来自异域的侵略者，姚燮同当时许多诗人一样，仍以天朝上国自居，诗语中饱含着狭隘的民族观念与对夷寇的轻蔑和不屑："狒狒兽之类，居然人其冠。容纳不相拒，须感天恩宽。三苗窜舜世，终无不格顽。奈何游釜蛙，妄思扬其澜。虚实使尽窥，目前

尚匪患。"①但面对未知的敌人，出于士人的担当，姚燮仍然劝谏统治者
"事急策所全，不如豫于先"。②此后，随着战报不断传来，诗人心中的
焦虑与隐忧也日渐加深：

> 催友同束装，相谋急南返。梦昨归乡里，愁云刺心眼。
> 病鸟将众雏，翼拓未能骞。饥饿信不辞，但求丧乱免。大浃森
> 南关，蛟龙设天键。自古称岩疆，未遭杀戮殄。庶赖苍昊仁，
> 得延片时喘。所悲食肉流，当事半庸懦。更遭挫衄余，周防亮
> 难善。似见风灯中，巡军夜徒跣。此行沙路长，难追白日短。
> 安得身为鸿，力借朔风满。③

听闻敌军来势汹汹，清军不堪一击的消息，目睹了清廷文恬武嬉的
现状后，诗人忧心忡忡，匆忙之间踏上了回乡的旅程。幸运的是，这一
年战争并未在浙东打响。是年冬天，姚燮应鄞县县令黄维同的邀请，暂
住宁波。在次年战争爆发前，诗人在这里度过了一段平静的生活。

道光二十一年（1841），英军发动侵略战争前，姚燮的妻子吴氏患
病身亡。这一变故给姚燮带来了极大的打击，每每想起妻子生前的一言
一行，一举一动，辄触动情肠，满心悲戚。为悼念逝去的妻子，姚燮赋
组诗《妇病自春晚始剧至六月四日竟不复生感触所缘记以哀响都得二十
三章焚之槥前以代诔哭》记之，其八曰：

---

① 姚燮：《闻定海警感作三章》，见姚燮著，路伟等编集：《姚燮集》第3册，杭州：浙江古
籍出版社，2013年，第563页。

② 姚燮：《闻定海警感作三章》，见姚燮著，路伟等编集：《姚燮集》第3册，杭州：浙江古
籍出版社，2013年，第564页。

③ 姚燮：《闻定海警感作三章》，见姚燮著，路伟等编集：《姚燮集》第3册，杭州：浙江古
籍出版社，2013年，第564页。

　　汝病犹殚心，积痗难速瘳。床蓐偶可离，便为家政谋。米薪日所需，匮乏将安求？促我早出门，慰我云无忧。勉力整行箧，反复恐未周。偶思袜未缝，夜起重熟筹。年来戒兵乱，近只邻县游。咫尺扁舟通，毋疑道阻修。对我强颜笑，背我清涕流。[①]

　　妻子吴氏，贤惠得体，病中依然百般操持家事。为了让丈夫安心远行，更是挑起了家中所有的重担。人虽故去，但往昔生活中的光景依然历历在目。质朴无华不加修饰的诗语，凄怆悱恻，真挚动人，恰恰反映出诗人对亡妻深深的思念。

　　妻子病逝不久，战争旋即爆发。诗人被迫迅速收起凄楚的心神，举家避难，流徙于乡间。其间遭遇，堪称九死一生。八月二日，诗人急令仆人将母亲、妹妹和两位幼子接至郡寓，暂避兵祸。家人仓皇出逃之状，令诗人倍感心酸：

　　颠倒错笼箧，琐具零星装。寒衣束成捆，破书归一囊。长物已不多，弃之应未当。喜我白发亲，经历犹健强。在路恐有遗，一一身检将。……弱妹头裹巾，手抱针线箱。大儿偻运物，堆置西隅床。小儿啼苦饥，索饼牵我裳。有触凄我心，强笑未敢伤。且呼灶下妪，觅火炊宿粮。[②]

　　虽是仓皇出逃，好在有惊无险，一家人终得团聚。眼见幼子饥饿

　　① 姚燮著，路伟等编集：《姚燮集》第 3 册，杭州：浙江古籍出版社，2013 年，第 601—602 页。

　　② 姚燮：《八月二日遣仆之镇迎母及妹与两儿移居郡寓暂避海警得三章》，见姚燮著，路伟等编集：《姚燮集》第 3 册，杭州：浙江古籍出版社，2013 年，第 618 页。

哭闹的情形，不免又令诗人想起亡妻，感慨起这颠沛流离的生活。但姚燮作为家庭支柱，只能强颜欢笑，尽力将家人照顾周全。乱世中底层百姓的辛酸悲苦，大抵如此。很快，短暂的宁静被再次打破。八月二十六日，镇海城破，百姓倾城避难。姚燮偕家人出逃时，其子不幸身陷城中，忧心如焚的诗人与其弟冒死返觅。这一出生入死之举被完整记录在《闻皋儿在城中阻夷军不得出同弟向长春门冒刃入城至寓馆得之薄暮始乘间出城》一诗中：

> 穷奔百里余，抚足懦垂败。自非甚所危，断难鼓之再。……手扶予季肩，略振气颓惫。铁寨当严关，险于陇西塞。哀角嘶饿鹘，捎云飒蛇蟮。红衣九地魖，蒙首虎皮缋。钢刃三棱铦，密布数重械。漆肤跳裸熊，悬竿鼓旁擂。缚人搜帽裳，眈眈目光晦。白昼吹赤燐，射影作妖孽。抱堞张网罝，欲乘竟无愧。居然捋虎须，夺入井陉隘。纡回中道间，离蜂复遭虿。眼看过巷人，咫尺受残害。抵馆急叩门，完身幸辞累。见犹恐非真，反复视衣袂。①

城破后，诗人逃命时竟能"穷奔百里余"，可知当时城中情势何其凶险。但为了营救幼子，诗人与季弟不得不重返城中。一路上，二人穿过敌人严密的封锁线，躲开装备精良、穷凶极恶、盘查往来行人的敌军，迂回寻至寓所。见到幼子安然无恙，诗人竟难以置信，劫后余生之感充溢于心中，足见其内心之惊惧痛楚。

一年之间，家破人亡，流离失所，随时挣扎在死亡线上的剧变给

---

① 姚燮著，路伟等编集：《姚燮集》第 3 册，杭州：浙江古籍出版社，2013 年，第 632—633 页。

姚燮内心造成了极大创伤。此后，其所言所行也发生了巨大的变化。青年时期的姚燮与传统的读书人一样，都希望通过科举谋求仕进。但鸦片战争中，诗人一路逃难时的所见所闻却彻底终结了他这样的想法。诗人一家在战乱中颠沛流离，屡屡目睹诸如"行无道路宿无屋，多少流民受摧辱。异乡不得口数粥，痁妻病子骨郊暴，新鬼啾啾杂人哭"①"不复男女分，枕藉马牛矢。纵免刀兵伤，已邻冻馁死"②的惨烈景象，都令其痛楚倍增。但士民期盼的清军将士不但未能解民倒悬，其所作所为反而令诗人失望不已。军中将士，或"饱食知自羞，剏论相耸諛。主将寡真识，贴耳受其愚。发帑同运泥，不复量所需"③，或"左右资宠荣，顺势迭逢迎"④，或"特编奖赏书，奏报相弥缝。遂使市侩名，滥隶官籍中"⑤。贪污成风、阿谀奉承、虚冒军功等种种行为无不令诗人痛心疾首。此外，姚燮更大胆地将矛头直指最高统治者，诘问道："难言无善策，谁实坏长城？"⑥

鸦片战争中，家破人亡的变故、哀兵怯将的举动以及清王朝的腐朽无能，无不深深刺激着姚燮，令其对朝廷彻底失望。此后，姚燮终生绝意仕进，随心自在地过着卖文鬻字的生活。

---

① 姚燮：《无米行》，见姚燮著，路伟等编集：《姚燮集》第3册，杭州：浙江古籍出版社，2013年，第702页。

② 姚燮：《惊风行五章》，见姚燮著，路伟等编集：《姚燮集》第3册，杭州：浙江古籍出版社，2013年，第627页。

③ 姚燮：《后从军诗五章》，见姚燮著，路伟等编集：《姚燮集》第3册，杭州：浙江古籍出版社，2013年，第698页。

④ 姚燮：《后从军诗五章》，见姚燮著，路伟等编集：《姚燮集》第3册，杭州：浙江古籍出版社，2013年，第698页。

⑤ 姚燮：《后从军诗五章》，见姚燮著，路伟等编集：《姚燮集》第3册，杭州：浙江古籍出版社，2013年，第698页。

⑥ 姚燮：《闻定海城陷五章》，见姚燮著，路伟等编集：《姚燮集》第3册，杭州：浙江古籍出版社，2013年，第622页。

（二）坎壈多难的马寿龄

马寿龄（？—1870），字鹤船，安徽当涂人，侨寓江宁。工诗，善为古文辞。太平军占领南京时，马寿龄身陷城中，亲历战火，出逃后寓居金陵城外。其诗文集已佚，今存仅《金陵癸甲新乐府五十首》《金陵城外新乐府三十首》两组大型组诗。在组诗中，诗人详细记录了1853—1854年太平军占领金陵的过程及其后的统治措施，细致描绘了城中百姓的生存状态和社会图景以及城外驻防清军的所作所为，个人情感和心理变化亦深蕴其中，具备时代诗史和个人心史的双重价值。

太平天国运动的爆发使刚刚经历了鸦片战争血火淬炼的诗人们尚未收整起惶恐忧愤的心神，又不得不在歌哭声中再一次面对大厦将倾的紧张危绝，重又陷入凄惶悲楚的精神困境。生活于巨变中心——金陵的马寿龄，其生存状态、心路历程、思想认知变化诚可视作东南半壁寒士文人的代表与缩影，极具典型意义。

马寿龄出身寒微，在世时科名不彰，文名亦不显，至于其生平经历，仅在《愨堂学案》中略有记载：

> 马寿龄字鹤船，当涂人。诸生。侨寓江宁。咸丰初，陷身贼中，贼令草诏，誓死拒之。乃倾金结客，谋为官军内应，贼下之狱。终以计负老父同脱。居向忠武公荣幕。同治九年卒。卒后选授南陵县训导。①

至于身陷城中时其心态遭遇，则一发记于《金陵癸甲新乐府·自叙》中：

---

① 徐世昌等编，沈芝盈等点校：《清儒学案》第 4 册，北京：中华书局，2008 年，第 3683 页。

情非真痛则易忘，事非亲历则不知，苦胆既尝，酸心欲语。此所谓象形维肖，郑监门绘流民之图；不平则鸣，贾长沙上太息之策也。铁砚谋生，金陵卜宅，惊魂烽火，翘首云霄。老父依依，莫笑处堂之燕雀；穷途蹙蹙，难撄当道之豺狼。（家君年七十六，又有痼疾艰于行，城门禁益厉，故谋之年余未能出。）昼出餐风，鞚手长镵之柄（老人馆当差，锹锄不释手。）；夜归坐月，殷心古锦之囊。言积数千，篇成五十。昔者书悬肘后，恐不戒于度关；今者稿在腹间，未尽忘于覆局。（内应事泄，城门搜得只字，辄罗织之。甲寅四月予奉家君出城后，追忆旧作，损益成章。）老妪能解，非争胜于长庆集中；小子何知，非（敢）炫才于滕王阁上。惟希冀削加椽笔，采入□轩，言不废夫刍荛，好自通夫箕毕。悉小民之憔悴，振大将之严威。炯鉴无忘，珍同敝帚；倒悬既解，弃若弁髦可也。呜呼！手握一编，肠回九曲。空使莼鲈忆我，未返故乡；岂惟梅鹤累人，不得死所。三闾无职，敢为楚泽之吟；七日有灵，且效秦廷之哭。①

根据以上材料，我们大致可还原出马寿龄在金陵陷落前后的经历。马寿龄出身寒门，生活困顿无依，仅卖文鬻字以自给。金陵城破，不幸身陷城中，被迫入老人馆，辛苦劳作。其间，曾为清军内应，但事情败露，甲寅四月方寻机逃脱。马寿龄的这一段人生经历，与同历战火的金和颇为相似。据冯煦《秋蟪吟馆诗钞序》载，二人不仅相识，且常"跌宕文史，放浪山泽"②。二人出身、经历、观念和对太平军的态度均颇为

① 《清代诗文集汇编》编纂委员会编：《清代诗文集汇编》第566册，上海：上海古籍出版社，2010年，第273页。

② 冯煦：《秋蟪吟馆诗钞序》，见金和著，胡露校点：《秋蟪吟馆诗钞》，上海：上海古籍出版社，2012年，第453页。

相似，日常唱和往来应较为频繁。以金和为参照，也更有助于探析马寿龄的心史。

马寿龄生年不详，但以上材料也透露出一些信息。《自叙》称，1853 年金陵陷落时，其父七十六岁，据此可推断其父当生于 1778 年。废除家庭形式，全面实行营馆制度是天京城内社会生活最突出的特点，具体做法便是根据不同人群的特点将之编入不同营馆，马寿龄所在的老人馆正是其中之一。据陈徽言《武昌纪事》载："其老耄聋瞽残疾者，分别设老疾馆处之"①，可知老人馆的设立在太平军中由来已久。定鼎天京后，老人馆的设立又稍晚于其他馆营，据涤浮道人《金陵杂记》云："凡年过六十及十五岁以内，或有残疾者，皆免打仗，遂诈称年老及有疾病。惟是无馆可归，贼又不各另处，任意杀害。适有伪巡查周大才，……于首逆处禀设老民残废馆，初犹未允，谆说乃准。"② 马寿龄既被归入老人馆，年龄至少应为 60 岁。综合以上信息，可推断其生年当为 1794 年前后。

马寿龄生平资料极少，今存诗作数量也十分有限，但我们仍能大致寻绎出其癸甲年间的心路历程。战祸骤然袭来，诗人原本安定宁静的生活瞬间被打破。面对穷凶极恶的太平军，在朝不保夕的境遇之下，诗人的惊惧、惶恐、心酸、苦痛全部化成一柄重锤，不停敲打着诗人脆弱的神经，这无疑将诗人推向了太平军的对立面。同金和一样，诗人身为士人阶层的一员，此刻需要面对的便不仅是如何躲避太平军杀戮的生存考验，更需面对的是在信仰和封建政体遭到强烈冲击时如何葆有精神家园完整和独立的深层考验。在太平军治下生存的这一年，诗人耳闻目睹太

---

① 中国史学会主编：《中国近代史资料丛刊·太平天国》（四），上海：上海人民出版社，1957 年，第 596 页。

② 中国史学会主编：《中国近代史资料丛刊·太平天国》（四），上海：上海人民出版社，1957 年，第 621 页。

平军种种荒唐可笑，甚至违背人伦纲纪的统治措施，比起日夜在老人馆中辛苦劳作的肉体折磨，封建统治秩序的崩坏更令诗人痛心悲哀。城破时，马寿龄虽对清军不堪一击的本质有了一定认识，但他仍抱有士人阶层的幻想，密谋成为清军内应，助其夺回金陵。但最终事情败露，夺回金陵的希望也化作泡影。出逃后，诗人眼见清军种种不堪的行径，对清军的看法已由失望转变为绝望。纵然艰苦如斯，马寿龄却坚持以诗笔为剑，企图通过自己的诗作来警醒、激励清军早日打败太平军，救万民于水火。一面是无力反抗的太平军，一面是令人绝望的清军，诗人只能怀着一颗矛盾痛苦的心，生活在两个对立阶级的夹缝中。而他傲然不屈、与命运顽强斗争的坚强人格，也成为了这一时代文人内心的共同写照。马寿龄对太平军、城中百姓、清廷及清军的认识，共同构成了他这一时期纷繁复杂的内心世界。

咸丰三年（1853），太平军骤然来袭给寓居金陵的马寿龄带来的是生存状态乃至精神信念上的毁灭性打击。太平军入城后，本就穷苦困顿的诗人被迫入老人馆劳作，受尽折磨，而百姓的血泪遭遇也令其痛心不已。诗人虽与金和的经历极其相似，但在情感抒发上却与之截然不同。与金和情感激烈、口口声声称太平军为"贼"的做法相反，诗人在组诗中对太平军绝少以"贼"称之，且诗笔平和，感情内敛含蓄，往往采用间接手法表达对太平军的态度与看法。如太平军拆毁皇城后命令城中百姓搬运城砖，劳苦之极时，诗人借妇人之口问道："土木经营何日竟？"[1]，却只得到"匠人微笑姑应之，日复一日了无期"[2]的答复，间接谴责了太平军的暴虐。又如，太平军虽在城中铸钱，但无法流通，百姓

---

[1]　马寿龄：《金陵癸甲新乐府五十首·抬砖》，见《清代诗文集汇编》编纂委员会编：《清代诗文集汇编》第 566 册，上海：上海古籍出版社，2010 年，第 276 页。

[2]　马寿龄：《金陵癸甲新乐府五十首·抬砖》，见《清代诗文集汇编》编纂委员会编：《清代诗文集汇编》第 566 册，上海：上海古籍出版社，2010 年，第 276 页。

仍坚持使用咸丰通宝；太平军设立的官府竟命目不识丁之人为官；太平军终日在城中宣讲宗教，而许多百姓依旧不知所云，令其事倍功半。种种描绘，平实畅达，毫不激烈，而讽刺效果倍增，同时寄寓了诗人对百姓深切的同情。再如《扛龙灯》一诗中，诗人以诸多热闹明快的词语入诗，以轻松调侃的语气叙述了东王出门时煊赫无比的场景。王夫之《姜斋诗话》云："以乐景写哀，以哀景写乐，一倍增其哀乐。"[1] 马寿龄这一写法极大地增强了讽刺效果和美学内涵，更显其沉痛郁怒之情。而太平军对传统官方文化与思想权威的否定与推翻带来的"斯文之丧"，如毁书拆庙等行径，对诗人的精神支柱更形成了致命的一击。诗人在诗中虽无一字直言对太平军的看法，但种种对城内惨状的描绘，无一不是对自身不幸遭遇的哀吟和无力反抗的悲哭，这恰恰成为了诗人对太平军痛恨、憎恶、不屑，乃至蔑视的集中体现。

在诗人看来，城中百姓作为战乱的直接受害者，理应对太平军持敌对态度，但城破后百姓种种表现给诗人内心造成了强烈的冲击。城破后，百姓不仅箪食壶浆喜迎太平军入城，还将金玉珠宝主动奉上。众多百姓更以加入以裹红巾为标志的太平军为荣，以致城中红巾、红布甚至红纸全部用尽，七十老翁亦争先恐后地投军。毫无疑问，百姓种种令诗人感到世风日下、人心靡靡的举动，均是封建政体走向崩溃的结果，是"斯文丧乱"最直接的表现，是诗人心中无可回避的隐痛。马寿龄无法改变他人的选择，只能在太平军发放稻米时，高唱"不食东陵盗跖粟，便作西山伯夷饿"[2]，坚守一个士人的底线与气节。诗人内心的无奈、矛盾、挣扎、失据在这些诗篇中尽显无遗。

---

[1] 王夫之著，舒芜校点：《姜斋诗话》，北京：人民文学出版社，1961 年，第 140 页。

[2] 马寿龄：《金陵癸甲新乐府五十首·领稻》，见《清代诗文集汇编》编纂委员会编：《清代诗文集汇编》第 566 册，上海：上海古籍出版社，2010 年，第 278 页。

甲寅（1854）四月，诗人出逃后暂居金陵城外。出逃对于马寿龄来说，生存危机虽暂时缓解，但城外的一花一石、一草一木无不令之触动情肠，忧心不已。如《栽花》：

> 去年杏花风里来，看到今年荷花开。深居简出看不足，命植群花供眼福。
>
> 群花脉脉总无言，化身疑是冤民魂。朝来盥洗弄春色，清露湿花含泪痕。①

诗人作为士人阶层的一员，即便在自身难保的情况下也时刻心系民瘼，从未放弃过士人阶层的尊严与担当。诗人赏花时由露水联想到的泪水，既可以看作是无辜死难百姓的血泪，也可以看作是诗人的清泪。诗人亲历了城内太平军的残酷统治，九死一生出逃后，却又无能为力，无法为百姓彻底解除痛苦，种种辛酸、纠结、无奈积郁于心，只能化作泪痕。

如果说鸦片战争使士人阶层对清廷的昏懦腐败有了初步的认识，那么太平天国战争中，文恬武嬉、将懦兵弱、贪腐残酷等种种乱象，则彻底将清政府真实的面目暴露在他们眼前。身陷城中时，诗人虽日日盼望清兵前来，甚至曾冒着生命危险成为清军的内应，但对清廷及清军的腐败也并非毫无看法。太平军拆毁皇城，取其砖木营造自己的建筑时，诗人面对古都被毁的情景，不禁感叹道："可恨庸臣自养虎，二百十年变焦土"②，对清廷的昏聩与无能加以指斥。出逃后，对清军罪行的见证诚

---

① 《清代诗文集汇编》编纂委员会编：《清代诗文集汇编》第 566 册，上海：上海古籍出版社，2010 年，第 284 页。

② 马寿龄：《金陵癸甲新乐府五十首·拆皇城》，见《清代诗文集汇编》编纂委员会编：《清代诗文集汇编》第 566 册，上海：上海古籍出版社，2010 年，第 282 页。

可看作是诗人对清军认识的分水岭。马寿龄一改此前盼望清军的信念，在《金陵城外新乐府三十首》中详细描绘了清军吸食鸦片、搜刮民财、赌博狎妓、滥杀百姓、火拼内斗等一系列丑恶行径，彻底认清了清军的真面目。至此，马寿龄内心的失重、失望、失落已不言自明。值得注意的是，金和在太平天国时期的诗歌创作虽对清军丑行多有揭露，但鲜少描写其赌博狎妓、火拼内斗的诗篇，马寿龄之作数量虽少，但对清军记录之全面、详细，又在金和之上。对比二人诗作，马诗恰可作为补充，还原更多细节，丰富我们对清军的认知。

惊魂酸辛、悲哭无门的马寿龄所历经的心路历程，不啻为太平天国战争时士人阶层，特别是亲历战火的东南士人群体的典型代表，诚可视作一代文人的心史。

（三）忧思故国的丘逢甲

丘逢甲（1864—1912），名仓海，字仙根，号蛰仙、仲阆，原籍广东镇平（今蕉岭），出生于台湾苗栗县。年少即聪慧颖悟，慨然有天下志。光绪十五年（1889）进士登第，旋归台讲学。马关约成，丘逢甲刺血上书，反对割台。及事不济矣，遂倡自主抗战，保卫祖国领土完整。台北失陷后，愤然离台。内渡后，居镇平，以讲学为务。工诗，今存《柏庄诗草》《岭云海日楼诗钞》。

1889 年，丘逢甲赴京会试，希望通过科举仕途实现其经世致用、匡时救弊的抱负，但不久后便归台讲学。丘逢甲辞官归里，虽与官场的腐败黑暗不无关系，但根本原因当在于其教育救国的思想。丘逢甲在《温柳介先生诔》中写道："夫中国自秦以后，益集权中央政府主国是、持风会，惟一二亲贵强有力者任之，无论起布衣、徒步之不得遽与也，即循资干进积年劳至卿贰，天下望之巍然，而察其身之兴国，多若渺不相涉。则固不如耆儒硕学之不仕不显，而归而讲学于郡邑者，犹得以其学说陶铸当世人才，其所鼓舞而激劝者，于人心风俗往往大受影响也。"[1]且当时台籍士子中试后普遍不愿为官，究其原因，主要还是因为当时的台湾刚由移民社会转型而来，百废待举，急需这些士子参与社会建设，推动台湾发展。这些士子出于桑梓情结和建功立业之心愿，故而大多返乡归里。

丘逢甲返里从教后奔波于台中、台南各书院，并兼任《全台通志》的采访师，多次婉拒唐景崧延聘，过着清朴辛劳的教书生活。几处奔波的教读生活，淡薄名利的清狷性情以及采访师的工作，极大地拓展了丘逢甲的视野与活动范围，使其对国家民族的安危、台岛面临的危急形势等都有了更加清醒具体的认识，而这些恰恰是甲午战后诗人谋求自主自救的思想基础。

甲午战争前，诗人敏锐地意识到位于祖国东南海疆的宝岛台湾，尤为迅速崛起的日本所觊觎。但当时朝廷上下毫无警悟，诗人只能满怀忧虑地赋诗向世人发出警报：

　　　　压城海气昼成阴，洋舶时量港浅深。蛇足谈功诸将略，牛皮借地狡夷心。

　　　　开荒有客夸投策，感旧无番议采金。我正悲秋同宋玉，登临聊学楚人吟。[2]

列强窥伺台湾之心，昭然若揭。但朝廷毫无察觉，甚至完全置台湾领土完整与黎民安危于不顾，令诗人十分痛心。

---

①　黄志平等主编：《丘逢甲集》，广州：广东人民出版社，2019年，第418页。

②　丘逢甲：《台北秋感三首》，见黄志平等主编：《丘逢甲集》，广州：广东人民出版社，2019年，第67页。

甲午战起，丘逢甲毁家纾难，率先举起保台抗日的大旗，临危受命担任义军统领，与敌军浴血苦战。丘逢甲今存的诗歌中虽甚少记叙这段风云激荡的岁月的诗作，但仔细翻检之下，也并非全无记录。内渡后，中秋佳节时，诗人与三弟崧甫眺月吟诗，其三弟诗中曾提及保台抗日之事，诗曰：

> 万里秋光澈广寒，神仙洞府好盘桓。几人豪气倾杯乐，一曲高歌行路难。
>
> 当日防秋真画饼，今宵觅句费登坛。故山同此团栾月，独向红羊劫里看。[1]

"当日"句下，其弟自注曰："客岁随家兄奉命办全台义军，于中秋前后办起。"[2] 丘逢甲《菊枕诗》其一亦写道："去年菊花时，奔走为戎装。枕戈待旦心，力筹保鲲洋。今年菊花时，故园成战场。不及哭墓行，寸草心徒伤。"[3] 二诗皆作于 1895 年内渡后，可知诗人在甲午中秋前后已开始筹建义军。至于保台抗日的情形，诗人则在《重送颂臣》诗中回忆道：

> 海氛忽东来，义愤不可抑。出君箧中符，时艰共勠力。书生忽戎装，誓保台南北。当时好意气，灭虏期可刻。何期汉公卿，师古多让德。忽行割地议，志士气为塞。刺血三上书，呼天不得直。北垣遽中乱，满地淆兵贼。此间非死所，能不变

---

① 黄志平等主编：《丘逢甲集》，广州：广东人民出版社，2019 年，第 76 页。

② 黄志平等主编：《丘逢甲集》，广州：广东人民出版社，2019 年，第 76 页。

③ 黄志平等主编：《丘逢甲集》，广州：广东人民出版社，2019 年，第 82—83 页。

计巫。亲在谋所安，况乃虏烽迫。乾坤已中变，万怪竞荒惑。
人情易翻复，交旧成鬼蜮。①

　　寥寥数语间，忧愤难当、意气风发、誓死保台的英雄形象宛在眼前。而朝廷无力扭转时局、诗人多次上书呼吁保台未果以及保台战役的惨烈，亦有所展现。

　　保台之战失败后，丘逢甲被迫内渡，但他几乎无时无刻不在思台、念台。诗人对台湾思念之深，竟常常形之于梦，如《往事》曰："往事何堪说，征衫血泪斑。龙归天外雨，鳌没海中山。银烛麈诗罢，牙旗校猎还。不知成异域，夜夜梦台湾"②，对台湾沦陷的痛心与不甘溢于言表。又如《秋怀次前韵》其一写道："他乡白发愁边满，故国青山梦里多。"③ 至于每每思念起沦于台湾的亲朋故旧，辄涕泪俱下，凄怆不已："古戍斜阳断角哀，望乡何处筑高台？没蕃亲故无消息，诗路英雄有酒杯。入海江声流梦去，抱城山色送秋来。天涯自洒看花泪，丛菊于今已两开。"④ 甚至生活中最常见的事物，都能勾起诗人对台湾无限的伤感，如《对月书感》其一："明月出沧海，我家沧海东。独怜今夜见，犹与故乡同。丧乱山河改，流亡邑里空。相思只垂泪，顾影愧归鸿。"⑤

　　丘逢甲的一生可谓与台湾相始终。甲午战争前，于台湾讲学的他为当地教育事业做出了巨大贡献；甲午战争中，他散尽家财组建义军，积极抗日保台；内渡后，更是积极联络各方力量，希望早日光复台湾。可以说，

---

①　黄志平等主编：《丘逢甲集》，广州：广东人民出版社，2019 年，第 100 页。

②　黄志平等主编：《丘逢甲集》，广州：广东人民出版社，2019 年，第 104 页。

③　黄志平等主编：《丘逢甲集》，广州：广东人民出版社，2019 年，第 307 页。

④　丘逢甲：《秋怀》，见黄志平等主编：《丘逢甲集》，广州：广东人民出版社，2019 年，第 112 页。

⑤　黄志平等主编：《丘逢甲集》，广州：广东人民出版社，2019 年，第 140 页。

终其一生，丘逢甲都在以实际行动诠释着爱国精神，践行着士人担当。

无论是姚燮、马寿龄还是丘逢甲，都是在晚清重大历史事件的影响下个人命运发生剧变的士人。以此三人为代表的士人阶层在一次次的国难中，不断加深着对封建王朝黑暗腐朽和侵略者贪婪残暴的认知，其心态亦随着命运沉浮不断发生变化。诗人们以其所见所闻、遭际沉浮、所思所感撰构的诗篇，不仅书就了一部宏大的晚清诗史，更书写了一部晚清士人群体的心史。

二、空前强烈的创作意识

晚清诗歌在众多历史事件的刺激下，以迅疾且集中出现的方式形成了一个又一个爱国诗潮。究其原因，乃是源于包括诗人在内的民众对于重大时事持续性地高度关注。这种群体性的高度关注，亦可称之为舆论。关于舆论，陈力丹在《舆论学——舆论导向研究》中定义道："舆论是公众关于现实社会以及社会中的各种现象、问题所表达的信念、态度、意见和情绪表现的总和，具有相对的一致性、强烈程度和持续性，对社会发展及有关事态的进程产生影响。其中混杂着理智和非理智的成份。"[1] 舆论的源头和流向在扩散与传播的过程中，又形成了"舆论场"。"场"，最初是物理学概念，引入到人文、社科领域后，更多地是指与现存事物相联系的外在环境的总体。故而"舆论场"则是指一种包含若干相互刺激的因素，能使许多人形成共同意见的时空环境。

以此理论视之，晚清重大历史事件影响下产生的诗歌，即是诗人在历史事件频发而形成的舆论场中，以集中的文学书写的方式，盱衡时局、指摘时政、发表议论、记录时事，反复将身处乱世的包括作者在内

---

[1] 陈力丹：《舆论学——舆论导向研究》，北京：中国广播电视出版社，1999 年，第 11 页。

的广大民众的意图表达出来的结果。诗人对于重大历史事件的持续性高度关注，在短时间内形成了广泛的舆论环境。民众的意识在舆论环境中相互影响，产生互动，便产生了适合文学作品诞生与流传的"舆论场"。以甲午战争为例，晚清以来电报、报纸等通讯手段的发展极大地缩短了从事件发生到民众知悉消息这一过程的时间。从时事到消息的时差越小，民众的感受越清晰，反应便越强烈。经过媒体传播的战况信息迅疾而又持续地冲击着身处乱世而又殷忧不绝的诗人，诗人的关注点和对战报的反应也不尽相同。甲午海战惨败的消息传来后，指斥慈禧者有之，忧心民族危亡者有之，愤慨割台者有之，颂扬忠臣良将者亦有之。诗人们也在战报传播的过程中，相互交流着对战役、时政、朝廷的看法。在甲午战争这一事件的背景下，各种消息的聚合、流动以及信息之间的相互影响，促发了适合反映战事方方面面的诗歌的舆论场的产生。在巨大的舆论环境的影响下，身处舆论场中的诗人无不主动或被动地了解着战事的消息、朝廷的动向以及事件的走向等信息，诗人空前强烈的创作意识被激发，进而形成了声势浩大的创作高潮。

晚清诗歌对时事反映之远迈前代的完备程度，无一不是源于诗人对重大历史事件的高度关注。而重大历史事件对于诗人创作意识的空前激发，才是晚清诗歌题材异常丰富，诗史精神无比强烈，诗歌体裁百花齐放，艺术手法灵活多变的根本原因。

三、文化创伤下的创作目的

创伤是一种突如其来的、灾难性的、无法回避的经历。创伤不仅来源于日常生活，如自然灾害、病痛、欺骗等，也来源于重大历史事件，如战争、屠杀等。关于文化创伤，杰弗里·C.亚历山大认为："当个人和群体觉得他们经历了可怕的事件，在群体意识上留下难以磨灭的痕迹，根本且无可逆转地改变了他们的未来，文化创伤（cultural trauma）就发生了。"① 以此来观照晚清历史，晚清历史无疑是一部文化创伤史，而晚清诗歌则是晚清众多文化创伤的产物。

接连不断的战争是晚清创伤的主要形式。诗人作为创伤体验的主体，对创伤事件的主观感知与体会亦各不相同。以鸦片战争为例，败兵失地、生民罹难给诗人带来了前所未有的冲击，无数士民的命运与生活轨迹因此发生了极大转折，国家和民族的命运亦因此剧变，文化创伤由此形成。生活在东南地区的诗人对鸦片战争的感受相较于其他地区的士民，必然更为直观、深刻。惨烈的战争给诗人造成了难以磨灭的创伤记忆，同时也引发了诗人在认知、情感及价值判断等方面的变化。鸦片战争后，诗人对清王朝黑暗腐朽的认知、对侵略者的憎恶等便是创伤记忆对诗人产生影响的明证。创伤最初发生于每个独立的个体身上，每个个体对创伤的体验和感受不同，其表达方式也不尽相同。但当面对同一创伤，不同个体产生了共同的情感流向时，其创伤体验与感受便呈现出高度的相似性。因此，尽管每位诗人对鸦片战争的创伤记忆不同，但诗人心中国家与民族不可侵犯的爱国情感却是相同的，因此便形成了相似性很高的创伤体验。诗人群体中的每一个独立个体都具备着士人的身份，在创伤体验高度相似的基础上，文学创作便成了诗人群体表达创伤体验的首要选择。加之他们对诗歌这一文学体裁的熟练运用，因此便掀起了晚清诗坛一个又一个的爱国诗潮。

创伤叙事是创伤主体对创伤事件、创伤记忆的叙述，体现在晚清诗人群体身上，则是创作反映重大历史事件的诗歌。根据叙事心理学与社会建构论的观点，人是社会的产物，人的自我意识的形成离不开对历

---

① 〔美〕杰弗里·C.亚历山大：《迈向文化创伤理论》，王志弘译，见陶东风等主编：《文化研究》第 11 辑，北京：社会科学文献出版社，2011 年，第 11 页。

史的记忆、对现实的理解和对未来的预期，三者结合才能形成完整的自我。人往往是通过讲述过去的故事来操演现在以及未来的自我，从而完成对自我身份的建构。晚清一次次的战争，打破了诗人当下的生活状态，在不知战事走向的情况下诗人更无法对未来的生活产生预期，因此诗人无法完成自我身份的建构，但创伤叙事却令诗人实现了对自我身份的重构。在同一文化创伤中，在爱国精神的感昭下，对反映重大历史事件的诗歌的撰构，使诗人获得了所在群体的认可，符合了自古以来爱国文化的传统，彰显了国人共有的民族意识。这种来自集体、文化、民族和国家的强烈认同感使诗人实现了对自我身份的重构。因此，晚清时期诗人的创伤叙事不仅是对个人、集体、民族、国家所经历的创伤历史之见证，更主要的目的还在于宣泄情绪和修复身份。

第二章

鸦片战争中的爱国诗潮

历史的车轮运转至清中叶，不可避免地又一次充当起了封建王朝——爱新觉罗王朝倾颓衰败的见证者。道光二十年（1840），鸦片战争的爆发使得原本江河日下的清王朝偏离了封建王朝覆灭的规律性道路，被迫卷入了资本主义全球化的浪潮，成为西方诸国殖民扩张的首要目标。这场战争，肇启了中国历史"三千年未有之变"，掀开了中国人民在血与火中斗争的新篇章。孕育于如此多事之秋的晚清文学也经历了凤凰涅槃式的重生，焕发出了异样的光彩。

"清代历史的演化有其特定的走向，而清代的诗歌在表现这历史行迹时所发挥的功能是卓特的，相副其使命的。"①鸦片战争的炮火不断惊悸着士人阶层的内心世界和情感体验，诗人们或悲郁，或痛哭，或愤懑，一场由战争引发的爱国诗潮就此铺天盖地汹涌而来，奏响了时代的最强音。面对海氛突扬之剧变，诗人的心态亦由此前承平日久时的安逸闲散迅速转变为历经战乱后的懔然困惑、惊惧悲哭。惶惑忧愤之思、殷殷爱国之情的全面爆发，亦使得此间诗歌创作打上了时代剧变的烙印，

---

① 严迪昌：《清诗史》，北京：人民文学出版社，2011年，第5页。

发生了极大的变化。

第一节　鸦片战争爱国诗潮中的诗人心史

　　鸦片战争的炮火打破了诗人平静的生活，撞碎了诗人诗意的精神家园。时刻处于紧张危绝之境的诗人，其心理状态、心路历程也因战争爆发发生着剧变。这一时期，无论是身居高位忧国忧民的祁寯藻、黄爵滋等，还是身经离乱的寒士姚燮，可以说，整个士人阶层中的每一个人，无不饱受战争的冲击。谢元淮，作为士人阶层的一员，作为亲身经历且参与战争的下层官吏，其诗歌中展现的心路历程堪称此间士人心态转换的典型代表。

　　谢元淮，字钧绪，号默卿，湖北松滋人。生于乾隆四十九年（1784），卒于同治（1862—1874）年间。诸生，嘉庆二十一年（1816）捐补太湖东山巡检，协助两江总督陶澍管理盐政。后创行淮盐改票，使得十余年之积盐得售。他这一巨大的贡献清除了盐政多年的积弊，大大促进了经济发展，因而在晚清经济史的研究中常被提及。鸦片战争爆发伊始，谢元淮被派至上海宝山防堵英军从吴淞江的进攻；战事吃紧时，又署理海州运判，负责在胸浦练兵。供职于江苏、活动于战争前线的经历使得谢元淮目睹了战争的全过程，更为其提供了丰富的创作题材。鸦片战争期间，谢元淮创作的诗歌不仅翔实地记录了战争的全过程，而且以独特的笔调展示了当时士人阶层的心路历程。

　　1840年夏，英军占领定海。骤然而至的战祸激起了诗人强烈的爱国之情，面对忽然入侵的敌人，诗人高呼道："入夏多淫潦，新晴积霭消。天池初鼓枻，江水正生潮。港汊流方急，鱼龙势益骄。长鲸犹未醢，掣剑气冲霄"①，诗中饱含着请缨杀敌的豪情。诗人迸发出的爱国豪情固然可贵，但诗人对敌人不屑一顾的认知仍是感性且片面的。战争初期，这种认知不仅是士人阶层的普遍看法，而且持续了很长时间。初次面对来自异域的侵略者，士人展现出的大都是颇具优越感的民族心态，对侵略者多有蔑视："宇宙限中外，岛夷丑卉服。矧乃蛟蜃余，聚兹鳞介族。"②此外，由于战争初期国人对侵略者认知不足，加之各地夸大其事的"捷报"以及对敌经验的缺乏，以谢元淮为代表的士人不免将此次战争视作普通的边患，进而形成了区区"英夷"不足为患的看法。因此，他极力反对与之议和：

> 金以和愚宋，元以和愚金。能战复能守，和议乃可寻。此为敌国论，岛夷曷足称？如何当事者，颠倒恣凭陵。弯弧孰敢射，获丑谁能刑？牛酒日犒赏，逆气弥骄矜。天覆原无外，其奈顽不灵。思泻银河水，一涤蛟门腥。③

诗人认为，此次争端与以往的边患并无二致，侵略者不过区区岛夷，根本不配与我天朝上国成为对手，自然不具备议和之资格。我方如坚持议和，反而助长敌人威风。对于这些冥顽不灵的"夷丑"，必须一举歼灭。在与敌交战的过程中，谢元淮也总结出了经验教训：

---

① 谢元淮：《六月三十日舟发真州天池》，见《清代诗文集汇编》编纂委员会编：《清代诗文集汇编》第 546 册，上海：上海古籍出版社，2010 年，第 596 页。

② 谢元淮：《荡海杂咏》，见《清代诗文集汇编》编纂委员会编：《清代诗文集汇编》第 546 册，上海：上海古籍出版社，2010 年，第 600 页。

③ 谢元淮：《荡海杂咏》，见《清代诗文集汇编》编纂委员会编：《清代诗文集汇编》第 546 册，上海：上海古籍出版社，2010 年，第 604 页。

避敌避其长，攻贼攻所短。船炮利深洋，诱之入于浅。
陆战非贼能，我兵分守险。绝市严海禁，间谍暗布遣。贼巢九
万里，焉能速往反。水勇胜客兵，召募其勿缓。在昔胡梅林，
筹海策最善。努力奏奇功，凯歌吾能勉。①

《剑桥中国晚清史》中写道："由于舟山戍军是被英国海军大炮击
溃的，所以这个岛的失陷并未能消除关于英国人不能登陆作战的荒诞想
法。"②谢元淮"陆战非贼能"的看法，当来源于此。基于此种认识，谢
元淮又提出了诱敌深入、实行海禁、广募水勇等制敌之策。诗末，谢元
淮对胡宗宪筹海之功的推崇，展现出其必胜的信心。面对战争，诗人满
怀的是见猎心喜的兴奋感，甚或将之当做建功立业的绝佳契机。

八月以来，厦门、定海、宁波相继失陷。闻听消息后，诗人先后写
下了《厦门哀》《悲定海》《悲镇海》《宁波叹》等诗篇。此前诗歌中表
现的乐观自信一扫而空，取而代之的是沉痛的悲叹。如《厦门哀》曰：

草草数十人，夜半起仓卒。烽火烧海明，炮声震城裂。
兵民一时溃，夷艇来飘忽。战守两无能，败逃气已竭。伤哉珠
玉场，焚杀遭惨烈。储胥为贼守，炮械为贼设。赵括易谈兵，
竟坑长平卒。克复需奇才，失陷有覆辙。严稽慎吴淞，奸宄防
内决。③

---

① 谢元淮:《荡海杂咏》，见《清代诗文集汇编》编纂委员会编:《清代诗文集汇编》第546
册，上海：上海古籍出版社，2010年，第606页。
② 〔美〕费正清等编:《剑桥中国晚清史》，中国社会科学院历史研究所编译室译，北京：中
国社会科学出版社，1985年，第188页。
③ 《清代诗文集汇编》编纂委员会编:《清代诗文集汇编》第546册，上海：上海古籍出版
社，2010年，第614页。

又如《悲镇海》云：

> 岛贼干天命，所欲通商贾。舟山既纳还，胡为再攻取。乘隙遣兵端，贪虏何足数？十万横磨剑，三千神臂弩。大言快一时，致寇谁御侮？全力防蛟门，闲道失蟹浦。参军走骑猪，凤将窜同鼠。伤哉金鸡山，吾宗独得所。元戎已殉难，慷慨嗟何补？可堪旬日间，连此陷疆土。宁波又当冲，谁其固边圉。①

接连失地的消息使诗人认识到了敌人的强大与残虐，但更让诗人认清了清廷文恬武嬉、兵衰将怯的现实。有鉴于此，诗中每每充溢着诗人对安邦定国之才的呼唤。

1842 年，谢元淮奉命在海州举办团练。与此同时，江南战局持续恶化，重镇接连失陷，生灵涂炭，谢元淮唯有将一腔失意苦楚付诸诗笔，创作了《闻警》组诗：

> 风鹤连朝数十惊，不知何处有坚城。乱离无术全妻儿，深愧当时说请缨。②

> 养士于今二百年，何曾一矢向夷船。连樯又报吴淞失，

---

① 《清代诗文集汇编》编纂委员会编：《清代诗文集汇编》第 546 册，上海：上海古籍出版社，2010 年，第 618 页。

② 《清代诗文集汇编》编纂委员会编：《清代诗文集汇编》第 546 册，上海：上海古籍出版社，2010 年，第 622 页。

大捷宁波羽檄传。①

　　吴淞贼退喜方新，海口何时守要津？到处不劳争战力，空城逃徙久无人。②

　　面对残酷的现实，谢元淮不得不承认敌我双方的实力确实存在着差距，不得不承认当年的豪情壮志的确是不切实际的幻想。而败兵失地的悲剧、朝中无可用之人的现状、生民罹难的悲楚，无一不深深刺痛着这位饱具经世情怀的诗人。种种冲击之下，诗人无奈悲慨道：

　　一朝捧檄到云台，曾见昆明未劫灰。聚首妻孥疑再世，赏心邛壑喜重来。
　　方筹碧海盐堆雪，又报黄河浪走雷。信是我生多坎壈，天时人事两悠哉。③

　　乱世中，个人的生死命运实难自主，"聚首妻孥疑再世"一句，将乱世中士民随时挣扎在死亡线上的辛酸表现得淋漓尽致。颈联记叙了诗人在江南任职的经历。当时，诗人协助陶澍管理盐政，在海州练兵时复又遭遇黄河决口之事。国难骤至，个人的命运也遭受了极大的冲击，"我生多坎壈"真真道尽了乱世中士人的心声。

　　① 《清代诗文集汇编》编纂委员会编：《清代诗文集汇编》第546册，上海：上海古籍出版社，2010年，第622页。
　　② 《清代诗文集汇编》编纂委员会编：《清代诗文集汇编》第546册，上海：上海古籍出版社，2010年，第622页。
　　③ 谢元淮：《五十九初度感怀》，见《清代诗文集汇编》编纂委员会编：《清代诗文集汇编》第546册，上海：上海古籍出版社，2010年，第623页。

《南京条约》签订后，诗人曾赋诗以抒胸臆，表达了与时人迥异的看法。他写道："于今道尽和非计，当日生民赖保全。"[1]诗人认为，签订不平等条约虽然屈辱，但能使百姓免于战祸，也并非一无是处。战事结束后，诗人在《啸剑吟》组诗中再次严肃地讨论了战与和的问题：

> 岳王力战桧力和，青史南渡遗恨多。自古有南即有北，战未必胜和则那。绥柔怀远四夷守，贡市羁縻从古有。粤东之抚当在未毁烟土前，定海之衅胡为锉尸剐皮使借口。当时处分欠周密，至今余患记谁某。以和纾战战乃胜，以战资和和可久。君不见，澶渊渡河始结盟，青城诏止勤王兵。[2]

诗人开篇援引岳飞、秦桧之例，传达出胜败乃兵家常事的看法。进而结合实际，指出如今结局如此之惨，当归咎于鸦片战争前朝廷对一系列冲突的处置失当，委婉地讽刺了统治者。诗人认为，面对侵略自然要勇于作战，但作战的同时也要根据自身实力及时调整策略。在敌我力量悬殊时，切勿轻启战端，应当努力争取有利的和谈条件，同时又要善于利用和谈，在特殊时期内维持和平的局面，进而积蓄力量以待来日。巡检鸦片战争爱国诗潮的作品，诗人往往不假思索地赞美一切鼓吹作战与进攻的看法，蔑视一切和议的主张。谢元淮处在这样的舆论环境中，能够从遭受侵略的激愤中冷静下来，细心思考"和议"与"投降"的区别，并提出"和议"后的振兴之策，其见识已远远走在了时代前列。

鸦片战争爱国诗潮中，与众多爱国诗人一样，谢元淮对残虐的侵略

① 谢元淮：《五十九初度感怀》，见《清代诗文集汇编》编纂委员会编：《清代诗文集汇编》第546册，上海：上海古籍出版社，2010年，第623页。

② 《清代诗文集汇编》编纂委员会编：《清代诗文集汇编》第546册，上海：上海古籍出版社，2010年，第635页。

军、腐败无能的官员、无辜受难的百姓、奋勇反抗的义民均有所关注，但最可贵之处却在于当士民对侵略者的认知仍处于感性阶段时，谢元淮对侵略者的理性探知。为此，诗人参考了《皇朝通典》《职外方见》《舟车见闻录》《海国闻见录》《皇朝文献统考》等多部典籍，大致确定了英国的位置、伦敦的情况、英国对东南亚诸国的侵略以及鸦片贸易的始末，并作《荡海杂咏》组诗记之，更际以极其详尽的自注。组诗中，谢元淮细致地介绍了他所掌握的英国的情况。"天下五大洲，荒远属渺芒。欧罗巴其一，总名大西洋。奉行陡斯教，纪年可推详"[1]，英国则"地越大浪西，潜巢冰海曲"[2]。至于其风俗，则"荒岛属阴类，君臣义本疏。灵秀钟于女，男子转不如。簪花坐南面，妇官美且都"[3]。作者的这一认识，应当是维多利亚女王当政所致。诗人介绍的概况，在今天看来自然平淡无奇，甚或多有错漏，但在长期闭关锁国的大环境中，诗人能主动突破自己既有的知识体系，虚心学习新的知识，这在当时的士人中洵属难得。况且，在当时的时代背景下要获取有关英国的信息极为不易。在魏源《海国图志》尚未编成时，诗人如此费心搜求敌方信息，足见谢元淮对"夷情"关注程度之高。

对于给中国造成重创的坚船利炮，诗人也能摒除"奇技淫巧"的偏见，积极了解相关的信息。他在《吴淞海口试炮歌》中写道：

哀角忽作老鹤鸣，蓝旗招动貔貅队。火光闪烁青烟飞，

---

[1]　谢元淮：《荡海杂咏》，见《清代诗文集汇编》编纂委员会编：《清代诗文集汇编》第546册，上海：上海古籍出版社，2010年，第601页。

[2]　谢元淮：《荡海杂咏》，见《清代诗文集汇编》编纂委员会编：《清代诗文集汇编》第546册，上海：上海古籍出版社，2010年，第600页。

[3]　谢元淮：《荡海杂咏》，见《清代诗文集汇编》编纂委员会编：《清代诗文集汇编》第546册，上海：上海古籍出版社，2010年，第604页。

轰雷震荡天地晦。但訝潮头遽东徙，余怒冲波起复坠。奔云回
遮乍浦城，沫雨径洒崇明寺。老翁百岁苦耳聋，两手自掩身还
退。铁炮巍垒已堪惊，铜炮峥嵘尤可畏。就中六炮形模殊，云
得夷船仿夷制。兵为凶器战危事，火炮之功智勇废。元戎用此
制四夷，猖狂何复忧鼠辈。①

　　清廷仿制侵略者的大炮后，在吴淞口试验。大炮排山倒海的巨大
威力直令地动山摇、蛟龙出海，颇具雷霆万钧之势。此次试炮令诗人彻
底见识、了解了敌人的强大，因而喜不自胜，将战胜敌人的希望全部寄
托在对先进武器的运用上。此外，诗人还将乘"火轮"巡视海疆的感受
付诸诗笔："千峰万峰波面起，天倾地陷沦为水。……洪涛春激天吴笑，
三桅火轮漂若纸。……策勋麟阁首蜚廉，扫荡为雪中华耻。"②诗中记叙
的西方先进事物，不仅是战争影响下诗歌创作发生新变的表现，诗人利
用西方先进武器制敌的思想，更展示出国难当头时智识阶层为探索国家
出路而做出的不懈努力。

　　当然，谢元淮作为一名生活在"天朝上国"的传统士人，对英国侵
略者有限且狭隘的认知难免令其形成了许多偏颇的看法。在了解到英国
以通商为本，与中国重农务本的传统大相径庭时，诗人曾多有"贪淫为

---

　　① 《清代诗文集汇编》编纂委员会编：《清代诗文集汇编》第 546 册，上海：上海古籍出版
社，2010 年，第 608 页。

　　② 谢元淮：《喜飓行》，见《清代诗文集汇编》编纂委员会编：《清代诗文集汇编》第 546 册，
上海：上海古籍出版社，2010 年，第 614 页。

国俗"①"红毛急功利"②"经商重贸易，所宝惟金珠"③之语。在了解到英国吻手礼等习俗时，诗人鄙夷满满地评价道："袒胸复嗅手，礼制堪胡卢。"④而伦敦居民用水需缴纳水费一事，在诗人看来更是英国政府"剥民水有税"⑤的罪证。如今看来，这种文化心理偏狭已极，但在当时却代表了绝大多数士人的看法。

鸦片战争爆发后，谢元淮走过了一条震惊—鄙夷—盲目自信—备受打击—悲哭不已—理性思考的心路历程，较为完整地涵盖了这一时期士人心态转捩的方方面面，极具典型意义。

第二节　鸦片战争爱国诗潮中的诗歌走向

鸦片战争给士人群体带来巨大冲击的同时，也给诗坛造成了极其强烈的震动。在战争空前强烈的刺激下，此间的诗歌题材、诗风走向、诗歌形制等都发生了不同程度的新变。

---

① 谢元淮：《荡海杂咏》，见《清代诗文集汇编》编纂委员会编：《清代诗文集汇编》第 546 册，上海：上海古籍出版社，2010 年，第 600 页。

② 谢元淮：《荡海杂咏》，见《清代诗文集汇编》编纂委员会编：《清代诗文集汇编》第 546 册，上海：上海古籍出版社，2010 年，第 601 页。

③ 谢元淮：《荡海杂咏》，见《清代诗文集汇编》编纂委员会编：《清代诗文集汇编》第 546 册，上海：上海古籍出版社，2010 年，第 604 页。

④ 谢元淮：《荡海杂咏》，见《清代诗文集汇编》编纂委员会编：《清代诗文集汇编》第 546 册，上海：上海古籍出版社，2010 年，第 604 页。

⑤ 谢元淮：《荡海杂咏》，见《清代诗文集汇编》编纂委员会编：《清代诗文集汇编》第 546 册，上海：上海古籍出版社，2010 年，第 601 页。

一、题材广度与深度的新变

同历史上众多战争背景下的爱国诗歌一样，对侵略者的挞伐与投降者的指斥，对正义战争的歌颂与英雄人物的赞美，抒发沉重的家国之悲与诚挚的爱国之情自然是鸦片战争中诗人创作的主要内容。但鸦片战争作为中国历史上首次遭受的侵略战争，其意义非同小可。它代表的不仅是侵略与反侵略、正义与非正义之间的斗争，更是新兴的资本主义制度与陈腐的封建制度间的正面交锋。因此，对国人来说，这是一次爆发于全新时代背景下的反对外国侵略者的正义之战。基于这样的认识，鸦片战争诗歌题材呈现出了前所未有的广度与深度。

首先，诗人对帝国的主义经济掠夺进行了揭露。鸦片战争爆发后，士人阶层几经思索，将战争爆发归因于屡禁不止的鸦片贸易。于是，通商互市自然成为士民心中罪恶的渊薮。陆嵩在《禁烟叹》中写道："通市咎前朝，弊政贵早革。怀柔圣人心，庸庸彼焉识。因循廿年来，交易互交舶。财赋富中原，膻趋久夷貊。折阅已番银，淫巧况来斥。奸术堕不悟，漏卮叹谁塞"①，将此次国难的发生归咎于通商互市，这种看法在当时得到了普遍认可。他在《追思》组诗中又写道："沧海风尘幸已清，追思往事尚心惊。百年蠦镜潜遗毒，一夕羊城竟启兵。市以贿通原祸始，室由道铸岂谋成。何堪卮漏仍难塞，遍地流金内府倾"②，极言通商互市导致的白银大量外流等危害。诗人认为，通商互市不仅激起了侵略者对中华财富强烈的觊觎之心，更败坏了国人的道德人心："所嗟中华尚礼域，已悲荼毒遭黄巾。堪更近畿许通市，衣冠错杂且休论。百货

---

① 《清代诗文集汇编》编纂委员会编：《清代诗文集汇编》第 570 册，上海：上海古籍出版社，2010 年，第 613 页。

② 《清代诗文集汇编》编纂委员会编：《清代诗文集汇编》第 570 册，上海：上海古籍出版社，2010 年，第 644 页。

交易务淫巧，钱刀习较忘尊亲。势将尽驱入禽兽，谁教稼穑明人伦。呜呼先圣去今远，大道岂得常渐沦。"[1]在诗人看来，通商互市后，西洋唯利是图的不良风气传入华夏，极大地影响了社会道德风气和纲纪人伦，华夏大地数千年以来的淳朴民风惨遭破坏。如此内外交攻，国家焉能不败。许多诗人还回溯历史，对互市通商之举加以批判，如陈文田"边衅骤因裁马市"[2]以及孙义均"多事郑和穷绝域"[3]之语。

第二，对群众力量的肯定。鸦片战争中，与朝廷不堪一击的哀兵怯将相比，民众的反抗斗争颇具声威，引发了士人极大的关注。三元里一役，民众自发发起抗英斗争，一改此前受侵略者欺压的弱小形象，显示出百姓同侵略者拼搏斗争的勇气。除张维屏《三元里》诗外，其他诗人亦赋诗称赞，如梁信芳《牛栏冈》曰：

> 北门罢战坚不开，客兵蹑翼咸归来。野狐遁谷山鬼哀，震瓦动地声如雷。红旗闪闪何神速，盘踞山巅扰山麓。拖牛捕豕贪不足，掠人妻女赭入屋。村人回回不敢怨，碧眼深睛非我族。扶男携女老倚少，越涧扪崖但闻哭。十三乡人皆不平，牛栏冈边愤义盟。计不旋踵不反顾，连络一心同死生。男女弱冠频请缨，女能执爨愿以征。耰锄破裰露拳掌，主伯亚旅步伐明，一一皆可称雄兵。嗟哉夷酋素轻敌，岂意联营肝胆识。况复天威助雷雨，没踝泥深拔无力。诛其黔奴擒其皙，戈舂其喉

---

①　陆嵩：《津门叹》，见《清代诗文集汇编》编纂委员会编：《清代诗文集汇编》第 570 册，上海：上海古籍出版社，2010 年，第 719 页。

②　陈文田：《书事》，见《清代诗文集汇编》编纂委员会编：《清代诗文集汇编》第 652 册，上海：上海古籍出版社，2010 年，第 32 页。

③　孙义均：《读史杂感》，见《清代诗文集汇编》编纂委员会编：《清代诗文集汇编》第 554 册，上海：上海古籍出版社，2010 年，第 654 页。

折其腋。葳草无声润膏液，披菁搜岩穷荡涤。自从航海屡交锋，数万官军无此绩。瞻望北山云莽苍，累累枯塚悲风凉。惊弓敛翼尚回顾，可怜白骨生磷光。十三乡人有余勇，欲脱火轮沉火舱。功成不受爵禄赏，志胜敢夸筋力强。洗尽腥膻固吾圉，破荒功业亦非常。今兹早稻方登场，蹂躏不免禾稼伤，努力补苴归洋洋。岂无战死魂未藏？跻之里舍俎豆香。寓兵于农亦自卫，策勋何必非膺扬？君不见，牛栏冈。[1]

与张维屏《三元里》诗着重描绘百姓抗英斗争的过程不同，梁氏此诗宛若是整个三元里抗英斗争的纪录片。诗歌甫一开篇，便描绘了英军奸淫掳掠、无恶不作的暴行和饱受欺凌后的百姓怒气冲天、自发结盟的场景。痛愤之下，男女老少战斗热情高涨，争先恐后地参与到斗争的行列中。面对手持先进武器的侵略军，三元里百姓拿起最平常的农耕用具与之交锋，在雨中凭借对环境的熟悉诱敌深入，成功将敌人团团围住。开战以来，清军接连败退，甚至屡屡不战而逃，此役虽称不上是一场重大胜利，更无法扭转英军大肆侵略中国的局面，但相较之前的定海之战、虎门之战等，英军损失确实较大。更重要的是，三元里抗英斗争是晚清历史上中国人民第一次自发的大规模的抵抗外国侵略的斗争。在国势岌危之际，义民不畏强暴、勇于斗争的精神极大地鼓舞了国人，充分彰显了英勇不屈的民族精神。对于此次抗英斗争中牺牲的义民，当地民众也修建义勇祠祀之。诗末，诗人针对当前的形势提出了"寓兵于民"的建议，希望朝廷能充分调动百姓，使其在抗击侵略者的斗争中发挥重要作用。

与此同时，众多诗人也纷纷意识到百姓在反侵略斗争中的重要性。

---

[1] 阿英编：《鸦片战争文学集》（下），北京：古籍出版社，1957年，第929—930页。

如徐时栋《乞儿曲》写道：

> 乞儿啼饥寒，鬼子不肯怜。乞儿诉哀苦，鬼子不能怒。
> 鬼子不怒亦不怜，乞儿累累相纠缠。鬼子不怜亦不怒，乞儿拍
> 手呼邪许。[1]

> 夜畏偷儿，昼畏乞儿，畏昼畏夜，不如去诸。[2]

> 鬼子入舟中，乞儿散如风。偷儿富贵乞儿穷，乞儿有口
> 不言功，使相赫赫来和戎。[3]

关于此诗的创作背景，诗人在诗前小序中写道："西夷据郡城积七
八月，郡中乞儿益穷饿。于是纷起向夷人索钱米，由城逮乡村，泊旁
郡、他县，与余姚流丐之向在郡乞食者，男女杂沓，携持保抱，入城中
呼号啼笑，日益众，多至于数千。此时夷方以偷儿有戒心，见此愈惊，
恐疑中国有阴谋，将仓卒袭取之者，始决计舍城去。是役也，偷儿之
功什六七，乞儿之功什二三。"[4]乱世中，社会最底层的"乞儿"与"偷
儿"也利用自己的身份和生存状态、活动特性等对敌人多加"骚扰"，
使其昼夜难安，最终弃城而去。相较之下，身居高位的官员却前来和

---

① 《清代诗文集汇编》编纂委员会编：《清代诗文集汇编》第 656 册，上海：上海古籍出版
社，2010 年，第 60 页。
② 《清代诗文集汇编》编纂委员会编：《清代诗文集汇编》第 656 册，上海：上海古籍出版
社，2010 年，第 60 页。
③ 《清代诗文集汇编》编纂委员会编：《清代诗文集汇编》第 656 册，上海：上海古籍出版
社，2010 年，第 60 页。
④ 《清代诗文集汇编》编纂委员会编：《清代诗文集汇编》第 656 册，上海：上海古籍出版
社，2010 年，第 59 页。

戎，在诗人看来真乃莫大的讽刺。再如苏廷魁"金瓯只仗黎民保，玉斧无将赤县捐"[①]，陶樑"丹鸡白犬辞空费，第一干城是义民"[②]等诗语，无一不是诗人对百姓积极参与抗英斗争的颂扬与肯定。

第三，从反投降到反封建思想的过渡。鸦片战争以来，朝廷软弱无能，权臣卖国乞和，军队不战而降……清廷的黑暗腐朽在这一次战争中充分暴露，士人阶层一以贯之的忠君等同于爱国的观念不断受到冲击，开始对清政府的封建统治产生怀疑。在战争的影响下，许多诗人甚至将笔触延展至对封建皇权帝制的抨击，且批判的深度与力度远胜此前对清廷投降乞和之举的挞伐。如孙义均《读史杂感》其十四云："匆匆天水小朝廷，幸计偷安又绍兴。启寇伊谁兆毡幕，输边从此竭金缯"[③]，以宋高宗赵构偏安一隅之事影射当下，将矛头直指天子，指责其软弱乞和。姚燮《当解剑歌七章还家后作》中第六首则以极其辛辣嘲弄的口吻抒发了"庶民"对"皇命"以及自欺欺人的统治者的鄙恶：

> 夷船伺关不入关，调军如蚁营压山。炮车列岸旌旗翻，长刀出鞘弓满擐。似能踊跃堪同患，坐疲奔塞，倏及秋晚。军心渐弛，流民渐返。谓扬天威，已往抚绥，惟赫赫皇命，孰敢抗违。谓守藩职，已来附依，惟岩岩天堑，孰敢犯窥？封告天子，天子曰噫。榜告庶民，庶民曰嘻。于暂亦宜，而久则非。[④]

---

① 苏廷魁：《重有感》，见《清代诗文集汇编》编纂委员会编：《清代诗文集汇编》第606册，上海：上海古籍出版社，2010年，第604页。

② 陶樑：《感事四首》，见《清代诗文集汇编》编纂委员会编：《清代诗文集汇编》第507册，上海：上海古籍出版社，2010年，第653页。

③ 《清代诗文集汇编》编纂委员会编：《清代诗文集汇编》第554册，上海：上海古籍出版社，2010年，第654页。

④ 姚燮著，路伟等编集：《姚燮集》第3册，杭州：浙江古籍出版社，2013年，第576—577页。

　　统治者将自己卖国乞和的行径美化为"扬天威"的招抚之举，将侵略军的暂停进攻粉饰为不敢来犯。统治者自欺欺人的丑恶嘴脸令诗人憎恶不已，因而诗语中充溢着极为犀利的言辞与深深的讽刺。

　　第四，对国家出路的思考。鸦片战争的爆发迫使许多诗人开始正视清廷的种种不足，总结失败的经验教训，进而思考国家的命运与前途，鲁一同正是这样一位典型的诗人。不同于时人反对互市通商的普遍看法，早在 1835 年，鲁一同就赋诗表达过其颇有见地的海防战略。他认为，一方面海运断不可禁，"二十年来海疆闭，部臣一去漕臣至。重开锁钥洞门垣，十万峰峦有生气"①，海疆封禁切断了清廷与外界沟通交流的重要渠道，危害甚深；另一方面，还应积极加强海防，"弢弓卧鼓君莫娱，鹢帆犀甲光模糊。太平有道四夷守，乘风破浪无时无"②，时刻树立较强的忧患意识，加强防备。对于鸦片战争的爆发，鲁一同也从内外两方面做出了分析。他指出，发动战争是英人蓄谋已久的结果，"衅发于定海，诈成于天津，夷不为无谋"③；另一方面，清廷内政不修，国力衰弱，才是导致英人入侵的根本原因。"必若潢池敛，先宜盂水清"④，"圣世只须勤内治，旋教瀛海尽航梯"⑤，如今唯有勤修内政，革除积弊才是振兴之道。同时，针对清王朝的诸多弊政，鲁一同也提出了许多

---

　　① 鲁一同：《吴子野画东海营图》，见鲁一同著，郝润华编校：《鲁通甫集》，西安：三秦出版社，2011 年，第 185—186 页。

　　② 鲁一同：《吴子野画东海营图》，见鲁一同著，郝润华编校《鲁通甫集》，西安：三秦出版社，2011 年，第 186 页。

　　③ 鲁一同：《关忠节公家传》，见鲁一同著，郝润华编校：《鲁通甫集》，西安：三秦出版社，2011 年，第 79 页。

　　④ 鲁一同：《杂感十二首》，见鲁一同著，郝润华编校：《鲁通甫集》，西安：三秦出版社，2011 年，第 239 页。

　　⑤ 鲁一同：《读史杂感五首》，见鲁一同著，郝润华编校《鲁通甫集》，西安：三秦出版社，2011 年，第 218 页。

建议：

> 九府琼林积，三朝朽贯俱。铢铢差至石，一一悔吹竽。
> 莫避青骢马，真愁赤水珠。度支谁实领？吾意问中枢。[①]

> 银币终何益，铜山讵有人。大都开互市，不必算千缗。
> 节俭朝廷意，弥缝宰相身。兵农气萧瑟，慎勿扰军屯。[②]

> 今日封中旨，何人抗直词。欣闻上殿语，如见裂麻时。
> 牛李多翻覆，椒兰足怨咨。调停劳圣虑，雷雨两无私。[③]

针对朝廷财政空虚、国力衰弱、党争激烈等现状，鲁一同提出，对于国帑之使用应公开透明，落实到个人，严厉杜绝贪腐；对于军民疲敝之状，应效法休养生息之举，尽量少干预，给予其恢复之机；针对激烈的党争，统治者应免除调停，严肃吏治。凡此种种，无一不是诗人在国政日渐衰朽时对国家出路的思考与探索。

二、诗风的剧变

鸦片战争前后，是晚清士人思想发生重大转折的关键时期。众多诗

---

① 鲁一同：《杂感十二首》，见鲁一同著，郝润华编校：《鲁通甫集》，西安：三秦出版社，2011年，第236页。

② 鲁一同：《杂感十二首》，见鲁一同著，郝润华编校：《鲁通甫集》，西安：三秦出版社，2011年，第237页。

③ 鲁一同：《杂感十二首》，见鲁一同著，郝润华编校：《鲁通甫集》，西安：三秦出版社，2011年，第238页。

人在鸦片战争这一重大历史事件的冲击下，所见所闻、所思所想均与此前迥异，这直接导致了这一时期诗风的剧变。张维屏正是在鸦片战争影响下，诗风发生明显转变的典型诗人。

鸦片战争爆发前，张维屏之诗多为记录仕宦游历、酬唱赠答以及抒写个人闲情逸致之作，诗风平和淡然，清丽明快，如其《西湖》其一云："四年两度访西湖，湖上春光展画图。雪后园林多玉树，水边楼阁总蓬壶。乱云湿处双峰醉，空翠飞时一塔孤。深浅几人全领略，我来洗眼问鄪苏。"[1]诗语中充溢着游湖赏景的惬意与欢欣。鸦片战争爆发后，生活在战事前线的诗人被勇敢的军民深深震撼，撰构了激荡人心的《三元里》《三将军歌》等诗作，但更多的则是悲慨败兵失地、丧权辱国的凄冷之作，如《书愤》：

> 汉有匈奴患，唐怀突厥忧。界虽严异域，地实接神州。
> 渺矣鲸波远，居然兔窟谋。鲰生惟痛愤，洒涕向江流。[2]

诗人将眼下英军的侵略与历代边患对比后发现，历代边患至少是发生在华夏大地上的战争，而眼下敢于"兔窟谋"的居然是来自异域的侵略者，足见诗人之惊愕。面对被动挨打的局面，诗人无奈之下，唯有"洒涕向江流"。又如诗人听闻《南京条约》签订后，所作《雨前》一诗：

> 雨前桑土要绸缪，城下寻盟古所羞。共望海滨擒颉利，

---

[1] 张维屏著，陈宪猷标点：《张南山全集》（一），广州：广东高等教育出版社，1994年，第91页。

[2] 张维屏著，关步勋等标点：《张南山全集》（三），广州：广东高等教育出版社，1994年，第267页。

翻令江上见蚩尤。

  人当发愤思尝胆，事到难言怕转喉。为语忠良勤翊戴，早筹全策固金瓯。①

听闻约成，诗人虽悲愤难抑，但仍理性地劝谏统治者要卧薪尝胆，未雨绸缪，为保卫领土做好万全的准备。

鸦片战争后，以张维屏诗作中悲楚低沉与激越高亢并立为代表的诗风堪称这一时期诗歌创作的最显著特征。惨烈的鸦片战争空前地冲击着诗人的内心，因而诗坛充溢着痛惜国祸家难的悲吟与感慨个人遭际的悲哭。如张仪祖《有感五首》其二曰：

  抗疏拼将积弊除，漏卮欲塞竟何如。夷吾死后谁筹海，贾谊生平此上书。

  天以人多开杀运，民缘业少失安居。闭关就使交能绝，已是残棋被劫初。②

鸦片战争爆发后，士人被迫开始直面清廷积弊。在诗人看来，此次英人自海上来犯而朝廷无力招架，原因就在于没有管仲般善筹海事的人才与贾谊般忠心为国的良臣。面对突如其来的战祸，诗人内心充溢着无能为力的失落，颈联二句真道尽了诗人的无奈与叹息。尾联，诗人一针见血地指出，并非闭关便可"交能绝"，反映出诗人对时事的思考。全诗感情深沉复杂，悲楚之意溢于言表。鸦片战争爆发后，许多诗人叙写

---

① 张维屏著，关步勋等标点：《张南山全集》（三），广州：广东高等教育出版社，1994 年，第 271 页。

② 阿英编：《鸦片战争文学集》（上），北京：古籍出版社，1957 年，第 20 页。

个人遭际之作亦凄凉悲楚。其中，姚燮诸诗堪称代表，如《当解剑歌七章还家后作》其四曰：

> 园中葵，折以摧。雨打壁，风倒篱。黄鸡饿，啄莓苔。木叶落，空阶堆，烟釜剩粒愁蚍蜉。家人顾我言，六月避乱昨始归。门庭复整扫，典琴鬻画供三炊。归来未十日，尔亦失意都中回。我行信劳悴，家人共狼戾。狼戾郁伊，顾我而嘻。不愁无食，不愁无衣，但愁琐尾终流离。①

避乱结束后，姚燮同家人回到家乡。仅仅数月，家中一切景象便破败至极。与流离丧乱之苦相比，诗人甚至认为缺衣少食已无关紧要，足见战祸给底层百姓造成的伤害。

鸦片战争时期的诗坛，除为悲郁之气笼罩外，清刚之气亦时有出现。这类诗歌多为英雄人物的肖像，诗人或叙其功绩，或记其英勇战斗乃至牺牲的过程，不一而足。朱琦因多作此类诗歌，为时人称赏。如其《王刚节公家传书后》曰：

> 皇帝廿一载，逆夷寇边陲。定海城再陷，三总兵死之。其一郑国鸿，其二葛云飞。公死尤惨烈，寸磔无完尸。亲军数十骑，鏖战同烬灰。先是裕制军，仗钺往誓师。余督为犄角，三镇受指伪。要害议分守，险艰安敢辞。甬东僻海陬，锋刃苦新羁。流亡招未复，怪鸱啼蒿藜。荒郭背崖砦，晓峰何崚崎。竹山障其南，仄径穷烟霏。兵法忌阻隘，技击无所施。峨峨九安门，独力谁能支。公率寿州兵，帐下多健儿。列栅据峰

---

① 姚燮著，路伟等编集：《姚燮集》第 3 册，杭州：浙江古籍出版社，2013 年，第 576 页。

岖，彼虏潜来窥。我兵壁垒坚，无从抵其城。贼退攻竹山，巨炮轰奔雷。乘势破晓峰，城角忽崩摧。公乃急赴援，事已不可为。郑帅断右臂，裹创强撑楮。张目犹呼公，阳阳如平时。葛陷贼阵间，血肉膏涂泥。或云没人海，举火欲设奇。一酋自后至，割刃裂其脐。惟时海色昏，颓云压荒陌。公弃所乘马，短兵奋突围。前队既沦亡，后队势渐危。相持近七日，援兵无一来。公死复何憾，公名日星垂。昔年战浑河，奋挝鞭羌夷。平猺荡苗疆，夺螯居前麾。鲸鲵坐可屠，何论鼠与狸。命将惜非人，错置乘机宜。传闻祭纛日，公潜语所思。吾已力一死，此行不必归。后竟如公言，失策哪可追。大帅奔宁波，招宾旋倾颓。同一委沟渎，可怜损国威。飓风吹怒涛，沿海半疮痍。老弱僵道旁，妇孺走且啼。稍喜刘中丞，镇定安遗黎。用民今两年，我皇日嗟咨。既苦经费绌，又虞民力疲。专阃成空名，文吏习周欺。寇至军已逃，兵多饷空靡。颇闻陈将军，战没江之湄。归元面如生，大名与公齐。世论泥成败，事后多诋諆。若公等数辈，使建大将旗。进可歼凶锋，退必坚藩篱。何至贻隐忧，岁币为羁縻。国家重武略，忠义怀前徽。死事例义恤，优典极宠绥。谥公以刚节，祀公有专祠。公名曰锡朋，传者宣城梅。我为补所遗，长歌告予悲。①

　　道光二十一年（1841），英军再陷定海，是诗即为与处州总兵郑国鸿、定海总兵葛云飞一同在定海之战中壮烈牺牲的寿春总兵王锡朋所作。此诗采用倒叙手法，开篇即开门见山地写道定海之战"三总兵死

---

① 《清代诗文集汇编》编纂委员会编：《清代诗文集汇编》第613册，上海：上海古籍出版社，2010年，第219页。

之"的惨烈结局。在介绍完郑、葛两位总兵后，又以"公死尤惨烈，寸磔无完尸"之语高度概括了主角王总兵之死，奠定了全诗感情基调的同时，极大地激起了读者的好奇心。紧接着，诗人介绍了战前的部署，进而层次分明地描绘了战争各个阶段的形势。王锡朋驻守的九安门周遭环境十分恶劣，为"技击无所施"的险地。但就在这样恶劣的条件下，王锡朋仍率领寿州健儿拼死力战，击退了英军一次次的进攻。后因其余营寨均被攻破，王锡朋及所部被困九安门苦守七日，终因"援军无一至"而壮烈牺牲。参与战斗的郑总兵右臂已断仍坚持战斗，葛总兵身陷贼阵粉身碎骨，三人壮烈赴死之举直令"惟时海色昏""飓风吹怒涛"。诗人还写道，传闻开战前王总兵曾有"吾已力一死，此行不必归"之语，如今应验，更令诗人痛心不已。相比之下，那些奉命督战的"大帅"早已逃之夭夭。诗人无奈之下，只能慨叹道，若诸位将领皆能如此，必可"歼凶锋，坚藩篱"，何至于遭受割地赔款之辱。王锡朋死后，朝廷赐谥号刚节，并修建祠堂祭祀之。是诗将诗人对侵略军的仇恨、对三位总兵的赞赏与痛惜以及对逃跑"大帅"的憎恶融于一体，展现出风景不殊时士人对于不屈的民族精神的强烈呼唤。

三、组诗的复兴与新变

组诗这一独特的诗歌表现形式，古已有之。但普遍运用组诗纪录时事，不断扩大其规模，则是晚清诗歌的一大亮点。而这一诗歌形式与结构上的突破，则肇起于鸦片战争爱国诗潮。鸦片战争以来，为了记述时代剧变，抒发诗人空前强烈的爱国之情，组诗再次得到了诗人的青睐，在整个晚清诗歌创作中大放异彩。鸦片战争时期，魏源、贝青乔等人堪称撰构组诗的杰出代表。魏源工诗，诸体兼善，翻检其诗集，无论绝句、律诗，抑或是歌行体，均有以组诗形式写就的作品。如《江南吟》十首，就是反映江南地区世态民情的歌行体组诗。组诗突破了歌行体在容量上的局限，因而可以一诗论一事，从多个侧面入手完整地反映江南地区的社会现状，细节之外更给人以概括性的宏观认知，极大地拓展了诗歌的深度与广度。类似的还有《都中吟》《君不见》《行路难》等组诗。魏源的诸多近体组诗中，尤以《寰海》十首与《寰海后》十首最为著名。在这两组诗中，诗人以律诗的形式完整地记述了鸦片战争的发生、过程与结局，并辅以对战争的分析与反思，是史实性与思想性、艺术性完美结合的佳作。

整个鸦片战争爱国诗潮中，最令人瞩目的当属贝青乔的大型组诗《咄咄吟》。这一组以一百二十首绝句连缀而成的大型组诗，详细地记述了扬威将军奕经在浙江抗击英军的所作所为。贝青乔以诗记史，每诗皆辅以详实细致的小注，不仅清晰地反映了鸦片战争期间浙东战场的状况，撰构了一部诗史，更开创了晚清时期以七绝连缀成篇，诗注结合的大型组诗的创作范式，直接影响到甲午战争、庚子事变时期的组诗创作，贡献巨大。

第三章
太平天国运动的诗歌表达

　　鸦片战争后，清朝统治者因循守旧，不思进取，政治黑暗如旧。为支付巨额赔款，清政府开始变本加厉地剥削百姓。天灾频仍，银贵钱贱，苛捐杂税繁重，土地兼并现象日益严重，外国资本的入侵给传统的封建小农经济带来了前所未有的冲击。民生日蹙，动荡不安，凡此种种，皆是大乱将起的征兆。

　　1851 年 1 月，于宗教中浸淫日久的洪秀全在广西金田揭竿而起，将那只存在于经文上、出于想象而扎根于土地的社会变为现实，中国封建历史上规模最大、持续时间最长、影响最为深远的农民革命——太平天国运动就此全面爆发。此后的十多年间，洪秀全以宗教信念为依托，带领这支军队转战华中、华南，空前沉重地打击着清王朝的统治。1853 年，洪秀全麾下的水陆联军攻占了长江重镇南京并建都于此，与清廷分庭抗礼，双方对峙长达十年。面对这支随时有可能挥师北上直捣黄龙的虎狼之师，考虑到这次起义带来的远胜于洋人五口通商的生存威胁，年轻的咸丰皇帝毫不犹豫地调集军队封锁长江沿线，在南京附近设立江南、江北大营，对这一非法政权实施剿灭。"在这十年中，对峙双方的一切政治行为、文化举措，无不为双方军事斗争的成败所牵制左右。战争主宰着一切。它在改变人们生存环境的同时，也制约着人们的情感机制与精神世界。战争以绝对的权威，支配着咸、同之际的文学空间。"①刚刚经历了鸦片战争血火淬炼的诗人们尚未收整起惶恐忧愤的心神，又不得不在歌哭声中再一次面对大厦将倾的紧张危绝，重又陷入凄惶悲楚的精神困境。在战争的绝对支配下，太平天国运动期间产生的诗作，也因诗人身份与阶级立场的差异划分为太平天国阵营、清军阵营以及两大阵营外诗人们的记述，这三部分诗语共同构成了太平天国激昂的诗史。需要注意和说明的是，这三类诗人所属阵营不同、阶级立场不同、思想观念不同，对待太平天国运动的态度与情感倾向自然不同，认识和评价肯定不一致。笔者仅就诗歌本身出发，对这三类诗人记述太平天国运动的诗歌加以梳理，力图真实展现诗人在长期战乱中的生存状态与心路历程，分析这一时期不同阵营内的诗歌创作走向。

第一节　诗人笔下的太平天国心史

在战争的绝对支配下，太平天国运动时期产生的诗作，亦因诗人阶级身份、政治立场等因素呈现出明显的差异化特质。在各诗人群体中，东南半壁亲历战祸的诗人及其诗作，数量之多，艺术成就之高，尤其引人注目。而其中最为耀目的当属诗人金和。

金和（1818—1885），字弓叔，号亚匏，江苏上元（今南京）人。金和生逢封建末世，一生经历鸦片战争、太平天国等重大历史事件，身处动荡乱世而历尽危苦，故而其《秋蟪吟馆诗钞》不仅是一部全景式展

---

① 关爱和：《政治与军事对峙中的文学空间——太平天国与曾氏集团文学论略》，《山东社会科学》，1993 年第 1 期，第 41 页。

现晚清末世社会的诗史，更是深刻反映诗人生存状态和心路历程的心史。纵览金和生平，太平天国运动堪称其人生的转折点。

太平天国运动何以给金和如此大的打击？这需寻绎金和的心路历程。金和生活的晚清是山飞海立、内忧外患的悲剧时代。在深受儒家文化熏陶、浸染的士人看来，太平天国起义与历史上的农民起义并无不同，皆属乱臣贼子之流，是对统治秩序的蓄意破坏与冲击。而太平军攻城及占领后的暴行的确令人触目惊心，"金陵百万户，平居如俭荒"①以及"劫火同暴秦"②等描绘金陵遭劫情状的诗句在金和诗中俯拾皆是。至于金和本人，金陵遭难时，"家凡九人，死者四人，出者亦四人"③，这些都在他内心留下了难以弥合的创伤。国祸家难的重创，自然将金和推向了农民军的对立面。在金陵沦陷的过程中，金和虽将清军的腐朽无能、不堪一击尽收眼底，但他依旧抱有士人阶层的幻想，企图通过自己的美芹之献，与清军里应外合夺回南京。为此，他亲赴向荣幕中游说并献计献策，却无功而返。在此过程中，他对统治集团腐朽残暴的本质反倒有了更为彻底的认识，这无疑又加剧了他对统治集团的离心倾向。合作无望，却又无力反抗，诗人只能怀着一颗矛盾痛苦的心，生活在两个对立阶级的夹缝中。一方面，是太平军带来的无可化解的家破人亡之恨；另一方面，是对清军由失望、绝望再到憎恨的认知过程。无法改变的阶级立场和无处安放的忠君爱国之心实际上已令金和处在了虽生犹死的心境之中，而如此进退失据的苍茫心态也是这一时代文人内心的

---

① 金和：《痛定篇十三首》，见金和著，胡露交点：《秋蟪吟馆诗钞》，上海：上海古籍出版社，2012年，第78页。

② 金和：《痛定篇十三首》，见金和著，胡露校点：《秋蟪吟馆诗钞》，上海：上海古籍出版社，2012年，第78—79页。

③ 金和：《上吴和甫师书》，见金和著，胡露校点：《秋蟪吟馆诗钞》，上海：上海古籍出版社，2012年，第376页。

共同写照。出逃金陵后，迫于生计，金和曾出馆各地。多年的辗转飘零不仅未能寻到一丝建功立业之机，生活的困窘反而日益消磨着诗人的壮志。"抱负卓荦，足以济一世之变，而才与命妨，连蹇不偶"①，国仇家难、功业幻想的破灭以及精神家园的沦丧，金和实以一身承之。战祸带来的恨而不得其恨和爱而不得其爱的生命体验，成为金和生命中始终无法挣脱的枷锁，爱恨皆由此生发。因此，他无时无刻都渴望找到一个无"兵"无"贼"的世外桃源，强烈的情感诉求致使他在人生终点发出的都是"余生衰病甚，何处问桃源"②的喟叹。而以金和为代表的东南寒士群体，大抵也是沿着这样的轨迹走完一生的。太平天国运动的十余年中，社稷倾颓之哀，痛失亲友之悲，流离丧乱之苦，颠沛飘零之感，种种心绪纠缠交织，共同构成了太平天国运动中金和复杂悲苦的心史。

咸丰三年（1853），太平军的骤然来袭给居家金陵的金和带来的是生存状态乃至精神信念上的毁灭性打击，《再赠瑾山即题其三十岁小像》一诗字里行间充溢着诗人全家遭劫的悲楚与酸辛："堂上亲沉疴，不得奉甘脆。闺中妇最弱，不能庇伉俪。膝前儿遽殇，不忍述梦呓。楹书付劫灰，墓表缺时祭。亲戚久生别，朋辈每长逝。"③家人贫病无依，幼子夭亡，亲朋逝世的消息时时传来……无数个体生命的遭际就这样被裹挟在时代的洪流中无奈向前，不幸遭难的巨大痛楚与无能为力的挫败感日夜煎熬着诗人的内心。更令诗人难以承受的则是太平军对传统文化的破坏。"贼遇庙宇悉谓之妖，无不焚毁。贼不知文学，虽孔孟之书亦毁，

---

① 冯煦：《秋蟪吟馆诗钞序》，载金和著，胡露校点：《秋蟪吟馆诗钞》，上海：上海古籍出版社，2012 年，第 453 页。

② 金和：《乙酉上元时寓沪上》，见金和著，胡露校点：《秋蟪吟馆诗钞》，上海：上海古籍出版社，2012 年，第 331 页。

③ 金和著，胡露校点：《秋蟪吟馆诗钞》，上海：上海古籍出版社，2012 年，第 135 页。

噫，此文字之劫也。"①太平军入城后，金和家中藏书被目为妖书尽数焚毁，城外多座寺庙亦被破坏。在金和这样的传统士人来看，"楹书付劫灰"的遭遇无异于是"斯文之丧"的标志。对真正的书生来讲，书乃其珍宝，对书情深义重乃是文化心态的深层酵化。书被焚毁，诗人的精神支柱遭到重创，无疑将之推向了更加绝望的境地，更激发了他对太平军的仇恨。

金和先祖累世名宦，虽至祖父辈家道中落，但士人的担当意识却分毫未减。出于"国仇方切齿，家难复吞声"②的激愤，基于屡次科场失意但又欲谋求仕进的现实考虑，金和积极与清军联络，试图夺回南京。在金和奉母命去向荣军中游说之前，曾"中夜起坐不能寐，十指尽秃余咬痕"③，乱世中忠孝不能两全之痛和内心的纠结尽显无遗。此时，南京城内的反抗正在有序进行，"更有健者徒，夜半誓忠义。愿遥应将军，画策万全利。分隶贼麾下，使贼不猜忌。寻常行坐处，短刀缚在臂。但期兵入城，各各猝举燧"④。金和满怀信心前往游说，却不想"谁料将军忙，未及理此事"⑤。金和只能失望地感叹道："吾舌能令金马泣，军心之似木鸡驯。"⑥不久后，内应事泄，同谋张继庚被杀，金和再也无法回

① 佚名：《粤逆纪略》，见太平天国历史博物馆编：《天平天国史料丛刊简辑》第2册，北京：中华书局，1962年，第31页。

② 金和：《将之松江子珉以诗送行作此酬之四首》，见金和著，胡露校点：《秋蟪吟馆诗钞》，上海：上海古籍出版社，2012年，第184页。

③ 金和：《五月七日母命出城述赋》，见金和著．胡露校点：《秋蟪吟馆诗钞》，上海：上海古籍出版社，2012年，第69页。

④ 金和：《痛定篇十三首》，见金和著，胡露校点：《秋蟪吟馆诗钞》，上海：上海古籍出版社，2012年，第78页。

⑤ 金和：《痛定篇十三首》，见金和著，胡露校点：《秋蟪吟馆诗钞》，上海：上海古籍出版社，2012年，第78页。

⑥ 金和：《初六日将辞诸营而去》，见金和著，胡露校点：《秋蟪吟馆诗钞》，上海：上海古籍出版社，2012年，第88页。

到金陵，而其"忠义"之举不但未受到清军表彰，反而招致猜忌和冷遇。他在《初七日去大营拟寄城中诸友》中说："十万冤禽仗此行，谁知乞命事难成。包胥已尽滂沱泪，晋鄙惟闻叹息声。自古天心悭悔祸，虽余人面错偷生。一身轻与全家别，何日残魂更入城？"[1] 诗人出生入死却备受猜忌、冷遇，加之对清军贪财怯懦、虐杀百姓、文恬武嬉的所见所闻，这时他对清军的认知已由失望转为绝望，无奈之下唯有痛哭。此后，金和在方山组织团练，却为巡抚许乃钊阻挠，险遭搜捕，以致奇计流产。金和愤怒地指斥道："不复有人理，将无为贼谋。黄金昏汝智，吾辈又何仇？"[2] 至此，金和对清军的幻想已彻底破灭。而此时历尽危难的金和，"长身剩骨在，瘦影疑山魈。面目黑且丑，蓬发森枒枬"[3]，内心的苦楚与精神的憔悴早已令其不堪折磨，唯有在血泪交加中苦苦支撑。

咸丰四年，迫于生计，金和出馆泰州、清河等地，踏上了长期飘零无依的苦旅。此后数年中，生活困顿，残杯冷炙之状，一年更甚一年。诗人任职釐捐局时，"事在簿书、钱谷之间，日与驵侩、吏胥为伍"[4]；入凤安幕时，"日已昃而未食、鸡数鸣而后寝者，盖往往有焉"[5]。往日桀骜不驯的狂者，如今为了生活只能放下读书人的清高，除从事繁重的体力劳动外，还要违心地与驵侩、吏胥为伍，其心理落差之大可想而知。咸丰十年，太平军占领江南几遍，金和家中凄惨异常，"十日九饭

---

① 金和著，胡露校点：《秋蟪吟馆诗钞》，上海：上海古籍出版社，2012年，第89页。

② 金和：《奇狱》，见金和著，胡露校点：《秋蟪吟馆诗钞》，上海：上海古籍出版社，2012年，第106页。

③ 金和：《吴从舅吴筑居先生》，见金和著，胡露校点：《秋蟪吟馆诗钞》，上海：上海古籍出版社，2012年，第123页。

④ 金和：《一弦集自序》，见金和著，胡露校点：《秋蟪吟馆诗钞》，上海：上海古籍出版社，2012年，第207页。

⑤ 金和：《南棲集自序》，见金和著，胡露校点：《秋蟪吟馆诗钞》，上海：上海古籍出版社，2012年，第252页。

常不饱，妻子瘦削成群豺。老夫壮心既灰死，更苦秋病痔疬疥"①。寄人篱下，辛酸度日，贫病交加，艰难的生活早已将金和的志向与抱负消磨殆尽。多年飘零，更使其生出抑郁苦闷、彷徨无依之感。但纵使艰难如斯，金和依然铁骨铮铮，发出"昂头呼青天，我是铁炼骨"②的不屈之音，顽强地与命运抗争。同治六年（1867），闻听家乡已平定，疲惫已极的诗人归心似箭，终于回到金陵。

金和一生潦倒沦落于社会底层，渴望仕途而无从仕宦，内心充满了失意与苦闷。农民起义的爆发，更为之增添了无数的磨难艰险、贫穷苦难。就金和来说，他既痛恨清廷，又仇视太平军，更看不到新的希望，"一颗心始终悬于紧张危绝之境，或坠入空梦如幻的寒窖"③。处在如此动荡的时代，金和唯有将复杂痛苦的心境付诸诗笔，以浇胸中块垒，他在太平天国期间的诗作，既是对社会现实的记录，也是对其内心的哀矜苦吟。金和作为晚清东南寒士群体的典型，作为身经离乱的文人代表，他在诗歌中展现的生存状态、心路历程更是当时大多数文人心态的真实再现，极具典型意义。

第二节　认同机制下的诗歌创作走向

咸同之际的诗坛在太平天国运动的支配下，呈现出交战双方彼此对立，但各个阵营内的诗人彼此认同且情感流向一致的独特面貌。究其原

---

① 金和：《将之粤东留别江南诸友》，见金和著，胡露校点：《秋蟪吟馆诗钞》，上海：上海古籍出版社，2012年，第262页。

② 金和：《十七夜见月有怀》，见金和著，胡露校点：《秋蟪吟馆诗钞》，上海：上海古籍出版社，2012年，第220页。

③ 严迪昌：《清诗史》，北京：人民文学出版社，2011年，第951页。

因，应是在认同的前提下，情感机制作用的结果。

一、认同的产生

认同（identity）这一心理学范畴概念，由弗洛伊德较早提出，他指出："认同机制就是努力模仿被视作模范的人来塑造一个人自己的自我。"[1] 蒋欣欣在《文化批评关键词研究》中将"identity 暂且译作'身份'以彰显差异，'认同'以突出同一，'身份/认同'以强调整体概念。"[2] 在清廷与太平天国对峙的过程中，双方由于身份地位的差异，各自形成了政治与文化认同，将之表现于文学创作。

文化认同是构建政治认同的基础，而政治认同也是促进文化认同的重要推动力。1840 年以来，清廷日益腐朽堕落的统治带来的社会问题与日俱增，而太平天国正是这些社会矛盾集中爆发的典型代表。与历史上无不为自己找寻合法政治口号的农民起义一样，太平天国也不例外，自称天父次子的洪秀全所倡导的理念中主要包含了三点文化价值内涵：第一，以排满为核心的民族主义文化；第二，构建人人平等、天下为公的政治文化；第三，以拜上帝教为核心的宗教文化。在洪秀全的宣传引导下，这些文化价值内涵迅速转化为太平天国领袖领导农民对抗封建统治的有力武器。而农民起事者的现实利益与精神需求，则是太平天国精神信仰与思想意志的集中体现，这也正是产生于农民革命军之中的认同。太平天国农民政权的建立，打破了旧有社会秩序的稳定。而其"天道真情"的存在，凌辱了官方认定的精神权威，对清廷的政治与思想统治皆构成了严重威胁。

---

① 〔奥〕西格蒙德·弗洛伊德著：《群体心理学与自我的分析》，见车文博主编：《弗洛伊德文集 6：自我与本我》，长春：长春出版社，2004 年，第 78 页。

② 王晓路等著：《文化批评关键词研究》，北京：北京大学出版社，2007 年，第 278 页。

　　太平天国猝然起事，在政治组织、经济制度、文化政策方面都极不成熟。在战争的笼罩下，太平天国的精神与情感活动始终存于罅隙之中。而这一缝隙在战争外力的冲击和挤压下，又呈现出功用至上的畸形状态。在太平天国这个政治性的军事实体中，一切行为军事化是至高无上的指导思想，并带有强制性禁欲倾向，个体的思想精神、情感需求被强行规范化、简单化。在《军次实录》等规定太平天国文体、文风的文献中，文以纪实、言贵从心、通俗易懂的精神贯穿始终。凡无关天国军政者，皆被目为虚文浮语、淫辞邪说。可以说，在文学审美、认识、教化的三大基本功用中，太平天国将教化功能开掘到了极致。

　　清军阵营认同的发生，可以曾氏文学集团为例。伴随着太平天国运动的爆发，曾国藩幕府成为了旧式文人荟萃之地。纵观曾国藩的思想，《圣哲画像记》可称为其一生思想追求的总纲。文章列举古今圣哲三十二位，以其所长分为义理、辞章、考据、通才四类，比附于孔门四科。曾氏选择的三十二人，兼容并包，正是清代各学派尊奉的精神领袖的集合。如宋学所推崇的周、程、张、朱之道统；桐城派恪守的韩、柳、欧、曾之文统；汉学派推为鼻祖的许、郑、杜、马；经世派奉为楷模的葛、陆、范、马。这种价值取向既顺应了鸦片战争后各学派由相互攻讦转为收敛自持、臻于合流的学术趋势，同时也对乱世中士儒阶层的思想人格加以整合。曾国藩以经济、义理、考据、辞章兼善而并重为基点的行身根底，实质上与太平天国"弦诵之士怀经济，赳桓之士尽腹心"[①]的人才理想并无二致。在战争中，双方都对文武双全之才求贤若渴。曾氏军幕成立并壮大后，曾国藩虽对众人觊望以功业，但从根本上说却时时刻刻以文章相勖勉。在曾氏手中，文事辞章之学已变为实现政治利益和人生功利的手段，是对抗太平天国的利剑。基于平乱的现实需求，传

---

　　① 太平天国历史博物馆编：《太平天国印书》，南京：江苏人民出版社，1979 年，第 766 页。

统的文以载道的命题在曾氏手中得以具象化。无论是与友人的酬赠往来之作还是评价他人的诗篇，曾氏的这一思想始终贯穿其中，如"莫借文章追往哲，要凭肝胆报皇天"①，"缅怀仁庙虚前席，尽访鸿儒佐太平"②，"熙朝正学要匡扶，众说纷纷各启涂。归语江南诸父老，太平天子好真儒"③等诗句。在这些诗作中，曾氏始终鼓励博学鸿儒积极厕身于报效朝廷、"佐天下太平"的宏图大业，实现个人仕进的同时匡扶天下。硕儒所具备的深厚学养、超群才智，不仅是经天纬地的利器，更是飞黄腾达的跳板。再如咸丰五年（1855），曾国藩水陆湘勇困于江西，军情险恶，适时曾氏老友郭嵩焘自湖南来，于是曾国藩赋《会合一首赠刘孟容郭伯琛》。是诗追述了数年征战的辛酸劳苦，最后以"作诗志会合，亦用砭瘝瘥"④收束全篇，相互勉励，勤勉克己，早日完成平叛的大业。

在洪秀全和曾国藩为模范的两大对立阵营中，双方参与者分别从宗教和儒学出发完成了文化认同，进而上升到政治认同的地步，形成了剑拔弩张的对立态势，铸就了文学创作的核心差异。

二、诗坛创作新貌

"政治与军事冲突的存在，使对峙双方形成了各自的集团利益和生存战略。这种集团利益和生存战略，只有同集团中每个成员的内心相结

---

① 曾国藩：《书边夔石诗集后二首》，见曾国藩著，王澧华校点：《曾国藩诗文集》，上海：上海古籍出版社，2013年，第92页。

② 曾国藩：《送梅伯言归金陵三首》，见曾国藩著，王澧华校点：《曾国藩诗文集》，上海：上海古籍出版社，2013年，第95页。

③ 曾国藩：《送唐镜海先生九首》，见曾国藩著，王澧华校点：《曾国藩诗文集》，上海：上海古籍出版社，2013年，第103页。

④ 曾国藩著，王澧华校点：《曾国藩诗文集》，上海：上海古籍出版社，2013年，第105页。

合，才能成为该集团一切社会行为的巨大精神动力，从而激励每个成员自觉地为认定的目标而殊死战斗，建立功勋。在双方集团利益与个体内心需求相结合的过程中，文学以特有的情感活动方式，发挥着重要的催化与沟通作用。"①故而除军事对峙外，太平天国阵营与清军阵营还以诗为剑，在文化领域进行着激烈的斗争。而两大阵营外的诗人们则多为底层寒士，他们大多亲历战争，历尽危苦，记录还原了战争中底层社会的风貌。

（一）太平天国阵营内的诗歌创作

太平军虽是以文化程度较低的农民为主要构成人员的军队，但其核心领袖及主要将领如洪秀全、冯云山、洪仁玕、李秀成等人都接受过一定程度的教育，能较为熟练地运用各类诗体进行创作。他们或抒革命豪情，或言戎马倥偬，诗风刚劲有力、积极昂扬，对当时的革命斗争起到了积极的宣传鼓动作用，留下了宝贵的时代印记。现存有关太平天国的资料较为有限，诗歌也不多，但就这为数不多的太平天国诗歌展现出的独特风貌也值得我们一探究竟。

1. 核心领袖的诗作

洪秀全（1814—1864），原名火秀、族名仁坤，广东花县（今广州花都）人。他出身于农民家庭，"自幼即好学，七龄入塾读书。五六年间即能熟诵四书五经孝经及古文多篇，其后更自读中国历史及奇异书籍，均能一目了然。读书未几即得其业师及家族之称许"②。而《清史

---

① 关爱和：《政治与军事对峙中的文学空间——太平天国与曾氏集团文学论略》，《山东社会科学》，1993 年第 1 期，第 44 页。

② 〔瑞典〕韩山文：《太平天国起义记》，见沈云龙主编：《近代中国史料丛刊续编》第二十九辑第 281 册，简又文译，台北：文海出版社，1976 年，第 11 页。

稿·洪秀全传》记述他"少饮博无赖"①，不确。这种截然不同的评述不仅是政治立场对立导致的刻意丑化，内在的文化心理机制亦作用颇深。中国封建时代对历史人物的评价素来遵循非黑即白的原则，若是好人，则完美无瑕，乃天地间完人；一旦被贴上坏的标签，则作恶多端，一无是处。而这些人物的出生及童年则又成为史家刻意着墨之处。或神话其出生，或妖魔化其童年，不一而足。即便是修撰于民国时期的《清史稿》亦无法规避这一文化传统的影响，洪传也因此别具意味。洪秀全16岁时，因家计困穷便辍学在家。18岁时，担任本村塾师。此后，四试不第，心灰意冷。铩羽而归后，开始接受西方基督教的思想，从此踏上了与之前有霄壤之别的人生旅程。

　　洪秀全的诗歌现存较少，按内容大致可分为两类：第一类是抒发革命斗志与豪情的诗作，以《龙潜》《剑诗》等为代表，这类诗歌均作于金田起义之前，艺术成就相对较高；第二类是宣扬政治主张的诗歌，《原道救世歌》《九妖庙题壁》等为典型之作，文词通俗易懂，其实质是鼓动群众的宗教歌词，艺术成就不高。但其独特价值在于从中可以探析洪秀全如何对基督教进行改造和利用，因而历来受关注程度较高。其《剑诗》曰：

　　　　手持三尺定山河，四海为家共饮和。搲尽妖邪归地网，收残奸宄落天罗。

　　　　东南西北敦皇极，日月星辰奏凯歌。天父天兄带作主，太平一统乐如何！②

---

① 赵尔巽等撰：《清史稿》，北京：中华书局，1977年，第12863页。

② 扬州师范学院中文系编：《洪秀全选集》，北京：中华书局，1976年，第6—7页。

1843 年，洪秀全开始革命活动后，与表兄李敬芳铸剑两把，各重数斤，长三尺，上刻"斩妖剑"三字。洪秀全因此赋诗一首，气势恢宏地抒发了决心推翻满清统治的巨大抱负，以及对革命成功后全国升平一新的美好憧憬。

《剑诗》首联，作者以"三尺"借代宝剑，表达了只有通过暴力革命的方式才能"定山河"的坚定信念。为了实现这一目标，即便是转战南北四海为家，也甘之如饴。这两句诗充分展现了一位农民革命领袖的高远志向和雄伟气魄。颔颈两联，以两个对仗句展现了作者克敌制胜一往无前的勇气和信心。颔联"捡尽妖邪归地网，收残奸宄落天罗"，极其鲜明地表达出拜上帝会击灭"阎罗妖"，即推翻满清封建统治者的政治主张。"捡尽""收残""地网""天罗"，均表现了作者"横扫千军如卷席"的英雄气概；而将清廷统治比作"妖邪""奸宄"，正是作者对其极端仇恨和蔑视的表现。颈联"东南西北敦皇极，日月星辰奏凯歌"，是对革命前景的美好展望。诗人认为，在"捡尽妖邪""收残奸宄"后，神州大地必将焕然一新。"皇极"乃大中至正之道，洪秀全坚信自己的主张必然会得到全国各地的拥护和支持，成为新的统治准则，而日月星辰也会为之大放异彩，为农民革命的胜利奏响震动天宇的凯歌。这两句诗中，作者扭转乾坤谱写历史新篇章的壮志和革命必胜的乐观主义精神尽显无遗。尾联，作者发出了"天父天兄带作主，太平一统乐如何"的欢唱。诗人认为，在天父天兄的带领和指引下，一旦革命胜利，眼前黑暗之景将被扫除殆尽，百姓将会在生机勃勃的新局面中安居乐业，万世太平。这两句诗，表露出洪秀全"天下一家，共享太平"的理想，使全诗的思想性得到了升华。洪秀全以剑为诗，反映了他作为一个农民革命领袖的见识与特质。他憎恶将百姓置于水火之中的"妖邪"，必欲除之的信念喷薄而出，极具感染力。字里行间，人们似乎可以看到一位提剑定风波，与清王朝殊死搏斗的英雄形象。

金田起义前夕，广西各地反清斗争风起云涌，"拜上帝会"也日渐壮大，发动农民革命起义的时机渐臻成熟，于是洪秀全赋《时势》诗一首，诗曰：

近世烟氛大不同，知天有意启英雄。神州被陷从难陷，上帝当崇毕竟崇。

明主敲诗曾咏菊，汉皇置酒尚歌风。古来事业由人做，黑雾收残一鉴中。①

这是集洪秀全雄心抱负、宗教信仰、民族思想和斗争方略于一体的作品，天命在我、手握乾坤的自信跃然纸上。颈联以朱元璋、刘邦自比，抒发了开基立业的伟大志向，"古来事业由人做"一句更是堪比"王侯将相宁有种乎"的不屈呐喊。

洪秀全传世诗歌极少，但仅就形式而论却又无处不诗。他一向善于使用歌谣形式进行宣传，太平天国运动中诗歌形式的布告、诏令等比比皆是。如杂言长诗《原道救世歌》，即以明白晓畅的语言宣传了宗教思想和革命道理，是洪秀全宣传革命思想的三篇重要著作之一。其形式、语言一定程度上可看作太平天国提倡通俗晓畅语体文的范式，思想价值远胜于艺术价值。

洪仁玕（1822—1864），字益谦，号吉甫，广东花县（今广州花都）人。他自幼读书，屡试不第，科场困顿并担任乡村塾师的人生经历与族兄洪秀全颇为相似。1847 年，洪仁玕同洪秀全共赴广州听美籍牧师罗孝全宣传基督教义，不久返回故里，开始研习医药。金田起义爆发时洪仁玕未及参加，后因清廷严查，遂四处避祸。后寓居香港，结识牧师韩

---

① 扬州师范学院中文系编：《洪秀全选集》，北京：中华书局，1976 年，第 11 页。

山文并从其研习教义，1859 年始至天京。洪仁玕的到来使洪秀全极为振奋，旋晋其为"干王"，总理朝政，成为太平天国名副其实的首揆。洪仁玕虽不以诗名，今存诗作亦不多，但基本都与革命活动相关，或述志，或抒情，风格昂扬豪迈，其《香港饯别》曰：

> 枕边惊听雁南征，起视风帆两岸明。未挈琵琶挥别调，聊将诗句壮行旌。
>
> 意深春草波生色，地隔关山雁有情。把袖挥舟尔莫顾，英雄从此任纵横。①

1858 年，洪仁玕离港赴天京，临行前与友人告别时赋此诗，一扫分别时的离愁别恨，激昂奋进的情思呼之欲出，大有一展身手之意。诗人几番赴天京受阻，情思萦回，不免生出迫切之情。北雁南征本是寻常的物候规律，但在迫切思北归的诗人眼里，年岁又逝，即便在睡梦中听到一丝声息也牵动着诗人的心。"惊听""起视"，传神地点出诗人急欲投身革命事业的急切心情，同时将画面从听觉切换到视觉，丰富了诗歌的层次和表现力。"把袖"犹言握手。诗人虽与朋友难舍难分，但毅然踏上征程，自信而豪迈。洪仁玕到天京后，备受重用，真可谓是"英雄从此任纵横"了。

行军途中，洪仁玕也曾赋诗抒怀，其《赠宁郭守将》曰：

> 离别深情世罕抛，关心云树及河桥。长亭十里旗生色，壮士三千气奋旄。
>
> 骏马金鞍鞯共享，宗臣王弟谊何饶！从今无以兄为范，

---

① 扬州师范学院中文系编：《洪仁玕选集》，北京：中华书局，1978 年，第 61—62 页。

惟慕东王姓字超。①

关于此诗的写作背景，《钦定军次实录》载："辛酉十一年（1861）正月二十七日军经宁郭郡，众天将天兵殷勤迎于十里之外，且送至十里外之九眼桥，一一敬别，因吟以劝慰之。"② "1861年，太平天国革命运动复放异彩，较之去年开始时的形势大见好转。革命军几乎在所有的战线上都取得了胜利，清军的主力全被击溃，许多富饶地区一一落入太平军之手，这些地区的政权也迅速地巩固了起来。太平军军威大振，清军或则不加抵抗望风而逃，或则毫无组织地作困兽之斗。"③ 值此军威大振时，洪仁玕途经宁郭郡，驻守宁郭的太平军将士以极其隆重的仪式相迎送。对此，干王感慨万端，以满腔的激情写下了这首留别诗。

此诗一落笔，便用"世罕抛"三字来形容"离别深情"，随即，又以"关心云树及河桥"来深化离别之情。"云树""河桥"本是寻常物，但由于深受宁郭将士的爱戴，作者对这里的一草一木、一事一物也都平添了几分关心，不忍离开。诗人正是用这种以小见大的手法收到良好的抒情效果，奠定了全诗的感情基调。颔联，"长亭十里""壮士三千"，作者仅用八个字就勾勒出迎送时极其盛大的场面；而"旗生色""气奋旄"，则充分显示了迎送队伍无比威壮的气势。这两句原是写景，但更是写人、写情，即通过这一蔚为壮观的场面体现了宁郭将士对作者无比的崇敬和爱戴，实则也是作者作此诗的缘由和目的。后两联，是作者对宁郭将士倾诉衷肠。为了推翻清王朝的统治，太平军同仇敌忾，他们的

---

① 扬州师范学院中文系编：《洪仁玕选集》，北京：中华书局，1978年，第63页。

② 洪仁玕：《钦定军次实录》，见中国史学会主编：《中国近代史资料丛刊·太平天国》（二），上海：上海人民出版社，1957年，第599页。

③ 〔英〕呤唎：《太平天国革命亲历记》，王维周等译，上海：上海人民出版社，1997年，第260页。

友谊可谓诞生于血与火中，凝聚于刀光剑影里，格外深厚。"宗臣"典出《汉书·萧何曹参传赞》"唯何、参擅功名，位冠群臣，声施后世，为一代之宗臣"[1]，原指世所崇仰的名臣，此处指广大将士。"饶"，深厚意。至于最后两句，诗人称"惟慕东王"也合乎情理。杨秀清自金田起义到定鼎天京，曾统率太平军各路兵马横扫清军，军功显赫。此外，在天京变乱后仍高度肯定杨秀清的功绩，更是出于安定人心提升军队凝聚力的考虑。洪仁玕的这首留别诗，情景交融，情感真切，既有情谊深切的诉说，又有煊赫场面的描写；既描写了当下情景，又带有一定的政治现实指向。洪仁玕的确可称为太平军中的诗才。

石达开是太平军中又一位能诗的领袖。石达开（1831—1863），广西贵县（今贵港）人，"出身于富裕农家，兼通文武。但石家属于客家，经常受到上层统治阶级的歧视与压榨。为免遭统治阶层之迫害及当地匪盗之骚扰，石达开毅然参加洪秀全发起的宗教运动以求其保护"[2]。永安封王时，石达开受封翼王。石达开诗名喧腾于世，起于清末所刊《石达开遗诗》，署残山剩水楼主人编，收诗25首。经学者罗尔纲考证，皆系伪作。现在可考定为石达开真作的，数量极少，其中《白龙洞题壁诗》最负盛名：

　　太平天国庚申十年师驻庆远，时于季春，予以政暇，偕诸大员巡视芳郊。山川竞秀，草木争妍。登兹古洞，诗列琳琅，韵著风雅，旋见粉墙刘云青句，寓意高超，出词英俊，颇有斥佛息邪之概，予甚嘉之。爰命将其诗句勒石，以为世迷

①　班固：《汉书》，北京：中华书局，1962年，第2022页。
②　〔美〕A.W.恒慕义主编：《清代名人传略》（下），中国人民大学清史研究所《清代名人传略》翻译组译，西宁：青海人民出版社，1990年，第289页。

仙佛者警。予与诸员亦就原韵立赋数章，俱刊诸石，以志游
览云。

> 挺身登峻岭，举目照遥空。毁佛崇天帝，移民复古风。
>
> 临军称将勇，玩洞美诗雄。剑气冲星斗，交光射日虹。[1]

此诗作于咸丰十年（1860），诗前小序将作诗的时间地点及缘由交
代一清，非常有助于读者理解诗歌的思想内容。此诗气势雄浑，风格遒
劲，四联皆用对句，且属对甚工，使诗歌的内容与形式得到了较好的统
一。特别是尾联，气贯长虹的文辞体现出作者敢于檄讨敌人的不屈斗志
和锋芒毕露的刚勇气质，实为全诗之精粹，在收束全诗的同时将之推向
高潮。"冲""射"二字淋漓尽致地显示出这种精神的锋锐和张扬，恰恰
是赋诗草檄、杀敌擎旗的诗人文武兼资风貌的真实写照。

2. 主要将领的诗作

太平天国的战将中，也颇有"上马击狂胡，下马草军书"的能诗
之人。

洪大全（1823—1852），亦作洪大泉。其早年身世经历，据《洪大
泉自述》载："我是湖南衡州府衡山县人，年三十岁。父母俱故，并无
兄弟妻子。自幼读书作文，屡次应试，考官不识我文字，屈我的才，就
当和尚，还俗后，又考过一次，仍未取进。我心中忿恨，遂饱看兵书，
欲图大事，天下地图，都在我掌中。当和尚时，在原籍隐居，兵书看得
不少，古来战阵兵法，也都留心。……数年前游方到广东，遂与花县人
洪秀泉、冯云山认识。……我来到广西，洪秀泉就叫为贤弟，尊我为天

---

① 罗尔纲选注：《太平天国诗文选》，北京：中华书局，1960 年，第 196 页。

德王，一切用兵之法，请教于我。"①由此观之，洪大全实为文武双全的将才。永安突围时，洪大全被捕，押送京师后被杀。戎马征战间，他也曾赋诗壮怀，其《失题》诗云：

> 双髻山前树似麻，晓鹃啼血客思家。围场散后连营静，卷起春旗看落花。②

结合诗歌内容及诗人经历，此诗当作于金田起义后至永安突围前。太平军前期形势险恶，斗争艰苦，洪大全作为主要将领，对此应当深有体会。"树似麻"，茂密而杂乱，气象森然；"晓鹃"即杜鹃。黑压压的树林，凄厉、啼血的杜鹃，不禁令人望而生畏，思乡之情油然而生。这一联透过眼前景象，描绘了斗争环境的险恶与艰难。第二联，以"围场""春旗"等物象入诗，色调由暗渐明，气氛也由冷峻转为轻快。"围场"为皇帝涉猎之所，此处应为比喻。伏击围歼，敌人似猎物陷入重围，我方胜利自不待言。激烈的战斗过后，军营一片宁静。而战旗飘扬，落花飞舞，盎然的春景令人由衷地喜悦、向往，诗人对即将到来的永安突围之战也充满了希望和信心。此诗借景抒情，眼前之景作为作者内心潜意识的折射，无疑使得作者的情思更加真切。

李秀成（1823—1864），"广西梧州府藤县宁风乡五十七都长恭里新旺村人氏。父李世高，独生李秀成弟李明成二人。家母陆氏。在家孤寒无食，种地耕山，帮工就食，守分安贫。自幼时，八、九、十岁之

---

① 中国史学会主编：《中国近代史资料丛刊·太平天国》（二），上海：上海人民出版社，1957年，第777页。

② 罗邕等辑：《太平天国诗文钞》，见沈云龙主编：《近代中国史料丛刊》第七十二辑第715册，台北：文海出版社，1971年，第359页。

间，随舅父读书。家贫不能多读，帮工各塾，具一周知。"①后加入拜上帝教，金田起义后效力军中。天京事变后，李秀成稳定了江西、皖北战局，进而解天京之围，战功赫赫，一跃成为太平天国运动后期举足轻重的人物。时局艰难，战事纷复，纵是豪壮，心中也常含隐忧，有《感事两首》尽抒情怀：

> 举觞对客且挥毫，逐鹿中原亦自豪。湖上月明青箬笠，帐中霜冷赫连刀。
>
> 英雄自古披肝胆，壮士何尝惜羽毛。我欲乘风归去也，卿云横亘斗牛高。
>
> 鼙鼓声声动未休，关心楚尾与吴头。岂知剑气升腾后，犹是胡尘扰攘秋。
>
> 万里江山多筑垒，百年身世独登楼。匹夫自有兴亡责，肯把功名付水流。②

第一首，一个"豪"字奠定了全诗的基调。举觞挥毫，举手投足间一派儒将风度。月夜垂钓何其风雅，颇具诗情画意；霜天寒冷战刀冰凉，令人思潮起伏。颔联承首联之音，一正一反截然不同的两种景象恰恰映衬出诗人在两种生活状态中切换自如的从容与自信。颈联直抒胸臆，发出了诗人披肝沥胆、奋不顾身的英勇呐喊。尾联借苏轼词句，更添飘逸神采。苏子欲归去，自有其出世入世的矛盾心理，而李秀成的归

---

① 罗尔纲：《增补本李秀成自述原稿注》，北京：中国社会科学出版社，1995年，第143页。

② 罗邕等辑：《太平天国诗文钞》，见沈云龙主编：《近代中国史料丛刊》第七十二辑第715册，台北：文海出版社，1971年，第359—360页。

去，则毫无隐遁之意，当指听闻天京被围时急欲回营解危之意。"卿云"，即瑞云，瑞气。最后一句应理解为云山阻隔，强敌阻挡之意。这首诗既有逐鹿中原的自信，又有甘愿为太平天国牺牲的豪情，还有担心受挫受阻的忧思，内涵丰富，层次鲜明。第二首，"鼙鼓声声"，战事吃紧，气氛森森，诗人举觞挥毫的闲情消散殆尽，取而代之的是对眼下战事的忧思重重。"楚尾""吴头"实指安庆。安庆为天京屏障，一旦失守局势将急转而下，后果不堪设想。诗人由安庆之危洞识到整个战局，目光如炬。但一想到起义多年，至今东南未靖，不免哀伤愤恨。颈联脱胎于杜甫名句，但化用得恰如其分，别具新意。"多筑垒"展现出与清廷抗争到底的决心，如若同心同德奋战到底，天朝政权或可得以延续。如此，到了晚年，抚今追昔，也可以无悔无愧于此生。尾联收笔，将壮烈之情凝聚于笔端，豪气干云。李秀成不仅是一位颇具声威的青年将领，也是一位才气纵横的诗人。尽管今存诗作不多，但从这两首诗来看，他甚得律诗要领，韵律、平仄、对仗、用典、造句等方面，都远高于太平天国其他军政领袖的诗作。

太平天国的主要领袖们不仅人生经历极其相似，诗歌创作也呈现出偏重抒怀、绝少纪事、文辞简单、情感流向一致等特点。这是由诗人们强烈的心理认同感与深刻的社会现实原因等共同作用下产生的特殊文学现象。究其原因，当有以下几个方面：

第一，太平天国的文化政策和文学主张起到了决定性作用。太平天国运动不仅以武力反抗着清王朝的统治，而且在文化思想领域对传统文化进行了猛烈的涤荡与冲击。洪仁玕在《诫浮文巧言谕》中开宗明义地说道："文以纪实，浮文所在必删；言贵从心，巧言由来当禁"[①]，即要求作文要言之有物，要能真实地反映现实，具有真情实感，反对华而不

---

① 罗尔纲编注：《太平天国文选》，上海：上海人民出版社，1956年，第99页。

实的"浮文"和矫揉造作的"巧言"。太平天国的领袖们认为，文学是阶级斗争的宣传工具，与政治息息相关。此外，《钦定世阶条例》中也写道："文艺虽微，实关品学；一字一句之末，要必绝乎淫说邪词而确切于天教真理，以阐发乎新天新地之大观"[1]，明确指出文艺一定要从属于一定的政治路线并为其服务。它必须"确切于天教真理"，即合乎太平天国的政治主张；有助于"阐发新天新地之大观"，即为太平天国革命事业服务。正是出于这样的文化政策和文学主张，太平天国领袖们的诗作迥异于传统的文人之诗、学人之诗以及志士之诗，普遍通俗易懂，简洁明快，常宣传宗教思想并歌颂太平天国革命。

第二，太平天国军政领袖们早期相似的人生经历和共同的革命目标是其诗歌中情感指向一致的根本因素。太平天国领袖们均出身贫寒，饱尝科场失意之苦，阶层固化的现实成为他们晋升途中不可逾越的障碍，彼此难免生出惺惺相惜之感。革命的最终目标是推翻清王朝的统治，这更是太平天国阵营内的共识。出于这两个原因，太平天国的领袖们在思想意志与精神信仰方面有着极大的心理认同感。众多诗作中高度一致的壮怀激烈、奋斗不息的豪迈之情正导源于此。

第三，太平天国阵营的诗歌创作还受到许多现实因素的制约。太平天国革命军是一支由农民构成的军队，其各级领导者虽接受过一定程度的教育，但文化水平和诗歌素养毕竟不能与真正意义上的文人相比。中国古典诗歌历来的传统便是重抒情轻叙事，叙事诗的创作对诗人的造诣和素养要求甚高，洪秀全等人的自身素养决定了他们无法完成以诗歌记叙革命过程的高难度创作。李秀成等人作为战争的参与者，军政繁忙四处征战是他们生活的常态。这就决定了他们必然无法摆脱政治立场的对

---

① 中国史学会主编：《中国近代史资料丛刊·太平天国》（二），上海：上海人民出版社，1957年，第551页。

立，以旁观者的角度客观、清晰、完整地记录战争的全过程。在种种因素的共同作用下，太平天国阵营内的诗歌创作便呈现出只有抒情之诗，绝少叙事之作的面貌。

（二）清军阵营内的诗歌创作

太平天国起义爆发后，王师不兴，节节败退。以江西为例，"弃之贼中者，为府八，为州若县若厅五十有奇。天动地岌，人心惶惶，讹言一夕数惊，或奔走夺门相践死"[①]。对此，咸丰帝愁云惨雾地感叹道："大江南北乱离中，岂是妖氛气力充。守土居然皆走鹿，斯民能不赋哀鸿？九重自揣殚思虑，三载何曾奏事功？麟阁至今犹汉代，丹青何以绘群公？"[②] 雨零星乱之际，为迅速扑灭革命烈火，清廷双管齐下，一面调集军队攻打太平天国起义军，一面下令各地举办团练，帮助镇压起义军。由是，湘军、淮军应运而生，成为挽救清廷败局的重要力量。在与太平军十余年的军事对峙中，这两支军队成立幕府，延揽人才襄赞军政两务。在镇压太平天国运动过程中，清军阵营内的领袖、入幕文人及参战将领等也留下了许多风貌独特的诗作。

1. 湘军阵营的创作

曾国藩率领的湘军是一支为王前驱的军事武装。"湘军"之名，最早见于曾国荃《湘军记叙》："自广西寇发，湖南首当其冲。吾乡士人提挈子弟，转战湘粤间；其后援鄂，援江西，始稍稍出征于外。会有诏行团练于东南诸省，吾伯兄太傅文正公以墨绖治军长沙，用诸生讨训

---

① 曾国藩：《母弟温甫哀词》，见曾国藩著，王澧华校点：《曾国藩诗文集》，上海：上海古籍出版社，2013年，第282页。

② 爱新觉罗·奕詝：《感事》，见钱仲联主编：《清诗纪事·咸丰朝卷》，南京：江苏古籍出版社，1989年，第11095页。

山农，号曰湘军，湘军之名自此始。"①当太平军起事广西、定都江宁之时，丁忧在籍的曾国藩以侍郎身份受命兴办团练，苦心经营数载，终于组织起一支足以与太平军正面抗衡的军事力量。在洋人的帮助下，最终扶大厦于将倾，剿灭了太平天国起义。而曾国藩也扶摇直上，成为了声名煊赫的中兴第一名臣。

为组织湘军，曾国藩广招军政人才聚集麾下的同时，还十分注意延揽文士，以期获取士绅阶层的广泛理解与支持。1854 年 2 月，湘军即将出省作战时，他在《讨粤匪檄》中疾呼："倘有抱道君子、痛天主教之横行中原、赫然愤怒、以卫吾道者，本部堂礼之幕府，待以宾师。"②以护卫皇权为纽带，广结思想同盟，军事镇压外一并发动文化围剿，曾氏之手段不可谓不高明！"为促进思想同盟的形成，曾国藩一改京师居官时期学宗程朱，文守桐城之初衷，主张汉宋兼采，骈散共举，调停学界文坛的各派争端。而这一时期的学界文坛，先惊骇于鸦片战争之突变，后震动于太平天国之生成，生存的危机，使他们早已无心同室操戈。曾国藩身居高位，又以兼容并包，卫护旧有学术文化的面目出现，故而迅速得到以著书立说、研读经史为安身立命之处的各派文人学者的一致认同。这样，曾国藩不仅成为咸同之际清政府政治、军事利益的代表，也俨然充任了学苑文坛卫道联盟的领袖。'卫道'之战比军事行动更能牵动儒林中人的心，他们为了保卫文化传统及自身的利益，结成了松散的思想同盟。一些赤膊上阵者，或为功名，或为信仰，或为生计，投奔于曾氏幕府，直接参与襄助对太平天国的文化之战。"③同时，他们也形成了诗人团体，为晚清诗坛贡献了许多别开生面的诗篇。

① 王闿运等撰：《湘军史料四种》，长沙：岳麓书社，2008 年，第 331 页。

② 曾国藩著，王澧华校点：《曾国藩诗文集》，上海：上海古籍出版社，2013 年，第 267 页。

③ 关爱和：《政治与军事对峙中的文学空间——太平天国与曾氏集团文学论略》，《山东社会科学》，1993 年第 1 期，第 42 页。

陈衍《近代诗钞叙》称："有清二百余载，以高位主持诗教者，在康熙曰王文简，在乾隆曰沈文悫，在道光、咸丰则祁文端、曾文正也。"① 所谓"以高位主持诗教者"，即一定时期内的诗坛盟主，当具备以下三个要素：第一，位高权重声名显赫，不仅要有一定的政治影响力，在文界也需有一呼百应的影响力；其次，能诗且于诗学有自己独特的创建；第三，具备领袖群伦的威望与能力。以此三个标准评判，曾国藩无论从地位、声望、学养，还是诗歌创作的成就，都是湘军诗人团体的领袖，乃至整个诗坛烜赫一时的诗坛盟主。龙榆生称："咸丰、同治间，为清诗一大转变；所宗尚为杜甫、韩愈以及黄庭坚；而曾国藩（字涤生，湖南湘乡人）以望重位高，实为倡导。"②

曾国藩（1811—1872），初名子城，字伯涵，号涤生，湖南湘乡（今属娄底市双峰县）人。他出生在一个家境殷实的耕读之家，其父曾麟书虽于科举无甚作为，但教子勤勉，"晨夕讲授，指画耳提，不达则再诏之，已而三覆之。或携诸途，呼诸枕，重叩其所宿惑者，必通彻乃已"③。正是在这样的教育下，曾国藩克绍家风，勤于读书，自幼便立志走仕途经济之路。早年两试不第，道光十八年（1838）方中进士，改翰林院庶吉士，自此厕身仕林，开启了出将入相、拜爵封侯的传奇人生。

曾氏作诗用力甚勤，颇为自负，尝在致诸弟信中言："余于诗亦有功夫，恨当世无韩昌黎及苏、黄一辈人可与发吾狂言者"④，一改平日的谦逊低调，其自信可见一斑。纵览曾氏诗作，以咸丰二年（1852）为

---

① 陈衍编，冯永军等点校：《近代诗钞》，上海：华东师范大学出版社，2016年，第1页。
② 龙榆生撰，钱鸿瑛导读：《中国韵文史》，上海：上海古籍出版社，2002年，第64页。
③ 曾国藩：《台洲墓表》，见曾国藩著，王澧华校点：《曾国藩诗文集》，上海：上海古籍出版社，2013年，第408页。
④ 曾国藩：《致澄弟温弟沅弟季弟》，见唐浩明整理：《曾国藩全集·家书一》，长沙：岳麓书社，1985年，第92页。

界，大致可分为前后两期：前期读书、在京为官，诗作数量多，内涵丰富，题材多样，风格慷慨雄健；后期全力镇压太平天国运动，诗作数量大大减少，以题赠酬唱之作为主，诗风冲淡平和。征战太平天国期间，曾氏虽少直接反映战事之作，但皆极为含蓄，《壬戌四月沅弟克复巢县和州含山等城赋诗四首》堪称代表：

　　濡须坞里涨春波，三月莺啼气正和。一骑云飞新报捷，汉家收复旧山河。

　　碧血家家百草腥，荒郊五夜泣坤灵。将军一扫陵阳道，便有游人说踏青。

　　半壁山前铁锁横，当年诸将各声名。即今锥凿西梁下，益信先皇万里明。

　　师淑韩公二十霜，敢将裴令并论量。诸君自有浯溪笔，看取穹碑日月光。①

　　曾国藩同治元年（1862）三月廿九日日记载："程伯敷以旬日连克七州县四要隘为诗称贺，余作四首七绝答之。"② 题作"壬戌四月"，当误。程伯敷，即程鸿诏（1820—1874），字伯敷，号黔农。程氏《有恒心斋诗集》亦录此诗，题作《浃旬之间官军连克州县七城要隘四处伯敷以诗见贺奉笔四章并简莼卿尚斋海航筱泉眉生》。个别字句亦有不同，

---

① 曾国藩著，王澧华校点：《曾国藩诗文集》，上海：上海古籍出版社，2013 年，第 111 页。
② 萧守英等整理：《曾国藩全集·日记二》，长沙：岳麓书社，1988 年，第 734 页。

"收复"程集作"收取"，"即今锥凿"程集作"只今锤凿"，"师淑"程集作"私淑"。

1862年3月24日，曾国荃率湘军再度由安庆沿江东下，4月18日攻陷巢县、含山县城，20日攻下和州，22日攻克西梁山。西梁山古称天险，为天京西侧门户。曾国荃会同彭玉麟水师于5月18日自西梁山越过芜湖，先攻金柱关，复由金柱关偷袭太平府城，并攻克之。次日，又攻陷金柱关、东梁山。捷报频传，曾国藩作为湘军最高统帅，自然喜不自胜，看似文词低调内敛的诗作实则豪情深蕴。濡须坞指濡须山与七宝山之间的水域，位于今安徽省含山县境内。陵阳，位于今安徽省青阳县南。第三首，程集中附曾氏自注曰："咸丰四年，官军破田家镇，贼有铁锁横江。旋奉谕旨，有'此下尚有东西梁山一关，亦不易破'云云。今水师破西梁山，江洲果亦有铁锁。"① 如今战胜，证明谕旨不错，故而更加称许咸丰的英明。前三首诗风格平实质朴，虽写战事胜利，但含蓄克制，毫不张扬。一字未提战果，却字字不离此事。如"将军一扫陵阳道，便有游人说踏青"句，战事结束，陵阳安定太平，游人才可出行游春。以小见大，内涵深刻，正是曾氏作诗功力和风格的体现。这三首诗，选取不同的人事景物，运用直接间接等表现手法，抒发克复三地的喜悦，言简意深。

第四首，一反前三首均有实指的作法，用典抒情，将全诗推向了高潮。"韩师"，即韩愈；"裴令"，即裴度。据黎庶昌为曾国藩所编年谱来看，曾氏最早对韩愈发生兴趣是在25岁时。加之韩愈超卓的事功人格，在曾氏心目中早已是完人般的存在。由是，从文至道，由学及身，韩愈

---

① 《清代诗文集汇编》编纂委员会编：《清代诗文集汇编》第678册，上海：上海古籍出版社，2010年，第369页。

已成为曾国藩成长道路上的精神导师。曾国藩曾有"述作窥韩愈"①之言，为文作诗心摹手追，冥冥造往。此外，韩愈更是一位颇有事功的文人。他的文章与国家命运紧密相联，他以文章改造社会并收到了一定的成效。曾国藩出将入相，平定天下，亦不以普通的文人自限，自然对韩愈式的历史人物颇有好感，此后更时刻以韩愈文与道的继承者与发扬者自居。从这两个角度分析，曾氏服膺韩愈合情合理。浯溪碑林，位于湖南祁阳县。唐大历六年（771），元结将自己十年前抗击史思明叛军时所作的《大唐中兴颂》刻于浯溪山崖之上。此时，曾氏平叛之功卓著，文人治国平天下的终极理想和经天纬地之气魄尽显，跨越时空，对元结产生了极大的心理认同感。曾国藩俨然以历史的改写者自诩，自信豪壮之气直冲霄汉。

曾氏后期诗作虽以酬唱题赠为主，但于战事也并非毫无记叙，其《赠吴南屏》即描绘了战事为百姓带来的深重灾难，诗云：

> 即今南纪风尘靖，乱后遗黎多青灾。荒村有骨饲狐貉，沃土无人辟蒿莱。筋力登危生理窄，斗粟谁肯易婴孩？三里诛求五里税，关市或逢虎与豺。谬领大藩二千里，疮痍不救胡为哉？②

战乱过后，白骨遍地，满目疮痍，人吃人的惨象甚至持续多年。早在同治元年（1862），曾国藩就在家书中写道："口粮极缺，则到处皆

---

① 曾国藩：《杂诗》，见曾国藩著，王澧华校点：《曾国藩诗文集》，上海：上海古籍出版社，2013年，第6页。

② 曾国藩著，王澧华校点：《曾国藩诗文集》，上海：上海古籍出版社，2013年，第115页。

然。兵勇尚有米可食，皖南百姓则皆人食人肉矣。"①同治二年他在日记中再次写道："皖南到处食人，人肉始买三十文一斤，近闻增至百二十文一斤，句容、二溧八十文一斤。荒乱如此，今年若再凶歉，苍生将无噍类矣！"②随着战事推进，民不聊生之状愈发惨不忍闻，惨绝人寰的景象一次次冲击着诗人的心。十余年的战祸，民力早已枯竭。如今战事将靖，本该休养生息，可各路官员仍以重税对百姓进行捶骨沥髓式的压榨。诗人痛惜民瘼，急欲有所作为。

曾国藩后期诗作何以如此低调，绝少记录镇压太平天国运动的诗歌，归结起来，原因大致有三：其一，军务繁忙，确实无暇作诗，对实事的反映只能在酬赠往来之作中一笔带过。第二，因身份地位的限制，不敢张扬。曾国藩手握重兵，本就遭皇帝忌惮，若再以诗笔记录自己如何平叛，便难逃伐功矜能、功高震主之嫌，甚或惹来杀身之祸。第三，心性使然。曾氏素性低调内敛，谨慎克己。经世致用的实干思想对他影响甚深，出于传统文人的品性与修养，也无意作诗自矜。

如果说曾国藩是湘军文人集团的领袖，那么郭嵩焘则是集团内当之无愧的核心人物。郭嵩焘（1818—1891），字伯琛，号筠仙，别号玉池老人，湖南湘阴人。"道光二十七年（1847）进士，选庶吉士，遭忧归。会粤寇犯长沙，曾国藩奉诏治军，嵩焘力赞之出"③，实为创建湘军之元老。后入湘军幕，成为曾国藩得力的军事助手。咸丰三年（1853），郭嵩焘率军驰援被太平军围困的江忠源部，经过考察提出创建水师的建议，于是"先造巨筏，列炮其上，与陆师夹击，寇引去"④。因功授编

① 曾国藩：《致澄弟》，见唐浩明整理：《曾国藩全集·家书二》，长沙：岳麓书社，1985年，第814页。
② 萧守英等整理：《曾国藩全集·日记二》，长沙：岳麓书社，1988年，第884页。
③ 赵尔巽等撰：《清史稿》，北京：中华书局，1977年，第12473页。
④ 赵尔巽等撰：《清史稿》，北京：中华书局，1977年，第12473页。

修，入值上书房。光绪元年（1875）受命入京，为出使英国钦差大臣，是我国历史上首位驻外使节。后迫于顽固势力的攻击，称病辞归，光绪十七年病逝于家乡。

郭嵩焘甚喜作诗，尝言"此身到处有诗留"①，镇压太平天国运动时亦笔耕不辍，最著名的便是《喜闻官兵复武昌》一诗：

> 楚境纵横半九州，沉沦何止汉樊忧！顿收鄂粤经营地，重睹关河战伐秋。
>
> 万里孤军成创局，三吴全势要深筹。腐儒荒徼宣威德，喜极翻成涕泗流。②

1854年2月25日，曾国藩率湘军17000余人自衡州启程，分水陆两路北上阻击太平军。不料接连大败，"初失利于岳州，继又挫败于靖港，愤极赴水两次，皆左右援救以出"③，湘军之惨败前所未有。太平军湘潭失利后，湘军士气稍振，于10月14日克复武昌。郭嵩焘作为湘军一员，听闻消息后喜极而泣，于是赋此诗，喜悦之情跃然纸上。诗人同时又充满忧虑，冷静地指出"三吴全势要深筹"。

自太平军起事以来，郭嵩焘时刻心系社稷安危。太平军攻下南京时，郭氏曾赋《感事》四首，其一曰："汉家稗政固多端，祸起黄巾一局残。江路经年犹燕处，钟山终古失龙盘。枕戈有暇筹防御，厝火何人策治安？君看烽烟传小警，长途飞檄浩漫漫。"④诗人以汉喻今，以黄巾

---

① 郭嵩焘：《题陈东浣〈船斋诗草〉》，见杨坚点校：《郭嵩焘诗文集》，长沙：岳麓书社，1984年，第730页。

② 杨坚点校：《郭嵩焘诗文集》，长沙：岳麓书社，1984年，第663页。

③ 黎庶昌撰，梅季标点：《曾国藩年谱》，长沙：岳麓书社，2017年，第38页。

④ 杨坚点校：《郭嵩焘诗文集》，长沙：岳麓书社，1984年，第650—651页。

起义代指当下的太平天国，诗中不仅充溢着对时局的忧虑，更为清廷无平叛之战将和良策深感忧虑。相较于虎视眈眈的外夷，士人阶层更加畏惧太平军起义带来的迫在眉睫的生存危机。因此，郭嵩焘的诗作中始终弥漫着深重的忧思。

2. 淮军阵营的创作

太平天国运动后期，出于平叛需要，湘军之外，淮军应运而生。追根溯源，淮军实出湘军。1862 年，为剿灭江苏战场的太平军，确保江南财赋来源，清廷令曾国藩保荐官员充任江苏巡抚，条件之一便是要善于同外国人"打交道"。此前，曾氏集团尚未有和外国人来往的经验。权衡之后，曾国藩向朝廷举荐了李鸿章。

李鸿章，早年因其父李文安与曾国藩有同年之谊而投奔曾氏，"从曾国藩游，讲求经世之学"[①]，深得赏识。太平天国运动前期，李鸿章见用于福建巡抚福济。1858 年，曾国藩驻军江西时李鸿章始入其幕，"初掌书记，继司批稿、奏稿。数月后，文正谓之曰：'少荃天资于公牍最相近，所拟奏咨函批，皆有大过人处，将来建树非凡，或竟青出于蓝，亦未可知。'"[②]咸丰十一年（1861）秋，李秀成率太平军50万分道进攻浙江，东南震动。"会江苏缺帅，奏荐鸿章可大用，江、浙士绅亦来乞师。同治元年，遂命鸿章招募淮勇七千人，率旧部将刘铭传、周盛波、张树声、吴长庆，曾军将程学启，湘将郭松林，霆军将杨鼎勋，以行。"[③]是年三月，淮军训练告成。此后，李鸿章正式署理江苏巡抚，担任江苏战场镇压太平军的主帅。李鸿章军幕中虽也聚集了一批文人，但与曾国藩相比，李鸿章在文坛既没有足够大的影响力，又未以卫道大旗延揽文

---

①　赵尔巽等撰：《清史稿》，北京：中华书局，1977 年，第 12011 页。

②　薛福成著，南山点校：《庸盦笔记》，南京：江苏古籍出版社，2000 年，第 11 页。

③　赵尔巽等撰：《清史稿》，北京：中华书局，1977 年，第 12011 页。

士，所以并未形成相应的文学集团。镇压太平天国运动期间，淮军阵营内的诗歌创作则主要以刘铭传等将领为主。

李鸿章（1823—1901），字渐甫，号少荃，晚年自号仪叟，安徽合肥人。"道光二十七年（1847）进士，改翰林院庶吉士。三十年，散馆授编修。咸丰二年，大考二等，赏文绮。"[1]后世于李鸿章，多知其治国之才，鲜知其制艺之能，评价更是毁誉不一。他虽非众人眼中的文人学者，亦不以诗文名世，但文存颇丰。今观其诗歌，按其人生履历及政治地位之变迁，大致可分为登科之前、戎马之中、封疆之后三个阶段。整体来看，李鸿章登第之前诗作数量较多，内容主要集中于对功名的热切渴望；投身戎马后，诗歌数量达到高峰，内容涉及出世入世之矛盾、战事艰难之惆怅及愈挫弥坚之精神等，其心迹性格尽显于此，可谓李氏一生诗作之精华；封疆以后，因耽于政务等因素，诗作数量剧减。

投笔从戎，镇压太平天国起义，是李鸿章人生最重要的转折点。军旅多年，虽于胜败司空见惯，但每每战败，疲惫、辛酸、失意便一起涌上心头。李鸿章以一介儒生的身份投身军幕，既无治军经验，又无靠山可依，入曾氏军幕前，辗转于周天爵、福济等幕府，颇不得志。咸丰六年（1856）途经明光镇时，有感于军兴以来的接连挫败，李鸿章赋诗述怀道：

四年牛马走风尘，浩劫茫茫剩此身。杯酒借浇胸磊块，枕戈试放胆轮囷。

愁弹短铗成何事，力挽狂澜定有人。绿鬓渐凋旌旆落，

---

① 王钟翰点校：《清史列传》，北京：中华书局，1987年，第4445页。

关河徒倚独伤神。①

　　咸丰三年（1853）十月，太平军攻陷舒城，作者好友吕贤基投水自尽。咸丰五年，其父李文安病逝，诗人不免生出茕茕孑立之感。借酒浇愁处，时而抒发寄人篱下功业难成之苦，时而自信可以力挽狂澜。绿鬓渐凋，时光匆匆；旄节脱落，军事败绩。诗人于二者无可奈何，只能黯然神伤。全诗情绪错综复杂，自信与颓丧交织一处，给人以厚重之感。

　　咸丰五年，李文安的逝世成为李鸿章人生的又一转折点。李文安逝世前曾手书谕鸿章曰："贼势猖獗，民不聊生，吾父子世受国恩，此贼不灭，何以家为。汝辈当努力以成吾志。"②父亲遗命如此，李鸿章不再徘徊，一扫此前的犹豫颓丧，高唱"九天阊阖叫能开，大地波澜挽得回"③，取而代之的是意气风发之态。他甚至想象了功成名就退居村野后，"投戈喜见升平日，虾菜烟波一舸收"④的闲逸生活。入湘军幕后，诗人渴望建功立业的豪情再次迸发出来，他在《随曾帅西征，用韵卿侄女〈送行〉韵示家人》其一中说："谁表中原再出师，东川士马尽如貔。丈夫重义轻离别，历惯风波不险巇"⑤，向家人表明自己不畏艰难，愿征

----

①　李鸿章：《明光镇旅店题壁》，见李鸿章著，顾廷龙等主编：《李鸿章全集》第37册，合肥：安徽教育出版社，2008年，第71页。

②　李鸿章《葛洲墓志》，见李鸿章著，顾廷龙等主编：《李鸿章全集》第37册，合肥：安徽教育出版社，2008年，第40页。

③　李鸿章：《感事述怀呈涤生师，用何廉舫太守〈除夕〉韵，同次青、仙屏、弥之作》，见李鸿章著，顾廷龙等主编：《李鸿章全集》第37册，合肥：安徽教育出版社，2008年，第73页。

④　李鸿章：《感事述怀呈涤生师，用何廉舫太守〈除夕〉韵，同次青、仙屏、弥之作》，见李鸿章著，顾廷龙等主编：《李鸿章全集》第37册，合肥：安徽教育出版社，2008年，第74页。

⑤　李鸿章著，顾廷龙等主编：《李鸿章全集》第37册，合肥：安徽教育出版社，2008年，第72页。

战四方的心志。《乘水师长龙船晚渡鄱阳湖口占》则更加直接地写道："锦袍横槊擅轻狂，万斛银涛借浣肠。疑有丰城神剑出，插天星斗荡寒芒。"[1] 此诗更见诗人气概，以万顷碧波洗涤胸怀，以"神剑"喻己之超世才华，境界雄阔，逸兴遄飞，为自己刻画出一幅经天纬地、横槊赋诗的英雄肖像。

与其说李鸿章镇压了太平天国运动，毋宁说太平天国运动成就了李鸿章。这十余年正是李鸿章完成人生飞跃的关键时期。李鸿章在太平天国时期的诗歌创作，绝少叙事之作，多以战事为支点倾吐胸中情志，全面展现了一代中兴之臣的蜕变和心路历程，心史成分远大于诗史价值。

淮军将领普遍能诗。从文化程度来讲，李鸿章、刘秉璋、潘鼎新、张树声等皆为进士、举人、诸生出身；刘铭传、吴长庆等虽无科名却好吟诗，大都存诗于世。这些将领在征战江南期间也留下了许多风貌独特的诗篇。

刘铭传（1836—1896），字省三，自号大潜山人，安徽合肥人。"喜读医药、壬奇、占候、堪舆、五行之书，尤好兵家言。"[2] "同治元年，李鸿章募淮军援江苏，铭传率练勇从至上海，号铭字营。……淮军自程学启殁后，铭传为诸将冠。"[3] 刘铭传武功卓著，但内心仍以书生自期，尝作"此身无嗜好，依旧老书生"[4] 语。兵戎之余，甚好赋诗，尝言：

---

① 李鸿章著，顾廷龙等主编：《李鸿章全集》第37册，合肥：安徽教育出版社，2008年，第82页。

② 程先甲：《刘壮肃公家传》，见刘铭传撰，马昌华等点校：《刘铭传文集·附录》，合肥：黄山书社，2014年，第529页。

③ 赵尔巽等撰：《清史稿》，北京：中华书局，1977年，第12077—12078页。

④ 刘铭传：《赠删蔗农观察》，见刘铭传撰，马昌华等点校：《刘铭传文集》，合肥：黄山书社，2014年，第418页。

"一月未作诗，闲情无所托"①，"军中消闲事，只有诗棋酒。"②

戎马倥偬，稍有闲暇，刘铭传便将其在战场的亲身体验尽付于诗，其《宝坻军次夜占》曰：

> 百战军书息，龙泉不减光。折磨身渐弱，风雨夜生凉。
> 漏转敲更急，心闲入梦长。依稀一灯影，谁与话联床。③

再如《送振轩征吴兴》写道：

> 捧檄赋长征，军期敢怠行。故人分两地，挥手有同情。
> 客路悲离别，沙场共死生。待君平越后，湖上话澄清。④

进入东南战场后，淮军诸人莫不身先士卒。同治二年（1863）进围常州时，刘铭传"被贼洋枪子中伤顶额，登时晕倒"⑤；次年围攻嘉兴时，"贼枪炮甚密，我军伤亡枕藉。吴长庆中枪贯肘，犹奋臂拔桩下濠。……潘国扬额受枪伤，裹创鏖战，……黄仕林胸受枪伤，聂桂荣面受矛伤、腿受枪伤，仍摇旗挥军"⑥。通过这些记述，将士们鲜血淋漓的

①　刘铭传：《答彭禹卿十二韵》，见刘铭传撰，马昌华等点校：《刘铭传文集》，合肥：黄山书社，2014年，第425页。

②　刘铭传：《陈州防次》，见刘铭传撰，马昌华等点校：《刘铭传文集》，合肥：黄山书社，2014年，第433页。

③　刘铭传撰，马昌华等点校：《刘铭传文集》，合肥：黄山书社，2014年，第411页。

④　刘铭传撰，马昌华等点校：《刘铭传文集》，合肥：黄山书社，2014年，第413页。

⑤　李鸿章：《进围常州折》，见李鸿章著，顾廷龙等主编：《李鸿章全集》第1册，合肥：安徽教育出版社，2008年，第407页。

⑥　李鸿章：《围攻嘉兴片》，见李鸿章著，顾廷龙等主编：《李鸿章全集》第1册，合肥：安徽教育出版社，2008年，第446页。

惨状宛在眼前。这两首诗，前者为刘铭传驻军镇江时所作，后者为送同僚张树声出征吴兴所作。出生入死，砺战难眠，对于诗人，战争的摧残不止是肉体创伤，更在于一旦别离便随时有可能阴阳相隔的情感折磨。经年辛苦，同僚故旧多殒命，联床风雨竟无人，后者虽是送人出征所作的送别诗，但其中所蕴含的忧惧悲愁却感人至深。

多载兵燹，生灵涂炭，刘铭传将自己在城郊的所见所闻以诗的语言徐徐诉说，其《郊行》曰：

> 郊行二三里，四望皆村庄。秋收禾黍尽，露冷林叶黄。马前一老叟，独在田间忙。举头见行骑，走避殊仓皇。我行少仆从，我佩无刀枪。何以农夫避，呼前问其详。农夫荷锄语，战栗立道旁。今夏贼去后，大兵过此乡。贼至俱先备，兵来未及防。村内掳衣物，村外牵牛羊。人多不敢阻，势凶如虎狼。老妻受惊死，一子复所伤。骨断不能起，至今犹在床。暮年寡生计，空室无斗粮。所幸此身健，勉力事田桑。近凡见兵马，畏怯故走藏。我闻殊太息，揽辔思彷徨。问彼统兵者，曾否有肝肠。灭贼自为贼，何颜答上苍。[①]

是诗通过一位农夫口述悲惨遭遇控诉了官兵的暴行，极其真实地反映了战乱年代百姓的生存状态，语言简朴，不事雕琢，明白晓畅。诗人作为淮军的高级将领，能以领兵之人的身份反省官兵乃至战争给百姓带来的苦难，实在难能可贵。

东南已靖，心随境转，刘铭传所赋诗作又自觉地表现出舍我其谁的豪情：

---

① 刘铭传撰，马昌华等点校：《刘铭传文集》，合肥：黄山书社，2014 年，第 433—434 页。

东南半壁寇乱生，多少官军战不平。李侯捧檄渡江去，八千子弟赋从征。我亦仗剑随长往，三年血战大功成。驿使往来传捷报，大江南北俱澄清。天子行诏赏优隆，父老欢声颂厥功。军中歌铙洗兵甲，武人衣锦不衣戎。江南景象重兴起，山水明丽鸟声喜。此身闲散可纵游，羽檄忽来催去矣。来时白骨堆尘土，去时楼台听歌舞。同俦相送涕泪多，别离情难征战苦。白云一路护行舟，黄叶千家唱晚秋。东风昨夜波涛急，为送征人返故邱。方兴美景未游赏，名花胜境空遗想。何时解甲离沙场，轻舟江上重来往。①

艰难鏖战、欢欣奏凯，江南平靖、临别在即和功成身退、悠然此身等多种情感，层次分明地汇于此诗。从战将的身份来说，得胜封赏的参战经历使得他们得到了统治者的认可和嘉许，以手译心，艰难苦恨暂时抛却，诗中自然洋溢着喜悦欢快之情，同时也夹杂着历尽沧桑的厚重。

无论湘军阵营还是淮军阵营，清军阵营内的诗歌创作整体呈现出数量较少且多抒情之作的特征。诗作注重描绘诗人在征战期间的思想情感及心态变化，诚可视作烽火连天处一代特殊诗人的心史。

（三）两大阵营外的诗人及其创作

出于种种原因与限制，关于太平天国和清军阵营对太平天国运动的诗语记录，诗人多站在参与者的角度自出机杼，抒怀述志，情感偏向较大，客观记录相对较少。但两大阵营外的一批诗人，或直接遭到太平军打击，未遭打击者也多身陷战火离乱、朝不保夕的凄惶悲苦。这些不

---

① 刘铭传：《别江南》，见刘铭传撰，马昌华等点校：《刘铭传文集》，合肥：黄山书社，2014 年，第 419 页。

幸的遭遇无时无刻不侵蚀着诗人的心灵，潜意识支配下的情感导致了自然的对立与仇视。太平军为封建文人带来的更大灾难还在于空前强烈地冲击着他们赖以生存的封建体系，摧毁着文人们承续了几千年的君主信仰，使之在外夷坚船利炮的击打之外，以更快的速度滑向幻灭的深渊。因此，两大阵营外的诗人，不仅以最真实的笔触描绘着底层百姓面对战乱时最真实的生活状态，补充完善了诸多历史细节，还完整地描摹了这一时期下层士人精神世界的剧变。

江湜（1818—1866），字持正，又字弢叔，别署龙湫院行者，长洲（今江苏苏州）人。诸生，官浙江候补县丞。生于书香门第，曾祖以下三世皆邑庠生，皆敦品节，能文章，然不显于世。湜年少聪慧，年甫弱冠便名噪乡里。然一生坎坷苦辛，仕途不畅，加之生活在风景不殊时，其诗作具备了鲜明的时代特点与个性特征。

江湜最集中反映时局动荡与战乱之忧的作品，是其关于太平天国运动的篇什。《志哀九首》是描述江湜及家人在太平天国战乱中历尽艰险苦难的组诗，其意义在于以一家之经历反映了江南千千万万个家庭所遭受的苦难和冲击。其诗序云：

> 江宁大营溃散，贼连陷苏、常、嘉、松四郡。湜家苏州，既避地葑门外四十里之角直镇。五月初，贼党四出，焚掠各村，几无免者。老亲分两子留守，命挈八弟澄冒险脱身，冀存宗祀。从平望贼营后乘夜偷渡，道湖州以达杭州。自绝消息，已及三月。述所悲痛，令八弟书之，凡得九首。[①]

作为长子的江湜，是整个家庭的支柱与希望。危险来袭时，他不

---

① 江湜著，左鹏军校点：《伏敔堂诗录》，上海：上海古籍出版社，2008年，第304页。

得已奉双亲之命携幼弟冒死出逃，但其他亲人仍身处危绝之境，不通消息，令诗人日夜悬心。乱世之中，江家的悲惨遭遇是千万个受难家庭的缩影。《志哀九首》其三曰："可哀哉江南，地穰财赋稠。国家恃以富，历岁二百秋。一朝窟豺虎，岂独苍生愁？"[1] 承平日久，繁华富庶的江南突遭如此剧变，令诗人难以接受，伤心之下，竟发出"不如去年死，棺衾恒易求"[2] 这般生不如死的哀叹。第四首更是声泪俱下地回忆了与亲人被迫分别的情景，诗云：

> 种禾江田中，潮来败秋实。有子乱离时，奉养故不卒。记昨负米归，心痛惨入室。前夕邻村烧，贼来势飘忽。吾母素性刚，训女以死节。吾父淡荡人，生理恒守拙。羞以衰白年，流离事行乞。命我挈一弟，两口犯险出。出者善保躯，宗祀未宜绝。尚有两子留，效死共蓬荜。是时我有语，未吐气先咽。欲留非亲心，欲去是永诀。仰天苍穹颓，踏地后土裂。翻愿受贼戕，痛以一刀毕。有女尚牵衣，叱之付遑恤。记兹庚申年，五月十五日。甪直镇西桥，生人作死别。[3]

奉养不足之悲，邻村遭劫之痛，家中女眷随时赴死之刚烈，老父年迈被迫乞讨之羞愧，去留间难以抉择之痛楚，畏天人永隔之忧惧，幼女牵衣之不舍，生离死别之凄惨……百余字的诗中竟包含了诗人如此强烈、复杂的情感，种种折磨之下，诗人情愿死于太平军的屠刀之下，这是何等的绝望与痛苦！其他如"痛哭白日下，泪添海水溢。生为无家

---

[1] 江湜著，左鹏军校点：《伏敔堂诗录》，上海：上海古籍出版社，2008年，第305页。

[2] 江湜：《志哀九首》，见江湜著，左鹏军校点：《伏敔堂诗录》，上海：上海古籍出版社，2008年，第305页。

[3] 江湜著，左鹏军校点：《伏敔堂诗录》，上海：上海古籍出版社，2008年，第306页。

人，死作他乡魄"①，"吾生惟有哀而已"②等惨绝凄楚之言在江诗中俯拾皆是。

太平军来袭时，江湜父母及一妹投水自尽，家破人亡的仇恨对其生活和心理造成了无法磨灭的伤害，故诗人有许多诗篇都表现了他直欲仗剑杀敌的决心。其实早在太平军定都天京时，江湜就在诗中表露过杀敌之壮志，《昨梦一首》曰：

> 昨梦手破江宁城，我兵从我三百名。分头杀贼如磔狗，暗门狭巷刀声声。红帕首者杨秀清，夺路欲窜如相迎。大呼狂贼何处走，一击辄中擒归营。有如李愬缚元济，功成天晓鸡初鸣。惜哉是梦不是实，醒后懊恨心难平。③

乱未及身时，诗人对太平军已愤恨至此，连梦中都在仗剑杀敌。诗人想象丰富，笔法灵动，将自己的勇猛与太平军抱头鼠窜的情景描绘得活灵活现。家破人亡后，杀敌复仇的意念更加强烈，以致"昨夜梦中呼杀贼，隔墙惊起老苍头"④。梦中高呼杀贼声之大连隔壁老人都惊醒了，这更是诗人平乱复仇之心的又一次直接表白。听闻官军进攻苏州，诗人心潮澎湃，竟想"此时投笔起，欲去助挥戈"⑤，助官军一臂之力，心中

---

① 江湜：《志哀九首》，见江湜著，左鹏军校点：《伏敔堂诗录》，上海：上海古籍出版社，2008年，第307页。

② 江湜：《后哀六首》，见江湜著，左鹏军校点：《伏敔堂诗录》，上海：上海古籍出版社，2008年，第350页。

③ 江湜著，左鹏军校点：《伏敔堂诗录》，上海：上海古籍出版社，2008年，第165页。

④ 江湜：《昨夜》，见江湜著，左鹏军校点：《伏敔堂诗录》，上海：上海古籍出版社，2008年，第338页。

⑤ 江湜：《闻官军进攻苏州》，见江湜著，左鹏军校点：《伏敔堂诗录》，上海：上海古籍出版社，2008年，第364页。

满怀喜悦与期待。此诗虽无杜甫《闻官军收河南河北》之快意，但已是江诗中难得一见的畅快之作："杀贼为京观，平吴奏凯歌。无惊我邱垅，重履汉山河。只作农夫殁，余生幸已多。"[①]乱世之下，渴望和平成了诗人唯一却又最难实现的心愿，读来倍感心酸。《悲歌》曰：

> 贼未杀我，我有余生。我不杀贼，余生无名。闻贼酋之受缚，将献俘于帝京。切小臣之家仇，愿一脔以为羹。惟天阍之难达，望先陇兮泪倾。补天兮天缺，填海兮海盈。尽吾年以永痛兮，志手枭此贼而无成。[②]

诗题下注曰："时大军克复江宁，伪忠王李逆就擒。李逆盖前陷苏州者。"[③]南京克复，家仇得报，诗人只恨不能亲手杀敌，直欲食其肉饮其血，方肯罢休。此诗慷慨遒劲，恺切动人，诗人有心杀贼却无路请缨、家仇已报却不能亲枭贼首以及家乡虽已收复却心有余痛的复杂心情得以全面展现。

在另一些诗作中，江湜还善于对重要细节进行细致描绘，用以反映百姓所遭受的苦难，《有自杭城来者道经浙东各郡县述所闻见无涕可挥采其语为绝句十首》堪为代表：

> 武林二月新收复，掩骼曾劳役万夫。却问旧时丛葬地，半为沟垒半为涂。

---

① 江湜：《闻官军进攻苏州》，见江湜著，左鹏军校点：《伏敔堂诗录》，上海：上海古籍出版社，2008年，第364页。

② 江湜著，左鹏军校点：《伏敔堂诗录》，上海：上海古籍出版社，2008年，第386页。

③ 江湜著，左鹏军校点：《伏敔堂诗录》，上海：上海古籍出版社，2008年，第386页。

原田前岁流人血，壮草丛高二丈余。蝇大如蝉蚊似蝶，尽征目见语非虚。

燕巢于树略知春，投宿无从问水滨。裹饭疾行义乌县，百三十里始逢人。

多逢人骨少逢人，千里行来惨是真。犹记龙游泊船处，髑髅傍桨啮沙痕。[1]

作者根据他人见闻创作了这一组诗，分别从不同角度描绘了战后白骨露野的惨状。战后尸骨之多，竟需万夫劳役。而从前的丛葬之地已面目全非，真可谓"死无葬身之地"。尸骸遍地，血流成河，竟将野草蚊蝇滋养得壮硕无比，这是何其惨痛之象。目击者一路走来，"百三十里始逢人"，白骨遍地随处可见，昔日繁华之地变得荒无人烟，满目凄凉。泊船处亦是白骨森森，髑髅犹啮沙痕，仿佛死不瞑目。此等情景，实在凄凉已极，惨不忍睹。

作为晚清诗坛一位关心民瘼、饱具经世情怀的诗人，一位个性突出、风格鲜明的诗人，一位饱经忧患、终生穷愁的诗人，江湜的许多诗篇都是特殊时代社会面貌和政治风云的真实再现，是社会剧烈动荡、历史发生重大变迁的实录，具有独特的"诗史"价值。这些诗篇，不仅是江湜诗作的重要组成部分，更是他创作成就中最为突出的构成。江湜身世坎壈，所写穷苦为他人所未言，愁苦悲恨中清刚独现，曲折洞达，实为咸同间一诗雄也。

如果说金和是太平天国运动前期被卷入风暴中心的典型诗人，那么

---

[1] 江湜著，左鹏军校点：《伏敔堂诗录》，上海：上海古籍出版社，2008年，第378页。

江湜则是后期生活在苏杭主战场中遭受战火创痛最惨烈的诗人之一。国家丧乱之悲，家破人亡之痛，成为二人生命中最不堪回首的生命经历与情感体验。出于知识分子的立场与尊严，二人视太平军为敌，再自然不过。二人诗作不仅是其个人生命历程与情感体验的集中喷发，更是晚清前期时事变迁和腥风血雨的明证，兼具个人心史与时代诗史的双重价值。且身经离乱后，二人诗风皆张扬犷悍，不事法度而极尽锋锐，语多白描，正是在晚清重大历史事件刺激下产生的必然结果。

　　因太平天国运动产生的诗作，是晚清诗史不可或缺的重要一环，其独特的对立形态、同一阵营内诗作内容与情感的高度相似性、偏重心史书写以及语言风格的变化，都是重大历史事件冲击下晚清诗歌的独特轨迹。

第四章

洋务运动与诗坛新貌

　　洋务运动是 19 世纪中期清政府内的洋务派在全国各地掀起的"师夷长技以制夷"的改良运动。在这场运动中，洋务派积极办学堂、奖游学、练新军、发展新型工业、学习西方先进科技等，以期增强国力，更好地维护清王朝的统治。伴随着洋务运动的开展，大量代表西方先进科技的事物如轮船、电报、新式兵器等逐渐进入士人阶层的视野，西方先进的政治制度也为士人阶层慢慢了解。在洋务运动的时代背景下，无论是对西方科技的惊叹与艳羡，还是自我反思时的自卑与无奈，抑或是对强国之路的思考，都成为了此间诗人们撰构诗篇的题材，晚清诗坛中一个颇具特色的创作浪潮由此应运而生。同时，洋务运动中诗人们独特的心路历程与此间诗坛的新貌也得以借此展现，为晚清诗歌增添了浓墨重彩的一笔。

第一节　洋务运动中士人的心路历程

　　洋务运动开展的数十年间，士人阶层对此事的认知与看法亦随着各项洋务事业的兴办不断深入、变化。无论是最初的感性认知，还是后期的理性思考，皆化为篇篇诗语，此间士人的心路历程亦借此得以展现。

一、欣羡与困惑并存

洋务运动开始后，轮船、火车、电报等新鲜事物大大便利了士民的生活。享受先进科技带来的便利时，许多诗人心底亦生发出由衷的欣喜与赞叹。最令诗人惊叹者，则莫过于轮船，如黄遵宪《今别离》中便不吝笔墨地夸赞其稳健与疾速："钟声一及时，顷刻不少留。虽有万钧柁，动如绕指柔。岂无打头风，亦不畏石尤。送者未及返，君在天尽头。望影倏不见，烟波杳悠悠。"[1]黄遵宪还将自己乘坐轮船时的所见所感记录下来，真实反映了当时西方先进的文明与科技：

> 叠床恰受两三人，奁镜盂巾位置匀。寸地尺天虽局蹐，尽容稊米一微身。[2]

> 青李黄甘烂熳堆，蒲桃浓绿泼新醅。怪他一白清如许，水亦轮回变化来。
> 食果皆购自欧、美二洲，储锡罐封固，出之若新摘者。水皆用蒸气，一经变化，无复海咸矣。[3]

轮船中容身之处虽小，但床铺大小合适，奁镜盂巾应有尽有且摆放

---

① 陈铮主编：《黄遵宪集》（一），北京：中华书局，2019年，第189页。

② 黄遵宪：《海行杂感》，见陈铮主编：《黄遵宪集》（一），北京：中华书局，2019年，第166页。

③ 黄遵宪：《海行杂感》，见陈铮主编：《黄遵宪集》（一），北京：中华书局，2019年，第167页。

整齐，毫不影响基本的日常生活。轮船中提供的饮食，也都是西方先进的罐头与淡化后的海水。平实的诗语中，蕴含着诗人的惊叹赞赏之意。袁昶则从外观、形制、原理等方面对火轮船进行了描述：

> 夷之操舟，蛇行若神。……锐首大腹，楼观莫逾。尾如修鲸，漆髹金涂。楼观伊何，回梯螺旋。洞窗沉沉，入地出天。突者如阜，呀者如渊。蜂肆蚝宫，吁可怪焉。蚝宫伊何，火齐空青。研孔开楗，门牡飞鸣。增台偃月，刻漏奔星。俯视海水，澜汗窈冥。指南之针，记里之鼓。管分甲癸，矩程立卧。大突不黔，枝撑火柱。旁缀罘罳，炎烟艳吐。下列机舂，风轮激怒。衙衙汽笴，金铁相鏖。挈之若抽，首下尻高。①

袁昶在诗中除介绍火轮船的形制、外观外，还以传统的诗语介绍了轮船的零件构成及其运转原理，这种新的尝试无疑代表了洋务运动时期诗歌创作的一种全新走向。此外，西方先进的武器也强烈地吸引着诗人的目光，如袁昶《观荷兰刀剑》云：

> 荷兰岛在条支西，工铸佩刀重锌匕。鱼皮装错碧晶莹，鹅膏淬涂气謷慄。
> 其来万里走不胫，切物如泥百无失。况闻火器利无前，炮线攻城量密率。②

---

① 袁昶：《火轮船行》，见袁昶：《渐西村人初集》（一），北京：中华书局，1985年，第10页。

② 袁昶：《渐西村人初集》（一），北京：中华书局，1985年，第42页。

诗人言语中充满了对其刀剑锋利的赞叹与先进火器的向往。

除轮船、火车、刀剑火器等庞然大物外，一些生活中最常见的小物品也令诗人颇为羡慕，如洪弃生《西洋灯》云：

> 西人机巧无不可，不膏不脂能吐火；一缕荧荧放电光，日暮人家燃千朵。
>
> 又有玻璃覆碗明，人家争置数盏灯；或悬虚空或插案，照耀微茫白雪生。[1]

西洋灯清洁便利，照明度高，远胜中国传统的油灯、蜡烛等照明工具，极受百姓欢迎。

诗人对西洋事物的认识还停留在初级的感性认识阶段时，常会不自觉地将中西文明对比，进而产生强烈的困惑：何以泱泱大国的数千年文明会败于西方文明？对此，洪弃生以正洋灯之流行提出了自己的看法：

> 中国圣人制度备，颠扑不破传利器；流泽久长可百年，何乃世人兢为异！西洋伎巧遍天下，中华物产失其利。我叹台湾尚洋灯，一端可以验风气。安得尧舜重光出，世间还淳返朴归郅治。[2]

诗人认为，中华文明源远流长，今日西洋文明颇为流行，其原因在于没有优秀的领导人才。若有尧舜般的人才，必能使天下大治。许銮在对比中西文明后，也提出了类似的看法：

---

[1] 洪弃生：《寄鹤斋选集》，台北：大通书局，1987年，第243页。

[2] 洪弃生：《西洋灯》，见洪弃生：《寄鹤斋选集》，台北：大通书局，1987年，第243页。

> 项羽叱咤能生风，陈涉为兵曾削木。前民利用创矢弧，
> 周礼考工详节目。但令众志城可成，何忧远人心不服？①

士人阶层的这种认知可贵之处在于敏锐地认识到了人的重要性，但他们对中西差距的认知始终停留在较为浅显的物质层面，并未触及实质。如此看法，如今看来虽具有极大的局限性，但在当时的士人阶层中已属不易，基本代表了洋务运动初期智识阶层的思想认知。

二、愈加开放的学习心态

在认识到中西差距后，清廷开始向西方学习。与此同时，士人的心态也经历了由抵御外侮的被迫学习到谋求富强主动学习的过程。

袁昶见识到荷兰刀剑之威力后，曾发出过"何年盗取区冶法"②之感慨，期望学习西方以自强。随着洋务运动的不断深入和西方列强侵略程度的加深，国人对西方列强军事实力的认识亦愈发明晰，因此在学习过程中也有了更强的针对性。如许銮《德国操》就记载了清廷对于学习对象的选择：

> 同治初年，平定吴会，颇借英将戈登之力。嗣是海防各军，遗有英国口令操法。自法人构衅，以德曾胜法，故改其操法，专用德人，盖将以制法也。
> 一望尽平皋，耳畔声嘈嘈。旌旗卷日月，人马如波涛。部

---

① 许銮：《机器局》，见阿英编：《中法战争文学集》，北京：中华书局，1957年，第30—31页。

② 袁昶：《观荷兰刀剑》，见袁昶：《渐西村人初集》（一），北京：中华书局，1985年，第42页。

伍各就列，火器布周遭。长空白云动，满地浮尘高。浑身见鸦色，万足成蟹螯。左旋还右转，昏叫复晨嗥。胡笳吹短律，征鼓播灵鼍。貔豹同蹲踞，鹅鹳参翔翱。士聚星密密，兵散水滔滔。五花开八阵，三略藏六韬。众卒列功叙，上将荷恩褒。[①]

基于对西方各国军事实力的认知，清廷对学习对象的选择也一再变化。最初，镇压太平天国运动时英国出力最多，故学习英国。但因德国曾战胜法国，清廷又以德国操练之法训练海军。以德国操练训练时，旌旗蔽日，部伍严整，征鼓作响，鸟兽低头，直有气吞山河之势。因成效显著，清廷还对有功的将领加以褒奖。自主选择学习对象，这在整个洋务运动过程中不能不说是一个巨大的进步。

随着洋务运动的深入开展，许多士人的心态亦愈发开放包容，他们认为清廷对于西方的学习可以不仅限于先进武器，在天文、算学等其他方面亦可深入交流。持此看法者，金武祥堪称代表，其《丙子自沪附轮舟至粤成七古一首》曰：

惟天为大能包容，地球一颗悬当中。十二万年九万里，纷纭论说谁能穷？九州以外隔巨浸，管窥蠡测嗟昏蒙。徒闻谈天侈邹衍，未见缩地逢壶公。泰西迩年矜绝技，以火济水来艨艟。果然人力夺天巧，遂使大地无不通。緊我附之涉渤澥，破浪岂用乘长风。数拳偶见群岛碧，万派忽涌朝曦红。探源倘犯牛女宿，履险直压蛟龙宫。溯从沪渎抵岭峤，三日已绕大海东。乃知彼中有开辟，制器尤擅般倕工。只怜荒远阻圣教，欲使涵育知所宗。区区獯夏本非患，会见感格苗民同。天云所覆

---

① 阿英编：《中法战争文学集》，北京：中华书局，1957年，第30—31页。

地所载，尊亲所至道益隆。呜呼儒生论世勿拘泥，旷览一洗芥
蒂胸。乾坤浩荡镕一气，日月飞走悬双瞳。倚舷独自发狂啸，
应有光焰万丈如长虹。①

金武祥（1841—1924），原名则仁，字溎生，号粟香，江苏江阴人。
早年游幕，继以捐班于广东候补，署赤溪直隶厅同知，历任广东督粮
道、两广盐运使等职。平生于本家族及地方文献等搜集整理尤勤，著有
《粟香室文稿》《陶庐杂忆》等。"邹衍"，齐国人，战国末年阴阳家的代
表人物。他提出大九州说，认为中国只是八十一州中的一州，每九州为
一集合单位。大九州周围有海环绕，九个大九州之外另有大海环绕，再
往外是天地的边际。"壶公"，传说中的仙人。传说壶公常悬一壶如五升
器大，变化为天地，中有日月，如世间。夜宿其中，自号壶天，人称壶
公。"般倕工"，"般"即公输班，"倕"为古代相传的巧匠名。诗人在
《粟香随笔》中写道："近三十年来，泰西各国东来，通商传教，开千古
未有之局，论者忧之。鄙意以为无患也。火轮舟车天文算学，竭其才
智，将以助中国之文明，备中国之器用，其耶稣天主等教，亦使沐浴圣
教，将见渐摩观感幡然自化，统地球而一之。所谓王者无外、圣人无外
也。余丙子自沪附轮舟至粤，成七古一首，即本此意。"②是诗代表了诗
人全面开放的文化思想。诗人认为西方文化不存在患害，与西方进行交
流非常有助于中华文化的进步。而且，将来的世界文化将是"统地球而
一之"的新文化。儒生应当摒除心中芥蒂，以积极开放包容的态度去接
纳不同种族的文化，这种看法即便在洋务派士人中都是超卓而少见的。

---

① 钱仲联主编：《清诗纪事·同治朝卷》，南京：江苏古籍出版社，1989 年，第 12226 页。
② 钱仲联主编：《清诗纪事·同治朝卷》，南京：江苏古籍出版社，1989 年，第 12226 页。

三、学习过程中的反思与认知

洋务运动开展过程中，由于对西方认知的缺乏、洋人的愚弄、经验的缺乏等多方面原因，各项事业的兴办屡屡碰壁。在此过程中，士人阶层逐渐开始分析其中的原因并试图寻找解决的办法。这也意味着，士人阶层对洋务运动的看法开始从感性认知逐渐走向理性思考。

整个洋务运动过程中，清廷曾接连不断向西洋各国购买先进的兵器。西洋兵器之精巧与威力已为士人所共知，"但非配其子药则不能用，且一坏即难修理。我朝赖其利用，专重外洋，置办购买，层见叠出，精益求精。国帑所耗，不下千余万，而犹未得其极致也"[①]。购买时，清廷曾"缗钱尽均输，玉帛作香饵"[②]，不惜代价只为求得利器，费尽功夫后"数载成交易"[③]。然而最终买到的却是"我短彼更长"[④]之器，直令诗人感叹"四海未罢兵，三军别利器"[⑤]。如此诚心购买却屡遭愚弄无甚收获，诗人亦不免无奈道："销尽金佛身，泣下铜人泪。"[⑥]

为尽快学习到西方先进的科技，清廷曾高薪聘用过许多洋教习。这些洋教习"日食费万钱，月俸支千镒"[⑦]，却"各挟仇国心，不惶屈身恤"[⑧]。洋教习待遇如此优厚却无所作为，将清廷玩弄于鼓掌之上，士人也逐渐看清了洋人并非真心想让清政府学到技术的丑恶嘴脸，愤慨之

---

① 许銮：《购兵器》，见阿英编：《中法战争文学集》，北京：中华书局，1957 年，第 31 页。

② 许銮：《购兵器》，见阿英编：《中法战争文学集》，北京：中华书局，1957 年，第 31 页。

③ 许銮：《购兵器》，见阿英编：《中法战争文学集》，北京：中华书局，1957 年，第 31 页。

④ 许銮：《购兵器》，见阿英编：《中法战争文学集》，北京：中华书局，1957 年，第 31 页。

⑤ 许銮：《购兵器》，见阿英编：《中法战争文学集》，北京：中华书局，1957 年，第 31 页。

⑥ 许銮：《购兵器》，见阿英编：《中法战争文学集》，北京：中华书局，1957 年，第 31 页。

⑦ 许銮：《洋教习》，见阿英编：《中法战争文学集》，北京：中华书局，1957 年，第 30 页。

⑧ 许銮：《洋教习》，见阿英编：《中法战争文学集》，北京：中华书局，1957 年，第 30 页。

下，只能无奈感叹道："夷德本无厌，虏情固难悉。"[1] 洋人为清廷训练军队时，亦出现了类似的问题："西人传教法，中土倾官曹。风雷不能动，犀兕不能挠。止齐安足尚，步伐独坚牢。……兵符委尘土，令甲同弁髦。用之不见异，从事奚独劳？"[2] 许銮将洋教习与我国古代著名的战将狄青、刘锜比较后，认为"出奇能制胜，善教不曾叨"[3]，借以讽刺西洋战法平平无奇、华而不实。

不仅大陆如此，台湾诗人对洋务运动中出现的问题也有所记录、反映，如洪弃生《机器局》：

> 乾坤火器不敢逞，上有炎轮下炎井；大块水机不敢作，西有弱水东汤谷。气机潜藏一朝开，千山万山鬼神哭；机械循环何时穷？生民万类皆荼毒。时势所趋亦难止，竭力为之将胡底！损伤元气民怨咨，台湾朘削痛肤理。加赋征商罄国资，机器局中贮祸水。国家自强在无形，销金铄石通精诚；西洋有道不在器，惠政善谋无不兴。国强不闻恃险马，区区利器何足行！外虽示勇中心怯，西人亦岂畏虚声！[4]

创办机器局时，因资金缺乏，朝廷不得已"加赋征商"，以致"损伤元气民怨咨"。因此，诗人对创办机器局一事颇为反对。但是，诗人却因机器局而对洋务运动的认识上升到了一个新的高度。诗人认为，国家之强大在于无形，并非有种种利器便可称之为强大。西洋之强盛亦不在其器，而在其"惠政善谋"。如果"外虽示勇中心怯"，没有真正的实

[1] 许銮：《洋教习》，见阿英编：《中法战争文学集》，北京：中华书局，1957年，第30页。
[2] 许銮：《德国操》，见阿英编：《中法战争文学集》，北京：中华书局，1957年，第31页。
[3] 许銮：《德国操》，见阿英编：《中法战争文学集》，北京：中华书局，1957年，第31页。
[4] 洪弃生：《寄鹤斋选集》，台北：大通书局，1987年，第242页。

力，只是虚张声势、外强中干，亦不能威服远人。诗人对西洋强大原因的认知，已由"器"的层面上升到其政策乃至制度，从而认识到中国对西方的学习亦不能停留在对"器"的学习，这种认识可谓远迈时人，走在了时代的前列。

第二节　洋务运动影响下的诗坛新貌

洋务运动为士民的生活带来种种便利，为国家的振兴带来新希望的同时，诗坛也因此呈现出一派新的气象。

一、新意境的产生

梁启超论及"诗界革命"的美学标准时曾指出："欲为诗界之哥仑布、玛赛郎，不可不备三长：第一要新意境，第二要新语句，而又须以古人之风格入之，然后成其为诗。"[①]这不仅是梁启超个人对于新派诗的理想，也是"诗界革命"的基本纲领。然而梁氏所述诸语，细究其源，洋务运动期间的许多诗歌已有所体现。因此，洋务运动时期诗歌创作的走向诚可视作日后"诗界革命"的源头。所谓"新意境"，梁启超又具体解释道："然此境至今日，又已成旧世界。今欲易之，不可不求之于欧洲。欧洲之意境、语句，甚繁富而玮异，得之可以陵轹千古，涵盖一切。今尚未有其人也。时彦中能为诗人之诗，而锐意欲造新国者，莫如黄公度。其集中有《今别离》四首，又《吴太夫人寿诗》等，皆纯以欧

---

① 梁启超：《夏威夷游记》，见梁启超著，吴松等点校：《饮冰室文集点校》第三集，昆明：云南教育出版社，2001年，第1826页。

洲意境行之。"①梁氏"新意境"之说，内涵极其丰富，但如黄遵宪《今别离》般描写因科技进步带来的新事物，因科技发展给人们带来认识事物的新角度的诗歌，则是其推崇赞赏的。

描写因科技进步带来的新事物的诗歌，在洋务运动期间可谓屡见不鲜，斌椿便是这样一位典型诗人。斌椿（1803—1871），字友松，监生，属内务府汉军正白旗人。历任江西赣县知县、山西襄陵县知县等职。同治五年（1866）年初，斌椿以总理衙门副帮办章京的身份偕子广英与同文馆诸生赴欧洲考察，以广见闻。八个半月内，他们访问了英国、法国、荷兰、丹麦、瑞典等十一个国家。归国后，斌椿将所见所闻以日记和诗文的形式记录下来，分别撰成《乘槎笔记》《海国胜游草》及《天外归帆草》。在《海国胜游草》中，斌椿有大量描绘新事物的诗歌，如《至埃及国都（即麦西国地名改罗）初乘火轮车》：

> 宛然铸室在中途，行止随心妙转枢；列子御风形有似，长房缩地事非诬；
>
> 六轮自具千牛力，百乘何劳八骏驱？若使穆王知此法，定教车辙遍寰区。
>
> 云驰电掣疾于梭，十日邮程一刹那；回望远峰如退鹢，近看村舍似流波；
>
> 千重山岭穿腰去，百里川原瞥眼过；共说使星天上至，乘槎真欲泛银河。②

---

① 梁启超：《夏威夷游记》，见梁启超著，吴松等点校：《饮冰室文集点校》第三集，昆明：云南教育出版社，2001年，第1826—1827页。

② 斌椿：《海国胜游草》，长沙：岳麓书社，2008年，第163页。

此诗以传统的律诗描述了诗人乘坐火车的感受，令人耳目一新。以传统诗体描绘西洋新事物，其意境不可谓不新。再如《十六日赴安特坦（荷兰北都），见用火轮泄亚零海水，法极精巧（旧为海水淹没，用此法已涸出两天三十余万亩）》：

　　荷兰自古善名都，沧海桑田今昔殊；处处红桥通画舫，湾湾碧水界长衢；

　　晶帘十里开明镜，璧月千潭照夜珠；创造火轮兴水利，黍苗绿遍亚零湖。①

以轮船排出海水，使淹没的土地重现，这一做法亦使诗人大开眼界。无论是"定教车辙遍寰区"的理想，还是"创造火轮兴水利"的心愿，都是当时科技发展下产生的，是晚清诗人独有的想法，故而此新意境亦只能为晚清诗歌所独有。

科技发展拓展了人们认识事物的角度，表现在洋务运动诗歌中则是以传统诗歌解释和阐述科学原理。斌椿《与太西人谈地球自转，理有可信》堪称这类诗歌的代表：

　　汉时铸仪象，璿玑用以传；七政属右转，天体实左旋。穹窿大无外，其象难窥瞻；何得日一转，终古无息肩？西法近愈邃，乃云殊不然；地球系自转，一日一周天。闻兹初甚惑，管见费钻研；若云地广厚，旋转焉能便？一转九万里，人民苦倒悬；岂无倾覆患，宫室多危颠；不知真力满，大气包八埏。我行球过半，高卑判天渊（予此行极西至英国伦敦，当在地球

---

　　① 斌椿：《海国胜游草》，长沙：岳麓书社，2008年，第170页。

侧面）；中华日正午，英国鸡鸣前（所携时辰表，每正午伦敦鸡初鸣也）；攲侧人未觉，可证形团圆；天体亿万倍，宗动何能然？地转良可信，破的在一言。①

诗人游历外邦时，西方"地球系自传，一日一周天"的说法颠覆了诗人既往的认知，令其颇感疑惑。后来因时辰表，诗人才明白"地转良可信"，弄清了地球自转的原理。

陈季同也是一位喜用传统诗歌解释科学原理的诗人，如其《说地》一诗：

> 中央空虚地皮干，皱成高低势无定。低处居水成海洋，高出轰兀为山岭。日光照临地火蒸，水成云气时上升。作雨下润生万物，循环不已乾坤成。亿千万年地火熄，茫茫大地寒如冰。浑如月魄悬天上，晶莹惟籍金乌明。由日而地地而月，块然一物生意歇。岂有丹桂倚云栽，谁向嫦娥乞灵药？天文一学讲欧洲，争道太阳焰渐收。南北两极昔有树，日光普照地全周。而今两极成冰洋，人迹不到鱼虫僵。阳威检束难施及，奚殊马腹嗟鞭长。五大部洲球面地，欧亚非墨奥大利。②

诗人以通俗易懂、明白晓畅的诗语解释了地势形成、水陆循环、气候变化等天文地理知识，堪称是一篇非常成功的科普读物。此外，陈季同还撰构了许多将传统诗歌体式与科学知识结合起来的说理咏物诗，颇

---

① 斌椿：《海国胜游草》，长沙：岳麓书社，2008年，第178页。
② 陈季同著，沈岩校注：《清代陈季同〈学贾吟〉手稿校注》，北京：国家图书馆出版社，2011年，第165—166页。

具科普意味，如《刺梨》：

> 黔中有野果，花开似荼蘼。实如安石榴，干若黑蒺藜。其味杂酸甘，积滞能消之。以蜜调为膏，居然甜比饴。然亦分贵贱，单瓣惟编篱，重瓣送春归，艳吐红紫奇。苗人作佳酿，瓮头封以泥。不肯轻供客，留为嫁女儿。此梨独黔产，邻省不能移。竟同过淮橘，草木岂无知。今人分疆界，何如此刺梨。①

此诗一改传统咏物诗借物抒怀的写法，全面介绍了刺梨的花叶果实之状、食用方法及生长习性，令人耳目一新。以科学的观点对常见事物重新进行介绍，开辟了咏物诗的新门类，是洋务运动期间诗歌走向的极大亮点。

二、新语言的运用

洋务运动时期，诗歌中新语言的运用主要指音译词的使用。随着中西交流不断深入，大量音译词传入中国。诗人或求标新立异，或考虑诗歌整体的意境氛围，常以音译词入诗，如斌椿《包姓别墅》（包翻译官戚友妇女均来看视）其二：

> 弥思（译言女儿也）小字是安拿，明慧堪称解语花；呖呖莺声夸百啭，方言最爱学中华。②

又如张祖翼《伦敦竹枝词》中，音译词使用则更为广泛：

---

① 陈季同著，沈岩校注：《清代陈季同〈学贾吟〉手稿校注》，北京：国家图书馆出版社，2011年，第96页。

② 斌椿：《海国胜游草》，长沙：岳麓书社，2008年，第168页。

> 五十年前一美人，居然在位号魁阴。教堂高坐称朝贺，
> 赢得编氓跪唪经。
> 英民呼其主为"魁阴"，译言"女王"也。①

将英文"queen"译作"魁阴"，又解释译言为女王，取其阴性魁首
之意，足见诗人之巧思。见西方游园之状，张祖翼亦以音译词作诗曰：

> 风来阵阵乳花香，鸟语高冠时样妆。结伴来游大巴克，
> 见人低唤克门郎。
> "巴克"译言"花园"也，"克门郎"译言"来同行"也。②

这类诗歌多以反映西洋风土人情为主，本就明白晓畅，音译词的加
入则使其更加活泼灵动，给读者以耳目一新之感。当然，音译词并不仅
仅出现于这类诗歌，严肃的古体诗中亦有其身影，如赵之谦《子奇复用
前韵成闽中杂感四章见示依次达之》其二曰：

> 英法通商求五口，雅片毒人逞祸首。火轮力足降风波，大
> 能主神思作歌。此污中土谁与拭，万里河山一点墨。条约数十
> 已屡更，尚可征商恣横勒。呼度一吠凡犬驯（夷呼犬曰度，入
> 声。），物有相畏性所因。畏夷民更甚畏贼，应悔生为中土人。③

音译词在中国传统古典诗歌中的运用，是洋务运动时代背景下诗人
大胆的创新与尝试，更是晚清重大历史事件对诗歌走向影响的明证。

---

① 张祖翼著，穆易校点：《伦敦竹枝词》，长沙：岳麓书社，2016 年，第 4 页。
② 张祖翼著，穆易校点：《伦敦竹枝词》，长沙：岳麓书社，2016 年，第 8—9 页。
③ 赵之谦著，戴家妙整理：《赵之谦集》第 1 册，杭州：浙江古籍出版社，2015 年，第 19 页。

第五章

诗人笔下的中法战争

　　中国与越南山川相连，唇齿相依，自古以来关系密切。鸦片战争后，法国加紧了对越南的侵略，并企图以此为跳板染指中国西南地区。越南阮氏王朝依靠驻扎在越南北部山区的刘永福"黑旗军"，在抗击法国侵略军的斗争中曾取得过许多辉煌战绩，但越南国王最终在法国的胁迫下投降并签订《顺化条约》，越南实际上已沦为法国的殖民地。此后，法国将战火引向中国边疆，一面命令侵越法军向北进犯，一面要挟清政府召回刘永福，撤退驻扎在越南北部的清军，中法矛盾日趋尖锐。

　　1883 年 12 月，法国向驻扎在越南山西地区的清军发动进攻，正式挑起了中法战争。中方失利后，李鸿章与法国签订了《中法简明会议条约》，并撤回驻越军队。但清政府的妥协并未换来和平，1884 年法国开始从海上进攻中国，妄图攻占基隆与台湾北部。台湾军民在刘铭传的带领下，英勇击溃侵略军。法军未达目的，随即全力进攻马尾港并威胁福州。马尾战役中，清军再度失利；马江之战中，福建水师遭到毁灭性打击，几乎全军覆没。但在越南北圻战场，老将冯子材指挥的镇南关战役却取得了重大胜利。正当捷报频传，抗法斗争胜利在望之际，清政府却与法国达成了停战协定。光绪十一年（1885），李鸿章与法方代表在天津签订《中法会订越南条约》，法国达到了当初发动战争的全部目的。法国不仅占领了越南，而且打开了中国西南的门户，更成为第一个在中国取得铁路修筑权的国家。中国军民浴血奋战、前仆后继，带来的竟是法国不胜而胜，中国不败而败的结果。这触目惊心的事实，使中国人民进一步认清了清政府的腐朽无能，救亡呼声日益高涨。

中法战争给中国人民带来了深重的苦难与巨大的情感创伤。这一特定的历史背景催生了又一个爱国诗潮，诗歌也成为整个中法战争文学中数量最多、艺术成就最高的文学形式。中法战争爱国诗潮中，诗人心态从"哀其不幸"到"怒其不争"的转变，彰显了晚清诗史中诗人特有的社会心理和情感特征，更是寻绎晚清诗人心态转变的关键一环。而诗作中，诗语表达和抒情方式的转变，则成为此间诗歌创作的重要特征，代表着这一时期诗歌创作的新走向。

第一节　中法战争中的诗人心态

以中方"不败而败"为结局的中法战争作为晚清时期最特殊的历史事件，不仅在诗坛掀起了又一次爱国诗潮，更对诗人的心态产生了重要影响。

爆发于同治中兴余响下的中法战争，为诗人心态变迁提供了先决性的历史条件。"同治中兴"一词，始见于光绪元年（1875）陈弢所编《同治中兴京外奏议约编》一书的书名，书中陈弢所描述的"同治中兴"即指清王朝在同治时期的复兴。加之洋务运动已开展多年，故而同治中兴不单指封建王朝内部政治秩序的修补，更包含了自强新变的新内涵。在同治中兴的历史背景下，及至中法战争之时，清政府在经济、文化、外交等方面较前一个时期都取得了一定的进步，这恰恰成为诗人心态发生转捩的关键。在诗人看来，清政府取得的进步已足以与法国侵略者对抗，故而一改此前遭受侵略时"哀其不幸""新亭对泣"的失落颓唐，其心态也伴随着战事的推进发生着巨大的转变。

一、从"哀其不幸"到"怒其不争"

与两次鸦片战争时清廷被迫挨打的情况不同，经过同治中兴近20年的发展和洋务运动开展以来多年的军事筹备，清王朝得到了一定发展，国人信心大增，且"盖今日中法事势，彼无助兵之与国，我多习战之宿将，此与道光庚子异者也。彼有后忧，我无内患，此与咸丰庚申异者也"[1]，国人也试图借此寻回丢失的自信，中法战争中中方的胜利恰好成为诗人们宣泄情绪、慰藉心灵甚至见证国威重振的良好契机。抗法斗争的胜利是国人多年苦心等待的结果，承载着民族复兴的希望，却被统治者一朝断送；福建水师的溃败也证明了承负着强国梦想的洋务事业是如此不堪一击！诗人无法接受残酷的现实，只能将冲天怒火付诸诗笔。巡检晚清诗史，鸦片战争时诗人们面对"三千年未有之变"时的情感爆发以"哀"为主旋律，如赵函《十哀诗》、张际亮《定海哀》《宁波哀》、朱琦《定海纪哀》等大量诗作，或哀痛国破家亡，或痛惜民瘼，或哀伤个人遭际，可以说整个诗坛都弥漫着浓浓的哀愁。而中法战争中，中方在掌握主动权的情况下主动乞和的行径令诗人们怒不可遏，由是诗坛迅速爆发了以抒愤为主题的又一创作高潮。而这些诗作也成为晚清时期诗人心态转捩的明证。

中法战争进程中随着战事的进程，诗人郁愤的侧重点亦有所不同。

---

① 张之洞：《法衅已成敬陈战守事宜折》，见苑书义等主编：《张之洞全集》第一册，石家庄：河北人民出版社，1998年，第189页。

首先，诗人愤慨于清廷对中越宗藩关系的主动放弃。中越宗藩关系由来已久，两国"得失共一弓，磨击非两铍"①，无论是出于战略位置还是政治利益的考虑，都不能放弃。对此，陈玉树等诗人也早有见地："交趾日南藩若撤，汉龙天马岂能屙"②，向清廷发出预警。然而，李鸿章与侵略者的一纸合约却使中越长期以来的宗藩关系荡然无存，引起了诗人极大的愤慨。黄遵宪怒斥道："遂议珠崖弃，坐视金瓯缺。巍峨鬼门关，从此论异域。……而今入法界，尽将汉帜拔。吁嗟铜柱铭，真成交趾灭。"③诗人经过越南时，更毫不留情地诘问道："神功远拓东西极，圣武张皇六十年。不信王师倒戈退，翻将化外弃南天。"④许銮《书愤》其一亦抒发了同样的心绪："越南自古称藩服，献雉由来作内臣。今日衣冠委尘土，千秋大义罪何人？"⑤对于天朝人士来讲，自古以来的宗藩关系在宗主国主动放弃的情况下一朝尽失，是无论如何也无法接受的事实。

其次，诗人愤怒于朝廷将唾手可得的胜利拱手他人。如张秉铨赋诗道：

> 卫公劳士娴兵机，运筹慨欲扫北圻。乘胜当如破竹易，追奔岂许只输归。滇军又报成师返，虏知屡败危累卵。星驰火速报京师，城下求成请受款。惜哉丞相徒宽仁，谓割藩服息吾

---

① 黄遵宪：《越南篇》，见陈铮主编：《黄遵宪集》（一），北京：中华书局，2019年，第330页。

② 陈玉树：《癸未冬有感》，见《清代诗文集汇编》编纂委员会编：《清代诗文集汇编》第777册，上海：上海古籍出版社，2010年，第191页。

③ 黄遵宪：《越南篇》，见陈铮主编：《黄遵宪集》（一），北京：中华书局，2019年，第329—330页。

④ 黄遵宪：《过安南西贡有感》，见陈铮主编：《黄遵宪集》（一），北京：中华书局，2019年，第183—184页。

⑤ 阿英编：《中法战争文学集》，北京：中华书局，1957年，第38页。

民。坐令大功败中道，至此天威不大伸！①

　　张秉铨，生卒年不详，福建侯官（今福州）人。同治十年（1871）进士，后赴台湾，今存《于役百篇吟》。正当中方军威大振，准备全线追击溃败的法军并一举收复越南全境时，议和的消息却不期而至。在诗人看来，朝廷胜券在握时乞和实不可取，而李鸿章等人以签订合约换取短暂和平的做法更是置国家于万劫不复之地。这不仅是国家利益一时的损失，长此以往国威不彰，反而会招致更多的侵略者。蒋泽沄《有感六首》其一也写道："忽传纶綍来三殿，已许和戎靖九边。补衮仲山谁实属，空令壮志著先鞭"②，意指朝廷腐朽不堪，即便有仲山甫式的能臣也无法扭转乾坤。李光汉则以古喻今，悲愤交加，诗曰："十二金牌事，于今复见之。黄龙将痛饮，花目忽生期。战骨累累在，秋风飒飒吹。莫论交趾役，故垒有余悲。"③影射清廷与南宋卖国投降的行为并无二致，更为死难的将士发声。

　　广大诗人对敌人狼子野心的认知也极为清晰，在他们看来，野蛮的侵略者绝不会因为一时的议和而放弃侵略。如赵浚诗中，"明知割地终无颜"④"豺狼反复由来惯"⑤等揭露法军侵略实质的诗句俯拾皆是，显示出诗人超卓的认识，他不禁反问道："黩武何曾衰汉运，销兵几见扼强

---

　　① 张秉铨：《贺王朗青方伯凯旋作》，见阿英编：《中法战争文学集》，北京：中华书局，1957年，第75页。

　　② 《清代诗文集汇编》编纂委员会编：《清代诗文集汇编》第728册，上海：上海古籍出版社，2010年，第757页。

　　③ 李光汉：《后海疆六首·战交趾》，见阿英编：《中法战争文学集》，北京：中华书局，1957年，第80页。

　　④ 赵浚：《诸将四首》，见阿英编：《中法战争文学集》，北京：中华书局，1957年，第86页。

　　⑤ 赵浚：《诸将四首》，见阿英编：《中法战争文学集》，北京：中华书局，1957年，第86页。

胡？"①怒斥了清廷的不作为。蒋泽沄亦道："暂图燕燕聊居息，鼾侧还忧虎卧同"②，指出议和之举无异于与虎同眠，忧愤之心不言而喻。

第三，诗人对洋务事业虚耗国帑而毫无效用感到十分气愤。中法战争时，寄托着国人强军强国希望的洋务运动已开展多年，而马江之战的惨败却击碎了国人的希冀。一时间对于洋务运动成效的质疑、不满充斥于朝野，引起了诗人极大的愤慨。

为实现强军富国之梦想，清廷曾聘用多位洋教习进行军事指导。清廷对于教习的选择，并非从综合实力、技术水平等方面做出客观判断，只因"德曾胜法，故改其操法，专用德人，盖将以制法也"③，十分随意。"法夷患起，驻德中使李凤苞续遣德将李宝等数十人至北洋，分布各军，以为教习。月糜饷三万余金，矜宠尤隆，几有喧宾夺主之势。"④洋教习在军中只知作威作福，"日食费万钱，月俸支千镒"⑤，且洋人对中国皆抱有侵略之心，即便身为教习也根本不会用心指导，许銮很清楚地认识到了这一点："各挟仇国心，不惶屈身恤。……夷德本无厌，虏情固难悉。在宋固有斤，逾淮岂为橘。"⑥在洋教习的敷衍下，中方根本无法学到其先进的技术、制度和管理经验，只略懂皮毛，诗人不禁感叹道："官礼沿旧制，车甲常建橐。锻矛乃利刃，仗钺非麾旄。兵符委尘土，令甲同弁髦。用之不见异，从事奚独劳？"⑦洋人指导后清廷在各方面虽象征性地做出了一些改变，但并未触及实质，强军之梦只能化为

---

① 赵浚：《诸将四首》，见阿英编：《中法战争文学集》，北京：中华书局，1957年，第86页。

② 蒋泽沄：《有感六首》，见《清代诗文集汇编》编纂委员会编：《清代诗文集汇编》第728册，上海：上海古籍出版社，2010年，第757页。

③ 许銮：《德国操·序》，见阿英编：《中法战争文学集》，北京：中华书局，1957年，第30页。

④ 许銮：《洋教习·序》，见阿英编：《中法战争文学集》，北京：中华书局，1957年，第30页。

⑤ 许銮：《洋教习》，见阿英编：《中法战争文学集》，北京：中华书局，1957年，第30页。

⑥ 许銮：《洋教习》，见阿英编：《中法战争文学集》，北京：中华书局，1957年，第30页。

⑦ 许銮：《德国操》，见阿英编：《中法战争文学集》，北京：中华书局，1957年，第31页。

泡影。

而洋务运动中创办的众多军工企业，"每年消耗费，约在数百万，而要件仍须出洋购买，财用难支矣"①。清廷向西方学习的这一过程，也是直接将弱点暴露出来的过程，因不懂先进科技，开办企业时只能任洋人宰割，"六钧示人贾余勇，百牢责我资厚禄。那能岁告万宝成，直使国尽九年蓄。转输搜取尽锱铢，弃掷抛残如秕粟。便能医得眼前疮，亦须剜去心头肉"②，浪费大量财力、物力、人力却收效甚微。朝廷不惜代价购买的军火重器，却往往是一堆废铜烂铁，"国帑所耗，不下千余万，而犹未得其极致也"③。彭玉麟亦感叹道："聚铁九州成大错，縻金万亿付虚空。"④为了购买先进兵器，朝廷"缗钱尽均输，玉帛作香饵"⑤，然而买得到的却总是"我短彼更长"⑥这般始终落后于列强的武器。种种事端之下，诗人不禁感叹道："外洋之愚我中国，可概见矣。"⑦

二、从"新亭对泣"到"斗志昂扬"

面对两次鸦片战争中清廷被迫挨打的残酷事实，面对战争带来的国仇家恨，诗人们常常悲哭不已。这种悲哭，是面对侵略者寡不敌众时

---

① 许鋆：《机器局·序》，见阿英编：《中法战争文学集》，北京：中华书局，1957年，第33页。

② 许鋆：《机器局》，见阿英编：《中法战争文学集》，北京：中华书局，1957年，第33—34页。

③ 许鋆：《购兵器·序》，见阿英编：《中法战争文学集》，北京：中华书局，1957年，第31页。

④ 彭玉麟：《感事四律》，见彭玉麟撰，梁绍辉等点校：《彭玉麟集》（二），长沙：岳麓书社，2008年，第61页。

⑤ 许鋆：《购兵器》，见阿英编：《中法战争文学集》，北京：中华书局，1957年，第31页。

⑥ 许鋆：《购兵器》，见阿英编：《中法战争文学集》，北京：中华书局，1957年，第31页。

⑦ 许鋆：《铁甲船·序》，见阿英编：《中法战争文学集》，北京：中华书局，1957年，第32页。

"南八男儿空洒涕"[①] 的痛心；是京城失陷，皇帝逃往热河时"只应城头一片月，照得书生有泪痕"[②] 的伤怀……时至中法战争，基于国力的提升，赖于中国军民拼死而战的精神和取得的胜利，一种扬我国威的大国意识，一种一雪前耻的雄心壮志和以身报国的英雄主义气概在晚清诗坛迅速蔓延，与此前"新亭对泣"的沉郁氛围形成了巨大反差，这一慷慨激昂之势也成为晚清诗坛独树一帜的景观。

面对反侵略斗争以来取得的首次胜利，诗人不吝笔墨描绘了一个又一个艰苦卓绝却又惊心动魄的战争场面：

> 不歼此虏非丈夫，气愤风云投袂作。椎牛誓众仍出关，破釜沉舟逼谅山。邃穴千寻盘地底，天梯下道舞云间。太山未足岳家比，岳家军乃有二子。短衣草履齐督师，大呼杀贼持矛起。疲兵再战一当千，万人感奋威震天！夺回东岭破三垒，丰功远轶马文渊。如霆如雷复如电，炮烟普腾看不见。但闻肉雨扑征衣，时觉血花飞满面。连宵苦战不闻金，枕藉尸填巨港平。群酋存者带头走，前军筚吹报收城。南人鼓舞咸嗟叹，数十年来无此战。献果焚香夹道迎，痛饮黄龙何足算？澎湖镇海檄正飞，宣光鏖斗大震威。[③]

诗人将出征前冯子材等将士视死如归的决心，战斗时将士们与敌军

---

① 赵函：《哀虎门》，见钱仲联主编：《清诗纪事·道光朝卷》，南京：江苏古籍出版社，1989年，第10849页。

② 贾树口：《庚申九月作》，见阿英编：《鸦片战争文学集》（上），北京：古籍出版社，1957年，第124页。

③ 张秉铨：《贺冯萃帅凯旋作》，见阿英编：《中法战争文学集》，北京：中华书局，1957年，第72页。

近身肉搏的壮烈，法军狼狈逃窜的景象，国人的称赏与劳军的举动汇于一诗，全诗一气呵成，气势宏大，极具鼓舞人心之效。又如：

> 诸将裹创色不变，炮声如雨沙迷面。是兵是贼不分明，人马奔腾声一片。合力并攻接短兵，冲入贼中贼不见。[①]

诸将在负伤的情况下依旧不下火线，甚至在炮火隆隆中与敌军短兵相接，其英勇气概直冲霄汉。

同时，诗人于法军之溃败也着墨颇多，如王之春《获越象和虞裳韵》：

> 谅山一役天地昏，彼族虽狡如狼奔。吕车田牛皆失势，各鸟兽散驱诸原。弃甲曳兵不成阵，象奴潜逸象不进。帖耳驯伏亦可怜，此日南风真不竞。鸣金伐鼓声欢呼，我军驱之兢献俘。[②]

法军溃散时，丢盔弃甲，四散奔逃，作鸟兽散，连饲养的大象也为我军俘获。而我军得胜凯旋、扬眉吐气之状令人欢欣鼓舞，大大增强了民族自信心。

此外，讴歌胜利的众多诗作如《谅山大捷图题辞十四篇》等，以及大量歌颂英雄人物的作品无一不蕴含着振奋人心的巨大力量，它们描绘出了晚清诗坛少有的鲜亮图景。

---

① 张秉铨：《贺王朗青方伯凯旋作》，见阿英编：《中法战争文学集》，北京：中华书局，1957年，第75页。

② 《清代诗文集汇编》编纂委员会编：《清代诗文集汇编》第747册，上海：上海古籍出版社，2010年，第289页。

三、从感性认识到理性思考

由于长年执行闭关锁国政策，国人在遭受鸦片战争这一国难时，对侵略者及其用以征战的坚船利炮所知甚少。出于封建时代特定的民族观念和天朝上国的优越感，大部分人对英国及其先进武器等极其不屑，对英人多以"夷""鬼奴""犬羊"等贬义词称之，对其坚船利炮则斥为奇技淫巧，不屑一顾。自魏源编纂《海国图志》以来，清王朝在了解国际局势的道路上逐步迈进，对海外文明的认知程度不断加深，长年厕身于诸多侵略者间的清廷对复杂的国际关系也有了一定认识。在西方诸国一次又一次的侵略与打击下，诗人对其侵略本质的认知愈发深刻，思考也渐趋理性。可以说，中法战争是国人对西方国家乃至国际关系的认知从感性认识走向理性思考的分水岭。在众多有识之士中，郑观应无疑是对当下国情、国际局势乃至清廷未来走向最具见识的改良者之一，其《与西客谈时事志感》云：

> 有客谈中华，隐报腹心疾。厥弊误因循，凡事守迂拙。矿产富五金，匪独旺煤铁。虽有采办者，往往多牵掣。刻舟以求剑，胶柱而鼓瑟。粉饰每自欺，浮华难核实。群雄各觊觎，利权暗侵夺。俄德窥北辙，法日界南辙。英复图中央，围棋布子密。或借港泊船，或租地筑室。或司总税务，或代邮传驿。或为开矿谋，或为训士卒。铁路或包工，国债或借拨。措施靡不周，阴谋多诡谲。欲取故先与，亡本翻逐末。巨奈据要津，犹自耽安逸。无复计变通，只用羁縻术。厝薪卧其上，举火同迅发。其势必燎原，其间不容发。虎视兼狼吞，海疆终决裂。

奋笔作此诗，字字含泪血。危言宜深省，聊用告明哲。[①]

　　诗中，郑观应将列强环伺、巧取豪夺瓜分华夏领土，巧立名目地破坏清王朝关税自主权、铁路筑造权等国家权益，尽最大可能攫取在华利益的行径，以及对清廷无计可施只能步步退让的境遇分析得极为透彻。诗人最后呼吁朝廷迅速改革，否则便是自取灭亡。全诗既有理性客观的分析，又有感性深沉的爱国之情，是同类主题诗作中少见的精品。同样，其他诗人对国际关系也有着相当程度的认识。中法战争中，各资本主义大国皆争先恐后地出面调停。马江战役当天，美国公使正在署中与福建总督何璟商议和谈之事，守江的中国战船便纷纷沉没了。许銮《美公使》一诗即讽刺了美国借调停为由趁机攫取利益的虚伪本质。

　　中法战后，郑观应就国家出路和改革方向提出了具体建议：

　　　　微臣独愤切，闻鸡夜起舞。为献治安策，条陈计有五：其一设学校，士途宜宽取。肄业专一门，材艺不逾矩。其二农工商，振兴有法度。丕但奖制造（西例：凡有制造新器给予执照，准其专利若干年，名曰丕但），矿务资铁路。其三练将才，兵强由将驭。巡捕兼民团，内地可安堵。其四制军器，工师慎选雇。弗受外人胁，腹省尤宜顾。其五定律例，中外无偏护。日报与议院，公论如秉炬。时势今已危，奋发耐勤苦。文士弃帖括，武卒改石弩。内既平反侧，外可却狡虏。举国绝荒芜，机器襄农务。瘠土化良田，地利于焉溥。十载臻富强，同

---

　　① 　夏东元编：《郑观应集》（下），上海：上海人民出版社，1988 年，第 1295 页。

德慰君父。①

分析国际局势之外，郑氏于国家出路也有着鞭辟入里的思考。他认为国家振兴当从教育、产业结构、军事、武器装备、司法等五方面入手，这些改革措施不仅涉及国计民生的各个方面，而且司法改革这一项甚至触及了封建政体。在众多诗人中，从正面思考且提出国家改革方案的，郑观应当属第一人。惟其如此，才更彰显出这些诗作的丰富价值。

第二节　中法战争中的诗歌走向

巡检中法战争爱国诗潮中的作品，不难发现在这一结局特殊的历史事件的影响与作用下，此间诗作，特别是诗语表达与情感抒发方面，呈现出了明显的特点与走向。

一、意象集群化

首先，中法战争爱国诗潮中，意象集群化现象较为明显。谅山大捷后，清政府乘胜求和，在诗人看来，其实质与南宋王朝急令岳飞退兵之事如出一辙，因而在抒愤、哀叹时多以岳飞之典故入诗，借古喻今，诗语表达上，"十二金牌""黄龙痛饮"等词语频繁出现。此外，在论及朝廷时，诗人亦多以"内苑""岩廊"等代指，并不直言，相对含蓄。言及国界、国土完整和与越南长久以来的宗藩关系，则多用"铜

---

① 郑观应：《海禁宏开利权外溢甲申以后事变日亟盛杏荪京卿关心时局因赋长歌借相质证》，见夏东元编：《郑观应集》（下），上海：上海人民出版社，1988 年，第 1299—1300 页。

柱""碑""柱"等词。如张罗澄《越南事平作》云：

　　　　老羆当道走貙群，天下英雄惟使君。铜柱合铭交趾国，
金牌突召岳家军。
　　　　两朝宰相甘谀敌，盖代功臣苦策勋。一误已成休再误，
大风长望碧霄云。①

　　张罗澄，生卒年不详，字岷远，四川长宁人，举人。在诗人看来，清廷胜券在握却传令退兵的行为与南宋王朝传令岳飞退兵的行为相比，可谓有过之而无不及，均是自毁长城之举。在诗人眼中，一意主和的李鸿章与前线拼死卫国的将士实乃霄壤之别。诗人无奈之下，只能饱含痛惜之情劝谏朝廷休再误国。又如杨浚《闻津门和议成感作》一诗：

　　　　桂山遥听碧鸡鸣，上将军威草木惊。誓斩楼兰看旧剑，
请从南粤系长缨。
　　　　千年铜柱无惭色，一夜金牌有哭声。多事书生愁厝火，
汉廷心苦自分明。②

　　同张罗澄诗一样，杨诗也借用岳飞的典故指斥清廷卖国乞和的丑行。诗人虽义愤填膺却无能为力，只能以"多事书生"自况，抒发自己的无奈与惋惜。与此诗类似但诗风颇显刚健的当属彭玉麟《感事四律》其一：

———————

　　① 阿英编：《中法战争文学集》，北京：中华书局，1957年，第87页。
　　② 《清代诗文集汇编》编纂委员会编：《清代诗文集汇编》第712册，上海：上海古籍出版社，2010年，第429页。

　　　日南荒徼阵云开，喜有将军破敌来。正荡妖氛摧败叶，
已寒逆胆夺屯梅。

　　　岩廊忽用和戎策，绝域旋教罢战回。不许黄龙成痛饮，
古今一辙使人哀。①

　　清廷乘胜求和的行径给诗坛和诗人内心带来的冲击与震动堪称剧烈，因而反映此事的诗歌大多以"有感""感事"等为题，而与岳飞相关的"黄龙痛饮""十二金牌"以及"魏绛和戎"等典故便成为诗人对时事看法的最佳诠释，因而频繁出现于诗作中。

二、激切的情感抒发

　　两次鸦片战争的结果均以清政府签订丧权辱国的不平等条约而告终。及至中法战争爆发时，清廷已兴办洋务运动数十年，因而这场战争不仅仅是一件引起士人广泛关注的国家大事，更是承载着国人渴望胜利，希望重新树立民族自尊心和自信心的关键事件。清廷在占据优势的情况下将胜利果实拱手他人，再一次以签订不平等条约来终结战争的举动，也使得国人慷慨激昂的情绪陡然急转，百感丛生。不平则鸣，化为诗语，则集中展现了中法战争爱国诗潮中诗歌创作的又一重要创作走向——激切的情感抒发。在爱国情感的支配和推动下，诗人饱蘸笔墨将拳拳爱国之心凝聚于笔端，颂扬时不吝笔墨，批判时尖锐猛烈，强烈的情感抒发贯穿于整个爱国诗潮中，可谓淋漓尽致。

---

① 彭玉麟撰，梁绍辉等点校：《彭玉麟集》（二），长沙：岳麓书社，2008年，第61页。

（一）对主战派与主和派的关注

尽管清政府极端无能，但鉴于与越南的特殊关系和法国侵越带来的严重威胁，清政府特于 1881 年 12 月 6 日发布上谕，向诸臣询问对法政事："总理各国事务衙门奏，法国谋占越南北境，并欲通商云南，拟筹办法各折片，览奏均悉。……即着李鸿章、左宗棠、刘坤一、张树声、刘长佑、庆裕、杜瑞联商同密为妥办。……务当详加揆度，合力图维，庶可弥衅端而安边境，并将如何办理情形，随时详晰密陈。"[①]这是清廷首次就越南问题向疆臣询问意见。上谕下发后，清廷内部在是否援越抗法的问题上产生了严重分歧。尽管"自鸦片战争以来，中国历次反侵略战争中，在清朝统治集团内部，都出现主战与主和两派。而在中法战争中，主战派与主和派营垒非常分明，争论异常激烈，对战争进程所产生的影响十分明显"[②]。

主战派成员大体由三部分构成：一是以左宗棠、彭玉麟、刘坤一等为主的镇压过太平天国运动的湘系武将，二是以张之洞、张佩纶等为代表的清流文士，三是刘铭传、张树声等少数淮系将领和唐景崧等下层官吏。主和派则以李鸿章为核心，郭嵩焘、张荫桓、阎敬铭等人为代表。在主战派人士看来，中越辅车相依，越南一旦遭难，必定唇亡齿寒，左宗棠上奏称："北圻尤为滇、粤屏蔽，与吾华接壤，五金之矿甚旺，法人垂涎已久，若置之不顾，法人之得陇望蜀，势有固然，殆全越为法所据，将来生聚教训，纳粮征税，吾华何能高枕而卧？"[③]曾纪泽也指出："越亡则强敌与我为邻，边境岂能安枕？且法果得越，势必进图滇

---

① 故宫博物院编：《清光绪朝中法交涉史料·军机处寄直隶总督李鸿章等上谕》，见中国史学会主编：《中国近代史资料丛刊·中法战争》（五），上海：上海人民出版社，1957 年，第 91 页。

② 施渡桥：《论中法战争中的主战派与主和派》《军事历史研究》，1999 年第 3 期，第 91 页。

③ 左宗棠：《时务说帖》，见左宗棠撰，刘泱泱等校点：《左宗棠全集》第 14 册，长沙：岳麓书社，2014 年，第 595 页。

南，以窥巴蜀，得寸思尺，我之防御愈难"①，况且一旦对法国妥协，"各国之垂涎于他处者，势将接踵而起，何以御之？"②主战派出于以上考虑，力主援越抗法，将迫在眉睫的危机扼杀在萌芽中。而主和派的李鸿章则上奏称："越已阴降于法，而我代为力征经营，径与法人决裂，则兵端既开，或致扰乱各国通商全局，似为不值。更恐一发难收，竟成兵连祸结之势"③，且"因限于经费，船舰不齐，水师尚未练成，难遽与西国兵船决胜大洋"④，加之民穷财竭等现实原因，主张妥协退让，力保和局。主战派与主和派的纷争，实质上乃是湘淮两派的权利角逐。两派虽各执一词且都有理有据，但就民族情感而言，主战派无疑激扬了士气民心，更易获得军民支持；而主和派则大大挫伤了军民的抗战热情，助长了侵略者的气焰。熊熊燃起的爱国热情使得广大诗人赋诗言志时，对待两派也是态度各异，泾渭分明。

诗人对主战派可谓称颂不已，如许銮《谅山寺》中"乾坤大义手匡扶"⑤"千古纲维一身荷"⑥等诗句，高度赞扬了主战派于国家危难之际的英勇之举；对于主和派的指斥，则以史为鉴，称其"晋宋误国在议和"⑦，反问主和派官员"衮衮诸公何娷嬬"⑧。此后，随着战事推进及形

---

① 曾纪泽：《龚侯致书》，见中国史学会主编：《中国近代史资料丛刊·中法战争》(四)，上海：上海人民出版社，1957年，第267页。

② 曾纪泽：《伦敦复陈俊臣中丞》，见曾纪泽撰，喻岳衡校点：《曾纪泽集》，长沙：岳麓书社，2008年，第194页。

③ 李鸿章：《遵旨妥筹法越事宜折》，见李鸿章著，顾廷龙等主编：《李鸿章全集》第10册，合肥：安徽教育出版社，2008年，第247页。

④ 李鸿章：《遵旨妥筹法越事宜折》，见李鸿章著，顾廷龙等主编：《李鸿章全集》第10册，合肥：安徽教育出版社，2008年，第248页。

⑤ 阿英编：《中法战争文学集》，北京：中华书局，1957年，第25页。

⑥ 阿英编：《中法战争文学集》，北京：中华书局，1957年，第25页。

⑦ 阿英编：《中法战争文学集》，北京：中华书局，1957年，第25页。

⑧ 阿英编：《中法战争文学集》，北京：中华书局，1957年，第25页。

势变化，针对主和派官员在战争过程中起到的负面作用，诗人对其懦弱求和之行径的谴责与不满愈发强烈。张景祁目睹了主和派一味迁就忍让致使法军得寸进尺、气焰大增的情形后，不禁反问道："敌情要约还修礼，廷议羁縻适启戎。枕上行师多掣肘，疆臣何自奏肤功？"[1] 彭玉麟亦声讨道："华夏自行宽大政，四夷犬性几曾驯"[2]，明确表示求和对于狼子野心的侵略者来说断不可行。对于主和派靡费粮饷却畏缩不战的状况，许鋆斥责道："岂必权奸能误国，庸庸青史不堪讥"[3] "年年亿万靡兵饷，畏死曾无一战功"[4]，矛头直指主和派，指斥其尸位素餐、把持朝政，靡费国帑而寸功未建。以慈禧太后为首的最高决策机构对"战""和"的论争始终举棋不定，虽发兵越南，却一再训令清军不得主动出击。朝廷如此倾向于主和派而使局面陷入被动的软弱行径也在郑观应诗中得以展现："如何掣肘违方略，致使孤军计未成。"[5] 更令诗人难以接受的是，主和派竟"未闻声罪讨，先报败盟多"[6]，甚至"吁嗟乎敌不敢摧，反以危论摇上裁"[7]，企图威慑统治者使之允准求和，明目张胆地干预统治者的决策。

　　中法战争中主和派与主战派的论争最先引燃了诗人们的爱国豪情，

---

① 张景祁：《偶阅黄岘孙参军艺兰馆诗草有感追和八首》其一，见张景祁撰，郭秋显等主编：《张景祁诗词集》，新北：龙文出版社，2012年，第199页。

② 彭玉麟：《感事四律》，见彭玉麟撰，梁绍辉等点校：《彭玉麟集》（二），长沙：岳麓书社，2008年，第61页。

③ 许鋆：《书愤》，见阿英编：《中法战争文学集》，北京：中华书局，1957年，第38页。

④ 许鋆：《书愤》，见阿英编：《中法战争文学集》，北京：中华书局，1957年，第38页。

⑤ 郑观应：《敬次彭雪琴官保师海南军次秋兴二十四章原韵》，见夏东元编：《郑观应集》（下），上海：上海人民出版社，1988年，第1263页。

⑥ 崔舜球：《六月廿二日闻台湾基隆屿不守感赋》，见《清代诗文集汇编》编纂委员会编：《清代诗文集汇编》第772册，上海：上海古籍出版社，2010年，第165页。

⑦ 梁鼎芬：《甲申四月十日有封事作诗一首》，见梁鼎芬撰，黄云尔点校：《节庵先生遗诗》，上海：华东师范大学出版社，2012年，第43—44页。

使得众多诗人纷纷明确其立场、抒发其爱憎，为即将到来的创作高潮埋下了伏笔。

（二）对英雄人物的歌颂

同鸦片战争一样，中法战争中也涌现出了众多可歌可泣的英雄人物。在诗人的记录与描绘下，其功业、事迹得以流传，昭示着不屈的民族精神。

作为民间武装组织首领的刘永福及其率领的黑旗军，最先在越南境内抗击法军，而后在政治、军事均处于孤立无援的恶劣情况下依旧顽强斗争，是众多诗人着力颂扬的对象。刘永福（1837—1917），字渊亭，广西上思人，出身于一个贫苦的农民家庭。1857 年参加以郑三为首的反清起义，1864 年又加入以吴亚忠为首的广西天地会反清起义军。因其所部以七星为战旗，故称黑旗军。太平天国运动失败后，刘永福带领军队冲破清军围剿转移到越南境内，在保胜一带开辟山林、聚众耕牧，队伍逐渐扩充至两千余人。接到越南国王的求援后，刘永福率军开赴河内，在越南人民的支持下，大败法军，击毙安邺，收复河内。随后，越南国王"授永福为三宣副提督，辖宣光、兴化、山西三省，设局保胜，榷鳖税助饷"[①]，控制了红河上游，成为阻挡法国侵略军北上的柱石。1883 年，法军进攻南定，北圻形势严峻，刘永福义不容辞地再次投入到援越抗法的斗争中。在越南百姓的配合下，黑旗军于纸桥大败法军，毙敌酋李维利及部将数十人，打乱了法军北侵的计划。刘永福因此晋升为三宣提督。许鋆《黑旗团》一诗便是对刘永福卓著功勋的记录：

> 黑旗姓刘，名义，字渊亭，广西全州人也。以发逆之乱

陷贼中，乱平，拔帜出关，踞越南山西、太原各境山中，耕种自食。越王念其羁旅，赋税一切不较，转授以提督之职。刘因广为招徕，山境大开。迨法人侵占越南，刘率所部农兵，一战而擒法将李威利。法人大怖，多方攻击，卒不可得，常堕其计，法弁畏之，越王封为义良男。朝廷资其谋勇，因命滇粤各军相为联络，并授以提督之职，策其立功，赖为向导。

　　天上星旗光闪掣，越郊平地忽流血。长蛇荐食遍东西，封豕前驱肆咀啮。惊闻草泽起英雄，叱咤一声胆尽裂。法将授首威利诛，鏖战一时无寸铁。先以人和后以计，伟略独操何勇决？当年板荡伤中原，义士沦陷随草窃。揭竿转徙弃故都，所至风云生变灭。日南佳气郁西山，扫除兔窟安虎穴。劝耕课种作良图，羁旅招徕远近悦。与人无害世无争，习俗榛狂古无别。风起兴歌陇上云，宵深空望岭南月。李陵生为异域身，苏武老持汉使节。回头故国失依归，俯唱大刀还击缺。弓挽繁弱镝先鸣，剑击昆吾玉可切。蹉跎岁月久咨嗟，磊落胸怀常皎洁。忽逢强敌逞鲸吞，既覆曹滕又伐薛。将军奋袂忽大呼，江水不流山云截。群虏骈首受诛夷，肝脑所涂舌并抉，法人恐怖乞连和，大义责之望以绝。火攻刀刺力俱穷，三诱五饵术徒设。出奇制胜汉陈平，秘密兵机风不泄。崎岖千仞势纵横，激励三军昭义烈。鸾书新命出中朝，海内群雄相约结。越京扫荡效前驱，史馆铭勋同论列。泰西诸国兵传闻，黑旗之团真豪杰。[1]

许銮有新乐府十余首，专记中法战争。诗歌开篇即以倒叙手法营造

---

① 　阿英编：《中法战争文学集》，北京：中华书局，1957 年，第 26 页。

出一派激烈的战争气氛，"光闪掣""忽流血"等描述传神地点出黑旗军与法军对阵之残酷危绝。"封豕长蛇"，典出《左传·定公四年》"吴为封豕、长蛇，以荐食上国"①，比喻贪暴之人，此处代指法军，喻其残忍暴虐。"东西"，谓越南两京。就在法军横行越南大地时，一位草泽英雄横空出世，力挽狂澜，击毙法军首领。但诗人并未点明英雄的身份，反而埋下伏笔，以便顺理成章地引出下文，进而追述刘永福的传奇人生。如此谋篇布局，一方面塑造出了性格特征极为鲜明的英雄人物形象，有先声夺人之感；另一方面又为主人公蒙上了一层神秘的面纱，吸引读者之余，更为诗歌的创作留有充足的余地。刘永福虽在越南过着相对平静的生活，但"剑击昆吾"的豪情壮志却从未磨灭，其神勇豪壮的呼喊竟致"江水不流山云截"。诗人对刘永福部如何取胜的过程并未多作描绘，却从法人惊惧乞和、法军无计可施、黑旗军出奇制胜、越南国王封赏之命颁行、勋名垂范以及诸国传闻等多个角度间接赞扬了刘永福及黑旗军的丰功伟绩。

其他诗人也大力歌颂了刘永福，如赵藩在《越南三宣提督刘渊亭镇军永福寄扇索诗》中写道："黑云压阵鸦军来，喋血斑斑战袍紫。视师传檄气喷薄，鬼胆先寒鬼魄褫"②，寥寥数语，便将刘永福之威猛气魄，法军之胆寒畏缩刻画殆尽。诗人与刘氏素不相识，但却倾心敬佩，"我不识君作何状，心知自是奇男子。……君才杰出正有用，感恩况复怀桑梓"③，赞赏其才能之外，更感佩其心念家国的赤子之心。最后，他对刘氏寄予了深切期望，"愿君抑塞持定力，坚抱葵心贯终始。指挥白羽扫

---

① 杨伯峻编著：《春秋左传注》，北京：中华书局，2009 年，第 1548 页。

② 《清代诗文集汇编》编纂委员会编：《清代诗文集汇编》第 774 册，上海：上海古籍出版社，2010 年，第 168 页。

③ 《清代诗文集汇编》编纂委员会编：《清代诗文集汇编》第 774 册，上海：上海古籍出版社，2010 年，第 168 页。

边氛，他日书名压青史"①，愿他坚定信念，早日定边。诗人虽与刘永福从未谋面，但全诗层次分明，气魄宏大，刘氏形象栩栩如生，宛如诗人最为熟悉之人。此外，杨浚《喜晤刘渊亭军门》等诗也表达了对刘永福深深的敬意。

诗人着墨最多、歌颂尤甚的是镇南关战役的指挥者冯子材。冯将军年近古稀，于国难处挺身而出，再战疆场，以出色的军事才能和高超的指挥能力为清军夺取了镇南关战役的重大胜利。消息传来，士人欢欣鼓舞，纷纷颂扬冯子材之丰功伟绩。其中，以黄遵宪所作《冯将军歌》最为著名：

> 冯将军，英名天下闻。将军少小能杀贼，一出旌旗云变色。江南十载战功高，黄袿色映花翎飘。中原荡清更无事，每日摩挲腰下刀。何物岛夷横割地，更索黄金要岁币。北门管钥赖将军，虎节重臣亲拜疏。将军剑光方出匣，将军谤书忽盈箧。将军卤莽不好谋，小敌虽勇大敌怯。将军气涌高于山，看我长驱出玉关。平生蓄养敢死士，不斩楼兰今不还。手执蛇矛长丈八，谈笑欲吸匈奴血。左右横排断后刀，有进无退退则杀。奋梃大呼从如云，同拼一死随将军。将军报国期死君，我辈忍孤将军恩。将军威严若天神，将军有令敢不遵。负将军者诛及身，将军一叱人马惊。从而往者五千人，五千人马排墙进。绵绵延延相击应，轰雷巨炮欲发声，既戟交胸刀在颈。敌军披靡鼓声死，万头窜窜纷如蚁。十荡十决无当前，一日横驰三百里。吁嗟乎！马江一败军心愳，龙州拓地贼氛压。闪闪龙

---

① 《清代诗文集汇编》编纂委员会编：《清代诗文集汇编》第 774 册，上海：上海古籍出版社，2010 年，第 169 页。

旗天上翻，道咸以来无此捷。得如将军十数人，制梃能挞虎狼
秦。能兴灭国柔强邻，呜呼安得如将军！①

黄遵宪（1848—1905），字公度，号东海公、法时尚任斋主人等，广东嘉应州（今梅州）人。光绪三年（1876）起历任驻日本使馆参赞、驻美国旧金山总领事、新加坡总领事，戊戌变法期间曾署湖南按察使，推行新政。工诗，一生笔耕不辍，不仅有许多充满爱国激情的佳作，更有诸多反映琉球事件、中法战争、甲午战争等重大历史事件的诗篇。此外，黄氏还倡导"我手写我口"，是晚清诗界革命最重要的诗人之一。《冯将军歌》是黄遵宪最具盛名的一篇古风，取材于中法战争，可谓"举一时可慨、可悲、可歌、可泣之事，悉形歌咏，遂为晚清诗坛，放一异彩"②。

读《冯将军歌》，不可不知冯将军其人。《清史稿·冯子材传》载："子材躯干不逾中人，而朱颜鹤发，健捷虽少壮弗如。生平不解作欺人语，发饷躬自监视，偶稍短，即罪司军糈者。治军四十余年，寒素如故。言及国樱，辄涔涔泪下，人皆称为良将云。"③冯子材治军严明，心系家国安危，深得广大将士爱戴。抗击法军时，冯氏身先士卒，"自开壁持矛大呼，率二子相荣、相华跃出搏战"④。诸军为其精神所感染，"皆感奋，殊死斗。关外游勇客民亦助战，斩法将数十人，追至关外二十里而还"⑤。公度此诗，记将军格敌，绘声绘色，层层递进，不厌其详。诗人之意图，首先当为借将军之忠勇，振颓堕之士气，最终达到"制梃能

① 陈铮主编：《黄遵宪集》（一），北京：中华书局，2019 年，第 171—172 页。

② 龙榆生：《中国韵文史》，上海：上海古籍出版社，2002 年，第 66 页。

③ 赵尔巽等撰：《清史稿》，北京：中华书局，1977 年，第 12691 页。

④ 赵尔巽等撰：《清史稿》，北京：中华书局，1977 年，第 12690 页。

⑤ 赵尔巽等撰：《清史稿》，北京：中华书局，1977 年，第 12690 页。

挞虎狼秦"般重振国威的目的；其次，以谅山之胜见马江之败，期望朝廷有所警悟。张佩纶等要员闻风丧胆，跣足而逃，丧师辱国，致使"马江一败军心慑"，而眼前是"龙州拓地祲氛压"的胜利，意在提醒朝廷如何用人。谅山之捷证明了国人有能力战胜侵略者，朝廷若一味卖国求和，无异于饮鸩止渴。

关注现实，紧握时代脉搏是黄遵宪诗作的一大特色，正如夏敬观《映庵臆说》所评："近数十年诗人，能直言眼前事直用眼前名物，莫如黄公度遵宪。"[1]此诗开篇写道将军年轻时即英武善战，无用武之地时亦不甘养尊。"江南十载战功高"，可谓叙事简洁，一笔带过；"黄祫色映花翎飘"，工笔重彩，形象鲜明。"何物岛夷横割地"，因法军启衅，引出将军受命。"北门管钥"句，借寇准退辽兵之事，彰显冯将军的地位与重要性；"虎节重臣"指张之洞，正因张之洞奏请，将军方能援桂。将军方欲报效国家，奈何谣诼顿生，谤书盈箧，"潘鼎新屡电不以冯将军为得力"[2]，将军愤然，必欲"长驱出玉关"，奋勇杀敌。"玉关"，此处代指镇南关。"楼兰"与"匈奴"，皆代指寇边之敌。此句直至"一日横驰三百里"，写将军勇武如天神，军纪严明，士兵感奋，因此大捷。笔酣墨饱，语挟风雷。以下盛赞将军，若有十余个冯将军式的人物，则可振我家邦，使强邻不敢侮我。"呜呼安得如将军"，情词恳切，余音不尽。

此诗以古文家伸缩离合之法入诗，十六次叠用"将军"一词，与《史记·魏公子列传》之连呼"公子"的手法颇为相似，直有太史公笔意。钱仲联先生《梦苕庵诗话》云："连用将字，此《史》《汉》文法，用之于诗，壁垒一新"[3]，堪称至评。诗人为家国民族呼喊，为拯救危亡

① 黄遵宪著，钱仲联笺注：《人境庐诗草笺注》，上海：上海古籍出版社，1981版，第1307页。

② 彭玉麟：《会奏广军援桂获胜及遵旨撤兵折》，见彭玉麟撰，梁绍辉等点校：《彭玉麟集》（一），长沙：岳麓书社，2008年，第403页。

③ 钱仲联：《梦苕庵诗话》，济南：齐鲁书社，1986年，第8页。

求贤，一腔爱国激情感人肺腑，《冯将军歌》的可贵之处正在于此。

在《谅山大捷图题辞》组诗中，诗人们对冯子材亦交口称赞。冯子材以年近古稀之躯精心策划战斗，亲身指挥战事，一举反败为胜，故诗人多以"矍铄"一词入诗，诸如"矍铄登坛气尚雄"[1]"此翁矍铄更如何"[2]等诗句极言其精神面貌。诗人对冯将军在战场上的威武勇猛也多有描摹，如"短衣杀贼气纵横"[3]"将军匹马矫如龙"[4]等。诗人在赞美冯子材的同时，更将之与历史上赫赫有名的大将冯异、郭子仪等相提并论，如"冯异威名本轶群，苏髯韬略早知闻"[5]"郭李同称善用兵"[6]，夸赞其超卓的军事才能。此外，冯将军整军严明颇受百姓爱戴的情形，诗人也有所反映，如"一路壶浆迎节旄"[7]等诗句。

台湾保卫战中，刘铭传因其出色的军事才能亦备受诗人瞩目，如戴启文在《基隆山》中写道："伟哉真将军，孤立无援兵。出奇设险能以少许胜，一战而捷基隆平。敌锋挫衄争先逃，如鸟兽散惊呼号。功成未

---

① 许应骙：《谅山大捷图题辞》，见阿英编：《中法战争文学集》，北京：中华书局，1957年，第89页。

② 冯铭恩：《谅山大捷图题辞》，见阿英编：《中法战争文学集》，北京：中华书局，1957年，第93页。

③ 邓承脩：《谅山大捷图题辞》，见阿英编：《中法战争文学集》，北京：中华书局，1957年，第90页。

④ 冯铭恩：《谅山大捷图题辞》，见阿英编：《中法战争文学集》，北京：中华书局，1957年，第93页。

⑤ 袁宝璜：《谅山大捷图题辞》，见阿英编：《中法战争文学集》，北京：中华书局，1957年，第89页。

⑥ 何燿垣：《谅山大捷图题辞》，见阿英编：《中法战争文学集》，北京：中华书局，1957年，第91页。

⑦ 何如铨：《谅山大捷图题辞》，见阿英编：《中法战争文学集》，北京：中华书局，1957年，第89页。

敢矜言劳，论功却比兹山高。"①此外，诗人对阻击法军入侵镇海的欧阳利见、谅山大捷中殉国的杨玉科等人也赋诗纪念，对其不朽功勋加以歌咏。然而，诗人们对普通百姓抗击法军的事迹却鲜少关注，并未留存如《三元里》一类的诗篇，不能不说是一种遗憾。

颂扬英雄人物的诗歌，在晚清历次爱国诗潮中可谓屡见不鲜。由于鸦片战争、甲午战争等均是以清廷战败而告终，诗人赋诗纪念这些战争中涌现出来的英雄人物时，诗中激楚之情更深，悲悼之意更浓。但因中法战争特殊的结局，诗人在颂扬刘永福、冯子材等人时，与同类诗作相比，这些诗歌不仅人物形象更为立体生动，写作手法更加多样，情感更为激昂高亢，而且对所咏人物之歌颂程度也远超其他人。

（三）对误国官员的谴责

诗人强烈的情感抒发，还体现在撰构了诸多谴责误国蠹虫的诗篇。许多诗人首先将笔锋对准了首倡议和的李鸿章，周锡恩《感事四首》其四曰："一蹶皆难振，中朝众议殊。横行当斩哙，和虏更封娄。互市黄金尽，盟书白璧诬。还闻东阁相，慷慨议陪都。"②反语讥讽，指责李鸿章视国政如儿戏，主持议和时竟置国家利益于不顾，慷慨应允法国侵略者所有不合理的要求。马江海战中，正是由于李鸿章执意求和，不准主动迎战，以致酿成"火炮轰击天地惊，三军仓卒皆股慄。半渡不击渡难当，要盟始悔堕其术。公使犹未出辕门，海上舟师已尽失"③之惨剧。在甲午战争及后来以重大历史事件为背景的诗歌创作中，李鸿章成为众矢之的的状况，在中法战争爱国诗潮中已有所展现。在诸多谴责李鸿章

---

① 阿英编：《中法战争文学集》，北京：中华书局，1957年，第21—22页。

② 阿英编：《中法战争文学集》，北京：中华书局，1957年，第59页。

③ 许銮：《美公使》，见阿英编：《中法战争文学集》，北京：中华书局，1957年，第28页。

的诗作中，梁鼎芬所作《甲申四月十日有封事作诗一首》最为著名：

> 天门九重誅荡哉，小臣分疏今始来。钦鸹违旨谁敢挨，蛮夷则大我则孩。君恩九鼎轻如埃，每际警急翻嘲诙。曰弱敌强靡不灾，南越荒远犹湿蘒。收之无益弃可谐，若输岁币臣为媒。彼实驺虞非蛇豹，昭昭仁信世所佳。朝士纷纭久不排，亦有阴附阳为乖。吁嗟乎敌不敢摧，反以危论摇上裁。尚方剑为斯人开，朝夕谛视心弗隈。一朝拜疏无徘徊，岂复惜此数口骸。昔者先皇龙驭哀，万方两泣颜潸潸。戴天未报臣长唉，彼相战绩铺江淮。威权卅载位三台，连营数十征民财。荐举千百充仕阶，贵及群从夸骁骍。富逾天府罗琼瑰，胡曾已往命不偕。溯之往代艰其侪，金日相公天下才。能雪国耻文武该，臣亦从众祈天恢。东夷北狄事不回，此虏穷毒手可埋。奚守覆辙为罪魁，今知所用皆优俳。时平如虎危如蛙，公钱私积骄儿娃。全躯保家不顾咍，肆然挟敌成祸胎。惟此可斩不须猜，青天无云散阴霾。明月皎皎鉴此怀，愿天子圣烛九垓，岂徒一士追徂徕。[①]

梁鼎芬（1859—1919），字星海，号节庵，广东番禺（今广州）人。光绪六年（1880）进士，历任知府、按察使、布政使。中法战争中，因弹劾李鸿章而名震朝野。后应张之洞聘，主讲广东新雅书院及江苏钟山书院。清亡后，不忘旧朝，以遗老自居，有名士风，举止异乎常情，时人咸目为怪杰。"封事"，古时臣下上书奏事，为防泄露以皂囊封缄，故称。1883 年 12 月，法军向驻防越南山西的清军、黑旗军及越军发起猛

---

① 梁鼎芬撰，黄云尔点校：《节庵先生遗诗》，上海：华东师范大学出版社，2012 年，第 43—44 页。

烈进攻，清廷被迫应战。然而，主持山西之战的云南巡抚唐炯临阵脱逃，黑旗军力战不支被迫撤退，山西失守。次年春，法军再次发起攻势，连下北宁、太原、兴化等重镇，逼近中越边境，清廷闻讯大为恐慌。慈禧太后为掩败绩，更换了所有军机大臣，摆出重整旗鼓的姿态。而法军却乘胜诱和清廷，攫取更大的利益。1884 年 4 月，法军派人向李鸿章提出条件，慈禧太后求和心切，严令李鸿章迅速达成协议。5 月，李鸿章与福禄诺在天津签订《中法简明条约》。对此，许多官员上书弹劾李鸿章，梁鼎芬即为代表之一。是诗即因此而作，指斥李鸿章背负皇恩、阳奉阴违、靡费国帑、结党营私、祸国殃民，实为国之罪魁。然梁氏却因此见罪于慈禧，以"妄劾大臣罪"连降五级，后愤然辞官。

诗人对导致马尾江之战惨败的官员亦不遗余力地加以鞭挞。1884 年 8 月，法军于基隆受挫后，便集中全力进攻马尾军港。位于福建闽江口的马尾军港是清王朝最重要的海军基地之一，洋务派最著名的福建船政局就设置于此。早在 7 月中旬，法军 8 艘军舰便在孤拔的率领下以"游历"之名开进马尾港，时任福建船政大臣的何如璋不仅不加阻止，甚至给予友好款待，听任法舰包围中国军舰。就在法军虎视眈眈之际，清方竟"严谕水师不准先行开炮，违者虽胜亦斩"[1]，此种开门揖盗、自缚手脚之行径，直接造成了马尾海战完败的悲惨结局，写下了中国海军史上极为惨痛的一页。诗人们愤于时事，激于大义，纷纷赋诗志慨。许銮《马尾江》对于战败原因的揭露尤其深刻，特别是诗前"小序"，发人深省：

> 光绪十年秋七月庚辰，法人袭击我军于马尾江，全军尽没。先是中法以越南开衅，海疆戒严，朝命通政司吴大澂赴北

---

[1] 唐景崧著，李寅生等校注：《请缨日记校注》，上海：上海古籍出版社，2016 年，第 222 页。

洋，内阁学士陈宝箴赴南洋，侍读学士张佩纶赴福建，会办军务。张至闽，驻扎马江船厂。时总督何璟，巡抚张兆栋俱书生，无筹策，一意主和，不为备，法轮船入口不敢击，遂为所乘，我军铁轮九艘，红单船二十余艘，悉击沉于水，无一得脱，船厂灰烬，自构衅以来，丧师未有若此之甚者，而南洋战船略尽矣。幸法人未登岸，将军穆图善得整军固守。事闻，得旨：何璟、张兆栋革职去任，张专守江口，致其侵轶，议罪过轻，呼吁不已。因命广东督师兵部尚书彭玉麟查办，复援他事革职，后乃科罪发往军台。

无诸野老吞声哭，冬日愁过马江曲。一军猿鹤与沙虫，水族蛟龙俱荼毒。无人薄我失机宜，张侯安足持世局？同时应策尽书生，大敌猝惊空瑟缩。兵家易言古所忌，韬略不娴奚约束！五材并用创既奇，以火腾金惨尤酷。彭名大节自觥觥，失律丧师愆难赎。几等管钥盗发局，非仅过书言举烛。曹沫纵有复仇心，三败不死名已辱。天心悔祸事难知，旧将还应推颇牧。涛头厉鬼作忠魂，一湾江水生春绿。①

诗前小序，作为一段简要的时事评论，虽非直击肯綮，但将战败原因归之于佞臣的认知却代表了当时多数士人的看法，十分典型。其时，闽谚有云："福州原无福，法人本无法；两何没奈何，两张没主张。"②所谓"两何"，即何璟、何如璋；所谓"两张"，指张兆栋、张佩纶。据采樵山人《中法马江战役之回忆》载，何璟为人极度迷信，战事吃紧

---

① 阿英编：《中法战争文学集》，北京：中华书局，1957年，第22—23页。
② 李光汉：《战福州·序》，见阿英编：《中法战争文学集》，北京：中华书局，1957年，第78页。

时，"日惟蠖屈署中，拜佛念经，以冀退敌……复又仰观天象，谓西北角有妖云起，乃兵灾之凶兆，每早遣兵丁数人，持枪往屏山顶向西北角击散妖云，以冀消弭兵灾"①。张兆栋极度贪生怕死，"无御敌之策，只恐城被围困，署中绝粮，多购柴米及咸鱼等物，存积署中"②。钦差张佩纶，"入闽时，与各官吏晋接周旋，非三品以上之官吏概不在眼……至其军机有未善之处，倘有谏其非者，匪特置若罔闻，且反责谏者不明事理"③，倨傲之态，超乎想象。至于船政大臣何如璋，则"日事宴饮，擅作威福，对于目前敌患，绝不预防；且下令严禁各军舰，战期未至，不准发给子弹，并不准无命自行起锚"④，致使物议如沸，时人皆谓其有通敌之嫌，"祸闽之心，深堪诛也！"⑤ 在诗人看来，正是由于这些佞臣"无筹策，一意主和，不为备"，才导致了"丧师未有若此之甚者"的败局。"彭名"指彭玉麟。此诗原注说，当时有人托名梅花渔隐，献书彭公，欲为张开脱。但在诗人看来，张佩纶对战败负有不可推卸的责任，任何人的辩护都是徒劳的。清廷固然谕令不许主动开衅，但绝不能将之作为不作战备、挨打后不还击的理由。"曹沫"，即曹刿；"颇牧"，为廉颇、李牧之并称，此处代称名将。"天心悔祸"一句，隐晦地谴责了清廷用人失当。对"两张两何"的指斥，戴启文《马江战》中亦有表现：

---

① 中国史学会主编：《中国近代史资料丛刊·中法战争》（三），上海：上海人民出版社，1957年，第130页。

② 中国史学会主编：《中国近代史资料丛刊·中法战争》（三），上海：上海人民出版社，1957年，第130页。

③ 中国史学会主编：《中国近代史资料丛刊·中法战争》（三），上海：上海人民出版社，1957年，第131页。

④ 中国史学会主编：《中国近代史资料丛刊·中法战争》（三），上海：上海人民出版社，1957年，第131页。

⑤ 中国史学会主编：《中国近代史资料丛刊·中法战争》（三），上海：上海人民出版社，1957年，第131页。

　　　　马江地扼闽江口，特简重臣资镇守。运筹帷幄烛先几，岂容失著居人后？敌船入，阵云急；战书来，星火急。将士动色走相告，欲请诘朝已无及。彼军突起环而攻，炮火轰击雷霆冲；地崩山摧战士死，楼船化作飞灰红。事机已坐失，束手更无策；走向鼓山头，惊魂归不得。吁嗟乎！平时未习孙吴书，书生安可恃兵符？大言欺人实无补，随陆应羞不能武。①

　　此诗副标题曰"纪败绩也"，全诗铺叙的重点正在于此。在敌人战书已下的情况下，总督竟然秘而不宣，致使全军将士被蒙在鼓里。等众将意识到事态的严重性时，戎机尽失，只能任人宰割。"楼船化作飞灰红"时，战士们仍在殊死抵抗，张佩纶等要吏却急奔鼓山逃命，丑态毕现，难怪诗人会发出"书生安可恃兵符"之感叹。此诗韵脚多变，句兼长短，表现力极强。批判佞臣而寄希望于朝廷，是当时诗人的普遍看法，如采樵山人"可笑钦差无用辈，空悬圣诏误朝廷"②，张百熙"天子今神武，朝廷亟俊才"③等诗作，均传达出这样的共识。

　　中法战争中，诗人对清王朝的黑暗腐朽较之鸦片战争时期有了更进一步的认识，因此诗语中对于误国者的指斥、挞伐程度远超此前同类作品，彰显出诗人空前强烈的爱国之情。

　　中法战争爱国诗潮中，无论是诗语表达时意象的集中化，还是诗作撰构时空前强烈的情感喷发，均是在历史事件的影响与作用下诗歌产生的新变化，更是整个晚清诗歌发展史中极为亮眼的构成。

---

　　① 阿英编：《中法战争文学集》，北京：中华书局，1957 年，第 22 页。

　　② 采樵山人：《榕垣童谣》，见阿英编：《中法战争文学集》，北京：中华书局，1957 年，第 93 页。

　　③ 张百熙：《感述二十首》，见《清代诗文集汇编》编纂委员会编：《清代诗文集汇编》第 765 册，上海：上海古籍出版社，2010 年，第 355 页。

第六章

甲午战争与诗人的忠愤诗魂

　　晚清时期中国经历的无数苦难中，爆发于光绪二十年（1894）的甲午战争及翌年签订的《马关条约》带来的一系列惨痛后果，无疑是最令国人痛心疾首的屈辱。此后，随着政治、军事局势的急转直下，以及瓜分豆剖、亡国灭种危机骤然加深等严峻局面的降临，以孔广德编纂《普天忠愤集》为代表，一个以文学记录时事、勾画心史的爱国文学创作高潮迅速形成。在这一创作高潮中，无论是作品的数量、质量，还是对时代精神的表现力度，诗歌无疑是其中最具影响力的组成部分，也是最具艺术性和思想性的文学样式，更是国仇家难、民族危亡、时代巨变等对晚清文学产生深远影响的绝佳范本。

　　甲午战争爱国诗潮的最大特色在于形成了空前广泛的创作群体。诗潮中，广大诗人群体的身份构成一再扩展，无论是帝党成员还是洋务派官僚，抑或是早期维新派人士，他们尽管存在着政治主张与艺术审美的歧异，但在拯救民族危亡这一点上却达成了广泛共识。他们纷纷集结于救亡图存的大纛下，呼唤民族觉醒，讴歌英勇抗敌的不屈精神，再现了辱愤交织、风云变幻的时代与顽强不屈、浩然忠勇的民族正气，以诗笔谱写了晚清诗史中最具震撼力的一页。此外，许多远在边疆、海外的诗人也对甲午战争和国家局势高度关注，中国台湾地区大量诗人及诗作的涌现，大量下层文人、布衣寒士、职业报人等发出的声音，甚至女性诗人群体的积极参与都延展着甲午战争爱国诗潮的创作广度，更丰富了晚清诗史、思想史乃至文化史。

就精神层面而言，甲午战争爱国诗潮是鸦片战争爱国诗潮的宝贵赓续，是中法战争爱国诗潮的纵向延伸。故而，甲午战争爱国诗潮不仅将与国家危亡、民族生死相关的诗歌创作推向了全新的高度，更蕴含着卓特的时代精神和独特的诗歌走向。同时，甲午战争爱国诗潮中包孕的强烈爱国之情也可看作后来反映戊戌变法与庚子事变诗歌的思想基础与情感铺垫。在整个晚清诗史的序列中，甲午战争时期诗人对国难诗史和民族心史的书写，不仅具备了承前启后的诗史意义，其特有的创作走向更是晚清诗歌在时代风云中不断发展、突破的明证。

第一节　诗人对民族心史的描绘

甲午战争时期的诗歌不仅全面记录和描绘了战争的全过程、重要战役、关键人物和典型场面，更充分表现了此间国人的心路历程、精神状态。层次丰富的爱国情感与对时局深刻的反思和认知共同构成了甲午战争时期中华民族的心灵史程，彰显出甲午战争爱国诗潮的独特价值。

一、感性情绪的集中喷发

甲午之战的惨败，清廷的软弱贪腐，败兵失地的严重后果，国人不屈的抗争……种种惨不忍言的现实激发出诗人多重的爱国情绪，传达出这一时期士人阶层对外部世界丰富的感性认知。

（一）民族大义之忠

甲午战争带来的是空前深重的民族危机，面对日军的入侵，国人所表现出来的忠诚已不单单是忠于皇帝、忠于社稷，而是内涵更为深刻的对民族、国家的忠诚。战时，黄绍箕就尖锐地指出："自构兵以来，望风逃溃者，李鸿章二十余年所培养之淮军也；竖旗就缚者，李鸿章十年来所整理之海军也。至于百姓，忠义之心则固自在矣。"[①]对于国人的种种忠义之举，诗人或见证，或闻听，震撼、感动之余，也纷纷赋诗记之，流传至今。

1894 年 10 月，金州失陷。日军入城后，烧杀奸淫，无恶不作。金州城西有一曲姓人家，妇孺十人义不受辱，毕投于井。金州城退复后，时任海防同知的王志修感其忠烈，赋《曲氏井题咏》以歌其事，诗曰：

> 曲氏井，清且深，波光湛湛寒潭心；一家十人死一井，千秋身殒名不沉！金州曲氏世耕凿，家世雍雍闺范肃；堂上曾无姑恶声，入门娣姒皆贤淑。家园有井供烹饪，日日提汲泉源清；有时人影照井底，皎然古镜涵虚明。金城十月倭奴来，炮声历历鸣晴雷；守者登堞力督战，援兵不至城垣摧。非我族类心必异，入人闺阃无趋避。多少朱门易服逃，谁知仓猝遵名义！曲氏门内皆伯姬，守身赴井甘如饴；节妇殉名女殉母，伤心各抱怀中儿！我来金州理案牍，夜夜夜深闻鬼哭；晓起登城询土人，共指井边曲氏屋。抔土已葬荒井存，门间未表哀贞魂；一时死义已足尊，争如节烈成一门。吁嗟乎！巾帼大义愧官府，欲荐黄泉应不吐；城南崔井唐题名，合于此井同千古！[②]

---

① 故宫博物院编：《清光绪朝中日交涉史料》，见中国史学会主编：《中国近代史资料丛刊·中日战争》（三），上海：上海人民出版社，1957 年，第 490 页。

② 李生辉等选注：《甲午战争诗歌选注》，大连：大连出版社，1994 年，第 40 页。

王志修，生卒年不详，字竹吾，山东诸城人。同治举人，光绪二十年（1894）署金州海防同知，后升任奉天军粮府知府。能诗，另有《奉天全省舆地图说》。日军袭来，无数朱门显贵易服而逃，然而曲氏一门尽皆妇孺却毫无惧色，七位妇女怀抱三个小儿相继投井，铸就了人生最后的尊严。诗人深受震撼、感动，上奏请旌并赋诗扬其贞魂。金州城南旅顺黄金山麓有井两口，系唐开元二年（714）由鸿胪卿崔忻为纪念册封靺鞨首领一事而开凿。诗人认为曲氏井应该与鸿胪井一样万古长存，光耀千秋。诗人对曲氏井和曲门贞烈的极力颂扬，是国难当前时对威武不屈的民族精神的嘉赏和呼唤，赋诗颂之意在希望更多的国人能受其感昭、鼓舞，坚持斗争。

无独有偶，日军向旅顺进犯时，又涌现出了一位可歌可泣的英雄人物，张之汉《阎生笔歌》记之曰：

> 阎生著籍辽海东，系心家国身蒿蓬。策卫喜读《剑侠传》，斩蛇恨无隆准公。海国无端腾战雾，天堑鸭江竟飞渡。席卷已下金州城，毡毹更觅阴平路。识途老马用阎生，冲冠义愤岂能平？直将易水悲歌气，激作渔阳挝鼓声。阎生发冲敌目笑，不解华语舌空掉。抽笔愤书忠义词，飞雪刀光迸出鞘。刀边骂敌怒裂眦，掷笔甘就刀头死。心肝攫出泣鬼神，淋漓血染山凹紫。呜呼！皇朝圣武开神皋，鼓鼙将帅思贤劳。九连城头将星落，颓军断后谁盘稍？东南铜柱沉江涛，太阿倒柄凭人操。十万横磨岂不利，一割无用同铅刀。胡为乎！刀围大帐笋锋密，挺然独立阎生笔！①

---

① 李生辉等选注：《甲午战争诗歌选注》，大连：大连出版社，1994年，第45—46页。

张之汉（1865—1929），字仙舫，号石琴庐主，奉天（今辽宁沈阳）人。宣统元年（1909）优贡，历任自治局顾问、咨议局议员等职，卒于东三省盐运使任上。今存《石琴庐诗集》。阎生（1857—1894），即阎世开，金州南关岭塾师，为人正直耿介，夙怀忠义。自金州至旅顺，山路崎岖，南关岭尤为险阻。日军开拔时，逼迫阎世开带路。阎氏大义凛然，不为金钱所动，不为刀剑所屈，坚执不从。诗人对阎生面对敌人时，轻蔑一笑、抽笔愤书、怒骂眦裂、甘心就死等一系列动作、神态的刻画，栩栩如生，活灵活现，其刚毅凛然之态摄人心魄。时朝鲜陷落，清军不堪一战，诗末先述清军窳败之状，再赞阎生挺立不屈，二者相互对照，更显云泥之别。同时，阎生那宁做中华断头鬼，不为倭奴屈膝人的不屈精神得以升华，诗人对阎生的敬佩、赞颂亦愈显深刻。

与此同时，台湾诗坛也涌现出许多歌颂台民忠义不屈精神的诗篇。如连横《吊林义士昆冈》：

> 痛哭沦亡祸，同胞仗义争。执戈齐敌忾，报国有书生。
> 一死身何惜？三年血尚赪。沙场呼欲起，咄咄剑飞鸣。①

连横（1878—1936），字武公，号雅堂，又号剑花，台湾台南人。台湾沦陷后，曾数次返回大陆，积极参与反清活动。连横是台湾著名的爱国诗人、史学家，毕生尽瘁于保存台湾文献，冀维民族精神之不堕。著有《台湾通史》《台湾诗乘》《剑花室诗集》等。此诗系吊义士林昆冈而作。林昆冈（1851—1895），字碧玉，台湾嘉义人。诸生，设教于乡。日军侵占台湾时，毅然弃教从戎，率领民众奔赴战场。"铁线桥之

---

① 连横：《剑花室诗集》，见沈云龙主编：《近代中国史料丛刊续编》第十辑第99册，台北：文海出版社，1974年，第103页。

役，率乡里子弟数百人持绵牌短刀鏖战两日夜，遂阵没。越数日，乡人敛之，倔强如生，闻者莫不感泣"①，林氏长子亦战死。大敌当前，林昆冈汉节不泯，视死如归的精神最能振奋人心，更是无数台民宁死不屈形象的缩影。

在清政府明确放弃台湾，将之割让给日本的情况下，台民依然矢志报国、为国牺牲，以民族大义为先，更显难能可贵。且台湾久悬海外，台民的民族向心力和爱国之情与内陆民众相比不仅毫不逊色，反而多了几分自强不息、勇于抗争的坚毅和英气。如连横《八卦山行》是对死守八卦山五百壮士英魂的礼赞，钱振锽《简大狮》颂扬了赤胆忠心的台湾侠客简大狮，吴汤兴《闻道》中坚定的杀敌报国之心……这一时期台湾诗坛大量诗人、诗作的涌现，不仅为甲午战争爱国诗潮添砖加瓦，昭彰了中华民族忠勇不屈的战斗精神，对台湾文学史的书写和中华民族文学版图的充实与延展都具有重要意义。

（二）国难日深之悲

甲午战争期间，败兵失地，生民罹难，诗坛为悲郁之气笼罩。概览部分诗作的题目，以"悲""哀""感"等直接抒发诗人悲怆之情的字眼入题之作颇多。如李大防《哀韩篇》，袁昶《哀旅顺口》《哀威海卫》，黄遵宪《悲平壤》《哀旅顺》《哭威海》，成本璞《辽东哀》，杜德舆《哀辽东赋》，张秉铨《哀台湾》，曹润堂《感事痛心》，陈玉树《感事悲歌》……这些字眼的运用，奠定了诗歌悲楚低沉的情感基调。当然，很多诗歌虽不以此类字眼入题，但对于哀痛这一情感内核的书写与把握却并无不同，如张景祁《感事》，陈玉树《甲午冬拟李义山〈重有

---

① 连横：《吊林义士昆冈·序》，见沈云龙主编：《近代中国史料丛刊续编》第十辑第99册，台北：文海出版社，1974年，第103页。

感〉》等。

从朝鲜风云初起到马关签约宣告战争结束，每一次败兵失地，每一次国土沦丧，无不令诗人为之欷歔。即使战争结束，诗人追忆往事时，败兵失地之悲仍是心头挥不去的痛楚。朝鲜兵败后，日军突破鸭绿江防线，攻入中国本土，在辽东与清军开展逐城争夺战。霎时间，辽东大地硝烟弥漫，兵祸遍地。成本璞感此情状，作《辽东哀》曰：

> 长白千仞蔽寒雾，鸭江一苇可飞渡。留都形胜古所争，万叶龙蟠翠华驻。时危兵气何由息，妖氛一夕缠紫极。长虹贯天日无色，横风吹压阵云黑。野老对我吞声泣，昨夜军书星火急。嫖姚弯弓向榆关，十万健儿无一还。我闻此语摧心肝，当时百战何艰难。①

成本璞（1877—？），字琢如，一字樵渔，号愚民，湖南湘乡（今娄底）人。光绪初任台州知府，后留学日本。今存《通雅堂存稿》。辽东山川形胜，对清王朝来讲乃龙兴之地，意义非凡。此番战火蔓延，数城连丧，遍地焦土，噩耗频传，惨烈兵败带来的冲击令诗人如摧心肝。再如王树枏《十月十七日闻旅顺失守》曰：

> 忽报雄关圻，羁臣泪满腮。烟输东海沸，铁钥北门开。
> 数载经营力，中兴将帅才。如何垂手失，烽火彻光莱。②

王树枏（1852—1936），字晋卿，号陶庐老人，晚号绵山老牧，直

---

① 阿英编：《甲午中日战争文学集》，北京：中华书局，1958年，第86页。
② 阿英编：《甲午中日战争文学集》，北京：中华书局，1958年，第33页。

隶新城（今河北高碑店）人。光绪十二年（1886）进士，授户部主事。历任青阳、新津、富顺等知县，后官至新疆布政使。今存《陶庐文集》《文莫室诗集》。陆战接连失败，海军同样节节败退。清王朝惨淡经营的旅顺雄关一朝失守，不仅战局自此急转直下，更是对清王朝海防事业和民族自信心的最沉重打击。闻听败绩的诗人无奈之下，唯有老泪纵横。

整个甲午战争中，台湾之失始终是诗人心头最痛。《马关条约》签订后，台湾割让，张秉铨痛感金瓯不完，作《哀台湾》四首，其一曰：

> 无端劫海起波澜，绝好金瓯竟不完。阴雨谁为桑土计，忧天徒作杞人看。
>
> 皮如已失毛焉附？唇若先亡齿必寒。我是贾生真痛哭，三更拊枕泪阑干。①

王师屡败，内陆战事迭起已令清廷无暇他顾。台湾孤悬海上，本就势单力薄，此番被割让，情形更逊于唇亡齿寒。诗人痛哭国土沦丧外，对台湾的未来充满着担忧。再如陈季同《吊台湾四首》其四曰：

> 台阳非复旧衣冠，从此威仪失汉官。壶峤而今成若水，海天何计挽狂澜。
>
> 谁云名下无虚士，不信军中有一韩。绝好湖山今已矣，故乡遥望泪阑干。②

① 阿英编：《甲午中日战争文学集》，北京：中华书局，1958年，第97页。
② 陈季同著，沈岩校点：《清代陈季同〈学贾吟〉手稿校注》，北京：国家图书馆出版社，2011年，第186页。

陈季同（1851—1907），字敬如，号三乘槎客，福建侯官（今福州）人。15岁时与严复等入福建船政学堂就读，后赴欧洲深造。《马关条约》签订后，曾与丘逢甲共同设立"台湾民主国"，失败后闲居上海。陈氏才华横溢，一生诗作甚多，今仅存《学贾吟》。与一般感伤台湾沦丧的内陆诗人不同，陈季同曾在台湾生活、任职，甚至积极投身反割台斗争，对台湾可谓饱含深情，故于陈氏而言，失台之痛更深。尾联二句，痛彻心扉，感人尤深。

除了败兵失地的痛楚外，诗人们对罹难之生民也寄寓了极大的悲悯与同情。战乱中，无论内陆还是台湾，饱受战祸折磨的百姓始终牵动着诗人的心。李葆恂《捉人行》便描绘了战乱中诗人亲眼所见的一幕惨剧：

> 老乌西飞尾毕逋，鸣声哑哑向客呼。纤夫拾块击老乌，惊飞啼上杨枝枯。何来健儿百十徒，绛红抹额皮檐榆。手仗马箠腰悬弧，左刀右插金仆姑。傍船矫捷捉纤夫，大声叫唤意气粗。略言北去防倭奴，火急日夜随军符。尔命我操诛则诛，尔当随我同驰驱。朝行为我荷我殳，夜宿为我秣我驹。纤夫长跪鼓咙胡：身有老母七十余，望儿归养长倚闾，语未及毕声呜呜。健儿大笑言何迂，尔行不速将尔屠！马箠驱去牛马如，行行不敢少踟蹰，我旁见之惨弗舒。嗟我落寞犹穷途，无力不得缓尔躯，行矣勉之为后图。我舟无纤行越趄，傍村系缆及未晡。行逢老翁泣路隅，苦道兵祸田为墟，捉人鸡鸭牛羊猪，一男捉去身羁孤，残年向尽生何辜？[1]

---

[1]　阿英编：《甲午中日战争文学集》，北京：中华书局，1958年，第72页。

李葆恂（1859—1915），字宝卿，号戒庵，别号红螺山人，盛京义州（今辽宁锦州）人。辛亥后改名理，字寒石，号凫翁。今存《红螺山馆诗钞》。《捉人行》记叙了诗人亲眼所见的官兵强征壮丁的惨剧，与杜甫《石壕吏》有异曲同工之妙。诗人坐船时见纤夫为官兵所抓，几番哀求之下不仅无一丝怜悯，反而遭到严重威胁。诗人心有戚戚却无能为力，只能略加安慰。诗人的船没有纤夫牵引，无奈下船后又遇到孤寡老翁哭诉其悲惨遭遇，悲悲切切，惨不忍闻。时事艰难，个人的遭际命运更为悲苦，诗人只能将心中的愿景寄希望于未来："何时异种俱诛锄？偃息兵革户免租，人爵一级赐大酺，村村击壤樽四衢？黄童白叟相嬉娱，坐令四海歌唐虞"①，希望异族早日除尽，还百姓一个太平盛世。

大陆百姓如此，台湾百姓亦惨遭日军蹂躏、屠戮。日军占领台湾后，对台湾采取了极其血腥、残酷的统治，毛乃庸《赤嵌城》正是日寇治下台民地狱般生活的真实写照：

赤嵌城头鬼夜哭，白骨如山压城麓。炮雷一震城门开，长须虾夷海上来。马前酋长发新令，文物衣冠更旧政。峨峨大岛悬天南，狂榛一启三百年。诗书礼乐沐王化，奈何从此污腥膻！虾夷得意肆荼毒，日日括金还括粟。姬姜憔悴执盘匜，王谢流离溷厮仆。横行淫掠复何堪，轻乃拘囚重诛勠。城中碧血化青磷，城外狐狸饱残肉。天寒日暮哀遗民，北望神州泪盈掬。泪盈掬，鬼夜哭，不恨虾夷不诉苦；但恨生不得为中国民，死不得葬中国土！②

① 阿英编：《甲午中日战争文学集》，北京：中华书局，1958年，第72页。
② 李生辉等选注：《甲午战争诗歌选注》，大连：大连出版社，1994版，第132页。

毛乃庸（1875—1931），字伯时，后改元征，号剑客，江苏甘泉（今江苏扬州）人。一生精研文史，翻译多部国外文学、历史著作，今存《剑客诗文稿》。"赤嵌"，古城名，此指台南府城。"虾夷"，即虾蟆，古种族名，此指日本侵略者。日军侵入台南府城后，开始了对全台的殖民统治。日军在台湾实行强制同化政策，中华民族的传统文化如礼乐、服饰、典章等均遭到玷污与破坏。至于日军的其他罪行，如残害台民、聚敛财物、奸淫掳掠、欺男霸女等，罄竹难书。据《台湾战纪》载，日军至庵古坑，将村人"齐缚之，使列两旁，一兵对一人，喊声枪杀之；村民或骇走，则追屠之，放火焚屋。至梅子坑等村亦然。"[①]可见，"城中碧血化青磷，城外狐狸饱残肉"绝非诗人艺术化的处理，而是对日军大肆屠杀台民的真实揭露与控诉。然而，越是在残暴的殖民统治下，台民戴汉思归之心就愈发坚定，以致发出"但恨生不得为中国民，死不得葬中国土"的呐喊，郁愤、悲哭、遗憾之强烈，令人不忍卒读。此诗副标题曰"哀台民也"，是从揭露日本侵略者暴行的角度来展现台民沦亡之恨，直观、血腥之外，更显其立意深刻。诗题曰"赤嵌城"，但其所绘惨状应不只台南一城。

殖民统治下台民的生活状况究竟如何，洪弃生《老妇哀》借老妇之口描绘道：

> 出门逢老妇，白发蓬压眉；倭兵蹴之行，哀哀泣路歧。
> 乞食不得饱，眼泪垂作糜。问妇何所苦？呜咽不成辞。有室无
> 可归，残年丧子儿；一家八九人，遭杀不胜悲！大者能扶耜，
> 小者仅知饥；爱女倚房居，刺绣手牵丝；大妇在炊下，淅米玉

---

① 中国史学会主编：《中国近代史资料丛刊·中日战争》（六），上海：上海人民出版社，1957年，第354页。

如脂。一夕闻兵来，悚息泪交颐；聚泣共吞声，忽有兵人窥。闯入掠衣饰，索钱勒藏赀；刀枪交股下，大者死阶墀。回头视幼子，身首已分肌；女妇骇啼走，并命于一时。缕陈不及终，哭声已涟洏；更端问老妇，摇首不闻知。[①]

全诗虽皆白描，但隐含了极为丰富的心理活动。老妇一家得知日寇要来时，栗栗危惧、泣不成声的画面背后，蕴含着全家人明知死期将至却又无力逃生的巨大悲痛。老妇对一家和睦到全家惨死这一整段经历的回忆，仿佛也带领读者历经了一遍老妇的心路历程，给读者造成了强烈的共情效应。全诗字字血泪，感染力极强。乱世中悲惨如斯者，亦数不胜数："旁人纷纷说，甲乙亦如斯。甲家益酷死，馈倭为倭欺；遗下数顷田，芜秽草差差。复存数间屋，入夜栖鸢鸥。东家绝炊火，西舍游鹿麋；亦有倭人宿，连甍卧豺罴。破壁系鞍马，折门煮牲牺；行人不敢过，迂路且鞭笞。"[②] 日军蹂躏下的台湾，凋敝不堪，处处荒芜，已是人间炼狱。

（三）民族危亡之愤

在甲午战争爱国诗潮中，诗人对堂堂天朝上国惨败于蕞尔小国，签订丧权辱国条约的结局表现出了极大愤慨。这种愤慨内涵深刻，既有对民族前途的忧愤，对误国者的感愤，也有报国无门的孤愤。

甲午之际，清王朝已衰朽不堪。清廷在西方列强的霸凌下，国土日益沦丧，主权任人践踏，民族危机日益加深，诗人忧愤不已。黄遵宪《感事》其三曰："鄂罗英法联翩起，四邻逼处环相伺。着鞭空让他

---

① 洪弃生：《寄鹤斋选集》，台北：大通书局，1987 年，第 257 页。

② 洪弃生：《老妇哀》，见洪弃生：《寄鹤斋选集》，台北：大通书局，1987 年，第 257 页。

人先，卧榻一任旁侧睡。"①诗人不仅忧心于清廷危如累卵的处境，更痛恨其软弱不争。面对列强的得寸进尺与步步紧逼，清廷一次次退让并未换来期望的和平与宁静，反而引发了"肉投饥虎虎愈骄，一虎得肉群虎虓"②的严重后果。甲午战败直接导致了列强瓜分中国的狂潮，国势危殆日甚一日，诗人不禁感叹道："一自珠崖弃，纷纷各效尤。瓜分惟客听，薪尽向予求。秦楚纵横日，幽燕十六州。未闻南北海，处处扼咽喉。"③对清王朝走投无路只能听任瓜分，处处受制于多国侵略者的无奈现实忧心如焚。

　　对误国者的感愤可以说是诗人在整个甲午战争爱国诗潮中最重要的情绪表露。鞭挞、谴责误国者，是自鸦片战争以来历次反侵略爱国诗潮的共性，但时移世易，诗人也为甲午战争中这一共性的表达增添了几分"个性"。鸦片战争时期，清王朝尚且沉浸在天朝上国的迷梦中，对外部世界认知极其有限，诗人对清王朝腐朽本质的认知并不十分深刻，所以批判、谴责的对象多为庸臣怯将。在经历了第二次鸦片战争、中法战争，特别是甲午战争等诸多冲击后，清王朝已衰朽不堪，上至最高统治者以及为其代言的中枢机构、权臣，下至陆海两军庞大的官僚体系，无一不将其腐朽展露无遗。仅就甲午战争而言，敌前作战指挥时奔逃的文臣武将数量远远大于此前数次战争的总和。可以说，士人阶层对清王朝腐朽本质的认知是伴随着列强侵略程度的加深而加深的。故而在甲午战争爱国诗潮中，诗人对于清王朝的揭露与批判的广度、程度均是前所未有的。诗人不仅集中抨击了李鸿章、慈禧太后等手握重权者，而且对整个封建官僚体系也毫不讳言地加以斥责。

---

①　陈铮主编：《黄遵宪集》（一），北京：中华书局，2019 年，第 192 页。

②　陈玉树：《感事悲歌》，见《清代诗文集汇编》编纂委员会编：《清代诗文集汇编》第 777 册，上海：上海古籍出版社，2010 年，第 194 页。

③　黄遵宪：《书愤》，见陈铮主编：《黄遵宪集》（一），北京：中华书局，2019 年，第 231 页。

李鸿章手握清王朝的军事与外交大权，在整个甲午战争中发挥着至关重要的作用，因而备受世人瞩目。及至战败，李鸿章赴马关签约，国人对他的愤恨已臻于极致，李氏瞬时成为众矢之的，运用各类艺术手法、多角度多层次批判李鸿章的诗歌不胜枚举。如顾森书《马关和方退庐作》二首即直接谴责道：

> 扶桑弓劲海东头，元老和戎域外游。可异声遭曹沫劫，遄言口伐可汗谋？
>
> 作翁原已痴聋久，怯敌弥教华裔羞。私计熟权公谊薄，由他官谤出清流！
>
> 属国句骊已陆沉，天南割地复何心？铸兹大错六州铁，竭我余膏九府金。
>
> 衮衮诸公劳补救，茫茫四海益愁深。圣朝宽典包容广，犹许黄扉播笏临。①

前者斥责李鸿章痴聋已久，办事不利，议和时才令国家蒙此奇耻大辱；后者直言李鸿章尸位素餐，酿成朝鲜陆沉、国土沦丧、巨额赔款等大错，但依然为朝廷重用。批判李鸿章外，也指责朝廷用人失当。

又如张罗澄《感事》中对李鸿章在日遇刺之事极尽挖苦：

> 南关旧恨积难平，又听东隅战马声。谁铸九州成大错？忍教万里坏长城。

---

① 《清代诗文集汇编》编纂委员会编：《清代诗文集汇编》第 747 册，上海：上海古籍出版社，2010 年，第 208 页。

延陵仗剑前锋挫，越石投戈一枕横。漫怪相公颜独厚，创深痛钜苦寻盟。①

李鸿章在日谈判时遇刺，子弹伤及面部，诗人非但无丝毫同情之语，反而刺其"颜独厚"，即便受伤也坚持议和谈判，足见愤恨之深。

再如陈玉树《乙未夏拟李义山〈重有感〉》中"高阁格天资敌国，千秋青史竟如何"②和房毓琛《秋夜感怀》中"六国和成金布地，千秋论定铁模人"③等诗句，均以古喻今，斥李鸿章为秦桧。纵览这些诗篇，诗人对李鸿章批判之猛烈可见一斑。

当然，诗人们也敏锐地认知到李鸿章如何祸国殃民、割地乞和，都只是最高统治者的代言人，他真正的后台是慈禧太后。诗人挞伐李鸿章的同时，也将笔锋对准了慈禧。朱克柔《拟白香山新乐府·昆仑》曰：

昆仑之高高出云，上有王母张琼宴。珠甍翠栋苦不足，营选长生别开殿。凿石为海金为地，大椿作梁芝作缀，沧波湛湛天汉霄。瑶京圣人帝大孝，躬率群真百舞蹈。牵牛疾耕织女造，亿粟千丝不为耗，一人含笑天下膏。掣麟行觞欢如山，箫鼓闲奏春斑斓。人间礼乐尽凡陋，一醉无疆万万寿。鸾翔凤翥福得酻，惊飙陡起天东南。鲸鱼决荡蓬莱震，正是衔卮半疑信。帝母大仁帝大孝，帝乃不敢专击扫。吁嗟乎！蟠桃一谪成狂触，赐环会纳东方朔。安得自今颐养绝纷纭，下界风尘勿复

① 阿英编：《甲午中日战争文学集》，北京：中华书局，1958年，第100页。
② 《清代诗文集汇编》编纂委员会编：《清代诗文集汇编》第777册，上海：上海古籍出版社，2010年，第193页。
③ 李生辉等选注：《甲午战争诗歌选注》，大连：大连出版社，1994年，第168页。

闻，昆仑之高高出云。①

朱克柔（1871—1902），字强甫，浙江嘉兴人。诸生，员外郎衔，与梁鼎芬为莫逆之交。今存《朱强甫集》。光绪二十年（1894）十月是慈禧六十寿辰，其时恰值日军渡过鸭绿江，而慈禧置前线战事于不顾，不惜挪用海军军费修建颐和园，竭尽民财筹备寿宴，极尽奢华之能事。光绪率群臣向慈禧祝寿之际，正是金旅危殆之时。海疆震动的消息传来，慈禧犹在宴饮，不以为意。而慈禧对光绪的挟制也被说成"帝母大仁帝大孝"，讽刺之意更深。战局危殆时，慈禧只能贬斥主战派官员，控制光绪，进而遣使求和换取苟安。诗末，诗人借东方朔偷桃被谪事，言应召还御史安维峻，并规讽慈禧安心保养，勿再干预朝政。值得注意的是，文人虽对慈禧大加挞伐，但多以柔和词言之，盖取其婉转幽微之意。而梁鼎芬、叶衍兰等人指斥慈禧的词作，又与朱克柔写法相似，皆以天帝代指慈禧，当属特殊政治环境下文人迫不得已的意象选择。

所谓上行下效，封疆大吏们庸腐冗阘之状与慈禧相比更是有过之而无不及，江西巡抚德馨便是禄蠹中最典型的代表：

> 君恩深重未归田，开府章江已七年。龙节霓旌明日月，
> 鸢肩牛腹萃风愆。
>
> 广求钟乳三千两，远聘梨园十万钱。圣主忧勤臣独乐，
> 可怜辽沈遍烽烟。②

---

① 李生辉等选注：《甲午战争诗歌选注》，大连：大连出版社，1994年，第54—55页。

② 陈玉树：《甲午冬拟李义山〈重有感〉》，见《清代诗文集汇编》编纂委员会编：《清代诗文集汇编》第777册，上海：上海古籍出版社，2010年，第192页。

德馨蒙君恩厚重，巡抚江西多年。然而他在江西任上，利欲熏心、宴乐成癖、贪婪荒纵，更于辽沈烽烟遍地之际大肆庆祝生日，置国难于不顾而独自行乐，诗人痛斥其醉生梦死与不恤国事。

诗人对于武将的批判，则莫如黄遵宪为批判吴大澂所作的《度辽将军歌》。吴大澂（1835—1902），字清卿，号恒轩，晚号愙斋，江苏吴县（今苏州）人。同治七年（1867）进士，授编修。甲午战事起，自请提兵赴前敌，优诏允之。东事初起，大澂适得汉印，文曰"度辽将军"，以为万里封侯之兆，大喜，遂慷慨请缨。故诗以"度辽将军"为题。出征前，吴大澂意气风发，对封侯一事志在必得：

> 闻鸡夜半投袂起，檄告东人我来矣。此行领取万户侯，岂谓区区不余畀。将军慷慨来度辽，挥鞭跃马夸人豪。平时搜集得汉印，今作将印悬在腰。将军向者曾乘传，高下句骊踪迹遍。铜柱铭功白马盟，邻国传闻犹胆颤。自从驲节驻鸡林，所部精兵皆百炼。人言骨相应封侯，恨不遇时逢一战。[1]

促使吴大澂如此积极请缨的根由并非崇高的报国之志，亦非海清河晏之愿，而是封侯之私欲。加之吴大澂曾赴吉林与俄使会勘边界事，此时的他更加自信。诗人通过获印、曾经建功、相面之人的预言等反复渲染，开篇便刻画出了吴大澂极其贪婪的个性特征。大军集结于山海关时，吴大澂目空一切，极其自负，扬言荡平倭寇宛如探囊取物：

> 雄关巍峨高插天，雪花如掌春风颠。岁朝大会召诸将，铜炉银烛围红毡。酒酣举白再行酒，拔刀亲割生麋肩。自言平

---

① 陈铮主编：《黄遵宪集》（一），北京：中华书局，2019 年，第 220 页。

生习枪法，炼目炼臂十五年。目光紫电闪不动，袒臂示客如铁坚。淮河将帅巾帼耳，萧娘吕姥殊可怜。看余上马快杀贼，左盘右辟谁当前？鸭绿之江碧蹄馆，坐令万里销烽烟。坐中黄曾大手笔，为我勒碑铭燕然。么麼鼠子乃敢尔，是何鸡狗何虫豸？会逢天幸遽贪功，它它籍籍来赴死。能降免死跪此牌，敢抗颜行聊一试。待彼三战三北余，试我七纵七擒计。①

乙未春节前，吴大澂宴集诸将，席间酒酣豪气，作樊哙状。为宣扬自己神勇，竟讥讽湘军将帅怯懦如女子，若日军来犯更是如同送死，还要求善文之幕僚为自己刻石纪功。至此，诗人已将战前情绪酝酿至顶点。开战时，吴大澂却丑态毕现，前番种种豪言壮语皆化作泡影：

两军相接战甫交，纷纷鸟散空营逃。弃冠脱剑无人惜，只幸腰间印未失。将军终是察吏才，湘中一官复归来。八千弟子半摧折，白衣迎拜悲风哀。幕僚步卒皆云散，将军归来犹善饭。平章古玉图鼎钟，搜筐价犹值千万。闻道铜山东向倾，愿以区区当芹献。藉充岁币少补偿，毁家报国臣所愿。燕云北望忧愤多，时出汉印三摩挲。忽忆《辽东浪死歌》，印兮印兮奈尔何！②

诗人对吴大澂如何战败、奔逃并未多作描绘，仅以三言两语述之，而"只幸腰间印未失"一句极尽讽刺之能事，将吴氏贪蠹误国之态刻画得入木三分。吴氏战前、战后的巨大反差，为读者带来了宛如飞瀑倾泻直下的审美感受，落差之大、转折之骤，颇具戏剧化的艺术效果。吴大

---

① 陈铮主编：《黄遵宪集》（一），北京：中华书局，2019年，第220页。
② 陈铮主编：《黄遵宪集》（一），北京：中华书局，2019年，第220—221页。

澂北上时即有人上奏称，吴氏"素不谙兵事，……此次自请来京，不过虚张声势，意存觊觎之见耳"①。及至吴大澂进驻山海关，复有人指出他"言大而夸，不谙军旅"②，建议"饬令仍回本任"③，但清廷仍执意命其为统帅，委以重任，终致覆军误国。诗末吴氏自献巨额财物之举，大大深化了其贪婪虚伪的形象。诗人作此数语，并非仅仅嘲讽吴大澂一人，国事不堪、国中无人可用的悲愤之思亦深蕴其中。全诗首尾呼应，讥刺之外，妙趣横生。此诗凝练短小，结构紧凑，情节跌宕起伏，人物性格极其鲜明，更像是一篇饱具滑稽色彩的小品文。钱仲联先生谓此诗"悲愤之思，出以突梯滑稽之笔，集中七古压卷之作也"④，堪称至评。

诗人之愤，还表现为报国无门的孤愤。国家危急存亡之秋，正是志士挺身报国的最好时机。然而，在以慈禧太后为首的主和派的统治下，广大志士始终报国无门，内心苦闷不堪。如丘逢甲《秋怀》写道："莫笑谈瀛胆气粗，眼前时局古来无。未容樊哙夸功狗，终遣林宗叹屋乌。浮海已怜吾道废，移山谁悯此公愚？江湖且作扁舟计，满地秋容雪点庐。"⑤爱国志士空有一腔热血，枉负济世之才，郁郁不得志时唯有叹息。但即便不被重用、壮志难酬，他们仍以家国天下为己任，高呼"莫笑书生与家国，百年养士合酬恩"⑥，始终斗志昂扬。

---

① 故宫博物院编：《清光绪朝中日交涉史料》，见中国史学会主编：《中国近代史资料丛刊·中日战争》（三），上海：上海人民出版社，1957 年，第 54—55 页。

② 故宫博物院编：《清光绪朝中日交涉史料》，见中国史学会主编：《中国近代史资料丛刊·中日战争》（三），上海：上海人民出版社，1957 年，第 309 页。

③ 故宫博物院编：《清光绪朝中日交涉史料》，见中国史学会主编：《中国近代史资料丛刊·中日战争》（三），上海：上海人民出版社，1957 年，第 309 页。

④ 钱仲联：《梦苕庵诗话》，济南：齐鲁书社，1986 年，第 8 页。

⑤ 黄志平等主编：《丘逢甲集》，广州：广东人民出版社，2019 年，第 112 页。

⑥ 李葆恂：《感时四首》，见阿英编：《甲午中日战争文学集》，北京：中华书局，1958 年，第 71 页。

（四）忠臣良将之赞

在国中文恬武嬉、哀兵怯将遍地的情况下，奋勇杀敌、宁死不屈的民族英雄承载着国人殷切的希望。诗人以诗为剑直指辱国败将的同时，也对英勇不屈的英雄人物如平壤之战中牺牲的左宝贵、黄海之战中殉国的邓世昌以及反割台斗争中的刘永福等讴歌赞扬。

与叶志超弃城而逃形成强烈对比的是左宝贵英勇抗敌、血染战袍的悲壮。张锡銮感其忠诚壮心，赋《甲午中秋前日左冠亭军门战殁平壤诗以吊之》曰：

> 屹屹孤城独守难，祖邦西望客军单。大同江上中秋月，长照英雄白骨寒。[①]

张锡銮（1843—1922），字金坡，一字今坡，浙江钱塘（今杭州）人。同治年间参军湖北，后任广东嘉应州知州。辛亥后，历任直隶、奉天、吉林总督。著有《张都护诗存》。中日双方开战以来，清军失利、溃败奔逃的消息纷至沓来。相形之下，左宝贵英勇的事迹无疑为国人带来了些许慰藉。左宝贵势单力薄、孤军守城、战死方休的事迹感动着国人，殒命他乡的结局也令诗人遗恨不已。"海水群飞吊左侯，长城不锁乱云愁。貔貅十万更谁将，痛哭金州又复州"[②]，刘抡升这首《吊左镇军冠亭》对左宝贵的悼念也反映出国中良将极为稀缺的状况。

黄海海战中，邓世昌率"致远"舰奋勇作战，被击沉后毅然殉国的英勇事迹也为诗人所记录，如缪钟渭《纪大东沟战事吊邓总兵世昌》曰：

① 阿英编：《甲午中日战争文学集》，北京：中华书局，1958年，第108页。
② 阿英编：《甲午中日战争文学集》，北京：中华书局，1958年，第70页。

阴云黯惨海气黑，王濬楼船誓杀贼。两军鏖战洪涛中，雷霆铿鍧天异色。高密后裔真英雄，气贯白日怀精忠。炮石攻击乱如雨，血肉激射波涛红。敌舰纷纷多击毁，我舟力尽亦沉水。不分猿鹤与沙虫，全军尽葬鱼腹里。将军历险得生出，当留此生待异日。志存灭虏图再举，畴谓将军节遽失？将军大呼曰不然，宁为玉碎毋瓦全。誓与士卒共生死，人死我生何靦颜。呜呼人生孰不死，死亦要贵得其所。重如泰山轻鸿羽，流芳遗臭俱千古。将军视死甘如饴，凛凛大节青史垂。嗟彼军前身伏法，畏敌如虎亦奚为？①

缪钟渭，生卒年不详，著有《百不能吟斋诗草》。全诗起首数句，借东晋王濬、东汉邓禹两位大将的事迹描绘出邓世昌勇猛杀敌、精诚忠贞的品质，加之风云惨淡的环境渲染，已隐约透露出主人公悲壮的结局。海战正酣时，"致远"号弹药已尽，邓世昌誓死杀敌之志非但未减分毫，还鼓励将士道："今日有死而已！然虽死而海军声威弗替，是即所以报国也！"②于是全舰将士同仇敌忾，拼死冲杀，击中日舰甚多，气象之猛鸷独冠全军。为保护旗舰，邓世昌复率舰冲击日军吉野号，不幸中其鱼雷，全舰官兵葬身大海。邓世昌"被溺后遇救出水，自以阖船俱没，义不独生，仍复奋掷自沉"③，视死如归。与之形同霄壤的则是方伯谦，"开战时，自致远冲锋击沉后，济远管带副将方伯谦首先逃走，

---

① 阿英编：《甲午中日战争文学集》，北京：中华书局，1958 年，第 48 页。

② 赵尔巽等撰：《清史稿》，北京：中华书局，1977 年，第 12712 页。

③ 故宫博物院编：《清光绪朝中日交涉史料》，见中国史学会主编：《中国近代史资料丛刊·中日战争》（三），上海：上海人民出版社，1957 年，第 136 页。

致将船伍牵乱，实属临阵退缩，著即行正法"①，诗末"军前身伏法"即刺其怯战逃亡。全诗重在描绘邓世昌有机会生还却凛然赴死之崇高境界，彰显了中华民族勇于与敌人血战到底的英雄气概。

甲午战争中，备受称颂的将领还有刘永福。其时，唐景崧内渡，台北沦陷，在台湾危急存亡之时，刘永福义不容辞地扛起了救亡图存的大旗，在外乏援助、内缺饷械的情况下领导军民抵御日军两个近代化师团和一支海面舰队的进攻达四月之久，歼敌总数比日军在朝鲜、黄海、辽东、山东等地的伤亡总和高出近一倍，沉重打击了日本侵略者。杨毓秀《刘将军永福歌》记之曰：

> 将军怒冲按剑起，咄咄吁吁臣宁粉骨碎首糜臣躯，国耻
> 不雪焉得为丈夫！戋戋之信乌庸拘，恢宏大义日月扶，纠合劲
> 旅联左间。林与邱，台之渠。赓同仇，擅两吴。齐忠愤，风云
> 趋。海中豪杰宿隺符，出没潮浪狎蛟鱼，闻之我为裂眦张发
> 须，愿归我伍奋前驱。将军推心置人腹，左提右挈恣所如，
> 逐风蹑电鬼神莫狙。台北军容如火荼，蹴之不啻拉枯朽。纳
> 之陷阱困周陆，名王受系夷酋俘。火轮铁甲失巧利，诱以深入
> 截归途。②

杨毓秀，生卒年不详，字子坚，号柏湾山人，湖北东湖（今宜昌）人。诸生，有《萦清楼集》存世。刘永福听闻和议已成，怒发冲冠，决心誓死守台。为此，他"从文案吴桐林、罗缔章策，议抚，仿内地保

---

① 故宫博物院编：《清光绪朝中日交涉史料》，载中国史学会主编：《中国近代史资料丛刊·中日战争》（三），上海：上海人民出版社，1957 年，第 119 页。

② 阿英编：《甲午中日战争文学集》，北京：中华书局，1958 年，第 57 页。

甲，行联庄法，令各乡自近及远，渐次举行"①，最大限度集中斗争力量，并联合义军抗日。"左阃"，即阃左，本意为阃门之左，是贫苦百姓居住之地，此处指联合普通百姓抗日。"林与邱"，指林朝栋与丘逢甲；"两吴"，即吴汤兴与吴彭年。林、邱相继内渡后，军队便由二吴继续统率。"郑清者，本凤山绿林豪，其侪七百，应刘帅募来谒，不愿受饷，愿杀敌，领一军守凤山路。至是，遇敌骑齐踊跃伏而击之，杀十数人，取其馘献府城"②，岛内绿林豪杰亦激于义愤，投奔刘永福投身战斗。刘永福重信爱士，所部皆互相扶持，乐为所用，随其驱遣。台北日军军容虽盛，击之则如同摧拉枯朽之木。嘉义战役中，日军"能久亲王受重伤"③，入台南府城后毙命；云林战役中，"日军山根少将亦罹重伤，旋死"④。水路击敌时，刘永福令各炮台勿轻易发炮，敌军进入炮弹射程内方可轰击，大大提升了命中率，战绩辉煌。

对国人来说，刘永福先前抗法，此番保台抗日，在国势衰微时早已成为国人心目中伟大的精神领袖，是战无不胜、屡建奇功的神异将军，是忠义的化身。本诗结句"主和之相古诚有，将军忠义今则无"⑤，既是国人对刘永福最高的礼赞，更是最能代表国人期盼忠义之士的呼声。此诗博采舆论，不拘史实，在清军水陆交绥、割地赔款后歌颂英雄人物，极大地伸张了民族正气。

---

①　姚锡光著，李吉奎整理：《东方兵事纪略》，北京：中华书局，2010年，第145页。

②　洪弃父：《台湾战纪》，见中国史学会主编：《中国近代史资料丛刊·中日战争》（六），上海：上海人民出版社，1957年，第347页。

③　洪弃父：《台湾战纪》，见中国史学会主编：《中国近代史资料丛刊·中日战争》（六），上海：上海人民出版社，1957年，第346页。

④　洪弃父：《台湾战纪》，见中国史学会主编：《中国近代史资料丛刊·中日战争》（六），上海：上海人民出版社，1957年，第345页。

⑤　阿英编：《甲午中日战争文学集》，北京：中华书局，1958年，第58页。

二、理性反思与认识的深化

甲午战争的惨败以及随之而来的严重后果，使士人阶层开始于愤辱中对国家与民族进行审视，探寻其前途与命运，同时努力加深对外部世界的认知。

（一）理性反思

19 世纪 60 年代，在日本开展"明治维新"的同时，清王朝也开展了旨在救亡图存的洋务运动。甲午战争作为检验二者成效的战役来讲，中日差距不言自明，故而洋务运动首当其冲成为士人战后反思的焦点。李鸿章多年经营的淮军向称劲旅，营建多年的北洋海军更是洋务运动的精华所在，但无一例外都未能逃脱不堪一击的命运。诗人有感于此，多番诘问道："防海重防边，治兵二十年。竟奔高岭险，难问岳军坚"[1]，"平日靡巨亿，海军等木僵；柄政三十年，陆守复彷徨"[2]。至于其他洋务措施也形同虚设，毫不济事，"何为多设施，铁路亘退荒；大敌不敢战，乃受小敌创"[3]。房毓琛、洪弃生等人对洋务运动成效不佳之认识虽较为清晰，但尚且停留在感性认识层面，而身为资产阶级维新派的黄遵宪则一针见血地指出要害所在。黄遵宪《东沟行》结句写道："人言船坚不如疾，有器无人终委敌。"[4]鸦片战争后，清王朝痛定思痛，总

---

[1] 房毓琛：《杂感》，见李生辉等选注：《甲午战争诗歌选注》，大连：大连出版社，1994 年，第 185 页。

[2] 洪弃生：《台湾沦陷纪哀》，见洪弃生：《寄鹤斋选集》，台北：大通书局，1987 年，第 253 页。

[3] 洪弃生：《台湾沦陷纪哀》，见洪弃生：《寄鹤斋选集》，台北：大通书局，1987 年，第 254 页。

[4] 陈铮主编：《黄遵宪集》（一），北京：中华书局，2019 年，第 214 页。

结出了船当求坚的宝贵经验；甲午海战中，清王朝又因船舰行驶速度逊于敌方而惨败，进而得出了船当求疾的教训。但无论是何种经验教训，都是基于战败结果得出的感性认识，均未跳出"器"的范畴，始终停留在军事装备的技术层面，并未超出洋务派"中体西用"的理论体系。黄遵宪却能敏锐地认识到"人"的问题，不能不说是对洋务运动认知的飞跃。"器"者，无外乎铁路、军舰、电报、枪炮等西方先进的科技成果；而"人"者，内涵十分丰富：小可指高素质官兵、精通西方科技的人才，大可指统领官兵作战的指挥者、国家政策的制定者。清廷之"无人"，根源正在于当下的封建制度根本无法选拔出适应时代需求的真正的人才。故而，黄遵宪所谓"有器无人终委敌"的看法，实质上蕴含着对封建政体的强烈不满。

甲午战争中，以慈禧为首的统治阶级一意求和的恶劣行径使得士人阶层彻底认清了清廷的黑暗腐朽，故而君主专制的弊端也成为诗人批判反思的重点。甲午之战中，诗人每多忧愤却始终无法上达天听，如丘逢甲《重送颂臣》中"忽行割地议，志士气为塞。刺血三上书，呼天不得直"①的悲吟，《有书时事者为赘其卷端》中"鹈维剪后天方醉，无路排云叫九阍"②的无奈，康有为《己丑上书不达，出都》中"虎豹狰狞守九关，帝阍沉沉叫不得"③的遗憾……凡此种种，皆导源于肉食者的独行专断。这些诗作作为时代风貌的直接反映，普遍蕴含着士人阶层对封建专制政体的极度不满。

甲午战败，同样使诗人深刻认识到了科举制的弊端，王树枏《书愤》写道：

① 黄志平等主编：《丘逢甲集》，广州：广东人民出版社，2019年，第100页。
② 黄志平等主编：《丘逢甲集》，广州：广东人民出版社，2019年，第76页。
③ 康有为撰，姜义华等编校：《康有为全集》第十二集，北京：中国人民大学出版社，2007年，第174页。

刀弧帖括求文武，珍重先朝旧典章。文学力争盐铁论，
衣冠翻笑武灵王。

暑寒颠倒供裘葛，儒墨纷纭较短长。所习至今非所用，
一番蒿目一回肠。

大言邹衍说神州，万水浮沉绕地球。何事华夷区内外，
行看盟诅变春秋。

宣尼问学传龙鸟，诸葛遗谋创马牛。造物已开恢诡局，
宰臣需用识时流。①

甲午战争后，诗人愈发深刻地意识到世界形势的发展已完全不同
于往日，清王朝依靠传统科举制度选拔出的人才大多所学非用、不识时
务，与时代发展相脱节的弊端愈发明显。若继续学习传统的封建旧学并
以之应对世变，只能自取灭亡。此时的诗人不仅迸发出对新型人才前所
未有的强烈呼唤，更将矛头直指科举制，直言用其选拔的文士"刻翠雕
虫才本小"②，武将"翘关负米力空强"③，甚至直接怒斥道："风云月露成
何用，翻恨隋唐进士科。"④

---

① 阿英编：《甲午中日战争文学集》，北京：中华书局，1958 年，第 34 页。

② 陈玉树：《乙未夏拟李义山〈重有感〉》，见《清代诗文集汇编》编纂委员会编：《清代诗文集汇编》第 777 册，上海：上海古籍出版社，2010 年，第 194 页。

③ 陈玉树：《乙未夏拟李义山〈重有感〉》，见《清代诗文集汇编》编纂委员会编：《清代诗文集汇编》第 777 册，上海：上海古籍出版社，2010 年，第 194 页。

④ 陈玉树：《乙未夏拟李义山〈重有感〉》，见《清代诗文集汇编》编纂委员会编：《清代诗文集汇编》第 777 册，上海：上海古籍出版社，2010 年，第 193 页。

（二）深化认识

日军的野蛮侵略也迫使国人不得不重新审视复杂的国际关系与世界局势，展现出全新的认知，如陈玉树感慨道："大圜中裹地如球，海外今知有九州。西北雄风蒲察国，东南劲致萨摩洲。"① 又如陈玉树在《感事悲歌》中明确指出："吁嗟乎！世道日降江河东，东夷未靖忧西戎。戎夷将相多勇忠。"② 再如曹允源在《书事》中写道："庚申一误甲申再，战无必胜和非怩。"③ 这些诗作表明，诗人对列强的态度由此前感性上的一味挞伐、憎恶转变为理性上的正视，甚至勇于承认列强的优势，这无疑是甲午战争催生的士人思想层面的飞跃。此外，诗人还意识到了清廷面临的重重外患，进而将列强多次入侵联系起来看待，从而更深刻地揭示出清廷当下的处境和来自日本的巨大威胁。这些更加理性的认知均显示出广大士人阶层对地缘政治具备了较强的敏感性，已经可以从更深层次的世界局势、国际关系等层面考量中日关系，甚至可以在反思内忧外患的基础上做出冷峻清晰的判断，提出建设性的意见。这一思维的广度和深度的突破性进展，大大增强了甲午战争诗歌的时代性、思想性。

甲午战争时期，士人阶层的种种反思与认知为即将到来的资产阶级爱国救亡运动埋下了希望的种子。甲午战争爱国诗潮中，进步、改良思想的诗意书写虽不足以导引出资产阶级民主革命这一伟大的时代洪流，但仍可以视作民族初步觉醒的体现，这恰是研究甲午战争诗歌时更需重视的方面。

---

① 陈玉树：《乙未夏拟李义山〈重有感〉》，见《清代诗文集汇编》编纂委员会编：《清代诗文集汇编》第 777 册，上海：上海古籍出版社，2010 年，第 194 页。

② 《清代诗文集汇编》编纂委员会编：《清代诗文集汇编》第 777 册，上海：上海古籍出版社，2010 年，第 194 页。

③ 阿英编：《甲午中日战争文学集》，北京：中华书局，1958 年，第 16 页。

第二节　甲午战争爱国诗潮中的创作走向

甲午战争巨大的冲击使得诗人创作时，在题材的选择、形制的运用、情绪的抒发等方面有了更多的创见，也使得诗作最终呈现出许多独有的特征。

首先，就诗歌的数量来看，大量诗歌集中于节点性的重大战役，反映其他内容的诗歌偏少，整个爱国诗潮中诗歌的分布呈现出较明显的不均衡性。如旅顺的陷落就激起了诗人极大的创作热情，倪在田《望旅顺》、王树枏《十月十七日闻旅顺失守》、李葆恂《闻旅顺炮台失守感赋》、陈霞章《旅顺》、袁昶《哀旅顺口》等皆记述了旅顺之战。相形之下，描绘甲午战争导火索及平壤战役、黄海海战等战役的诗歌数量则少得多。这固然与战争自身的惨烈程度及其给诗人造成的冲击大小有关，但也说明诗人对战争进程的关注度是有变化的，从而导致了创作诗歌时对题材选择的差异。这种差异恰恰证明甲午战争诗歌是诗人有意识且主动参与的结果，而诗人作为创作的主体，其参与程度与活跃程度较此前均有所提高。比如，由于地理位置的差异，牙山战役、平壤之战以及辽东保卫战的诸多细节在房毓琛等辽东诗人群体的诗作中多有记述，他们共同书写了甲午战争中朝鲜、辽东诗史；描绘反割台战役的诗歌，台湾诗人丘逢甲、洪弃生等则是主力，构建了乙未台湾诗史。由于诗人自身及各种外在因素的差异，诗人恰好可以根据自己对战争的关注、了解程度，适时地、自主地参与到爱国诗潮中。有赖于此，参与爱国诗潮的诗人数量大幅增长，诗人群体的构成愈加丰富，晚清地域诗史也因此得以发展。尽管反映各个战役的诗歌数量在整个诗潮中所占比重不同，但却共同构成了一部非常完整的甲午战争诗史。差异性与完整性的对立统一，也是甲午诗歌与其他历次反侵略爱国诗潮相比最为显著的特色之一。

第二，诗史意识空前增强，诗歌形制得以创新。晚清以降，在一次次国难的冲击下，国人的爱国情绪屡屡迸发。为抒发如此强烈的爱国情感，自鸦片战争起一组组主题集中、叙事周详、情感激越的大型组诗相继出现，诗歌的叙事性与写实性不断增强，这些特点在甲午战争爱国诗潮中也有所展现。

甲午战争时，国势陌危，风云变幻，整个中华民族遭到了前所未有的打击。在新兴的通讯设备和新闻媒介的帮助下，诗人获取的信息量与鸦片战争、中法战争等时期相比，已不可同日而语。面对前所未有的惨败和异常深重的国难，单篇诗词已不足以承载诗人如此激切的爱国之情，于是组诗形制再度被广泛采用，成为此间诗作的一大特色。而甲午战争组诗又因功用之不同，分为古体组诗与近体组诗两大类。古体诗形制自由、灵活多变，用于纪事时多篇连缀后非常适合记述漫长而复杂的战争过程，因此诗人们不约而同地将之运用到创作中。这里以房毓琛、黄遵宪、洪弃生、倪在田四人的作品为例，略加统计其古体组诗创作情况：

甲午战争爱国诗潮中古体组诗创作统计表

诗人	组诗名称
房毓琛	《仁川行》《牙山曲》《平壤谣》《九连歌》《凤凰引》《海城叹》
黄遵宪	《悲平壤》《东沟行》《哀旅顺》《哭威海》《马关纪事》《台湾行》
洪弃生	甲午战争时期：《溃兵弃地纪事》《叛将献船纪事》《停战遣使纪事》《割地议和纪事》《外国保护纪事》
	台湾沦陷时期：《澎湖失守纪事》《台湾土匪纪事》《台湾官府纪事》《台湾沦陷纪哀》《洋兵行》《追述去冬时事》
倪在田	《望旅顺》《望吉林》《望秦岛》《望威海》《望吴淞》《望舟山》《望三都》《望闽门》《望荐桥》《望胶州》《望九龙》《望广湾》《望琼州》《望台湾》《望蒙自》《望蛮暮》《望西藏》《望伊犁》

资料来源：《甲午中日战争文学集》《黄遵宪集》《寄鹤斋选集》

甲午战争期间，诗人创作的纪事性的大型组诗打破了鸦片战争时期以贝青乔《咄咄吟》为代表的一题数章的传统形式，采用了单篇独立成章、多篇缀合的结构，书就了饱含民族精神和爱国情怀的甲午战争诗史。从这些诗歌中，读者完全可以清晰地了解到每一个阶段所有重大战役的交战状况、敌我态势及攻守进退之变化，并可了解到不同战场的战况和诸多细节，诗史意识可谓空前强化。从诗歌体式的创新性来看，以倪在田这十八首诗歌为例，诗人"运用了七律、七古、五噫歌、汉乐府体、三言、四言、五言、杂言歌行等体式，表现出主题明晰与形式灵活相结合的鲜明特点，体现了自由创造、灵活多变的创作观念和诗歌文体的创新变化。"①

以近体作组诗者，囿于近体诗容量有限、体式固定等限制，多以一题多章的形式出现，侧重于议论，如陈玉树《甲午冬拟李义山〈重有感〉》《乙未夏拟李义山〈重有感〉》、房毓琛《杂感》《秋夜感怀》等。这些诗作均以相互独立的单章形式出现，或一章议一事，或一章评一人，切中肯綮，入木三分。

第三，甲午战争诗歌整体上还呈现出两种格调鲜明、截然不同的对立诗风。甲午战争以清王朝惨败告终，而《马关条约》之苛刻远超此前所有不平等条约。国难日深，民族已到了生死存亡的关头，诗人内心充溢着悲伤苦闷，创作出了许多悲戚感伤的诗篇。如陈玉树《甲午冬拟李义山〈重有感〉》其十："国恩养士重山河，赢得衣冠间谍多。……十载楚材零落尽，九重南望泪滂沱"②，指责官员尸位素餐，国中无人效力，怨愤中饱含悲楚。又如王树枏《呈黎观察》："每痛秦无策，翻忧汉许

---

① 左鹏军：《甲午战争与近代诗风之创变》，《文学遗产》，2014 年第 4 期，第 22 页。
② 《清代诗文集汇编》编纂委员会编：《清代诗文集汇编》第 777 册，上海：上海古籍出版社，2010 年，第 193 页。

和。听公孤愤语，惟有涕倾河"①，以十分悲凉的笔调抒发出对国家、民族毫无出路饱受侵略的痛心。再如吴恭亨《东师》其二："韩京惊绝失雄屯，号令无闻日月昏。相国总干嗟束手，将军免冑痛归元。已看七十齐城陷，宁问三千越甲存。白马名王半囚虏，南冠多少未召魂"②，接连不断的败兵失地的消息和众多埋骨他乡的将士，令诗人凄入肝脾。这类情感厚重细腻、风格悲戚低回的诗作，是满目疮痍时诗人对家国天下的感慨，也是对中华民族饱受蹂躏、欺压的屈辱经历的歌哭，至今仍动人不已。

甲午战败也激起了诗人们强烈的怨怒愤慨，由此产生了大量沉雄刚健且多以"感事"为题的诗篇，造就了甲午战争诗歌的另一种风格。如张景祁《感事》其四写道："此日敷天同义愤，会看一鼓扫贪狼"③，刚强勃发，豪壮激昂。又如萧诗言《感事》其二："何时酬敌忾，万国听铙歌"④，急切盼望杀尽仇敌，一雪前耻。再如徐维成《感事》中"安得鲁阳能返日，全消蜃雾海天开"⑤以及张同《感事有作》中"狂澜未倒犹堪挽，拔剑高歌赋《采薇》"⑥等诗句，不仅强烈地表达了对挽狂澜于既倒之人的呼唤，亦颇具清刚之气。

这类积极昂扬、慷慨悲壮的诗作，刻画了士人阶层救亡图存、勇于抗争的刚健品格与风骨，传达了诗人追求正义、反对侵略的心声，表现了国人坚毅不屈的意志，是对民族正气极大的鼓舞与张扬。

由于甲午战争这一历史事件的特殊性，加之文学内部自身衍进的规

---

① 阿英编：《甲午中日战争文学集》，北京：中华书局，1958 年，第 35 页。

② 阿英编：《甲午中日战争文学集》，北京：中华书局，1958 年，第 49 页。

③ 张景祁撰，郭秋显等主编：《张景祁诗词集》，新北：龙文出版社，2012 年，第 171 页。

④ 孔广德编，蒋玉君校注：《普天忠愤集》，广州：中山大学出版社，2021 年，第 422 页。

⑤ 阿英编：《甲午中日战争文学集》，北京：中华书局，1958 年，第 105 页。

⑥ 孔广德编，蒋玉君校注：《普天忠愤集》，广州：中山大学出版社，2021 年，第 510 页。

律等因素，甲午战争诗歌明显呈现出有别于晚清其他爱国诗潮的显著特点，由此产生的新的诗歌创作走向，更证明了晚清诗歌在诸多重大历史事件影响下适时而生、创新发展、突破变革的基本特质。

第七章

维新变法运动的诗性书写

甲午战争后，风雨如磐，亡国灭种的威胁与日俱增。震惊痛哭之余，一些进步士人率先意识到，古老的"以夷制夷"之法已无法适用于当前的国际形势，要想在列强环伺、合而侵华的险恶环境中求生存，唯有变法维新，改弦易辙，发奋自强。由是，一场波澜壮阔的维新变法运动就此爆发。尽管维新变法运动最后以失败告终，但它却使人们从封建专制的禁锢中获得了一次极大的思想解放，大大促进了社会思想文化的更新和社会风尚的转变。

变法持续时间之短、新旧两派之论争、帝后两党争斗之激烈、变法结局之惨烈，给士人阶层造成了极其强烈的冲击，引起了士人阶层的全面震动。尽管身处高压的政治环境下，不同阶层、不同立场的诗人却不约而同地选择以诗歌记录时事、抒怀言志，由此掀起了晚清诗史上的又一次创作高潮。

第一节　纷繁复杂的戊戌心史

百日维新的惨烈结局令举国上下颇感惊惧。尽管此间政治气氛森然肃杀，诗坛一片沉寂，但为数不多的戊戌诗作仍承载着诗人或悲楚、或无奈、或痛苦、或昂扬的心声，书就了一部纷繁复杂的戊戌心史。

一、康有为的维新心史

参与维新变法的数年无疑是康有为一生政治上最活跃的时期。围绕维新变法，康有为撰构了许多诗篇，其心路历程亦得以在其中完整展现。

为了推动维新变法，自 1888 年至 1898 年的"戊戌政变"，十年间康有为曾七次上书光绪皇帝，以宣传变法、拯救危亡为己任。由是，康有为创作了大量抒发其政治热情、立志变法的诗作，如《赠陈镇南编修兄》曰：

> 三十无所成，乾坤莽翻覆。许身不自量，窃比稷契属。顾怀忧国念，上书忍自鬻。虎豹守九关，无自达羞毂。[①]

诗人虽不为统治阶级所重视，但仍"顾怀忧国念"，以稷、契自许，渴望有所作为。此外，诗人对阻挠上书及变法的顽固派予以鞭斥，将之比作虎豹，可谓深恶痛绝。康氏这类诗作中，最为慷慨激昂、激动人心

---

① 康有为撰，姜义华等编校：《康有为全集》第十二集，北京：中国人民大学出版社，2007年，第 162 页。

者，当属《出都留别诸公》五首，其二曰：

> 天龙作骑万灵从，独立飞来缥缈峰。怀抱芳馨兰一握，纵横宙合雾千重。
>
> 眼中战国成争鹿，海内人才孰卧龙？抚剑长号归去也，千山风雨啸青锋。①

是诗起笔不凡，首联借用《楚辞》中的想象世界，写出自己独来独往，以天龙为坐骑，众神相随，独立于若隐若现的奇峰之上的情景。颔联紧接着道出自己高洁的情怀与黑暗现实间的重重矛盾。颈联写道，帝国主义正在竞相瓜分中国，此时却无人出来拯救危局。诗人以卧龙为喻，恰恰透露出自己以天下为己任的大志。虽然诗人的上书多为顽固派所阻，被迫"抚剑长号归去也"，但依然会静待时机，继续为变法事业而奋斗。

1898 年，"戊戌政变"发生，维新变法运动彻底宣告失败。康有为作为变法的领导者和推动者，所受打击之大不言而喻。眼见多年经营的事业与心血毁于一旦，这时的诗人一改此前慷慨激昂、誓与顽固派斗争的意气风发之态，取而代之的是无尽的哀痛、无奈。"小臣东海泪，望帝杜鹃红"②"哀哀呼后土，惨惨梦金闺"③"痛哭秦廷去，谁为救圣君"④等诗句，无一不是变法失败后诗人挫败、痛愤心境的真实写照。但给诗

---

① 康有为撰，姜义华等编校：《康有为全集》第十二集，北京：中国人民大学出版社，2007年，第 165 页。

② 康有为：《戊戌八月国变记事》，见康有为撰，姜义华等编校：《康有为全集》第十二集，北京：中国人民大学出版社，2007 年，第 190 页。

③ 康有为：《戊戌八月国变记事》，见康有为撰，姜义华等编校：《康有为全集》第十二集，北京：中国人民大学出版社，2007 年，第 190 页。

④ 康有为：《戊戌八月国变记事》，见康有为撰，姜义华等编校：《康有为全集》第十二集，北京：中国人民大学出版社，2007 年，第 190 页。

人打击最深的，莫过于亲人与僚友的逝世。面对如此沉重的惨祸，康有为则不吝笔墨地赋诗悼念。其《戊戌八月纪变八首》云：

> 夺门白日闭幽州，东市朝衣血倒流。百年夜雨神伤处，最是青山骨未收。（哀亡弟幼博薨葬北京）

> 关西夫子恒霍高，博闻强记人之豪。忠愤误谭五王事，千秋遗恨昆仑奴。（哀杨漪川侍御）

> 澧兰沅芷思公子，桂酒琼茅祭国殇。绝世英灵魂魄毅，鬼雄请帝在帝旁。（哀谭复生京卿）①

在整个戊戌政变造成的惨剧中，最令诗人难过的便是胞弟康广仁之死。"戊戌六君子"血溅京华后，清政府将六人遗体弃市三日后抛于郊外。幼弟英年惨死，诗人本就痛苦至极，而幼弟尸骨不能归葬桑梓更令诗人倍感凄楚。与悼念幼弟之诗不同，康有为在追思其他僚友时则更注重刻画其最鲜明的性格特征，颇类小传。哀杨漪川侍御诗下小注写道："梁任公曰：侍御忠鲠出天性，胸无城府。时贼党文悌同在台中，屡以言相餂，冀得构煽口实。一日访侍御，力言东朝沮挠新政，声泪俱下，因慷慨道唐五王事。侍御信之，极奖其肝胆。未几文悌遂捏词入告，劾侍御有异谋。此六月间事也，虽上烛其奸黜之，然蜚语日中卒至酿大变。"②短短一首绝句，就将杨深秀博闻强识、豪爽、忠耿、铁骨铮铮等

---

① 康有为撰，姜义华等编校：《康有为全集》第十二集，北京：中国人民大学出版社，2007年，第189页。

② 康有为撰，姜义华等编校：《康有为全集》第十二集，北京：中国人民大学出版社，2007年，第189页。

性格特点刻画得栩栩如生。哀谭嗣同之诗，起首以"澧兰沅芷""桂酒琼茅"之语入诗，既巧妙地点出谭嗣同籍贯湖南，又将谭嗣同与屈原的高洁之姿和高尚的爱国情怀作比，足见诗人对谭氏的欣赏与推崇。此外，诗人并不直言己之哀思，却借"澧兰沅芷""桂酒琼茅"之口道出，别出心裁的构思中蕴含着诗人深重的惋惜之情。后两句则由谭氏生前刚毅不屈之行联想到其死后情景，更显其慷慨凛然之风姿。整首诗除哀悼外，塑造的无惧生死、顶天立地的英雄形象亦深入人心。

政变后的康有为虽饱受打击，却无暇伤感。随着清廷搜捕令的下发，诗人不得不在仓皇间踏上出逃的旅途。自慈禧下令捉拿康有为后，兵丁在京城内大肆搜捕，知悉康氏已然离京后，又命荣禄自天津派"飞鹰号"快艇迅速往追，但因管带舰长声称煤尽而中途折回。对此，康氏记之曰："缇骑苍黄遍九关，飞鹰追逐浪如山。我横沧海天不死，犹在之罘拾石还。"① 如今读来，诗人死里逃生的惊险与劫后余生的庆幸宛在眼前。出逃后，诗人困境暂解，但死难的亲友始终是其心头最痛。于是，诗人将满腔的凄怆之情付诸笔端，撰构了《六哀诗》，诗序曰：

> 戊戌之秋，维新启难，尧台幽囚，钩党起狱。四新参杨锐叔峤、刘光第裴村、谭嗣同复生、林旭暾谷，御史杨深秀漪川及季弟广仁幼博，不谳遂戮，天下冤之。海外志士，至岁为设祭，停工持服。盖中国新旧存亡所关也！六烈士者，非亡人之友生弟子，则亡人之肺腑骨肉。流离绝域，呕血痛心；两年执笔，哀不成文。辛丑八月十三日，奠酒于槟榔屿绝顶，成五烈士诗。海波沸起，愁风飘来。哀纪亡弟，卒不成声。盖三年

---

① 康有为：《戊戌八月纪变八首》，见康有为撰，姜义华等编校：《康有为全集》第十二集，北京：中国人民大学出版社，2007年，第189页。

矣，后补成之。^①

　　仅读诗序，便可想见诗人出逃后数年间依然痛楚萦怀之状。是诗虽为悼念六人之作，但针对每位逝者诗人的情感侧重又各不相同，如《故山东道监察御史闻喜杨公深秀》写道：

　　　　山西杨夫子，霜毛整羽鹤，神童擢早秀，大师领晋铎。……旦夕论维新，密勿频论驳。首请联英日，次请拒俄约。继言废八股，译书遣游学。涕泣请下诏，大变决一跃。御门警群臣，开局议制作。圣主感诚切，大号昭涣若。……忽惊神尧囚，赫矣金轮虐！党祸结愁云，盈廷瘇若缚。抗章请撤帘，碧血飞喷薄。董军密入京，萧萧八月朔；吾时奉诏行，公来告氛恶。挥手作死别，吾拟委沟壑。岂知痛嵇生，凄绝山阳笛！……虽惨柴市刑，能褫权奸魄。大鸟还故乡，刚毅死犹吓！^②

　　"大师"，因杨深秀曾于山西零德书院传授经史，故称之。"大号昭涣若"，典出《易·涣》，此处比喻变法诏令颁布。"神尧"，代指光绪被囚禁一事。"董军"，指政变前荣禄调董福祥军秘密入京一事。"岂知"二句，原指嵇康死后向秀过其故居，闻听笛声想起嵇康之事，此处代指诗人对杨深秀的深切怀念。"柴市"，民族英雄文天祥就义之处，此处代指刑场。是诗追述了杨深秀一生的经历，重点记述了他在维新变法运动中的贡献与功绩，对杨氏惨死表达了沉痛的惋惜之情。因杨氏年长于康

---

① 康有为撰，姜义华等编校：《康有为全集》第十二集，北京：中国人民大学出版社，2007年，第217页。
② 康有为撰，姜义华等编校：《康有为全集》第十二集，北京：中国人民大学出版社，2007年，第217—218页。

氏，且在维新变法运动中贡献卓特，故而诗中还蕴含着康氏对这位前辈深深的敬意。与对前辈杨深秀的礼敬不同，诗人在悼念谭嗣同时流露出的更多的是对后辈的激赏与称赞，其《故四品卿衔军机章京参预新政候补知府谭君嗣同》曰：

> 复生奇男子，神剑吐光莹，长虹亘白日，青锋拂苍溟。……吾道有谭生，大地放光明。师师陈义宁，抚楚救黎烝，变法与民权，新政百务兴。湘楚多奇材，君实主其盟。大开南学会，千万萃才英。新法丕矫变，旧俗涤以清。圣主发维新，贤哲应求征。奉诏来京师，翔凤集紫庭。宣室前席问，帝心特简膺。有命参新政，超阶列群卿。向以天下任，益为救国桢。……缇骑捕党人，黑云散冥冥。……慷慨厉气猛，从容就义轻，竟无三字狱，遂以诛董承。毅魄请于天，神旗化长星。①

"陈义宁"，即湖南巡抚陈宝箴，因籍贯江西义宁，故称之。"南学会"，成立于1898年初，是由谭嗣同等发起成立的政治团体。"三字狱"，岳飞被秦桧以"莫须有"之罪诬陷入狱，后死于风波亭，世人称之为"三字狱"。"董承"，东汉末年人，官车骑将军，自称领汉献帝衣带诏，与刘备等人密谋诛杀曹操，事泄后遇害。诗人不吝笔墨地描绘了谭嗣同在维新运动期间种种以天下为己任的举动和慷慨就义之姿，字里行间充溢着对如此年轻有为的后辈的赏识。在悼念幼弟时，诗人则一改此前悼念其他五位君子的笔调，于细微处入手回顾了幼弟的一生，撰构了一曲感人至深的挽歌，《故候选主事亡弟广仁》曰：

---

① 康有为撰，姜义华等编校：《康有为全集》第十二集，北京：中国人民大学出版社，2007年，第218—219页。

哀哀天疾威，予季遭淫虐。夔龙发雷火，鸾凤为烧灼。骨肉遭菹醢，肺腑痛煎割。一念一肠断，再念涕横落！汝生七月孤，同产吾与若。先公属纩时，抚弟遗顾托。汝幼多疾疹，母忧藉医药。居然幸长成，峨峨丹顶鹤。随吾三十年，读书观大略。天马不受绁，遗弃时俗学。……戊戌受吾知，纬繣佐君国。……仓卒缇骑来，无妄践汤镬。慷慨就狱囚，视死了无愕。柴市天晴霾，冤云飞作电。头颅无人收，惨惨归大壑。频年遣义侠，收骨摩燕阙。汝以吾被戮，哀哉心肝绝！平生风雨床，亲爱古轼辙。回忆南海馆，昧爽门前诀，岂料永酸辛，为国竟流血。舍身贸文明，举国怆英烈。老母年七十，思子长忧结。汝往过孝媚，母念肝欲裂。绐言慰老母，云汝走胡羯。蒙古山寺中，为僧待时节。时伪作书还，执笔辄哀喈。汝女尚能嬉，汝妻忽知泄，终日泪盈颐，见姑忍哽咽。吁嗟吾罪罟，从何慰母悁！百埠保皇会，持服陈祭洁。忽忽四周期，宗周褒姒灭。圣主尚见幽，大仇痛未雪。仰天洒血泪，化碧应不灭。[1]

诗人从父亲逝世时将幼弟托付给自己，母亲含辛茹苦将体弱多病的幼弟养育成人，幼弟受自己影响投身变法事业最终惨遭不幸，以及其逝世后家中诸人之反应等多个场景入手，追述了康广仁短暂而光辉的一生，字里行间充溢着对未能照顾好幼弟的自责、对幼弟之死的痛心及深切的怀念。是诗篇幅虽短，但情感充沛真挚且富有层次，是《六哀诗》中最具感染力的作品。

整体看来，《六哀诗》的创作手法颇为一致。这六首诗皆先论人，

---

① 康有为撰，姜义华等编校：《康有为全集》第十二集，北京：中国人民大学出版社，2007年，第220—221页。

再叙事，中杂议论，最后以抒情笔调收束全诗。这组诗歌叙事平实而感慨深沉，完整介绍人物的生平经历时则重点叙述其在维新事业中做出的贡献，以及赴死时凛然不屈之姿，人物形象亦因此更加鲜明、饱满。组诗论人，皆能切中其性格、学问、行事等各方面的特点，诚可视作诗人为六君子所作的诗传。

诗人流亡海外后仍时刻心系祖国。此后，康有为诸多诗作皆充溢着对祖国强烈的思念，如《芦湖楼望富士山》写道："绝顶山湖绝顶楼，欲长幽隐洗我愁。惜非吾土难淹留，王孙芳草空幽幽。"[1] 每逢良辰美景，诗人对祖国的思念便愈发浓烈，如"最是新亭好风景，河山故国正愁人"[2]，又如"惊起前洲渔者识，依稀故国棹歌声"[3]，再如"旧国烟花重此见，新亭风景泣何言。忽忆前年燕市夜，酒酣击筑梦中原"[4] 等诗句在康有为的诗作中可谓俯拾皆是。诗中"故国""旧国""燕市""中原"之语，皆是祖国的代名词，是康有为心底最强烈的呐喊。思归之外，祖国深重的危难也始终令诗人忧心不已："逋臣西望肠堪断，故国云飞有是非"[5]，"上念君国危，下忧黎元疴"[6]，"此中卫藏通无路，故国遥瞻只

---

[1]　康有为撰，姜义华等编校：《康有为全集》第十二集，北京：中国人民大学出版社，2007年，第191页。

[2]　康有为：《桂湖村邀集上野莺亭，即席索咏》，见康有为撰，姜义华等编校：《康有为全集》第十二集，北京：中国人民大学出版社，2007年，第195页。

[3]　康有为：《己亥夏秋文岛杂咏十九首》，见康有为撰，姜义华等编校：《康有为全集》第十二集，北京：中国人民大学出版社，2007年，第197页。

[4]　康有为：《星坡元夕，乡人张灯燃爆，繁闹过于故国》，见康有为撰，姜义华等编校：《康有为全集》第十二集，北京：中国人民大学出版社，2007年，第201页。

[5]　康有为：《己亥元旦与王照、梁启超、罗普在日本东京明夷阁望阙行礼》，见康有为撰，姜义华等编校：《康有为全集》第十二集，北京：中国人民大学出版社，2007年，第195页。

[6]　康有为：《避地槟榔屿不出，日诵杜诗消遣》，见康有为撰，姜义华等编校：《康有为全集》第十二集，北京：中国人民大学出版社，2007年，第212页。

惨然"① 等诗句无一不诠释着海外赤子的拳拳之情。

康有为生活的晚清，是国难日深的悲剧时代，也是西方文明疾速涌入的巨变时代。封建官僚家庭的出身以及儒家文化的浸润，不仅令康有为早早树立了忠君爱国之志，更激发了他极其强烈的忠君爱国的责任感。面对帝国主义的侵略和清王朝的腐败，年轻的康有为心中燃起了救国的熊熊烈火。在广泛接触西方文化后，康有为见识了西方国家的强盛，更进一步认清了祖宗成法的落后，自此走上了维新变法的道路。筹划变法之初，康有为曾五游京师，七次上书，虽然上书多为顽固派阻挠，诗人自身也遭到了顽固派的嫉妒与攻击，但此时的诗人依然无所畏惧，甚至常常发出"岂有汉廷思贾谊，拼教江夏杀祢衡"② 之类的呼声，展现出了极其可贵的政治热情与不屈的斗争精神。戊戌变法不仅是康有为政治生涯的转折点，更是其人生遭际的分水岭。变法失败后，诗人再不复当年意气风发之态，取而代之的是大业难图的失意与对罹难亲友的哀思。出逃后，漂泊无依的生活使得诗人迸发出了对故人、故国极为强烈的思念，"深宵不寐频欹枕，似听三边鼙鼓声"③ 等忧心国难的诗句更是数不胜数。维新变法运动的数年间，意气纵横之快，大业难图之悲，痛失亲友之哀，忧国怀乡之苦……种种心绪交织，共同构成了康有为在这一时期纷繁复杂的心史。

---

① 康有为：《辛丑除日新迁大吉岭山馆》，见康有为撰，姜义华等编校：《康有为全集》第十二集，北京：中国人民大学出版社，2007 年，第 226 页。

② 康有为：《出都留别诸公》，见康有为撰，姜义华等编校：《康有为全集》第十二集，北京：中国人民大学出版社，2007 年，第 165 页。

③ 康有为：《辛亥人日立春》，见康有为撰，姜义华等编校《康有为全集》第十二集，北京：中国人民大学出版社，2007 年，第 319 页。

二、梁启超的振奋之音

纵览梁启超的一生，积极昂扬、热情奔放始终是其生命的主旋律。与其师康有为出逃后多赋沉郁之音不同，即便戊戌变法失败后被迫出逃，梁启超在诗歌中展现出的始终是自信进取的气魄与风范，其《去国行》曰：

> 呜呼！济艰乏才兮，儒冠容容。佞头不斩兮，侠剑无功。君恩友仇两未报，死于贼手毋乃非英雄。割慈忍泪出国门，掉头不顾吾其东！
>
> ……
>
> 吁嗟乎！男儿三十无奇功，誓把区区七尺还天公！不幸则为僧月照，幸则为南州翁。不然高山、蒲生、象山、松阴之间占一席，守此松筠涉严冬。坐待春回终当有东风！
>
> 吁嗟乎！古人往矣不可见，山高水深闻古踪。潇潇风雨满天地，飘然一声如转蓬。披发长啸览太空，前路蓬山一万重。掉头不顾吾其东！[1]

"儒冠"，此处代指士大夫阶层；"容容"，不辨是非，随声附和。"佞头"，奸佞之首，指荣禄之辈。"僧月照"，日本西京清水寺住持。因参加"尊王攘夷"活动，为幕府所忌，避难于萨摩，在逃避德川幕府追捕时与另一维新志士西乡隆盛相抱投海，月照死而西乡获救生还。"南州翁"，即西乡隆盛。因生于本州南端之鹿儿岛，故称。"高山"，即高山正之；"蒲生"，即蒲生秀实；"象山"，即佐久间象山；"松阴"，即吉田

---

① 汪松涛编著：《梁启超诗词全注》，广州：广东高等教育出版社，1998年，第14—15页。

松阴。四人皆为日本维新志士。"坐待春回"，比喻等待政治形势好转。"一声"，疑为"一身"之误。"转蓬"，在狂风中飘转的蓬草，喻为受形势所迫，漂泊异国。"蓬山一万重"，比喻达到理想目标之路依然十分遥远坎坷。

"百日维新"宣告失败后，诗人叹济艰之乏才，恨侠剑之无功，伤山河之破碎，慕邻邦之葱茏。百感咸集、仇怨交加之下，于辞国赴日途中愤然赋诗，以浇胸中块垒。是诗以"呜呼"起首，感情色彩强烈。维新大业失败并未令诗人一蹶不振，他所关心的亦非个人之成败得失，而是"佞头"尚未斩的现实。他感叹"济艰乏才兮，儒冠容容"，世上能与维新派一道匡扶社稷、同渡困厄的人才实属凤毛麟角，而道貌岸然的伪君子则很多。变法虽然失败，但"君恩友仇两未报"，所以不能陷于敌手；若是"死于敌手"，亦非英雄义士，这也正是诗人选择东渡的原因。诗人对日本维新运动的成功十分倾慕，故而在诗中列举了僧月照、西乡隆盛、高山正之等多位日本维新人士的事迹激励自己。这些人，或以身殉国，或遇刺而亡，或被刑而死，但在诗人看来他们都是宁折不弯的志士。诗人由此也更加坚信，只要矢志不渝，救国大业必然有好的转机。可见，身处逆境诗人仍是豁达而乐观的。诗末，诗人从追怀古人的思绪中抽离出来后随即想到了眼前的逆境。古人已矣，而自己仍在漫天风雨中只身飘零。去国离乡而独面荆途，人生况味堪称极其悲苦，诗人不免感叹前路艰险。但诗人并未知难而退，而是再以"掉头不顾吾其东"的豪言壮语收束全诗，首尾呼应，深化了诗人在篇首写下的誓言。

是诗采取了诗、赋、文结合的形式，配以极具特色的杂言句式，创构了感情激越、纵横肆恣、跌宕起伏、错落有致的审美效果，极富感染力。同时，这种艺术手法也将诗人作为斗士的胆识与作为学者的智识融合在一起，成功地塑造了一位慷慨激昂、嫉恶如仇，却又举止稳重、头脑清醒的抒情主人公形象。诗人败而不馁的高尚情操在其他诗篇中亦多有体现，如"天下兴亡各有责，今我不任谁贷之？……誓拯同胞苦海苦，誓答至尊慈母慈。不愿金高北斗寿东海，但愿得见黄人捧日崛起大地而与彼族齐骈驰"①；又如"回天犹有待，责任在吾徒"②；再如"事苟心所安，死生吾以之；人事无尽涯，天道有推移，努力造世界，此责舍我谁。"③这些诗句，皆生动地再现了诗人为继续实现自己拯救民族危亡理想的斗争精神。

　　戊戌变法失败对众多维新派士人来说，打击之大不言而喻。而作为干将的梁启超，面临的不仅是"君恩友仇两未报"的艰难境况，更是多年心血付诸东流的残酷现实。在这种情况下，其心绪之灰颓可想而知。但梁启超并未沉溺于失败的阴影中，反而以此自励，树立了更为坚定远大的救国之志。梁启超的这一宝贵品质，在同时代历经艰险的维新士人中，是极为难得的。

三、翁同龢的失意悲吟

　　翁同龢（1830—1904），字声甫，一字均斋，号叔平，又号瓶生，晚号松禅老人，祖籍江苏常熟。翁氏出身于一个深受儒家文化熏染的仕宦之家，其祖父、父兄皆为名臣，在家庭氛围的熏陶下，翁同龢自幼便形成了忠君守阙的爱国思想。咸丰六年（1856），翁氏状元及第，自此跻身政坛。翁同龢在四十余年的政治生涯中，曾任同、光两朝帝师，两

---

①　梁启超：《赠郑秋蕃，兼谢惠画》，见汪松涛编著：《梁启超诗词全注》，广州：广东高等教育出版社，1998年，第75—76页。

②　梁启超：《留别澳洲诸同志六首》，见汪松涛编著：《梁启超诗词全注》，广州：广东高等教育出版社，1998年，第79页。

③　梁启超：《留别梁任南汉挪路卢》，见汪松涛编著：《梁启超诗词全注》，广州：广东高等教育出版社，1998年，第57页。

度被任命为军机大臣，历任各部尚书及总理事务衙门大臣等要职。任职期间，凡军政、外交等国家大事，诸如中法战争、甲午战争、戊戌变法、中德胶州湾租界谈判交涉等无不参与，其言行举止动关朝局，直接或间接地影响了这些重大历史事件的进程与结局。

1898 年，维新运动爆发，被称为"中国维新第一导师"的翁同龢之命运也因此发生了重大改变。翁同龢大力支持光绪皇帝进行变法并举荐大量维新人士的举动，触怒了以慈禧太后为首的顽固派。慈禧太后特意在翁氏生日当天下旨以误国罪将其开缺回籍，极尽羞辱，称其："近来办事多不允协，以致众论不服，屡经有人参奏。且每于诏对时咨询事件，任意可否，喜怒见于词色，渐露揽权狂悖情状，断难胜枢机之任。本应查明究办，予以重惩；姑念其在毓庆宫行走有年，不忍遽加严谴。翁同龢着即开缺回籍，以示保全。"①戊戌政变发生后，慈禧太后再度将矛头对准翁同龢，下旨称："翁同龢授读以来，辅导无方，往往巧借事端，刺探朕意。至甲午年中东之役，信口侈陈，任意怂恿。办理诸务，种种乖谬，以致不可收拾。今春力陈变法，滥保非人，罪无可逭。事后追维，深堪痛恨！前令其开缺回籍，实不足以蔽辜，翁同龢着革职，永不叙用，交地方官严加管束。"②如此定论与处置，实则将翁氏一生的功劳一笔抹杀。

从两朝帝师、万人敬仰的名臣一朝沦落为失去人身自由的罪臣，翁同龢心理落差之大不言而喻。归乡后，他悲愤难抑，加之贫病交加，凄楚悲凉的心境在其晚年诗作中可谓展露无遗，悲郁难平亦成为其晚年思想的主流，如《自嘲》写道：

① 赵尔巽等撰：《清史稿》，北京：中华书局，1977 年，第 12370 页。
② 赵尔巽等撰：《清史稿》，北京：中华书局，1977 年，第 12370 页。

> 松禅先生真贱儒，半生出入承明庐。黄金横带紫绶纡，谓非干禄谁欺乎？忽然被放归里间，所在编管如囚拘。家无薄田输官租，又无一椽安厥居。鸡栖斗室常沮洳，草履滑涟衣被濡。蚊虻虮虱蝇蚁蛆，扑缘竟夕肱不舒。[1]

诗人忠君体国，一生辛劳，不料年近古稀竟落得如此下场，诗中"贱""欺""囚"等情感色彩颇为强烈的字眼，无一不抒发着诗人内心的愤恨与不满。生活困顿无依、居所低洼潮湿、蚊虫叮咬之苦……窘困的生活境况对饱受身心折磨的诗人来说无异于雪上加霜，无奈之下诗人只能以"贱儒"自嘲。翁同龢描摹此类心境的诗篇虽多，但却各有侧重，《无锡刘石香继增，调卿甥之好友也，冒雨见访，调甥有诗，因次其韵》曰：

> 九龙岭下我曾游，第二泉边屡滞留。自叹累臣同屈贾，敢将余子比曹刘。
> 空山风雨三椽屋，满地江湖一叶舟。莫续转蓬攀桂句，天涯何处闰中秋。[2]

与《自嘲》中的愤恨不平之情不同，此诗则描绘了诗人惨遭放逐后郁郁寡欢、难以释怀之情。诗人以贾谊、屈原自比，足见内心委屈之深。后两联书写了诗人被褫职后的生活情状，此间诗人心志灰颓，郁郁寡欢，诗语中充溢着道不尽的凄冷无奈之感。放废后，恐惧亦时时萦怀，翁氏本就凄楚的心境因此又蒙上了另一层阴影，如《三月望舟中》写道：

---

① 谢俊美编：《翁同龢集》，北京：中华书局，2005年，第862—863页。

② 谢俊美编：《翁同龢集》，北京：中华书局，2005年，第842页。

> 拒客因生谤，寻诗且避哗。估帆来往影，村树浅深花。
>
> 跛鳖思登垄，污邪祝满车。便应从此逝，洗耳水云涯。①

　　翁同龢归乡后并未脱离顽固派的打压，其一言一行依然时时刻刻处于后党与顽固派的监视中，因而如履薄冰、战战兢兢已成为诗人生活的常态。为了避免政敌借机生事再遭迫害，诗人不得已常常拒客，尽量不与他人往来。首联诗人以"寻诗且避哗"的轻松笔调来解释"望舟"及"拒客"的原因，实则道尽了心中苦不堪言的恐惧之情。长期忧谗畏讥的生活不免令诗人生出"便应从此逝"的消极遁世之感。王揖唐在《今传是楼诗话》对此总结道："（翁同龢）戊戌被放后，归隐墓庐，为诗益工。顾其时党论方酷，忌者尤众，畏讥避谤，情见乎词，亦可伤矣"②，堪称恰切。诗人见弃后最能诠释其心境的诗作，则莫过于其绝笔诗《疾亟口占》：

> 六十年中事，伤心到盖棺。不将两行泪，轻向汝曹谈。③

　　此诗为光绪三十年（1904）诗人病危之际的绝笔之作。"六十年中事"是诗人对自己一生的追述与回顾。翁氏出身名门，自咸丰六年（1856）状元及第步入政坛到晚年被褫职编管，数十年间拥有过羡煞旁人的荣耀，也遭遇过险些命丧黄泉的迫害，一生可谓大起大落，历尽沧桑。诗人一生遭遇的辛酸悲楚，直令其弥留之际仍觉伤心，足见其内心之不平。但诗人即便郁愤，也不愿轻弹伤心之泪，其坚毅自持的品行与

---

① 谢俊美编：《翁同龢集》，北京：中华书局，2005年，第898页。
② 王揖唐著，张金耀校点：《今传是楼诗话》，沈阳：辽宁教育出版社，2003年，第3页。
③ 谢俊美编：《翁同龢集》，北京：中华书局，2005年，第924页。

气度由此可见一斑。

值得注意的是，翁氏晚年虽满腔悲愤，郁郁难平，但其抒怀之作中却鲜少出现感情色彩极其强烈的辞藻，即便是发泄情绪也依旧有所控制收敛，颇具朴直敦厚之风。这不仅与翁氏的诗学思想息息相关，更是其一生从政、身居高位所形成的对自我精神品质要求的体现。

变法失败后，百感咸集者有之，乐观无畏者有之，恨恨难平者亦有之。康有为、梁启超、翁同龢作为维新变法的关键人物，因其遭际各异，变法失败后三人迥然不同的心路历程诚可视作乱世中士人思想纷繁多样的典型代表。

第二节　维新变法运动中的诗歌走向

维新变法运动作为精英士人阶层发起的制度变革的尝试，作为统治阶层内部的政治斗争，其影响之大不言而喻。虽然在肃杀甚至恐怖的政治氛围下，诗人大多三缄其口，导致如此影响历史进程的重大事件竟未如此前诸多重大历史事件般在诗坛掀起巨浪，留下较多作品，但就为数不多的维新变法诗歌来看，诗风方面亦自有其鲜明的特色。

一、低吟哀叹抒悲愤

维新变法运动的惨烈后果为诗人群体的内心蒙上了厚重的阴翳，激发了诗人群体的强烈共鸣，悲楚凄婉无疑成为了此间诗坛的主流诗风。首先，由于特殊的政治氛围，从整个维新变法运动出发，悲吟以抒心声的诗人虽然不多，但其诗作皆颇具代表性，如黄遵宪《感事》：

师未多鱼遂漏言，如何此事竟推袁？栢人谁白屏王罪？改子终伤慈母恩。

金玦庮凉含隐痛，杯弓蛇影负奇冤。五洲变法都流血，先累维新案尽翻。

太白星芒月色寒，五云缥渺望长安。忍言赤县神州祸，更觉黄人捧日难。

压己真忧天梦梦，穷途并哭海漫漫。是非新旧纷无定，君看寒蝉噤众官。①

"袁"，指袁世凯。"栢人"，即柏人，《史记·张耳陈馀列传》载："汉八年，上从东垣还，过赵，……上过欲宿，心动，问曰：'县名为何？'曰：'柏人。''柏人者，迫于人也！'不宿而去"②，后遂用为皇帝行止戒备之典。"改子"句，典出《宋史·司马光传》，此处指慈禧太后废除新法。"金玦"句，典出《左传·闵公二年》，晋侯使太子申生伐东山时，佩之以金玦。狐突认为金寒玦离，大为不吉，后引申为君父离弃其子之意。"黄人捧日"，典出《太平御览》，意指国力强盛，朝政清明。这两首诗中，诗人运用大量典故描绘了慈禧太后废除新法后朝廷内暗潮汹涌、众臣缄口不言、士臣人人自危、无辜士人惨遭牵累的境况外，还表达了对国家前途命运的深切忧虑。其中，第一首虽情感含蓄、用典较多，但所用诸典之本事大多结局悲惨，诗人之心境不言而喻。第二首，诗人以"月色寒""神州祸""压己真忧""穷途并哭"等一系列凄冷衰颓的意象直抒胸臆，悲凉之意充溢于字里行间。郑孝胥《九日虎坊桥新

① 陈铮主编：《黄遵宪集》（一），北京：中华书局，2019年，第235页。
② 司马迁：《史记》，北京：中华书局，2014年，第3134页。

馆独坐偶成》也抒发了同样的心绪：

> 九日宣南昼闭门，幽花相对更无言。残秋去国人如醉，晚照横窗雀自喧。
>
> 坐觉宫廷成怨府，仍愁江海有羁魂。孤臣泪眼摩还暗，争忍登高望帝阍。①

变法失败后，郑孝胥乞假南归，此诗即为乞假得允第二日所作。变法失败后，慈禧太后曾下令在京城中大肆搜捕维新人士，"宣南昼闭门"当指此事，同时也点出了当时恐怖的政治氛围。郑孝胥身为维新人士，面对后党的残酷镇压时，曾身先士卒与之斗争，勇气可嘉。此番乞假南归，除避祸自保外，"坐觉宫廷成怨府"应当也是一个重要的原因。变法失败后，诗人高昂的政治热情备受打击，心灰意冷。眼见后党当道事无可为，自己的理想抱负无法施展，诗人只能自比"孤臣"，怀着"中心如醉"的心绪踏上南归的旅程。正因如此，平日再寻常不过的景色在诗人眼中也成为了"残秋""晚照"，在全诗悲苦的基调之外又平添了几分凄清之意。

其次，变法失败后诗人避忌颇多，不平难鸣，但六君子惨烈的下场以及大量士臣惨遭惩处的不幸结局却为诗人在森然冷峻的政治氛围下开辟了一条新的宣泄情绪的出路，于是许多题咏被难君子和见弃官员的诗歌应运而生，这也是导致此间诗坛悲郁之风弥漫的又一重要原因。

"戊戌六君子"被难后，许多诗人皆赋诗悼念。如沈曾植《野哭》：

> 野哭荒荒月，灵归黯黯魂。薰莸宁共器，玉石惨同焚。

① 郑孝胥著，黄珅等校点：《海藏楼诗集》，上海：上海古籍出版社，2014年，第89页。

世界归依报，衣冠及祸门。嵇琴与夏色，消息断知闻。①

沈曾植（1851—1922），字子培，号乙盦，晚号寐叟，浙江嘉兴人。光绪六年（1880）进士，官刑部主事。康有为开展各项维新活动时，沈氏襄助颇多。戊戌政变后，幸未被祸及。宣统二年（1910）辞官归里，后以遗老身份居于上海。钱仲联先生校注沈集时曾指出："此诗盖哭刘光第者。公与光第，刑部同官也。"②"薰"，香草名；"莸"，臭草名。二者不可同器而处，此处指维新党士人与顽固派难以相容。"玉石"句，谓维新党人死不得其所，极尽痛惜之意。"衣冠"，代指士大夫。"嵇琴"，指嵇康临刑自若，索琴奏《广陵散》之事；"夏色"，即夏侯玄被处斩时举动无异，从容受刑之事。是诗首联便奠定了全诗悲痛的情感基调，进而以典故叙刘光第之惨死，传达出诗人对刘氏深重的惋惜之情。

"戊戌六君子"虽为各自之师友亲朋赋诗悼念，但其中追怀林旭之作尤多。如严复《古意》：

情重身难主，凄凉石季伦。明珠三百琲，空换坠楼人。③

是诗原注曰："伤林暾谷旭也。"④"石季伦"，即石崇，字季伦。"琲"，成串的珠子。孙秀向石崇索要其宠妾绿珠未果，因而诬其为乱党。石崇身死，绿珠坠楼而亡。此诗言辞切切，诗人借石崇之典长抒惋惜之情，用以追念挚友，恰切之外亦颇感人。

赋诗悼念林旭的众多好友中，诗作数量最多，情感最为动人者，当

① 沈曾植著，钱仲联校注：《沈曾植集校注》，北京：中华书局，2001年，第195—196页。
② 沈曾植著，钱仲联校注：《沈曾植集校注》，北京：中华书局，2001年，第195页。
③ 王栻主编：《严复集》第2册，北京：中华书局，1986年，第363页。
④ 王栻主编：《严复集》第2册，北京：中华书局，1986年，第363页。

属李宣龚。李宣龚（1876—1952），字拔可，号观槿，又号墨巢，福建闽县（今福州）人。光绪二十年（1894）中举，后官至江苏候补知府，宣统元年（1908）引疾去。李宣龚一生交游广泛，同辈友人中与林旭最为亲厚。二人何时相识，已不可知。但二人相识后，常以文学政事相砥砺，结下了深厚的情谊，堪称文字骨肉。"自戊戌政变，钩党祸作，昔之密迩暾谷者多以藏其文字为危，不匿则弃，惟恐不尽"①，但李宣龚却冒着生命危险收集其诗作并刊刻，甚至多年后听到他人提及林旭，依然哽咽不已。二人情谊之深，可见一斑。1898 年，李宣龚得知林旭的死讯后悲痛不已，遂赋《哀暾谷》悼之曰：

> 孤生寡所欢，往往叹气类。宁知哭死眼，遽乃及晚翠。平时略细行，未尽可人意。遂令授命日，四海谤犹沸。丘山挽不前，毫末岂所计。狂药眩举国，觉痛旋复醉。改弦非尔力，构衅但取忌。肝脑所不吝，天日有无二。顾或引之去，感语动涕泗。小臣自愚暗，君难安可弃。衣冠赴东市，嫉恶犹裂眦。似怜黄鸟章，临终徒惴惴。吾子有今日，夙愿百已遂。当贺更以吊，自反觉无谓。愿收声彻天，愿忍彻泉泪。敢以朋友私，辱君死君义。寒风今九月，忠骨返郊次。孤嫠泣淮水，一叔怆山寺。忽闻颍儿歌，恐伤侍中志。行当谋速朽，种梓待成器。②

诗人认为，在积贫积弱国政崩坏的当下，忧心社稷者确实不在少数。轰轰烈烈的百日维新运动虽刺痛了国人麻木的神经，但绝大多数人

---

① 李宣龚：《晚翠轩诗序》，见李宣龚著，黄曙辉点校：《李宣龚诗文集》，上海：华东师范大学出版社，2009 年，第 338 页。

② 李宣龚著，黄曙辉点校：《李宣龚诗文集》，上海：华东师范大学出版社，2009 年，第 7 页。

却"觉痛旋复醉"，依然故我。相较之下，如林旭般致力维新，"肝脑所不吝"的士人更加可贵。无奈此时清王朝之衰朽已是积重难返，林旭纵有一腔热情，却"改弦非尔力"。但对于林旭因维新运动流血身亡，诗人却赞赏他"吾子有今日，夙愿百已遂"，认为他死得其所。全诗一字一句皆自肺腑而出，凄恻哀婉，诚可视作一篇诗传。全诗除哀悼林旭之外，言辞间更充满了对清王朝的控诉。

除《哀暾谷》外，悼念林旭的诗句在李宣龚的诗集中更是俯拾皆是。如"晚翠轩中人已亡，夜梦见之涕淋浪"①，足见怀念之深。又如"花前对酒成追忆，水上闻钟岂再逢"②，诗人想起昔日共植的花木已蔚然成荫，自己与林旭却阴阳相隔，再无"花前对酒"之乐，对友人深深的怀念再度涌上心头。甚至多年后再读林旭之诗，依然为之不平道"不甘党籍言尤在，欲报君恩志未伸"③。

除悼念死难诸君外，诗人们也为惨遭牵累的士人撰构了许多风格沉郁的诗篇。翁同龢作为名臣，一朝见弃，引起了诗人极大的关注与同情，因而为之赋诗者良多。如郑孝胥《暮寒（四月二十七日感事）》：

> 宫中二圣自称欢，沧海归人感暮寒。旅力既愆时竟失，风波垂定事尤难。
>
> 是非坐共微言绝，恢复终凭老眼看。料得泪痕浪渍笔，

---

① 李宣龚：《读涛园祖舅手书，语意深重，念及弱体，感赋呈寄》，见李宣龚著，黄曙辉点校：《李宣龚诗文集》，上海：华东师范大学出版社，2009年，第8页。

② 李宣龚：《遇淮北友人，有能道南堤故事者，知手植花竹俨然成阴，而予与暾谷遽有生死之隔，不自知其情之哀也》，见李宣龚著，黄曙辉点校：《李宣龚诗文集》，上海：华东师范大学出版社，2009年，第12页。

③ 李宣龚：《读晚翠轩遗札有感》，见李宣龚著，黄曙辉点校：《李宣龚诗文集》，上海：华东师范大学出版社，2009年，第130页。

卅年密记在《金銮》。^①

诗下自注曰:"韩偓有《金銮密记》五卷。"^②《金銮密记》乃韩偓晚年追述其在翰苑参与机密之事的作品,因亲身经历,故而记叙十分详切。以此比附翁同龢四十余年的政治生涯,极为贴切。四月二十七日为翁同龢生日,听闻翁氏被逐,诗人只能将满腔不平与心寒付诸诗笔,抒发对翁氏归乡的惋惜之意。张謇闻听此事后,亦作《奉送松禅老人归虞山》诗以抒同情:"兰陵旧望汉廷尊,保傅艰危海内论。潜绝孤怀成众谤,去将微罪报殊恩。"^③

二、昂扬激荡著新声

维新变法失败虽然使得诗坛充溢着悲郁之气,但仍然有一些诗人敢为人之先,在世纪交替之际发出与诗坛低沉的气象对比鲜明的激昂呐喊。

戊戌元旦,发生日食。在中国传统的"天人感应"的思想中,此次日食自然而然地被定性为凶兆。尽管西学已传入多年,电报、轮船等西方事物已屡见不鲜,但就连走在时代前列的维新人士对此天象也满怀忧虑。对此,林旭赋诗道:"倚阑云起乱鸦呼,黯黯西山望未无。乍入暗虚催夕景,还连风色散平芜。主忧避殿当元日,臣职操兵见啬夫。如我闲官神所笑,何祥欲问自疑迂。"^④是日,因日食之故,光绪皇帝一改在

---

① 郑孝胥著,黄珅等校点:《海藏楼诗集》,上海:上海古籍出版社,2014年,第84页。
② 郑孝胥著,黄珅等校点:《海藏楼诗集》,上海:上海古籍出版社,2014年,第84页。
③ 李明勋等主编:《张謇全集》第7册,上海:上海辞书出版社,2012年,第107页。
④ 林旭:《戊戌元日江亭即事》,见谭嗣同等撰:《戊戌六君子遗集》,桂林:广西师范大学出版社,2019年,第281页。

太和殿迎新之旧例，改御乾清宫接见百官。此举不仅加深了诗人心中的疑虑，同时也激发出诗人对国势阽危的隐忧。

面对同样的日食，黄人所赋《元日日蚀诗》则与林诗之低沉截然不同，亦与政变后诸家之哀吟迥异。钱仲联曾盛赞此诗云："摩西《元日日蚀诗》，最为奇作，虽使卢仝、徐积、刘基执笔，亦不能过。诗作于光绪戊戌，指斥金轮，语意极显，诗家之董狐也。"[1]诗云：

> 皇帝二十四年虽在戌，告朔礼成初纪律。……不料怪事发，烦冤啼血盆。老晴陡阴晦，白昼成黄昏。……奈何红沙金屑塞天地，坐令九州亿族糊其眶？佞口善粉饰，似云交食轨有常。母子相食极人变，日为月蚀岂吉祥。日自救不遑，乃与世人商。扣橥扪籥者，献策何周详。……草莽臣某罪万死，稽首拜手上告日宫天子：金鼓不必鸣，金蓖不必灵，臣有一方可治天眼睛。……愿帝一一空治之，贤于十百池上之水千空青。第一东方龙，叨长诸鳞虫。当日借雷雨，今日成痴聋。……南方火鸟尾秃速，汝与日乌非异族，天市为巢，天仓啄粟，嘻嘻出出良非福。……西方号于菟，牙爪有若无。狗肉醉且饱，梦见羊踏蔬。一目睥睨一目眇，反思献媚心月狐。……老龟最畏事，自负藏身智。首尾一缩即枯骨，七十二钻无可使。喜晦羞明本性然，见日被食反得志。……明德新民日熏沐，不许沴氛淫气纤毫留。帝纳刍荛，布新除旧。三台四辅，焕彻左右。群星坏政，或黜或宥。九日失色，退处列宿。姑释勿问，以备四守。月卜其夜，日卜其昼。各安其位，不相刺谬。天眼复完，永烛宇宙。[2]

---

[1] 钱仲联：《梦苕庵诗话》，济南：齐鲁出版社，1986 年，第 238 页。

[2] 黄人著，江庆柏等整理：《黄人集》，上海：上海文艺出版社，2001 年，第 188—190 页。

　　黄人（1866—1913），原名振元，中岁更名黄人，字慕西，江苏昭文县（今常熟）人。其诗词敢于批判社会现实，常抒发自己立志救世却壮志难酬的愤懑，诗风奔放横逸、雄奇瑰丽，此诗堪为代表。对于此诗之内涵，钱仲联先生的解读颇为独特恰切："诗中日指光绪帝，月指孝钦后。东方龙当指恭亲王，是时为军机大臣，即于是年四月薨。南方火鸟当指崧蕃，满洲人，是时方为云贵总督。西方于菟或指荣禄，曾为西安将军。北方老龟似指王文韶，是年初入赞军机，清史稿本传称其更事久，明于趋避，与诗语相合。"①

　　黄人此诗想象奇谲，辞采瑰丽，缤纷变幻，不拘常法，颇类李贺之风。在黄人笔下，帝后党争化作了蚀日之月，祸国殃民之佞臣也变成了群星乱象。以天象铺写晚清政局，其想象不可谓不奇峭。其中，诗人对慈禧乃至后党的指斥与挞伐之强烈，不仅远非一般诗人以黄台之典喻母子失和可比，在整个维新变法诗潮中更是无出其右。当然，黄人此番慨叹诚不能视作革命之先声，但他对封建王朝的腐朽认识程度之深，对国家命运走向的思考，已远远走在时代前列，这恰恰是这一时期士人阶层最宝贵的思想新变的萌芽。

　　真正令此思想萌芽破土而出的则是梁启超。维新变法的失败并未令梁启超失志衰颓，反而令其理性思考，将目光投向更广阔的世界。在日本蛰居一年后，梁启超决意"适彼世界共和政体之祖国，问政求学观其光"②，踏上了赴美的旅途。途中，梁氏有感于新世纪即将到来，特赋《二十世纪太平洋歌》以宣告新时代的来临，诗曰：

　　　　亚洲大陆有一士，自名任公其姓梁。尽瘁国事不得志，

---

　　①　钱仲联：《梦苕庵诗话》，济南：齐鲁出版社，1986年，第241页。

　　②　汪松涛编著：《梁启超诗词全注》，广州：广东高等教育出版社，1998年，第41页。

断发胡服走扶桑。扶桑之居读书尚友既一载，耳目神气颇发皇。少年悬弧四方志，未敢久恋蓬莱乡。誓将适彼世界共和政体之祖国，问政求学观其光。乃于西历一千八百九十九年腊月晦日之夜半，扁舟横渡太平洋。……蓦然忽想今夕何夕地何地？乃是新旧二世纪之界线，东西两半球之中央。不自我先不我后，置身世界第一关键之津梁。胸中万千块垒突兀起，斗酒倾尽荡气回中肠，独饮独语苦无赖，曼声浩歌歌我二十世纪太平洋。……吁嗟乎！今日民族帝国主义正跋扈，俎肉者弱食者强。……惟余东亚老大帝国一块肉，可取不取毋乃殃。五更肃肃天雨霜，鼾声如雷卧榻傍。诗灵罢歌鬼罢哭，问天不语徒苍苍。……我有同胞兮四万五千万，岂其束手兮待僵！招国魂兮何方？大风泱泱兮大潮滂滂。吾闻海国民族思想高尚以活泼，吾欲我同胞兮御风以翔，吾欲我同胞兮破浪以飏！……纬度东指天尽处，一线微红出扶桑，酒罢诗罢但见寥天一鸟鸣朝阳。[1]

　　处此世纪更迭之时，置身于东西半球、新旧大陆连接之处，环视烟波浩渺的大洋，耳闻奔涌不息之惊涛，不由令诗人心潮澎湃、情思万千。是诗汪洋恣肆，气势恢宏，传达出诗人热切希望我同胞因时乘势，先"招国魂"，进而"御风以翔""破浪以飏"的美好希冀。由于作诗时间地点的特殊性，其象征意义不可谓不大。此诗积极昂扬之意，不仅为阴影笼罩下的诗坛带来了一抹亮色，诗人字里行间热切迎接新时代的积极态度，更显示出诗人对国家民族命运的新的探索，和勇敢迎接未来更大的改革乃至巨变的勇气与信心。

---

①　汪松涛编著：《梁启超诗词全注》，广州：广东高等教育出版社，1998年，第41—44页。

第八章

"庚子"之诗与诗中"庚子"

　　基督教东传，由来已久。自第一次鸦片战争起，传教士便伴随着英国侵略者大量涌入中国。尤其是1858年签订的《天津条约》中明文规定允许外国传教士在中国传教且享有大量特权后，洋教士摇身一变，从此前单纯的传教者瞬间化身为宗教文化的传播者和受不平等条约保护的侵略者。一方面，他们以不平等条约作为护身符在神州大地四处横行，无孔不入地推行"中华归主"的概念；另一方面，西方侵略者也注意到了他们特殊的身份，开始有意识地对他们在中国的传教活动加以利用，期盼将传教士们深信不疑的"中华归主"现实化为殖民地。于是，19世纪后半叶，除坚船利炮的西方侵略者之外，身披教士服、手持福音书的传教士也加入侵略中国的行列中。《圣经》与大炮同时成为西方列强侵略中国最重要的工具。

　　在不平等条约的庇护下和强大武力的支撑下，洋教士们开始在中华大地上肆无忌惮地横行开来。他们所到之处，霸占土地，强买强卖，网罗入教，劫掠财富，包揽诉讼，欺凌百姓，累累恶行罄竹难书。教堂所在，俨然成为凌驾于各个地方政权之上的权力中心，成为散布于各地的"国中之国"。列强对中国日益加深的侵略和洋教士的横行无忌，激起了民众的强烈反抗，进而演变成席卷全国的轰轰烈烈的义和团运动。在新旧世纪交替的庚子年（1900），当全社会还沉浸在变法革新不幸夭折的痛苦中，挣扎于实际统治者倒行逆施的夹缝中，中外矛盾已空前激化。朝廷内部，权利角逐也异常惊险。政治天平向保守派的倾斜使其试图通过控制义和团运动来达到政治目的，但最终却导致列强联手入侵，中华民族陷入空前的亡国灭种危机之中。

在中外矛盾和错综复杂的国内矛盾的双重刺激下，诗坛爆发了晚清诗史上最后一次爱国诗潮。由于诗人的阶级差异和立场不同，庚子事变诗歌的多样性可谓冠绝晚清。大型组诗之多、题材范围之广、诗史意味之强、诗人心史之复杂等共同书就了晚清诗史最后的辉煌。

第一节　庚子事变中的诗人心态

拳乱突起，骤然开战，联军入侵，两宫西狩，京城沦陷，巨额赔款……短短数月内，山飞海立的剧变给诗人内心造成的强烈冲击远胜于前番数次重大历史事件。诗人心头积郁的痛楚、焦虑、愤怒、愧疚等情绪喷涌而出，化为内涵丰富的诗篇，书写了一代文人悲壮的心史。

一、痛忧国变，颂忠刺奸

剧变发生后，面对京城内断壁残垣、残破衰颓之状，诗人寸心如割之痛时刻流露于字里行间：

> 皇京一片变烟埃，二百年来第一回。荆棘铜驼心上泪，
> 觚棱金爵劫余灰。

蜾蛉果蠃终谁抚，猿鹤沙虫总可哀。只望木兰仍出狩，
銮舆无恙贼中来。①

血与火的劫难后，京城内繁华不再，遍地劫灰。家园既覆，时代的风云、战争的烽烟、死难者的血泪重重敲击着诗人的内心，故而诗语中充满着烧杀抢掠、铜驼巷陌、荒烟蔓草、猿鹤沙虫的乱世景象，交织着国破家亡和"二百年来第一回"的震惊与哭嚎。哀痛之外，诗坛同样为浓重的忧惧之气所笼罩，如李崇瑞笔下的怆怀之音：

破碎河山泪滴残，小朝廷已就偏安。虚糜缯帛输回纥，
枉费金钱赂契丹。
兆庶可怜罹浩劫，百僚无计挽狂澜。庙堂衮衮从亡客，
屏息都从壁上观。②

浩劫过后，山河破碎。民族危亡之时，两宫出逃，苟安他乡，弃黎民江山于不顾；满朝文武尸位素餐，胆小怕事，置身事外。面对此情此景，诗人不由得产生了朝廷行将覆亡的念头，对国家前途命运的担忧与恐惧充溢于字里行间。

惨目伤心外，对忠臣良将的讴歌赞赏，对佞幸权奸的谴责批判同样是诗人心史的重要组成部分。诗人对文臣的激赏，主要集中于袁昶、许景澄、徐用仪等人身上：

---

① 黄遵宪：《述闻》，见陈铮主编：《黄遵宪集》（一），北京：中华书局，2019年，第257页。
② 李崇瑞：《庚子初秋拳匪之乱京师沦陷两宫西幸除夕挑灯孤座怆怀有作》，见阿英编：《庚子事变文学集》（上），北京：中华书局，1959年，第180页。

　　浮云惨淡日无光，冤愤填膺郁不凉。三疏有痕皆血泪，双魂无路叩天阍。

　　未除冠带先骈首，即断头颅胜热肠。地下相逢应一笑，群奸显戮懔王章。①

　　对于袁、许二人，诗人先赞其死谏的大无畏之举，再赞二人骈首就戮时凛然赴死之气节。二人之死虽是政治悲剧，但在朝廷内极大地伸张了正气，加之二人之死为权臣构陷，更使得士人阶层群情激愤。因此，诗人对这些荩臣愈发推崇。

　　若论对武将的赞颂，则莫过于诗人延清。延清（1846—？），字子澄，又作紫丞，号铁君，晚号阁笔老人。1846年生于镇江，少年痛失双亲，寄居姑父家中，勤勉于学。同治十二年（1873）举人，次年进士登第，历掌工部都水司、屯田司、宝源局等，政绩卓著，屡迁至文职六班大臣。清亡后，广结友朋，倾心翰墨，自得其乐。庚子事变期间，诗人亲见亲历了这一国难，赋诗七卷计三百余首，命名为《庚子都门纪事诗》，全面记录了清末的乱世景象。延清《庚子都门纪事诗》中，专有44首记录爱国勇士忠勇业绩的"表忠诗"。在这类诗歌中，延清塑造了大量舍生取义的爱国将士的形象。面对战祸，他们"阖户或仰药，举家多悬罗。或葬燎原火，或投深井波"②，其大无畏的牺牲精神给诗人以极其强烈的震撼。延清其人，笔力朴拙而劲道，诗作皆凝练而传神，绝无鸿篇巨制，刻画人物形象时手法多变。首先，诗人往往以寥寥数笔勾勒出所述武将最主要的性格特点，即便延展，仍不蔓不枝，短短数句间便

---

① 无名氏：《庚子时事杂咏二十二首·袁许惨祸》，见阿英编：《庚子事变文学集》（上），北京：中华书局，1959年，第150页。

② 延清：《纪事杂诗三十首》，见《清代诗文集汇编》编纂委员会编：《清代诗文集汇编》第765册，上海：上海古籍出版社，2010年，第154页。

能完成人物的诗化速写，故而其笔下人物形象皆立体而丰富。比如备受诗人尊崇的聂士成在延清笔下便别具特色：

> 战败阵云收，将军誓断头。臣心余肮脏，士口任沈浮。
> 绩勒辽东晚，魂归皖北秋。那能为厉鬼，海上苦虔刘。①

　　此诗四联，每联均勾画出聂士成一种鲜明的性格特征。首联，在铺陈了战败的场景后，诗人以"誓断头"三字彰显了聂将军绝不服输、视死如归的英雄气魄。颔联，聂士成受朝臣弹劾时，并无辩解，反倒摆出了一副"士口任沈浮"的态度，诗人借此大赞其光明磊落，坦荡赤诚。颈联，追述将军功业，赞其厥功甚伟。尾联，以其忠魂永在来升华前三联刻画的人物形象。全诗紧凑洗练，言约意丰。又如诗人对副都护凤翔英勇事迹的撰述：

> 鏖战师原雾雨黄，早拌马革裹沙场。乘风船下如王濬，
> 返日戈回匹鲁阳。
> 三跃阵前惊堕马，一麾道左耻牵羊。将星夜半营门落，
> 痛惜将军呕血亡。②

　　凤翔，官黑龙江副都统。时俄军大举进攻，都统令全军迎敌，亲自督战前线，奋勇杀敌。都统身先士卒，左腿右臂皆受枪伤，堕马三次，回营后呕血数升而亡。与颂扬聂士成时采用的笔法不同，诗人此时将人

---

　　① 延清：《聂功亭军门士成》，见《清代诗文集汇编》编纂委员会编：《清代诗文集汇编》第765册，上海：上海古籍出版社，2010年，第190页。

　　② 延清：《凤集庭副都护翔》，见《清代诗文集汇编》编纂委员会编：《清代诗文集汇编》第765册，上海：上海古籍出版社，2010年，第193页。

物置于动态的战争片段中，通过叙述其勇敢迎敌、"三跃阵前"、不幸堕马、呕血而亡等事迹来刻画其人物形象。如果将刻画聂士成形象的笔法称为人物速写，那么歌颂凤翔的诗句则可看作一幅幅写实的连环画。这些画面接续起来，读者似乎看到了一位冲锋陷阵，与敌人殊死搏斗而不幸殒命的英雄形象。除多变的描写手法外，延清对英雄人物也有直抒胸臆的赞赏，如裕禄战死后其子闻讯仰药一事，诗人便不吝笔墨地称赏道："家世传忠孝，恩纶哲嗣称。"[1] 这些饱蘸痛惜与哀悼之情的诗篇灌注着诗人浓厚的爱国情怀，更是诗人用以张扬民族正气、激励国人斗争的利剑。

诗人对奸佞的挞伐，笔锋犀利，毫不留情，如高树在《金銮琐记》中对刚毅的揭露：

> 祸国殃民唤奈何，阍门纳贿进鸢坡。他年编辑奸臣传，开卷惟君笑柄多。
>
> 刚毅由粤抚入京，祝太后寿，献各国大小银钱于李阉，约计千余元，全球略备，无一雷同，大得阉欢心，遂为太后宠任。其人不学无术，语多可笑，如橐记之，亦国史之材料。[2]

刚毅不学无术，笑柄之多可以橐记之，却能凭借贿赂阉宦李莲英而获得慈禧太后宠幸，足见朝廷之黑暗。大学士徐桐因嫉恶西学，力主废光绪帝，不择手段攻击新党等行径也遭到了胡思敬的谴责：

---

[1] 延清：《裕寿山制军禄》，见《清代诗文集汇编》编纂委员会编：《清代诗文集汇编》第765册，上海：上海古籍出版社，2010年，第188页。

[2] 阿英编：《庚子事变文学集》（上），北京：中华书局，1959年，第141页。

曾披黄罗护东宫，负扆图留画室中。壮不如人甘伴食，暮年偏欲攘边功。①

光绪五年（1885），吴可读请为同治立嗣，时任礼部尚书的徐桐刚正直言，赞同吴氏所请，使大统有归。及议立溥儁时，徐桐则一改此前刚直不阿的言行，与崇绮等人狼狈为奸。诗下小注曰："徐桐以大学士兼上书房总师傅，位望虽尊而事权不属，伴食中书者凡十余年。"②诗人看穿了徐桐投机弄权的本质，道其壮年无所作为，暮年却如此不择手段地建功立业，嘲讽之意溢于言表。

在以往的历次爱国诗潮中，哀兵怯将常常是诗人批判嘲讽的重点，但在庚子事变爱国诗潮中这类诗歌却并不多见。随着时间推移，自鸦片战争以来，诗人对洋人实力之强、朝廷国力之弱的认知愈发清晰。特别是庚子事变中，洋人破城速度之快，武器之先进，杀戮之残忍，彼此实力悬殊之大等更令诗人心惊。在此情况下，诗人对仓惶间被迫迎敌的清军将士的理解、同情远大于期望，因而一改此前挞伐、讥刺的传统，诗作中反而寄寓了更多的痛惜与哀悼。

二、愧疚自责，寻求平衡

庚子事变以来，生灵涂炭、国破家亡的惨剧激起的不仅是诗人的悲郁痛愤之情，同时也唤起了他们对家国天下强烈的责任感。但在剧烈的国变面前，个体何其渺小，对于现状的无可奈何使诗人内心充溢着愧疚与自责。诗人无能为力之下，只能将内心的痛楚倾泻于笔端，赵柏岩

---

① 胡思敬：《驴背集》，北京：北京古籍出版社，1990年，第110页。

② 胡思敬：《驴背集》，北京：北京古籍出版社，1990年，第110页。

《感事》一诗堪称这类诗作的代表：

> 秉国何人百政乖，中原从此祸无涯。忽传白旆摇津海，忍睹红巾集洛街。
>
> 纵火残民新劫运，谭神说怪古奇谐。回天无力惭君父，泪洒铜驼空感怀。①

赵炳麟（1873—1927），字竺垣，号养真子，晚号清空居士，广西全州县人。赵氏幼承庭训，聪颖好学，22 岁即中进士，曾参与"公车上书"活动。历任都察院侍御史等职，不畏权贵，蹈厉奋发，为时人称赏。赵氏生活的时代，是中华民族充满痛苦、耻辱与灾难的时代，诗人虽痛感"中原祸无涯"，但面对八国联军"白旆摇津海"，义和团"红巾集洛街"的国难，也深知回天无力。作为士人阶层的一员，在忧国忧民思想与忠君思想的深刻影响下，诗人不禁发出了"回天无力惭君父"的悲吟，诗中满是惭愧。与之类似的还有延清的诗作：

> 且喜京畿渐坦迤，夕阳好未下西陂。晚禾得雨多遗穗，残菊经霜有傲枝。
>
> 牢已亡羊须即补，巢犹栖鹊不曾移。兴怀家国无穷事，独立西风雨泪垂。②

议和始成，局势渐趋稳定，诗人乐观欢喜，甚至将如此重大的国

---

① 赵炳麟著，余瑾等校注：《赵柏岩诗集校注》，成都：巴蜀书社，2010 年，第 41 页。

② 延清：《秋日感事用杜少陵秋兴八首韵》，见《清代诗文集汇编》编纂委员会编：《清代诗文集汇编》第 765 册，上海：上海古籍出版社，2010 年，第 165 页。

变视作兴邦振国的契机，鼓励朝廷亡羊补牢。但作为一名忠君爱国的士人，每每怀想起江河日下的国势，回忆起接连不断的国难，诗人仍不免"独立西风两泪垂"，以未能全力报国、振衰起敝而自责不已。

正当举国惨目伤心时，赛金花出现在了诗人的视野中。赛金花其人，清末民初之人多有记载，内容不外乎赛氏与八国联军统帅瓦德西之往来，《清稗类钞》中的记述可谓言简意赅："苏妓赛金花，即傅新宝，亦即曹梦兰，尝嫁洪钧，有状元夫人之称。洪奉命使德，从之往，遂能操德语。洪卒，傅行，乃重入女闾，辗转至京师。庚子拳匪之祸，时八国联军统领德帅瓦德西入城，数数招傅往，备极绸缪，惟傅言是听。乃请保护大内，并约束诸将，勿使任意劫掠，瓦从其言，都人因之多所保全。"① 这一说法的广泛流传极大地激发了诗人的创作热情，一时间歌咏赛氏之诗大量出现，造就了庚子事变爱国诗潮中最独特的亮点之一。在众多作品中，以樊增祥《后彩云曲》最为著名：

> 言和言战纷纭久，乱杀平人及鸡狗。彩云一点菩提心，操纵夷獠在纤手。肭篋休探赤仄钱，操刀莫逼红颜妇。始信京城哲妇言，强于辩士仪秦口。后来虐婢如蝮虿，此日能言赛鹦鹉。较量功罪相折除，侥幸他年免环首。……女闾中有女登徒，笑捋虎须亲虎额。不随盘瓠卧花单，那得驯狐集金阙？……朝云暮雨秋复春，坐见珠盘和议成。……太息联邦虎将才，终为旧院娥眉累。②

---

① 徐珂编撰：《清稗类钞》第一册，北京：中华书局，2010年，第459—460页。
② 樊增祥著，涂晓马等校点：《樊樊山诗集》(下)，上海：上海古籍出版社，2004年，第2043页。

又如龙顾山人在《庚子诗鉴》中对赛氏的歌咏：

鸡肋当权得免无，朝官琐尾辱泥涂。乞怜争拜榴裙底，阿赛居然女丈夫。

赛旧名彩云，尝侍洪文卿侍郎，文卿使德，俾从往，摄行阃政。因与联帅瓦德西有旧。至是复相遇，瓦深昵之。尝欲纵火宫禁，尽取宫中物，以赛言而止。每为人营救辄获解。亲贵有危急事，亦争求之。所居曰赛寓，人呼以赛二爷，若巾帼而须眉者。①

此外，胡思敬、林旭、狄葆贤等诗人亦争相赋诗，多有赞誉。

表面来看，诗人群起咏赛金花事乃是对承托红粉叹兴衰的诗史传统的赓续，追本溯源，则是寻求心理平衡的选择。无论是樊增祥，抑或是龙顾山人，笔下的赛金花都是不顾一己之身尽力劝解瓦德西、保全都城的女英雄，加之其复杂的人生经历，更是在不知不觉间被塑造成了传奇人物。美化、传奇化赛金花的同时，诗人笔下的瓦德西也由凶狠残暴、不可一世的联军主帅变成了贪恋美色、可任赛氏摆布的愚昧之人，一句"太息联邦虎将才，终为旧院娥眉累"充分体现了瓦德西无能的特质。时局蜩螗、国势阽危，诗人多有报国之心但苦于无报国之门，只能眼看着繁华的京都沦于联军的铁蹄之下，其心理失重自不待言。而在山河失色、百事可哀的情况下，能有这样一位救万民于水火、护百姓以周全，甚至轻易征服敌军统帅的"女英雄"出现，对于乱世中心理失重的诗人来说，无疑起到了极大的抚慰与缓冲作用。因此，以这一题材撰构而成

---

① 中国社会科学院近代史研究所编：《义和团史料》（上），北京：中国社会科学出版社，1982年，第88页。

的独特诗篇，诚可视作诗人饱受现实折磨却无可奈何后，转向文学世界寻求心灵慰藉与平衡的方式与手段。

三、呼吁改革，奋然思变

历经丧乱后的士人，无论从心理上还是情感上都亟需一个强有力的领导集团作为其精神支柱。往昔种种虽令诗人无比清醒地认识到了朝廷的无能与腐败，但在侵略者的折磨下，在根深蒂固的忠君爱父观念的影响下，众多诗人又再度寄希望于清政府，盼其锐意进取，一雪前耻。如魏仲青在《即席赠陈梅生侍御》中期盼道：

> 乱后相逢悲复欢，张灯酺饮漏声残。豪情减却空回首，时事思量转浩叹。
> 要识亡羊牢待补，宁徒禪虎色犹寒。圣明在上开言路，匡济期君策治安。①

诗人认为，经此大乱朝廷应当"要识亡羊牢待补"，并期望君王能广开言路、匡扶时艰、定国安民。诗人不仅对朝廷抱有信心，同时对自身也有所要求，例如赵必振就认为"志士悲秋沉暗久，披图重起扩尘昏"②，在国家危亡之际，志士应当挺身而出，有所担当，立志廓清寰

---

① 《清代诗文集汇编》编纂委员会编：《清代诗文集汇编》第792册，上海：上海古籍出版社，2010年，第192页。

② 赵必振：《奉题庚子纪念图》，见阿英编：《庚子事变文学集》（上），北京：中华书局，1959年，第163页。

宇；再如江东旧酒徒"会看群贤济中兴，时乎时乎不可失"①之语，则督促群贤当抓紧机会，力济时艰，再图中兴。

此前，戊戌变法的失败及"戊戌六君子"的惨痛结局给诗人内心蒙上了巨大的阴影，但时至今日，变法再度成为诗人最强烈的诉求。目睹今日之祸，有的诗人痛惜道："谁阻一朝新政令，忽蒙万里苦风尘"②，对戊戌新政十分推崇，认为当年若能坚持当不至经此大祸；有的诗人更直言不讳道："维新待看培基础，雪耻从今洗野蛮"③，认为唯有维新变法，才能一雪前耻。

此外，诗人还对民众有所期望，如"期吾国民四万万，同省山僧知耻图"④，"关心最是山僧画，四万万人永勿忘"⑤等诗句，表明诗人希望国人能万众一心，勿忘国耻，自新自强。

第二节　庚子事变中的诗歌走向

在庚子事变的巨大冲击下，这一时期的诗歌在内容、形制、风格、艺术手法等方面呈现出许多新的特征。

---

① 江东旧酒徒：《题庚子纪念图》，见阿英编：《庚子事变文学集》（上），北京：中华书局，1959 年，第 158—159 页。

② 城南寄庐：《题庚子纪念图》，见阿英编：《庚子事变文学集》（上），北京：中华书局，1959 年，第 159 页。

③ 无名氏：《庚子时事杂咏·吁请回銮》，见阿英编：《庚子事变文学集》（上），北京：中华书局，1959 年，第 153 页。

④ 甬上亦爱吾庐主人：《奉题庚子纪念图》，见阿英编：《庚子事变文学集》（上），北京：中华书局，1959 年，第 164 页。

⑤ 周子炎：《和乌目山僧题庚子纪念图》，见阿英编：《庚子事变文学集》（上），北京：中华书局，1959 年，第 163 页。

一、内容全面丰富

在恢廓宏大的历史背景下，诗人不仅以诗笔记录着时代的巨变与痛楚，更以开阔的视野和敏锐的眼光观察着社会生活，审视着这场巨变中上至王侯将相，下至贩夫走卒的应对方式与生存状态，进而以细腻的笔触勾勒出一幅乱世中纷繁的社会画卷，描绘出千姿百态的众生相。

（一）乱世图景

义和团拳众狂热、愚昧的活动方式造成了极大的社会动荡，加之八国联军报复性的劫掠与杀戮，给本就不甚安定的社会秩序带来了致命的冲击，拳乱与国变中的清王朝可谓乱象丛生。

1. 拳民作乱

"辍耕陇上起枭雄，颇有金田倡乱风"[1]，"明明狂寇似黄巾，竟说中兴好义民"[2]……在诗人眼中，义和团的所作所为与黄巾起义和太平天国并无不同，均是对封建统治构成极大威胁的野蛮匪寇。诗人愤恨、谴责之余，也记录了拳民们烧杀抢掠的一系列暴行。

首先令诗人颇感震惊的便是义和团滥杀无辜的暴行：

> 脱帽欢呼杀二毛，枕囊呓语即兵韬。妖狐大有凭城势，野掠归来血洗刀。
>
> 拳匪谓夷人为大毛，从夷教者为二毛。每人各持一刀，刀必见血，杀人既死，以次轮斫之，不糜烂不止。[3]

---

[1] 胡思敬：《驴背集》，北京：北京古籍出版社，1990年，第138页。

[2] 高树：《金銮琐记》，见阿英编：《庚子事变文学集》（上），北京：中华书局，1959年，第140页。

[3] 胡思敬：《驴背集》，北京：北京古籍出版社，1990年，第113页。

> 一般装束两般情，假假真真辨未明。放火杀人神不管，仙家亦是做聋盲。
>
> 自副都统庆恒全家被害后，奉旨着将义和团分别真伪，严加约束。①

义和团四处杀戮，身居副都统之位的庆恒全家尚且被害，遑论最底层的无辜百姓与教民。拳民杀人后，还要"以次轮斫之，不糜烂不止"，手段之残忍令人发指。随着义和团运动的日渐高涨，拳民的构成也日益复杂，已从最初成员构成相对单纯的乡团组织变成了一支鱼龙混杂的"伪团"，诗人记录曰"分别真伪"，也恰好印证了这一点。对此，荣禄一早便有所察觉，他上奏称："查近来拳教滋事，论拳民本意不过自卫身家，其仇教嫉洋尤见乃心。中国若因有教案一味严拏，不惟虑失民心，兼恐激之生变。持平办法不但于拳民之中当分良莠，而且于匪民之中当分首从，此不易之理也。惟近闻拳会中颇有会匪游勇盗贼之类，借习拳之名以逞其为匪之技者，如焚抢教堂、拆毁铁路、拒捕官兵等事……若既为匪徒，例因严办，而况冒拳名以张匪事乎？"② 义和团声势之浩大使得各个阶层的人都将其视作满足自我私欲的绝佳时机，于是，乞丐、游勇、妓女、无赖、强盗、马贼、赌徒等下层百姓，和尚、喇嘛、道士等宗教人士，士绅、武举、廪生等下层官吏和士人，王公、贝勒、世家贵族等上层统治阶级，以及大刀会、白莲教、八卦教等民间宗教和组织，纷纷借义和团之名为非作歹，达其私欲。成员构成极其复杂的现象，导致义和团拳众的目的不再单纯，更难以领导，最终演变成

---

① 复依氏等：《都门纪变百咏》，见阿英编：《庚子事变文学集》（上），北京：中华书局，1959 年，第 123 页。

② 荣禄：《查拳教滋事片》，见《清代诗文集汇编》编纂委员会编：《清代诗文集汇编》第751 册，上海：上海古籍出版社，2010 年，第 80 页。

一支贻邦害国的邪恶势力。

其次，义和团拳众四处纵火之举也令诗人痛心不已：

> 大栅栏前热闹场，无端一炬烬咸阳。问渠闭火多奇术，
> 为底神灵误主张？
>
> 五月二十日，团民焚烧大栅栏老德记药房，霎时全街俱
> 烬，延及观音寺街、煤市街、廊房头条胡同、二条、三条胡
> 同、西河沿、珠宝市、东西荷包巷，灼及正阳门城楼，计焚两
> 千余家。相传团众有避火之术，至此独不灵验。①
>
> 东林旧院化人宫，烈烈南风逞祝融。听乐重思瓯北记，
> 可怜机巧夺天工。
>
> 京师宣武门内教堂，为明东林书院故址，陌年名构也。
> 赵瓯北《簷曝杂记》述听乐事甚洋，具见机巧。拳众攻之不
> 下，遂纵火焚之。教民数百，男妇老幼无得脱者，焦烂熏蒸，
> 过者掩鼻。②

大栅栏地处古北京城的中心地段，数百年来一直是店铺林立的繁
华商业区。拳民的极端行为不仅导致"全街俱烬"，而且对京城的经济
发展造成了严重影响。相较于一般的西洋事物，义和团对待西洋教堂的
态度则更加激越，手段更加极端。一旦攻打不下，则立即火烧教堂及教
众，男女老幼无一幸免，残暴至极。

---

① 复依氏等：《都门纪变百咏》，见阿英编：《庚子事变文学集》（上），北京：中华书局，
1959 年，第 132 页。

② 龙顾山人：《庚子诗鉴》，见中国社会科学院近代史研究所编：《义和团史料》（上），北京：
中国社会科学出版社，1982 年，第 43 页。

第三，义和团种种愚昧、暴力的行为严重破坏了公序良俗，给京城百姓造成了巨大困扰，是导致社会动荡的首要因素：

烧香供水喊连天，白混青皮一气联。吓杀人家小儿女，纷纷罗拜大门前。

自五月十六日起，每至夜分，满街喊声大作，令各家烧香供水，其势汹涌，居民大惧。①

尺方绛布挂门前，道是仙坛敕令宣。入夜红灯齐照眼，依稀万寿太平年。

团众令居民铺户，各于门首悬一红布。六月十四夜，满街多挂红灯，翌日又复传令禁止。②

家家寒食问何为，一纸纷传禁火期。七夕中秋与重九，古来几个介子推？

团众定期于七月初七、八月十五、九月初九等日，居民铺户，一律不准举火。③

义和团拳众对于自己所尊奉的烧香念咒等一系列迷信行为深信不疑，并为之投入了极其狂热的情感。在从众心理等心理机制的作用下，

① 复依氏等：《都门纪变百咏》，见阿英编：《庚子事变文学集》（上），北京：中华书局，1959年，第119页。
② 复依氏等：《都门纪变百咏》，见阿英编：《庚子事变文学集》（上），北京：中华书局，1959年，第121页。
③ 复依氏等：《都门纪变百咏》，见阿英编：《庚子事变文学集》（上），北京：中华书局，1959年，第133页。

这一盲目崇拜和狂热追逐愈演愈烈，拳民自然而然地将不愿接受或不认同自身行为的广大民众视作仇敌，因而百姓屡屡成为牺牲品。通过诗人的记述可以看到，义和团每至夜晚便大肆喧哗，强令百姓烧香供水，亦或对百姓提出种种荒唐无理的要求，严重干扰了京城百姓正常的生活秩序。

第四，义和团的种种行径带来的不良影响还波及清廷的文教、商业、军事等诸多方面：

> 宏规大起育英才，学贯中西马帐开。笳吹一声弦诵歇，诸生云散讲堂裁。
>
> 京师大学堂经营三载，规模初具，经费若干万，均存道胜银行。自该行被毁，此化为乌有。管学堂大臣遂有裁撤学堂之请。[1]

> 揆文奋武两难兼，郡国新停举孝廉。多少星轺驰驿路，邯郸枕上梦初甜。
>
> 六月二十日，诏停今年乡试，缓至明年三月举行，典试一律召回。[2]

创建于戊戌维新运动期间的京师大学堂，是中国第一所由中央政府创办的综合性大学。成立之初行使双重职能，既是全国最高学府，又是国家最高教育行政机关，统辖各省学堂。庚子国变期间，京师大学堂

---

[1] 复侬氏等：《都门纪变百咏》，见阿英编：《庚子事变文学集》（上），北京：中华书局，1959年，第131页。

[2] 复侬氏等：《都门纪变百咏》，见阿英编：《庚子事变文学集》（上），北京：中华书局，1959年，第131页。

受到义和团运动的极大冲击，经费全无，校舍、图书资料、办学设备等严重损毁，不得已停办。科举制作为封建王朝选拔人才、巩固统治的重要手段，历来为统治者所重视，如今被迫延后，足见义和团运动影响之巨。同样，这股强大的影响力还波及京城的商业：

> 金市银炉劫烬余，凤城阛阓日肖疏。深宫诏许颁官币，四大恒看复业初。
>
> 正阳门之灾，金店炉房并烬，银源顿竭。都人所谓四大恒者，曰恒利、恒和、恒源、恒裕，皆钱业巨擘，同时辍业，群情惶扰。陈庸庵督部时甫任京尹，奏请颁币百万，内府、户部各半，分贷四恒，助其复业。由是危者复安。陈以留守功，数年间擢至兼圻，实肇基于此。[①]

陈庸庵，即陈夔龙，他在《梦蕉亭杂记》中更为详细地记述了正阳门大火后京城商业的衰颓之状："炉房二十余家，均设珠宝市为金融机关，市既被毁，炉房失业，京城内外大小钱庄银号汇划不灵，大受影响。越日，东四牌楼著名钱铺四恒首先歇业。四恒者，恒兴、恒利、恒和、恒源，均系甬商经纪，开设京都已二百余年，信用最著，流通亦最广，一旦停业，关系京师数十万人财产生计，举国惶惶。"[②]义和团肆意纵火的行径导致"银源顿竭"的严重后果，京城商贸几乎陷入停滞状态，最后以清廷紧急调拨银两助其复业而收场。义和团盲目排外的行为严重阻碍了经济发展，更给国家造成了许多不必要的灾难与损失。

---

① 龙顾山人：《庚子诗鉴》，见中国社会科学院近代史研究所编：《义和团史料》（上），北京：中国社会科学出版社，1982年，第47页。

② 陈夔龙：《梦蕉亭杂记》，北京：中华书局，2007年，第22页。

　　义和团肆意妄为之举更引得军士艳羡不已，致使将士不思卫国而急欲操拳，使本就不堪一击的清军更似一盘散沙，黄遵宪《聂将军歌》记述曰："军中流言各哗噪，作官不如作贼好。诸将窃语心胆寒，从贼容易从军难。人人趋叩将军辕，不愿操兵愿打拳。"① 义和团烧杀抢掠的行为在军中造成了极度恶劣的影响，军中人心浮动、消极懈怠，毫无战斗力、凝聚力可言。

　　纵览晚清历史，群体在社会生活变迁中发挥的作用已不容小觑，然而这一现象为清末政治局势与国家命运带来的结果也并非全都尽如人意，义和团运动尤其如此。义和团是以宗教迷信为依托成立的民间组织，拳众便是深受宗教情感影响的群体。这种宗教情感特点鲜明，"比如对想像中某个高高在上者的崇拜，对生命赖以存在的某种力量的畏惧，盲目服从它的命令，没有能力对其信条展开讨论，传播这种信条的愿望，倾向于把不接受它们的任何人视为仇敌。"② 因此，拳众身上便形成了以"盲目服从、残忍的偏执以及要求狂热的宣传"③ 等为特点的群体信念。在此基础上，群体活动又受到外界刺激因素的支配，"根据让群体产生兴奋的原因，它们所服从的各种冲动可以是豪爽的或残忍的、勇猛的或懦弱的，但是这种冲动总是极为强烈，因此个人利益，甚至保存生命的利益，也难以支配它们。刺激群体的因素多种多样，群体总是屈从于这些刺激，因此它也极为多变。这解释了我们为什么会看到，它可以在转眼之间就从最血腥的狂热变成最极端的宽宏大量和英雄主

---

① 陈铮主编：《黄遵宪集》（一），北京：中华书局，2019 年，第 276 页。

② 〔法〕古斯塔夫·勒庞：《乌合之众：大众心理研究》，冯克利译，北京：中央编译出版社，2000 年，第 55 页。

③ 〔法〕古斯塔夫·勒庞：《乌合之众：大众心理研究》，冯克利译，北京：中央编译出版社，2000 年，第 55 页。

义。"①就义和团而言，洋人横行、教案频发使得饱受欺凌的百姓自发聚集并开展自卫斗争，这是义和团成立的主要原因。随着拳民数量日益增多，斗争规模逐渐扩大，义和团领袖便以宗教迷信、民间方术等方式将组织固化，义和团存在的基础也由现实上升到精神信念的层次。在义和团迅速发展的过程中，拳众狂热宣传，四处散布揭帖，对信奉的滑稽可笑的偶像和信条丝毫不加怀疑，甚至偏执地将非拳民的普通百姓视作如洋人般的仇敌。为了向他们灌输义和团的信仰，自然有了前文诗中所述的对百姓的骚扰、屠戮等暴行。当然，义和团作为群体，其行为也是种种刺激因素作用下的结果。前期，义和团疯狂灭洋抗清时，背后的刺激因素是多年来洋人欺压下积攒的仇恨和清政府对其毫不留情的剿杀。在这些因素的刺激下，拳众的行为愈发趋于失控，他们一面杀洋人、屠教民、毁教堂，破坏与西洋有关的一切事物，竭尽所能地对洋人展开疯狂的报复，毫不顾忌为国家和百姓造成的灾难与损失；一面不断反抗对其采取镇压措施的清军，保存实力并谋求壮大。当义和团发展壮大到令清廷无法小觑时，清廷的利用又成了后期义和团"扶清灭洋"行为的刺激因素。此后，义和团不计前嫌，配合清军在抗击洋人侵略的战斗中发挥了一定作用，摆脱了些许此前灭洋行为中的盲目与愚昧，完成了向英雄主义的靠拢，为自身树立了较为正面的形象。诗人笔下义和团造成的一桩桩惨案，一幕幕鲜血淋漓的画面，均是义和团自身特殊群体心理作用下的结果。

2. 侵略军作乱

八国联军入城后，对京城百姓和义和团拳民进行了血腥的屠杀。延清以写实的笔法描绘了京城内触目惊心的惨状：

---

① 〔法〕古斯塔夫·勒庞：《乌合之众：大众心理研究》，冯克利译，北京：中央编译出版社，2000 年，第 25—26 页。

　　　　回戈去睥睨，炸炮轰云霄。悠游旆旍偃，岌岌楼橹摇。
凶锋及一试，额烂头还焦。乞降固非计，万众魂已销。督战不
闻命，白旗空际飘。东隅四门起，敌进如春潮。草木失依附，
难藏狐鼠妖。穷搜遍城社，遇者何曾饶。衣并积尸委，杵随流
血漂。池鱼尽殃及，岂止城门烧。①

　　八国联军攻城之时，清军也组织了相应的抵抗，"虎神营官兵守后
门景山一带，列阵而待，黎明之时，与洋兵鏖战。许久，阵亡士卒甚
多，尸横遍地。炮火来去，将后门轰毁，波及两旁房屋，尽成劫灰。守
安定门者为前吉林将军延茂，知大势已去，遂下城。于是京师内九门全
为英、日、美、俄四国所得，而树其旗帜矣"②，但终究无济于事。"敌
进如春潮"后，凡遇拳民或貌若拳民者，立即开枪射杀。"外城百姓
之逃难，自西而东者，连绵不绝。有略带包裹，有徒手而行，神情丧
沮，惨容悲悼"③，而"皇城之内，杀戮更惨，逢人即发枪毙之，常有十
数人一户者，拉出以连环枪杀之。以致横尸满地，弃物塞途，人皆踏尸
而行"④。英人普特南·威尔在《庚子使馆被围记》中亦有类似的记载：
"法国步兵之前队路遇中国人一团，其内拳匪、兵丁、平民相与搀杂，
匆遽逃生，法国兵以机关枪向之，逼至一不通之小巷，机关枪即轰击于
陷阱之中，约击十分钟或十五分钟，直至不留一人而后已。"⑤针对"衣

―――――――

　　① 延清：《庚子都门纪事诗》，见《清代诗文集汇编》编纂委员会编：《清代诗文集汇编》第
765 册，上海：上海古籍出版社，2010 年，第 154 页。

　　② 杨典诰：《庚子大事记》，北京：知识产权出版社，2013 年，第 88 页。

　　③ 杨典诰：《庚子大事记》，北京：知识产权出版社，2013 年，第 88 页。

　　④ 杨典诰：《庚子大事记》，北京：知识产权出版社，2013 年，第 88 页。

　　⑤〔英〕普特南·威尔：《庚子使馆被围记》，冷汰等译，上海：上海书店出版社，2000 年，第
162 页。

并积尸委"的惨状，柴萼在《庚辛纪事》中直白地记录道："（联军）各帅亦协议分理区域，搜杀拳匪，尸如山积。京中除平民死者不计外，职官之以身殉及合家自尽者，不知凡几。各处朝衣朝冠之男尸，补服红裙之女尸，触目皆是。"①叶昌炽《缘督庐日记钞》中还记载道，在清理死尸时，联军又强逼幸存的居民抬尸挖坑，事毕后又丧尽天良地将这些抬尸的人尽数杀死，推入坑中，一并填埋。其残虐程度，史所未见。在八国联军的杀戮之下，北京城内外尸横遍地，血流成河。"百家之中，所全不过十室。今高门大宅，尚有虚无一人，而遗尸未敛，蛆出户外者，虽青燐屑，扬州十日记，何以过之，相与太息。"②炎夏酷热，尸肉腐烂，满城腥臭，恶犬争食之状，更是触目惊心。

杀戮之外，联军在京城内肆意纵火，延清记述道：

> 驱车怕过正阳桥，弥望西南土尽焦。难怪千家燕市哭，真同楚人一炬烧。
>
> 花天酒地今零落，府海官山昔富饶。差幸残生余虎口，回思魂尚黯然消。③

京内凡是义和团曾设过拳场的地方，全部被八国联军炮击火焚，化作一片焦土。即便是端王府、庄王府、户部衙门等处，亦未幸免于难。义和团没有设过拳场的地方，八国联军也不肯放过，炮口所向尽成一片

---

① 中国史学会主编：《中国近代史资料丛刊·义和团》（一），上海：上海人民出版社，1957年，第313页。

② 叶昌炽著，王季烈编：《缘督庐日记钞》第2册，北京：北京图书馆出版社，2007年，第568页。

③ 延清：《庚子都门纪事诗》，见《清代诗文集汇编》编纂委员会编：《清代诗文集汇编》第765册，上海：上海古籍出版社，2010年，第160页。

火海。大量官府衙门、寺庙、民房，皆为烈火焚毁。整座北京城连日里一直被滚滚浓烟笼罩着，烈焰腾腾，昼夜不熄。

烧杀相连的同时，八国联军还对北京城进行了举世震惊的疯狂劫掠。这场浩劫自北京城破开始，到联军撤离为止，持续时间之久，劫掠行为之卑鄙，盗运中华瑰宝之多，均为中外历史所罕见。众多诗人不忿于此，纷纷赋诗将联军的罪恶如实记录：

> 金穴铜山外，难穷府库财。一朝楂客至，搜括压装回。①

> 仪器制何工，西人契圣衷。即今归海外，台上但空空。②

> 不独求珍宝，图书内府多。搜罗知户口，中亦有萧何。③

> 曲槛临湖面面开，内官惊看骆驼来。琳琅百宝都输尽，不抵澄怀一炬灾。

> 太后之归政也，退居颐和园。园在西直门外三十里，宫殿亭台，备极土木之盛。历朝宝物皆贮其中，至是敌人踞之，括其所有用骆驼运往天津，累月不尽。④

---

①　延清：《庚子都门纪事诗》，见《清代诗文集汇编》编纂委员会编：《清代诗文集汇编》第765册，上海：上海古籍出版社，2010年，第182页。

②　延清：《庚子都门纪事诗》，见《清代诗文集汇编》编纂委员会编：《清代诗文集汇编》第765册，上海：上海古籍出版社，2010年，第182页。

③　延清：《庚子都门纪事诗》，见《清代诗文集汇编》编纂委员会编：《清代诗文集汇编》第765册，上海：上海古籍出版社，2010年，第182页。

④　胡思敬：《驴背集》，北京：北京古籍出版社，1990年，第147页。

对于联军抢劫的事实，瓦德西在《瓦德西拳乱笔记》中毫不讳言道："联军占领北京之后，曾特许军队公开抢劫三日，其后更继以私人抢劫。北京居民所受之物质损失甚大，但其详细数目，亦复不易调查。现在各国互以抢劫之事相推诿。但当时各国无不曾经彻底共同抢劫之事实，却始终存在。"① 此后，联军又以搜捕义和团为名，在北京的各个角落继续抢掠。联军的将领、士兵、传教士、公使及随员等，无一不趁火打劫，加入了抢劫的行列。北京城在瞬息之间化为强盗的乐园。从皇宫、颐和园、坛庙、陵寝、王公府第、官府署衙到民房店铺，无一例外地遭到洗劫。京城内的金银翡翠、历朝古玩、珍宝异器、法物图籍，尽为侵略者掠走。

在紫禁城内，这群强盗以参观为名，进入各个宫室，将自己看中的宝物劫夺出宫外。至庚子年冬，紫禁城内各宫之宝，已丧失过半。各国强盗为劫尽珍玩，盗空贵重，可谓无所不用其极。遭劫后的皇家宫苑，雕梁画栋，蹂躏成墟；典册画籍，遍地狼藉；珍奇玩物，荡然无存。庚子事变对清皇室收藏的沉重打击，从狄葆贤的记述中便可窥一斑。庚子年冬，狄葆贤目睹了京城特别是颐和园的疮痍之象后，伤心地记述道："各处皆一空如洗，佛香阁下排云殿内，什锦橱数十座，高接栋宇，均存空格。可想见当时其中陈列之品，盖不知凡几。各国游客，皆争取一二物，谓留为纪念品，遂至壁间所糊之字画，窗间雕刻之花板，亦瓜剖豆解矣。"② 如此程度的洗劫，无异于"敛全国之精粹而歼之"③，损失之大无法估量。

---

① 〔德〕瓦德西：《瓦德西拳乱笔记》，王光祈译，北京：中华书局，2009年，第55页。

② 狄平子：《庚子纪事》，见阿英编：《庚子事变文学集》（下），北京：中华书局，1959年，第1001页。

③ 狄平子：《庚子纪事》，见阿英编：《庚子事变文学集》（下），北京：中华书局，1959年，第1002页。

在洗劫皇家宫苑的同时，八国联军还对各部府署、官衙库款、王府大院、士绅宅邸和店肆民居大肆抢掠。在礼亲王府一处，法国侵略军便抢走现银 200 余万两，日军则"将户部所存之银，一取而空，其数在百万磅以上"[①]，而"新来之军队，到京太迟，则破屋掘地，以寻埋藏之银"[②]。各国争相抢夺银钱后，直接导致"现在之货物，最滞积者即为元宝……金银珍宝充积于市，相为买卖，予等军队遂成为商人矣"[③]的后果，足见联军抢掠银钱之多。联军对百姓的抢劫亦十分残暴，他们"三五成群，身跨洋枪，手持利刃，在各街巷挨户踹门而入。卧房密室，无处不至，翻箱倒柜，无处不搜。凡银钱钟表细软值钱之物，劫掳一空，谓之扰城。稍有阻拦，即被戕害。当洋人进院之时，人皆藏避，惟有任其所为，饱载而行。此往彼来，一日数十起，至日落方觉稍安。"[④]

对于那些不便带走的图书典籍，八国联军动辄纵火焚烧。对此，柴萼痛心疾首地感慨道："最可惜者，翰林院所储永乐大典，百世之珍，亦毁弃流散。乱后，崇文门琉璃厂一带骨董肆，旧货摊，收买此类书物，不知凡几。萃文书坊买永乐大典八巨册，只京钱一吊而已。据鹿传霖奏折，称大典共失去三百零七册，其余经史子集等，共四万六千余本。"[⑤]至于清廷六部九卿各处衙署的档案文稿和翰林院等处收藏的其他图籍，也散佚四方。损失之大，无法估算，更无法弥补。

---

① 〔英〕普特南·威尔：《庚子使馆被围记》，冷汰等译，上海：上海书店出版社，2000年，第 164 页。

② 〔英〕普特南·威尔：《庚子使馆被围记》，冷汰等译，上海：上海书店出版社，2000年，第 164 页。

③ 〔英〕普特南·威尔：《庚子使馆被围记》，冷汰等译，上海：上海书店出版社，2000年，第 164 页。

④ 仲芳氏：《庚子记事》，北京：知识产权出版社，2013 年，第 28 页。

⑤ 柴萼：《庚辛纪事》，见中国史学会主编：《中国近代史资料丛刊·义和团》（一），上海：上海人民出版社，1957 年，第 316—317 页。

侵略军抢劫后，当即将一部分物品在北京市面上拍卖，"其出售之物，以古铜、各代瓷器、玉石为最多。其次则为丝货、绣货、皮货、铜瓶、红漆物品之类。至于金银物品则不多见。"[1]除外国商人外，许多侵略军亦参与拍卖，以至于"军队均变为商家，专门从事交易估价、转运装货诸事"[2]，"各物虽日日拍卖，毫不见少"[3]，足见所掠物品之多。更多精美绝伦、价值连城的稀世珍宝，则被侵略军带出中国，流落海外。如北京城东古观象台上的天文仪器，制造于康熙年间，巍巍壮观，雕工绝伦，竟被德、法两国瓜分，留给中国的唯有"台上但空空"的悲凉。再如，法军司令福里一人抢劫的珍贵文物便多达 40 余箱，俄国将军利涅维奇在回国时也带走了 16 箱奇珍异宝。

京城在这一场浩劫中损失之巨，"盖自元明以来之积蓄，上自典章文物，下至国宝奇珍，扫地遂尽。……今此所失，已数十万万不止矣。"[4]瓦德西亦毫不讳言道："所有中国此次所受毁损及抢劫之损失，其详数将永远不能查出，但为数必极重大无疑。"[5]

与烧杀掳掠同时发生的，是联军对妇女的奸淫与残害。胡思敬十分委婉地记录了京中女子惶惶不可终日的心态，读来甚觉悲哀：

> 美人深坐郁金堂，瘦尽蘼芜草不香。生怕妒花风信紧，
> 容光消减带啼妆。

---

① 〔德〕瓦德西：《瓦德西拳乱笔记》，王光祈译，北京：中华书局，2009 年，第 76 页。

② 〔英〕普特南·威尔：《庚子使馆被围记》，冷汰等译，上海：上海书店出版社，2000 年，第 182 页。

③ 〔英〕普特南·威尔：《庚子使馆被围记》，冷汰等译，上海：上海书店出版社，2000 年，第 182 页。

④ 柴萼：《庚辛纪事》，见中国史学会主编：《中国近代史资料丛刊·义和团》（一），上海：上海人民出版社，1957 年，第 316 页。

⑤ 〔德〕瓦德西：《瓦德西拳乱笔记》，王光祈译，北京：中华书局，2009 年，第 58 页。

> 敌兵借搜查军器为名，白昼入人家，倒箧倾筐，各饱所
> 欲而去。妇女辈皆蓬首垢面，自毁其形，以防不测。①

联军横行时，京中女子为免蒙难，皆"蓬首垢面，自毁其形"，以期保全自身。诗人委婉的诗语背后，隐藏的是京中女性惊惶、恐惧的心态以及随时可能遭遇不测的极端危险的生存状态。即便因首垢面、不修边幅，大量女性仍未能逃脱联军的魔爪。"联军尝将其所获妇女，不分良贱老少，尽驱诸表背衙衕，使列屋而居，作为官妓。其衙衕西头，当经设法堵塞，以防逃逸，惟留东头为出入之路，使人监管，任联军人等入内游玩，随意奸宿。"②不止平民百姓如此，权臣贵戚们的家眷也难逃此祸。裕禄战死后，家中"女公子七人尽为联军所掳"③；崇绮之"眷属尽为联军所拘，驱诸天坛，数十人轮奸之"④；倭仁之妻，年九十余，亦"为某国兵所获，挫辱备至，初令褫衣，惟余一兜肚，后并兜肚而夺之，令执炊，鞭笞时下，亦死焉。"⑤

3.百姓被难

在联军的破坏下，京城一片狼藉。幸存的百姓首先需要面对的是缺衣少食、房屋被占、疫病流行的生存考验。诗人痛惜民瘼的同时，也以诗笔勾勒了一幅幅百姓的"战后受难图"：

---

① 胡思敬：《驴背集》，北京：北京古籍出版社，1990年，第154页。

② 〔日〕佐原笃介等辑：《拳事杂记》，见中国史学会主编：《中国近代史资料丛刊·义和团》（一），上海：上海人民出版社，1957年，第268页。

③ 〔日〕佐原笃介等辑：《拳事杂记》，见中国史学会主编：《中国近代史资料丛刊·义和团》（一），上海：上海人民出版社，1957年，第268页。

④ 柴萼：《庚辛纪事》，见中国史学会主编：《中国近代史资料丛刊·义和团》（一），上海：上海人民出版社，1957年，第314页。

⑤ 柴萼：《庚辛纪事》，见中国史学会主编：《中国近代史资料丛刊·义和团》（一），上海：上海人民出版社，1957年，第314页。

　　岁运万艘粮，输来不涸仓。惜哉非我有，贱粜斗升量。①

　　联军入京后，百姓惊惧，"各巷各街铺户，无论生意大小，凡闭门潜逃者，均被土匪踹门而入，财帛货物抢掠一空。钱店、粮店、绸缎、估衣等铺为尤甚。粮米菜蔬无处籴买……无柴无米之人，只有枵腹哀号而已"②，由此造成的直接后果便是京内饥民载道。复依氏等在《都门纪变百咏》中记录了赈灾一事："发棠乞请允群臣，红票源源指百困。门榜大书平粜局，禁城内外潞河滨。"③为缓解灾情，朝廷在京城内外及通州一带设局平粜。但身遭战祸的百姓大多身无分文，不具备任何购买力，故而这一措施收效并不显著。延清对百姓流离失所之状也有所记录：

　　家室安能舍，维鸠占鹊巢。枝棲无可借，转徙傚衡茅。④

　　亲历战祸的仲芳氏对此感触尤深，他写道："最苦莫甚于住户之房，洋兵蜂拥而入，将居人无论男女驱逐，空手而出，衣饰财物，丝毫不准携带，合门财产并为洋人所占。……人在仓促之间，不及防备，多被所扰。"⑤因此，京内流民之数大增，哀鸿遍野。此外，联军屠戮后的京城尸横遍野，炎天暑热下疫病突起，更给身处水深火热之境的百姓造成了

　　① 延清：《庚子都门纪事诗》，见《清代诗文集汇编》编纂委员会编：《清代诗文集汇编》第765册，上海：上海古籍出版社，2010年，第182页。
　　② 仲芳氏：《庚子记事》，北京：知识产权出版社，2013年，第27页。
　　③ 阿英编：《庚子事变文学集》（上），北京：中华书局，1959年，第132页。
　　④ 《清代诗文集汇编》编纂委员会编：《清代诗文集汇编》第765册，上海：上海古籍出版社，2010年，第182页。
　　⑤ 仲芳氏：《庚子记事》，北京：知识产权出版社，2013年，第27页。

巨大的生存危机：

> 积尸秽气上干云，乱后须防疠疫熏。黑豆花椒姜一片，
> 沿街黄纸送纷纷。
> 民间刊刷救疫方，沿街分送。①

战后京内血海尸山，秽气熏天，瘟疫大面积爆发，情形极其恐怖。为控制疫情，民间百姓唯有刊刷救疫方，分发各处，尽力自救。

其次，时刻挣扎在生死线上的百姓还要遭受联军残酷的奴役与管制。吴鲁诗中记载了大量细节：

> 车声粼粼如激湍，厮役队里厕衣冠。巨炮口径十余寸，
> 漆黑平地蛟蟠蟠。风轮轳辘展双翅，敌酋殿后雄据鞍。飞骑逐
> 人人力竭，中有一人独蹒跚。呜呼！以人代马纠为虐，况乃堂
> 堂中朝官。②

联军运送大炮入城时，竟以人代马，强令百姓拉车。拉炮之车沉重无比，车辙之深直令"漆黑平地蛟蟠蟠"，而敌酋则骑在高头大马上紧随其后，好不威风。最令诗人感慨的便是，内阁某官员亦身处其中，足见乱世之中无论身份贵贱要保全自身何其艰难。侵略军对百姓的暴力管制则见于胡思敬之诗：

---

① 复侬氏等：《都门纪变百咏》，见阿英编：《庚子事变文学集》（上），北京：中华书局，1959年，第133页。

② 吴鲁：《拉炮车》，见吴鲁：《百哀诗》，北京：北京古籍出版社，1990年，第51页。

万家灯火散楼台，拥篲迎门事可哀。沽尽虎坊桥畔酒，
东洋车子疾如雷。

夷法每户各悬一灯，天明乃灭，夜阑灯烬，听敲门声，
虽大风雨必起。门首尘秽，必洒水除治极洁。居民旦夕倚门，
遥见洋巡捕至，皆拥篲以待，稍懈鞭朴随至。美国兵官居虎坊
桥湖广会馆，地最繁盛，多酒馆，桥上东洋车往来如织，京堂
以上皆乘之。①

联军占领京城后，则以自己国家的法规来管制京内百姓。他们规
定，每户门前必悬灯一盏，天明方可熄灭。如若夜半灯灭，百姓只要听
到敲门声，无论风雨都必须起床接受责问。此外，他们还要求百姓洒扫门
庭，稍有懈怠，则鞭打不止。与此同时，京内侵略军与一些清廷高官欣然
往来于酒肆，虎坊桥一带依然繁盛依旧。相形之下，百姓命运何其悲惨。

（二）众生群相

在这场惨烈异常的国变中，上至两宫、各级官僚，下至平民百姓、
义和团拳民，加上八国联军，无一例外地都成为了诗人刻画的对象。各
个阶层的诗人，出于基于自身认知的差异，在观察这五类人物时，自然
产生了或忠或奸、或愚或贤的差别。即便看待同一类人时，其角度之
多，差别之巨，亦令人惊叹。由此产生的刻画各方人物的诗篇，大大丰
富了庚子事变爱国诗潮的内涵与多样性。

1. 两宫

庚子国变的发生，与慈禧太后把持朝政、揽权立储等行为密切相
关。出于对时事的认知，在众多诗人笔下，慈禧太后的形象可谓极其

---

① 胡思敬：《驴背集》，北京：北京古籍出版社，1990年，第155页。

丰富。

首先，牝鸡司晨的掌权者。这类看法，丘逢甲《四用韵奉答》一诗堪为代表：

> 沧海蒙尘镜殿光，公卿同哭牝朝亡。河阴兵问充华罪，乐府歌残妩媚章。
>
> 往事数钱怜姹女，异邦传檄过宾王。枉崇圣母无生法，难谴神兵御列强。①

"牝朝"，即唐人对武则天当政时代的称谓，也指妇人专擅朝政。诗人认为，武则天与慈禧相比精明强干胜之百倍，骆宾王尚且赋檄文谴责。如今"异邦传檄"，事态之严重远胜当年骆宾王写檄文时的情形。尾联，诗人谴责了慈禧居高位而无力御敌于外的惨痛现实。全诗借武则天之典，批判慈禧牝鸡司晨、窃权祸国，诗人的激愤与不满不言而喻。

第二，开衅误国者。在诗人看来，是时教案频发，诸多列强虎视眈眈，慈禧不但没有处理好义和团的问题，反而利用义和团与列强贸然开战、引起国变，几乎断送了江山社稷。因此，不少诗人均归咎于慈禧，认为她才是罪魁祸首。许多诗人对其轻启战端的罪行大加挞伐，如黄遵宪"忽洒龙漦黟太阴，臣夭主瘝到于今"②，以及"祖功宗德王明圣，岂有乾坤一掷休"③诸语，直言慈禧执政恶劣、轻率。章钟亮"问谁秉国钧？青史难求谅"④的诘问以及邵孟"尸之者谁西太后，王公大臣相左

---

① 黄志平等主编：《丘逢甲集》，广州：广东人民出版社，2019年，第237页。
② 黄遵宪：《述闻》，见陈铮主编：《黄遵宪集》（一），北京：中华书局，2019年，第258页。
③ 黄遵宪：《述闻》，见陈铮主编：《黄遵宪集》（一），北京：中华书局，2019年，第258页。
④ 章钟亮：《七哀诗奉题庚子纪念图·哀疆臣》，见阿英编：《庚子事变文学集》（上），北京：中华书局，1959年，第156—157页。

右"的揭露则严厉谴责了慈禧秉政却一再误国的行为。叶昌炽更在其日记中毫不留情地痛骂道："执政亦疯人也。始为瘈狗，继为黔驴，卒至鼠窜猬缩，七国之师，长驱直入，无能以一矢加遗，殆疯人之不若矣"①，足见其愤恨之深。

第三，沉迷享乐的堕落者。慈禧西狩后，国中士民皆盼其迅速回銮，重整山河，然而慈禧依然耽于享乐之举令诗人失望不已。潘庆澜《闻回銮信息感赋》曰：

> 长虹一道如行空，千乘万骑来秦中。瞬息荒城与废苑，化为别馆兼离宫。疆臣望幸出意外，搜罗进奉穷人工，温帷却冻陋狐貉，盛筵燔炙烹麟龙，推陈出新矫时尚，驱使遍及寒畦翁。窟穴得地恣颠倒，阴阳变异夸豪雄。青葱甘脆备瓜果，冰盘叠进何时穷？天颜悦豫锡大赍，君臣同乐真融融，茅土阶崇晋五等，仓庾粟富加千钟。蠲租赈恤诏屡下，纵有水旱如绥丰。刘伶但醉酒地酒，邓通岂压铜山铜？瞻云就日合中外，不劳太史陈民风。②

同许多士人一样，诗人本以为经此一事，慈禧太后能吸取教训，以黎民社稷为重，不料慈禧西狩及回銮一路，丝毫未受国变影响，仍专事享乐，无论饮食、居处、排场等皆极尽奢侈之能事。慈禧及随扈诸臣，生活愉悦，一派其乐融融之象，早已将国变抛至九霄云外。凡此种种，皆令诗人寒心已极。

---

① 叶昌炽著，王季烈编：《缘督庐日记钞》第2册，北京：北京图书馆出版社，2007年，第559页。

② 阿英编：《庚子事变文学集》（上），北京：中华书局，1959年，第75页。

在一片批判声外，诗人中也不乏对慈禧太后的歌颂者。如曹润堂《仿杜工部秋兴八首》便将狼狈西狩的慈禧塑造成了爱民如子、深受万民爱戴的统治者：

> 传闻圣驾驻怀来，叟老欢呼俨似雷。但愿至尊安社稷，
> 行看余孽满尘埃。
>
> 一路旌旗抵晋阳，齐呼万寿祝无疆。百官露立衣冠肃，
> 夹道风吹剑佩香。
>
> 桐封驻跸又西行，百二关河绕帝城。只有恩膏怜赤子，
> 不教差费累苍生。[①]

曹氏为慈禧太后塑造如此光辉形象的原因，除封建士子心中根深蒂固的忠君观念外，大概更多的还是出于为尊者讳的缘故。此外，在龙顾山人笔下慈禧还被塑造成了一位充满母性光辉的慈母：

> 路出居庸避弹驰，一车内外有安危。播迁弥觉君王重，
> 止孝天心亦止慈。
> 车驾出居庸，帝在车内，慈圣跨辕坐于外，突飞弹四起，
> 帝固请易位。慈圣曰："皇帝系宗社重，余老矣，殆无妨也。"[②]

---

① 《清代诗文集汇编》编纂委员会编：《清代诗文集汇编》第 774 册，上海：上海古籍出版社，2010 年，第 659 页。

② 龙顾山人：《庚子诗鉴》，见中国社会科学院近代史研究所编：《义和团史料》（上），北京：中国社会科学出版社，1982 年，第 79 页。

与慈禧相反，光绪帝在诗人心中的形象单一且正面。与昏聩恋权的慈禧不同，诗人笔下光绪最突出的形象便是"郁志圣君"，邵孟《銮舆返》刻画道：

> 天旋帝转銮驭回，母后恋权终不悔。向使即时归政枋，英明天子再当阳。任用贤良变新法，犹可转弱而为强。……可怜瀛台长寂寞，瀛台胡为长寂寞？①

诗人普遍认为，光绪帝才干卓著，堪称一代圣君。倘若慈禧能及时归政，光绪帝必能大有作为。诗末之问，深化光绪"郁志"形象的同时，也对把持朝政的慈禧进行了讥刺。

此外，由于珍妃之死，光绪在诗人笔下还被塑造成了痛失爱侣的伤心人的形象。如高树《金銮琐记》中的描绘：

> 古井无波送洛妃，衮龙易去出宫闱。伤心误陷奸人计，甘作咸阳一布衣。
>
> 庚子秋，太后与群奸谋，将珍妃用布囊盛之，投入慈宁宫井中，用石盖之，而皇上不知也。②

值得注意的是，翻检反映庚子事变的其他体裁的文学作品如《枯井泪杂剧》，作者同样强调了光绪对珍妃之死并不知情的细节。诗人和作者刻意强调光绪不在场、不知情的细节，其好处在于最大限度地弱化了光绪帝无能与懦弱的人物特性，完成了作品由爱情悲剧向政治悲剧的升

---

① 阿英编：《庚子事变文学集》（上），北京：中华书局，1959 年，第 147 页。

② 阿英编：《庚子事变文学集》（上），北京：中华书局，1959 年，第 143 页。

华，深化了光绪无辜、可怜而又受制于人的现状与处境，最大限度地激发了读者的同情心。

2. 各级官僚

国变中的各级官员是诗人关注的又一重点。上至封疆大吏，下至无名小卒，诗人尽收眼底，以诗笔为他们塑造出了极其丰富的形象。

国变骤生，京中各级官吏贪生怕死，千方百计逃离京城，首先便给诗人留下了丑陋腐朽的印象。复侬氏记录道：

> 曹部郎官散若云，谁将案牍理纷纷。漫云请假循常例，严旨全教予处分。
>
> 京城开战，各部院司官纷纷回籍，谕分别请假未请假，一律严予处分。[1]

大量官员为了逃难随意"请假"，致使京城行政体系陷入瘫痪，影响极其恶劣。更令诗人吃惊的是，有些官员竟然调动军队保护家眷逃难：

> 健儿拥护出京都，鹤子梅妻又橘奴。都道相公移眷属，原来小事不糊涂。
>
> 方事之殷也，某相国移眷出京，所部官军，沿途护送。[2]

面临即将到来的战争，这些官员不思备战御敌，却动用军队护送眷

---

① 复侬氏等：《都门纪变百咏》，见阿英编：《庚子事变文学集》（上），北京：中华书局，1959年，第131页。

② 复侬氏等：《都门纪变百咏》，见阿英编：《庚子事变文学集》（上），北京：中华书局，1959年，129—130页。

属离京，其腐败与畏缩已不可救药。

其次，庚子国变期间，许多官员展现出来的愚昧顽固的一面也令诗人印象深刻：

> 当朝老道住洋场，爱惜门前土一方。第宅园亭无片瓦，
> 中堂还是旧中堂。
>
> 某中堂素有老道之称，其宅在东交民巷，门前有土一堆
> 阻碍马路。洋人以重价购之，坚不允许。云此系吾家风水所
> 关，岂肯轻易铲去？今则全宅皆毁于火矣。[1]

该官员迷信风水，顽固不化，却招致了"全宅皆毁于火"的悲惨结局，足见诗人讽刺之深。有的官员的无知言论也令诗人惊诧万分：

> 乞选渔船钻铁甲，议挑井水灌城濠。料渠谋国忧勤日，
> 异想天开首独搔。
>
> 中州李侍御奏请挑选海户，潜伏水底，凿沉铁甲船。崇
> 尚书奏请挖深京师城濠，运水灌注，以阻敌人。[2]

西学东渐及洋务运动已开展多年，这些身居高位的官员对西洋事物却依然懵懂无知，绞尽脑汁想出的御敌之策竟如此荒诞可笑，难怪诗人要作此讥刺之语。

第三，追根溯源，庚子国变的发生与官员们的权利斗争密不可分。

---

① 复侬氏等：《都门纪变百咏》，见阿英编：《庚子事变文学集》（上），北京：中华书局，1959 年，第 128 页。

② 复侬氏等：《都门纪变百咏》，见阿英编：《庚子事变文学集》（上），北京：中华书局，1959 年，第 128 页。

因此，在许多诗人眼中，支持义和团的端方、刚毅等人自然而然就成了纵拳祸国的权奸，沦为诗人口诛笔伐的对象。缪荃孙《书愤》谴责道：

> 竟有阿封即墨烹，政刑颠倒覆神京。那堪阃外玄黄斗，
> 更值朝中水火争。
>
> 好友同归吟白首，先皇在山鉴丹诚。疆臣可有刘从谏，
> 表为王涯请罪名。[①]

端、刚等人作为后党成员，不仅与帝党官员敌对，而且与请求镇压义和团、不可与列强开战的官员对立。然而，对立双方虽有争执，但在慈禧太后的支持下，端、刚等人怂恿废立，翦除异己，把持朝政，直令"政刑颠覆"。列强虎视眈眈时，朝中依然为权利争斗不休。朝中乱象激起了诗人极大的愤慨，他热切地期盼朝中重臣中能有刘从谏般仗义直言之人，替那些受权奸压制但真正为国为民之忠臣道出心声。

第四，先后遭慈禧屠戮的袁昶等五人及以聂士成为代表的殉国将领是诗人赞赏歌颂的对象，在诗人心中树立了忠烈之臣的光辉形象。"袁许惨祸"发生后，诗人义愤填膺，纷纷赋诗为其鸣冤：

> 报国何人捋虎须，渐西忠愤世间无。谏章直挟风霆走，
> 血面朝天一恸哭。
>
> 太常寺卿袁昶，别号渐西老农。招抚拳匪后，连上三疏，
> 第一疏请责成荣禄剿匪，昶独上之。第二疏请保护使馆。第三
> 疏请严惩首祸，皆昶主稿，与许景澄连名会奏。……昶言既不

---

① 缪荃孙著，张廷银等主编：《缪荃孙全集·诗文 2》，南京：凤凰出版社，2014 年，第63 页。

见用，常抚髀自叹。①

　　吏部清癯对奉常，九原携手见先皇。衔冤更比金陀惨，
合葬西湖配岳王。

　　载漪闻天津陷，言许景澄、袁昶必降贼为内应，潜遣骑
捕之，监禁步军统领衙门。……次日，已缚赴西市矣。临刑
时，故人僚友皆往哭之。昶张目叱曰："都城破，诸公义当死
难，地下相见有期，何哭也！"景澄从容整冠带，北向叩头谢
恩，无怨色。次日，下诏暴二人罪，但云办洋务不善，负朝廷
恩，无他语。②

　　袁昶政治嗅觉较为敏锐，在洞悉了慈禧、载漪等想利用义和
团攻打列强的意图后，连上三疏，痛陈利弊，然终不见用。不久，袁昶、许景
澄又在载漪的构陷下被杀，官方给出的定罪理由却如此模棱两可，激起
了时人极大的不满。如果说袁、许二人不计个人安危，直言进谏得到了
士人阶层的尊重的话，那么二人含冤而死，且赴死时慷慨凛然的不屈气
节则赢得了士人阶层极大的同情，乃至成为其精神楷模。八国联军退出
北京后，光绪下旨为袁、许等人平反，宣统元年（1909）复下令在杭州
西湖孤山建三忠祠，纪念其精忠赤诚的事迹与精神。这两首诗中，袁、
许的形象越高大、光辉，诗人的悲愤、怨怒就越强烈，诗人正是通过这
样的手法来表达对时局、统治者的强烈不满。

　　对战死沙场的聂士成，诗人也不吝笔墨地加以歌颂：

---

① 胡思敬：《驴背集》，北京：北京古籍出版社，1990 年，第 126 页。
② 胡思敬：《驴背集》，北京：北京古籍出版社，1990 年，第 127—128 页。

细柳军成建节旄，软裘快马人之豪。岳飞有恨戈空枕，李广无功剑怒号。

壮士突围犹裹血，男儿报国只横刀。诛奸独惜奇谋少，顿失戎机愧六韬。①

诗人借周亚夫、岳飞、李广之典，高度赞扬了聂士成保家卫国、孤愤求死的忠烈。尾联，诗人痛惜聂士成"奇谋少"，反映出诗人对京内把持朝政的"诛奸"愤恨极深，恨不得令聂将军提兵入京勤王。

第五，"东南互保"奇局在当时也引发了诗人极大的关注。在理性的思考与判断下，许多诗人都将发动"东南互保"的诸臣视作"护国柱石"，赋诗称赞。其中，先前备受唾弃与辱骂的李鸿章在此时挺身而出，参与立约并最终促成和局的举动也赢得了诗人普遍的赞赏，诗坛对他的态度由此发生了极大转变，如无名氏所作《庚子时事杂咏二十首·李相奉调》：

戎马仓皇仗我公，颓然八十已衰翁。九州铸铁难为错，三辅登坛旧挂弓。

宋起李纲重定国，晋劳魏绛在和戎。黄花晚节由来重，勉济时艰且效忠。②

庚子事变发生时，李鸿章以78岁高龄奉诏入京，力济时艰，即便晚节不保也在所不惜。在诗人看来，这对一位风烛残年的老人来说实非

<hr/>

① 无名氏：《庚子时事杂咏二十首·聂军死绥》，见阿英编：《庚子事变文学集》（上），北京：中华书局，1959年，第149页。

② 阿英编：《庚子事变文学集》（上），北京：囗华书局，1959年，第151页。

易事，诗语中不由得透露出些许钦佩与同情。再如胡思敬之诗：

> 还朝贼几伤裴度，免胄人皆望叶公。留得中兴元老在，
> 一生功过在和戎。
>
> 京师陷，中外皆延颈望和。当时能主持和局者，非鸿章
> 莫属，遂命为全权大臣，与奕劻、荣禄同入京议款，许便宜行
> 事。荣禄至，敌人不纳，奕劻虽亲臣，咸望去鸿章远甚，鸿章
> 既受命，朝局始有转机，都人皆置酒相贺。①

李鸿章与洋人来往多年，经验丰富，在当时确为议和之不二人选，这一点得到了朝野上下的一致公认。在举国上下急切盼望局势稳定的强烈诉求下，李鸿章此番议和非但未遭讥刺、谩骂，反而备受赞许称颂，这说明李鸿章的举动符合当时社会大众的普遍期待，也反映出士人阶层对时事的思考更趋理性。

第六，国难袭来，许多官员的境况与百姓并无二致，甚至更加悲惨，都沦为了受害者、罹难者。他们与普通百姓一样，都在侵略者的暴行中备尝苦楚："大则公卿小则郎，盈朝金紫尽堂皇。一朝宫阙妖氛起，骨肉分离道路旁。"②官员中受辱者亦不少，"仓场侍郎某为之浣衣，刑部侍郎某为之畚土，御史陈某为之御车，郑某为之刬马草"③，足见其落魄屈辱。

3. 洋人

第一，穷凶极恶的侵略者。八国联军占领北京后，罪恶滔天，罄竹

---

① 胡思敬：《驴背集》，北京：北京古籍出版社，1990 年，第 165—166 页。

② 可亭：《八哀诗奉题庚子纪念图·哀京官》，见阿英编：《庚子事变文学集》（上），北京：中华书局，1959 年，第 161 页。

③ 胡思敬：《驴背集》，北京：北京古籍出版社，1990 年，第 156 页。

难书，种种暴行给国人留下了难以磨灭的记忆。诗人不约而同地将满腔怒火灌注于笔端，赋诗谴责洋人的暴行：

> 胡尘滚滚扬腥风，狼心兽行天理穷。搜仓掘窖倾盘盎，驱男挞女鞭疲癃。赤檿一炬地维裂，满城燐火绿不红。敌酋惨目亦心悔，犬羊忽发人心公。出示安民悬厉禁，墨书朱印中朝同。敌酋巡街跨青骢，入夜两役提灯笼。千门万户烧高烛，涤垢除秽删鬐薹。鸷忍枭雄执矛戟，势如嗅狗声如狨。瞋目戟指张馋吻，富室寒门一扫空。[1]

联军入城后，烧杀抢掠外，也采取了一定的统治措施，如各国军队在京城内分区占领、分段管辖。为稳定人心，侵略军在各自的辖区内还发布安民告示，对此仲芳氏记录道："今日德国在通衢出示，其略曰：'照得前三门外某处至某处，暂归德国管辖。所有界内华民人等各安生业，照常居住。如有持械行走者，立即正法。如在院内放枪，即将该房焚烧。洋兵挨户搜查军器，有者交出，藏匿者即行正法，并将该房烧毁'云云。别国在分占各界内亦均有告示，大抵皆是缉捕义和团、搜查军械等语。"[2] 列强告示中虽令中国百姓"各安生业，照常居住"，但其"狼心兽行"却分毫未减。末句"瞋目戟指张馋吻"，将侵略军贪婪、丑恶的面目刻画得淋漓尽致。

第二，无辜受害者。义和团对洋人、洋教始终抱有极端仇视的心态，因而大量洋教士、中国教民等均遭其杀害。对无辜死难的洋人，有些诗人表现出了此时在士民间少见的同情心："天津城内民无辜，数十

---

[1] 吴鲁：《分段管辖》，见吴鲁：《百哀诗》，北京：北京古籍出版社，1990年，第50页。

[2] 仲芳氏：《庚子记事》，北京：知识产权出版社，2013年，第32页。

万命偿贾胡。贾胡亦是无辜死，狂童奋拳杀声起。"① 再如，德国公使克林德被杀后国人大多拍手称快，但有些诗人仍发出了不同的声音："行人惨戮背春秋，噩耗遥传骇亚欧。敢犯国旗诚野俗，竟违公法快私仇。"② 诗人认为，克林德其人确有其罪，但国人刺杀克林德一事乃"违公法快私仇"之举，于"法""理"不合。诗人能有如此理智、超卓的见识，能勇于发此殊异之声，在当时是十分不易的。

第三，文明先生。这种想法的产生，源于诗人对洋人在京中一些统治措施的观察：

洒道严程限，何曾待雨师。一尘飞不起，泼水有专司。③

不用金吾禁，无人敢夜行。踏灯兼踏月，令我忆承平。④

占领期间，列强对于公共环境、治安等方面的治理与维护给诗人带来了强烈的震撼，因而诗语中隐隐透露出诗人对列强文明程度之高的赞叹及羡慕。这说明，即便国仇家难当前，士人阶层对社会的观察与思考始终抱有理性，这是十分难能可贵的。

4. 义和团

第一，无知愚昧的乱民。义和团所宣扬的神灵崇拜、诸神附体、刀

---

① 蒋楷：《哀天津》，见《清代诗文集汇编》编纂委员会编：《清代诗文集汇编》第 777 册，上海：上海古籍出版社，2010 年，第 32 页。

② 无名氏：《庚子时事杂咏·德使被戕》，见阿英编：《庚子事变文学集》（上），北京：中华书局，1959 年，第 149 页。

③ 延清：《庚子都门纪事诗》，见《清代诗文集汇编》编纂委员会编：《清代诗文集汇编》第 765 册，上海：上海古籍出版社，2010 年，第 177 页。

④ 延清：《庚子都门纪事诗》，见《清代诗文集汇编》编纂委员会编：《清代诗文集汇编》第 765 册，上海：上海古籍出版社，2010 年，第 177 页。

枪不入、画符念咒等迷信方术，引起了当时大多数诗人的反感与鄙视，故多赋诗讥诮：

> 闭目挥拳咒有灵，洋人枪炮噤无声。阵前只作婆婆舞，杀敌原来不用兵。

> 团众到坛，焚香一炷，叩首三遍，便即浑身发颤，口中呼呼有声，少顷蹶然而起，谓之上神。闭目挥拳，力大无敌。事毕之后，始焚表退神。[①]

> 万戟森严拥百神，神言箕尾是前身。谁知篝火狐鸣事，夥涉沉沉诳楚人。

> 拳匪自言有异术，能诵符咒闭枪炮火门，临阵时神降其体，刀斧斫之不入。所事神若杨戬、哪吒、洪钧老祖、骊山老母诸名目，皆怪诞不经。京畿东南各属，一倡百和，从者如归。城市乡镇，遍设神坛，坛旁刀戟林立。贼目中所谓老祖师、大师兄者，端坐其中，被发舞剑，作巫言，生杀予夺，皆任意为之，无复朝廷法纪矣。[②]

义和团拳众，所信诸神，"怪诞不经"；所行诸法，看似神异，实则无用。临战时"阵前只作婆婆舞"，对敌人毫无杀伤力，难怪诗人嘲讽曰"杀敌原来不用兵"。此外，义和团中的高级首领常"作巫言"，肆意杀伐，有违朝廷法度。因此，拳众皆被士人阶层目为愚昧、有碍社会

---

① 复侬氏等：《都门纪变百咏》，见阿英编：《庚子事变文学集》（上），北京：中华书局，1959 年，第 120 页。

② 胡思敬：《驴背集》，北京：北京古籍出版社，1990 年，第 111 页。

安定的乱民。

第二，肇祸之暴民。庚子国难的发生，与义和团作乱造成的外交危机不无关系。国变发生后，许多诗人追本溯源，将国难归咎于义和团，诗中极尽苛责与怨恨："乱民乱民两不戢，百官狼狈万家泣。……回首山东首祸人，磔肉食狗狗不食"[1]，极言其罪大恶极。

第三，英勇无畏的义民。士人阶层中的大多数人都对义和团在抗击列强的斗争中做出的贡献视而不见，但仍有个别诗人赞颂其功绩，为其正名：

> 贵介匆匆走急装，身怀虏使乞援章。潞河义士搜衣得，一夕喧传满帝乡。
>
> 旗人某身藏日本使臣乞援书，单骑出走，行至通州，为本地团民所获，立时被杀。[2]

诗人将义和团团民称为"义士"，正是对其杀害为日本使臣送信旗人之事的肯定。

5. 百姓

第一，麻木不仁的顺民。尽管诗人对国变中受难的百姓给予了极大同情，但对百姓麻木不仁的一系列举动仍给予了毫不留情地批判，比如公之瘿笔下不明事理、毫无气节的小民："庚子多民豪，满街大呼禽二毛。壬寅多译鞮，傭奴上口挨皮西。有子安患贫，但愿能事洋大人。有

---

① 蒋楷：《得卢济南书述河西务战事甚详纪之以诗兼挽海城尚书》，见《清代诗文集汇编》编纂委员会编：《清代诗文集汇编》第777册，上海：上海古籍出版社，2010年，第32—33页。

② 复依氏等：《都门纪变百咏》，见阿英编：《庚子事变文学集》（上），北京：中华书局，1959年，第129页。

时头上猛着鞭，归来亦足夸四邻。"①再比如联军分区占领后，主动悬挂外国国旗的百姓：

> 哈德门东望，人家遍插旗。一般缝尺布，颜色合时宜。②

仲芳氏记录道："各国既定分界，凡在界内之铺户住户，不拘贫富，各于门前插白布旗一面。居住某国地界，旗上即用洋文书写'大某国顺民'。又有用汉文写'不晓语言，平心恭敬'贴于门前者。又有按某国旗号样式，仿做小旗，插于门前者。"③庚子国变以来，百姓毫无立场，哪方得势便倾力附和，令人痛心。如果说附和义和团时展现的是百姓愚昧的一面，此时主动悬旗附和洋人则暴露了百姓的无耻与麻木，对此诗人无奈感叹道："四百兆人多，昏昏大梦过。天王方草莽，儿女只笙歌。"④

第二，被逼作乱的难民。国难之后，京城及周边难民走投无路，沦为盗贼。诗人感慨曰："盗中原有道，非尽为饥驱。昔劫诈财吏，今招亡命徒。艰难轻稼穑，踪迹匿萑苻。乡里遭鱼肉，含冤不敢呼。"⑤这些难民备受欺压，无路可走，既失去了赖以生存的土地，又遭官绅欺凌，满腹冤屈，只能被"逼上梁山"。诗人清醒地认识到了问题的根由，对此不仅没有批判，反而同情有加，显示出了士人应有的担当与责任。

---

① 公之瘝：《燕市吟》，见阿英编：《庚子事变文学集》（上），北京：中华书局，1959年，第167页。

② 延清：《庚子都门纪事诗》，见《清代诗文集汇编》编纂委员会编：《清代诗文集汇编》第765册，上海：上海古籍出版社，2010年，第177页。

③ 仲芳氏：《庚子记事》，北京：知识产权出版社，2013年，第28页。

④ 倚红桥主：《题庚子纪念图》，见阿英编：《庚子事变文学集》（上），北京：中华书局，1959年，第161页。

⑤ 延清：《庚子都门纪事诗》，见《清代诗文集汇编》编纂委员会编：《清代诗文集汇编》第765册，上海：上海古籍出版社，2010年，第181页。

二、形制突破创新

自鸦片战争爱国诗潮起，传统的诗歌形式已渐渐无法满足备受冲击的诗人的创作需求，大型组诗自然而然成为诗人记录时事，表明心志，抒发情绪的首选。与此前历次国难相比，庚子事变给晚清士人造成的精神创伤可谓空前强烈，篇幅短小的诗歌已无法承载、传达诗人极度悲愤、痛苦、无奈情绪的同时，也极大地限制了诗人对诗史精神的弘扬与追求，于是大型组诗得到了诗人空前的推崇与重视，成为庚子事变爱国诗潮中最大的特色与亮点。根据内容与形制的差异，这一时期产生的数量可观的大型组诗大致可分为两类。

第一类，以胡思敬《驴背集》、龙顾山人《庚子诗鉴》、复侬氏《都门纪变百咏》、吴鲁《百哀诗》、延清《庚子都门纪事诗》等为代表的纪事性大型组诗。首先，这类组诗呈现形式较为固定，即诗文结合。与贝青乔《咄咄吟》一样，诗人多以诗为经，以文为纬，兼顾抒情性与叙事性。以胡思敬《驴背集》为例，每一首七言绝句都以具体事件作为本事，但寥寥二十八字却难以将事情的来龙去脉叙述详尽，故而每首诗后均附有诗人详述内涵的自注。若单独将注文抽出，则可编为独立的史料笔记。当然，注文出现的位置也不尽相同，如吴鲁《百哀诗》的注文位于诗句中间，延清则通常将注文置于诗前。第二，组诗的构成形式也各不相同，如《驴背集》《庚子都门纪事诗》等组诗中，每诗皆各有题目，进而连缀成篇；《都门纪变百咏》《庚子诗鉴》等则仅有组诗名称。第三，这类组诗的编排方式多以时间为线索，清晰地再现了整个庚子事变的全过程或某一阶段。

这类组诗的作者基本都是庚子事变的亲历者和见证者，故而诗歌内容皆源于自身的所见所闻。就庚子事变本身而言，诗人完整记录了自义和团兴起到《辛丑条约》签订的全过程；就社会图景而言，诗人细腻地勾画了整个事变中国家遭劫以来的种种状况，涉及社会生活的方方面面；就国难中的众生而言，上至两宫权臣，下至百姓走卒，诗人在细致观察后也为之刻画了一个又一个鲜明立体的人物形象，完整记录了国难中各方的真实反映，组诗独特的价值正在于此。

第二类，以"感事""秋感"等字眼入题的抒情组诗。庚子事变以来，山河失色，生民罹难，诗人心头始终萦绕着挥之不去的痛楚，诗坛亦弥漫着悲楚之气。巡检这一时期的抒情诗，以"秋感""感事"等为题抒发诗人愁苦心绪的组诗俯拾皆是，如默士《北事感赋》、善耆《秋日感事》、彭年《秋日感事》、士荣《秋日感事》……这些字眼的运用，奠定了诗歌悲凉低沉的情感基调，以组诗形式呈现，更显示出诗人心绪之复杂。

三、诗风凄楚悲凉

庚子事变是晚清历史上空前的劫难与耻辱，而《辛丑条约》之苛刻更是绝无仅有。国难日深，民族已到生死存亡之际，诗人满心苦闷悲愁，唯有将满怀压抑与痛苦付之于笔，创制出许多惆怅低吟、清冷伤怀的诗作。如冯汝桓《庚子感事三首》其一"望断神兵下九霄，沙虫化尽阵云骄。……茫茫家国无穷恨，浊酒难将块磊浇"[①]，痛惜国难中死难的将士外，更有着无力改变现实的痛愤与无奈。又如可亭《哀燕京》"昔年民困未全苏，又见胡尘满帝都。多少人家归一炬，青燐鬼哭败墙隅"[②]，以痛楚的笔调描绘了联军在京城内烧杀相连的罪行。又如邝斋《庚子秋兴》"登高忍看旧河山，赵汉旌旗一瞬间。乍报乘舆过陇水，忽

---

① 阿英编：《庚子事变文学集》（上），北京：中华书局，1959年，第190页。

② 阿英编：《庚子事变文学集》（上），北京：中华书局，1959年，第160页。

传敌骑下秦关。相公议款真能手，诸将蒙恩亦厚颜。寥落从臣三五辈，伤心犹自叙朝班"[1]，均指责朝中既无匡扶社稷的文臣，又无力战克敌的武将，只能任凭社稷倾危。再如周子炎"国脉维持线样危，乘舆西幸苦奔驰。一鞭残照西风里，天子亲尝失路悲"[2]之语，则借京城沦陷、两宫西幸抒发兴亡感慨。

整个庚子事变中，给国人打击最重的莫过于京师沦陷。在众多诗人以此为题材撰构的诗篇中，吴鲁《都城失守》可谓别具一格：

> 强胡十国联军来，阵云黑压黄金台。巨炮连环齐攻击，十丈坚城一劈开。两宫闻变仓皇出，枪林弹雨飞氛埃。东城火鸦拍烟起，炮弹开花恣焚毁。赤炽一扫成灰尘，千家万家火坑死。印度悍兵如妖魔，劫掠横行灭天理。北城日兵奋貔貅，图劫圣驾争奇谋。圣驾突出西门外，直指海淀驰骅骝。悍捷日兵气百倍，绕出西城截驿邮。神骏片刻驰廿里，日酋入宫遍搜求。日月为轮龙为驭，穹苍默宥蒙神麻。须臾联军入大内，天地昏黄日光晦。千军万马驰惊飙，卷雾捎云飒蛇螭。狰狞奇怪红衣魈，颀长身蒙虎皮缋。满城白昼飞赤燐，广厦华堂起妖孛。奉旨守城武卫军，惊悸驰出彰仪门。中军统帅弃□走，幸脱虎口飞惊魂。京营骄兵十余万，什什佰佰投戈奔。临难全躯保妻子，自问毋乃辜天恩。嗟余微命等蚁虱，兀坐空斋同桔梏。手无寸柄空激昂，搦管高歌负强崛。两宫圣驾且蒙尘，微生何敢抱忧恤。翘首遥望天西云，宫车何处驻鸾蜉。我来当哭

---

① 阿英编：《庚子事变文学集》（上），北京：中华书局，1959年，第178页。

② 周子炎：《和鸟目山僧题庚子纪念图》，见阿英编：《庚子事变文学集》，北京：中华书局，1959年，第162页。

歌长篇，庚子七月廿一日。①

联军是以英、美、法、德、俄、日、意、奥八国的军队组成的，但由于英军中有大量士兵来自其殖民地印度和澳大利亚，故诗人将之称为"十国联军"。诗歌起首，诗人仅以"强胡十国""阵云黑压"八字便描绘出强敌压境、危机重重的紧张感，奠定了全诗压抑、低沉的情感基调。"二十日晨，俄兵攻东便门，日军攻东直朝阳二门，我军自城上还击，猛烈异常，坚拒不下，日俄将弁，死亡殊多。直至夜间，俄兵始破城，日兵亦破东直门而入。英兵自广渠门入。二十一日各国围攻紫禁城，争先轰击，咸思先入其中，取得珍宝以为快。"②联军来袭时，中国军民虽殊死抵抗，但却未能抵挡住列强的攻击。就在八国联军向北京疯狂进攻的同时，慈禧惊悸不已，由西华门出德胜门逃出皇城，继经颐和园、居庸关等处，狼狈万状地向西奔逃。"联军之入京也，原将执太后以号令中国，及闻太后出走，乃大失望；于是分兵追逐，一枝趋保定，将由正定井陉以入固关；一枝趋张家口，将由雁门以南下太原。"③后因勤王军的抵抗及列强间利益分配不均等矛盾，联军最终放弃追拿。

早在几个世纪之前，从中国回到欧洲的西方人便大肆描绘着东方的繁荣与富庶。如今，八国联军用炮火轰开了北京的大门后，确实为这古老而巍峨壮观的帝都景象所震撼。他们怀着极端的嫉妒心理和无法满足的贪欲，极尽一切暴行对这座文明帝都进行着极端残酷的摧残，对中国人民进行着疯狂的报复。列强烧杀相连外，还对紫禁城等皇家宫苑进行了举世震惊的疯狂劫掠，"大内精品几为之一空。盖自元明以来，所蓄

① 吴鲁：《百哀诗》，北京：北京古籍出版社，1990年，第48页。

② 陈捷撰述，何炳松校阅：《义和团运动史》，郑州：河南人民出版社，2016年，第122—123页。

③ 陈捷撰述，何炳松校阅：《义和团运动史》，郑州：河南人民出版社，2016年，第125页。

积之国宝奇珍，至是扫地殆尽矣。仅此所失，已不知若干万万云。"①遭此劫难的北京城，早已"天地昏黄日光晦"，形同地狱。诗人笔下，武卫军惊悸驰出，中军统帅带头逃奔，京营旗兵纷纷投戈，洪寿山《时事志略》中的相关记载可谓是此诗的最佳注脚："武卫军……闻洋兵欲至，相隔一舍之遥而早遁也。旗兵神机、虎神等营，闻洋兵一至，如狼遇虎，而鼠遇猫也"②，胆怯不已。奔逃时则人人争先恐后，"八旗之练兵、与神机、虎神等营，除随驾之外，皆不知在何处而逃生也。武卫军等，于二十日午后，皆出安定门而先散也。各城炮兵于交敌不过，尽下城而逃也。其余各旗兵弁，未晤洋人之面，已早将洋枪衣帽脱下扔之乎也。惟早回家中者幸"③，足见战争之惨烈与清军之狼狈。

全诗最动人之处则在于诗末诗人情感的流露与心态的变化。与以往指责哀兵怯将奔逃时的愤恨不同，此时的诗人吴鲁面对纷纷溃逃的清军，竟站在他们的立场上为之代言道"临难全躯保妻子，自问毋乃辜天恩"，展现出了强烈的悲天悯人的淑世情怀。诗人态度的转变，应当是在认清当前清军与侵略者实力悬殊的情况下自然产生的情感选择，是认清侵略者极度凶残的面目后内心悲楚与无奈的流露。国难骤至使诗人更加清醒地认识到，包括自己在内的普通的中国军民，皆是"命等蚁虱"之人，回天无力，即便有满腔报国热情，也只能"兀坐空斋""搦管高歌"，字里行间充溢着挫败与失落。作为士人阶层的一员，诗人始终心念出逃的两宫，惦记其处境，而"两宫圣驾且蒙尘，微生何敢抱忧恤"一句，不但深化了诗人的忠君爱国之情，隐约亦透露出国破家亡时命不

---

① 陈捷撰述，何炳鬆校阅：《义和团运动史》，郑州：河南人民出版社，2016年，第124页。

② 中国史学会主编：《中国近代史资料丛刊·义和团》（一），上海：上海人民出版社，1957年，第92页。

③ 洪寿山：《时事志略》，见中国史学会主编：《中国近代史资料丛刊·义和团》（一），上海：上海人民出版社，1957年，第94页。

由己的怨愤。诗末，诗人以"庚子七月廿一日"这一联军攻占北京的时间收束全诗，看似平淡无奇，却将诗人对侵略者的痛恨、对国难刻骨铭心的情感体验表达得淋漓尽致，收到了强化情感的艺术效果，将爱国情感推向了最高潮。全诗从城破、两宫西狩、侵略军暴行、中国军民的反应等角度入手，再现了北京沦陷时的情景，清晰地展现了诗人面对巨变时复杂的心理变化，堪称时代诗史与个人心史融于一诗的佳作。

这类诗歌情感丰富细腻，风格悲郁低沉，是国难深重时诗人对家国天下的悲慨，也是对备受欺凌的中华民族的歌哭，寄托着诗人对国家、百姓强烈的悲悯，承载着诗人厚重的爱国之情。

结　语

晚清重大历史事件背景下产生的诗歌，不仅极大地丰富了中国的"诗史"传统，更宏观而系统地反映了诗人群体的心史，拓展了晚清文学的内涵，更是对宝贵爱国精神的多角度诠释。

一、"诗史"传统的丰富

"诗史"观念是中国诗歌的一大重要传统，其内涵虽经历了漫长的发展过程，但"其间贯彻着一个最为基本的核心精神，那就是强调诗歌对现实生活的记录和描写。……可以说，强调诗歌记载现实生活的'诗史'说，起源于晚唐，到明代就基本稳定下来，成为中国传统诗学中一贯要求诗歌描写现实、反映现实、记载现实的一种具有代表性的理论述求。"[1] 晚清以降，急剧变化的社会现实赢得了诗人对现实生活空前强烈的关注，也为这一时期诗歌创作的繁荣发展提供了先决条件。中国的"诗史"传统在急剧变化的封建末世中焕发出了自诞生之日起最为耀目的光芒。而晚清诗人身份、经历的特殊性，以及对诗作独特的结集、命

---

① 张晖：《中国"诗史"传统》，北京：生活·读书·新知三联书店，2012年，第264页。

名方式又极大地扩充了"诗史"传统的内涵。

晚清以降，国难频仍，与前代的诗人不同，晚清时期诗人对重大历史事件，已不仅仅是消息的聆听者、被动接受者，而是旁观者、亲历者甚至是参与者。与前代相比，诗人更为直接丰富的经历，对重大历史事件空前细致的感知程度，大大保证了诗歌内容的真实性，强化了"诗史"传统。例如，江湜在太平天国运动中反映携幼弟出逃经历的诗作：

> 自达杭州城，生理若可延。名都残破后，缮守得苟全。故人有徐子，忧我沟壑填。为谋旅人资，计获钱百千。持钱对之泣，是夜愁不眠。记我去家日，米无三石存。乡居幸好在，易米方需钱。以此寄归家，足以饱半年。安能腰缠之，骑鹤归翩翩。飞越贼垒上，自致亲庭前。胡为坐拥此，只以养孤身？艰难生死际，浪用知谁愆。徒感故人惠，未受钱神怜。[①]

战乱来袭，百姓命若草芥，无时无刻不在死亡线上徘徊。江湜一路冒死自苏州逃至杭州，见到友人时劫后余生的庆幸与辛酸之感跃然纸上。缺衣少食是战乱状态下百姓生活的常态，江湜在自身难保的情况下，得到馈赠后首先想到的仍是家人，诗语中流露出浓厚的思乡念亲之情，而友人无私相助的珍贵情谊更令诗人动容。江湜艰难自保、狼狈出逃的经历使得他对战争巨大的破坏力有着最直接的感知，远非听信传闻可比。在此基础上撰构的诗作，诚可谓字字血泪，无一字无来源。又如斌椿游历欧洲时，对乘坐火车的经历的记叙：

---

① 江湜：《志哀九首》，见江湜著，左鹏军校点：《伏敔堂诗录》，上海：上海古籍出版社，2008年，第307页。

瞒者歇笙歌（是日乡官也姓约观剧），登车夜已半；形制
类厂轩，卧榻环四面；地主送客归，欹枕我亦倦。御者整器
具，膏车燃石炭；初闻风啸声，俄顷似飞箭；前车如兔脱，后
乘亦鱼贯。对床尚高谈，不作抚髀叹；忽闻入山腹，轻雷来耳
畔；有时过村镇，灯火似奔电。迨度伦敦关，鸡人甫戒旦；瞬
息六百程，飞仙应我美。[①]

斌椿此诗无论是描绘火车内部的构造，还是火车运行时风驰电掣之
感，抑或是火车穿过山洞、经过村镇时的感受，无一不来自自己的亲身
体验。百闻不如一见，诗人乘坐火车之体验的绝对真实性，远远高于传
闻或想象。再如庚子事变时，胡思敬《驴背集》所记诸事，皆源于诗人
每天入都打探消息时的亲眼所见与亲耳所闻。无论是逃难的辛酸，还是
对新鲜事物的赞叹，抑或是对时事的记录，皆源于诗人的亲身经历、所
见所闻，诗歌题材的真实性因此空前增强，以之入诗，"诗史"传统无
疑被推向了巅峰。

晚清时期，诗人对诗作独特的命名、结集方式也是丰富"诗史"传
统的又一重要手段。如谢元淮将叙述鸦片战争起源、分析初期战局形势
的组诗命名为《荡海集》，意在驱逐侵略者、荡平海疆；1842 年后战事
吃紧，谢元淮所赋组诗名为《啸剑吟》，则取风景不殊时仗剑杀敌之意，
反映出诗人高涨的战斗热情。两组诗歌的命名均与时事息息相关。通过
命名诗作而传达对时事的看法，最典型者当属延清。延清《庚子都门纪
事诗》计六卷，每一卷的命名皆有其特殊含义。卷一名《虎口集》，结
合此卷诗中诗人对义和团作乱、义和团攻打使馆、八国联军入京及入京

---

① 斌椿：《四月三十日夜瞒者斯（都北大镇）登车，次早即至伦敦，计程六百里》，见斌椿：
《海国胜游草》，长沙：岳麓书社，2008 年，第 168 页。

后烧杀抢掠无恶不作之事的记录，"虎口"当为虎口逃生之意，饱含着诗人劫后余生的庆幸之感。卷二中的 58 首诗，集中揭露和讽刺了朝廷军备废弛、兵将贪生怕死及两宫出逃之事，命名为《鸿毛集》，当是取太史公之意，传达出诗人对所记诸事的态度。卷三诸诗多为怀亲念友之作，诗人通过对战乱中生离之同僚故旧与死别之亲朋好友的怀念，为自己苟活于世的行为深感自责、愧悔，故此卷"蛇足"之名，意指自己苟且偷生实乃多余，诗人在乱世中生不如死的生存状态可见一斑。卷四名曰《鲂尾集》，"鲂尾"出自《诗经·周南·汝坟》，原意是说正如劳瘁的鲂鱼曳尾而游，在王朝多难、事急如火之时，远役的丈夫必须速速远行，为国尽忠。这卷诗中，诗人深感国运日衰，山河失色，于是辛酸悲哭之感喷涌而出，创作了这卷忧心国事、慨叹时局的作品。诗人忧心国事，感伤时局，目睹王室之毁、家室之破，卷名"鲂尾"，当有自比之意。卷五曰《豹皮集》，记录了庚子事变中为国殉难的爱国将领。延清"何如一死豹留皮"[①]之语，是对卷名的绝佳注解。延清认为，这些爱国将领虽然牺牲了，但其忠勇无畏的爱国精神正如豹死留皮，将永远垂范后世。卷六为集句诗，名《狐腋集》，乃集腋成裘之意。本卷 67 首诗共计 538 句，其中杜诗独占 122 句，足见诗人对杜甫爱国之情的欣赏与推崇。六卷诗歌的命名，均源于诗人对身所历、耳所闻、目所睹之事的凝练提升、高度概括及所思所想，是对现实直接或间接的反映。诗人如此之巧思，诚可视为晚清时期"诗史"传统得以丰富的又一重要形式。

此外，晚清时期，诗人以时序为线索，对诗歌进行编排的结集方式也是扩充"诗史"传统的又一重要手段。如姚燮记叙自己在鸦片战争中的经历的诗歌，正是以时间先后顺序出现在其别集中。《八月二日遣仆

---

① 延清：《庚子都门纪事诗》，见《清代诗文集汇编》编纂委员会编：《清代诗文集汇编》第 765 册，上海：上海古籍出版社，2010 年，第 165 页。

之镇迎母及妹与两儿移居郡寓暂避海警得三章》《速速去去五解八月二十六日郡城纪事作》《二十八日夷逆以火轮船窥探三港口》等时间线索清晰的诗题即反映了这一点。以时间线索赋诗并结集，清晰地反映事态变化细节的同时，作为整体又呈现出一段时间内整个历史事件的完整面貌。庚子事变中，胡思敬每日骑驴入京打探消息，回到寓所立即赋诗，数月后最终汇集为《驴背集》的过程，更是这一编排方式的又一重要例证。

二、群体心史的书写

晚清重大历史事件背景下的诗作，详细而具体地反映了每个诗人个体不同的心灵史程，更是整个晚清士人群体心史之载体。而对封建王朝黑暗腐朽和侵略者贪婪残虐本质的认知，则是贯穿晚清诗人群体心史的主线。

在一次次的国难中，晚清诗人群体对清王朝黑暗腐朽本质的认知也在不断加深。晚清初期，诗人对清王朝衰朽无能的认知主要来源于战争中贪生怕死的将士和尸位素餐的朝臣。鸦片战争中，张际亮等生活在浙东地区的诗人屡屡亲见守城军队"寇未来时已无色，寇来弃甲杂民奔"的劣迹，贝青乔更是亲眼目睹了扬威将军奕经及其幕中成员诸多腐败荒唐的丑行。对于琦善、伊里布等卖国乞和之人，诗人亦多赋"城头野风吹白旗，十丈大书中堂伊"[1]"争战争和各党魁，忽盟忽叛若棋枚"[2]等诗句讥刺、挞伐。这一时期，诗人对清王朝本质的认知停留在较为浅显的

---

[1] 金和：《盟夷》，见金和著，胡露校点：《秋蟪吟馆诗钞》，上海：上海古籍出版社，2012年，第23页。

[2] 魏源：《寰海后》，见魏源著，中华书局编辑部编：《魏源集》，北京：中华书局，2018年，第738页。

层面，故而批判谴责的对象多为庸臣懦将。尽管有些诗人将矛头直接对准最高统治者，但批判程度仍然较轻。此后，随着中法战争和甲午战争的爆发，诗人对清王朝的腐朽黑暗又有了进一步的认识。中法战争中法国不胜而胜，中国不败而败的结局激起了士民极大的愤慨，诸如"两朝宰相甘谀敌""强邻环伺犹堪虑，当轴因循岂不知"[1]等斥责李鸿章的诗句俯拾皆是。同时，诗人还将批判的对象扩展至朝廷，"岩廊忽用和戎策，绝域旋教罢战回""今日衣冠委尘土，千秋大义罪何人"等诗句均表达了诗人对朝廷强烈的不满。甲午战争的惨败将清王朝的腐朽黑暗再一次暴露于诗人眼前。"高阁格天资敌国，千秋青史竟何如""属国句骊已陆沉，天南割地复何心"，诗人不吝笔墨地抨击李鸿章时，也将笔锋对准了慈禧。"鸾翔凤翥福得酺，惊飙陡起天东南。鲸鱼决荡蓬莱震，正是衔厄半疑信"，旅顺危殆时，慈禧仍然极尽奢华，大摆寿宴。诗人虽气愤不已，但碍于政治环境，只能以婉转的笔法表达其内心的狂怒。甲午战争中，上至统帅，下至兵丁，望风而逃者不计其数。不堪一击的北洋舰队诸将领"筹边六舰竟降倭"[2]，虚冒军功的叶志超"虚传露布诳中朝"[3]，而黄遵宪《度辽将军歌》一诗更是深深地嘲讽了贪婪误国的吴大澂。可见，这一时期诗人激烈的批判已广及整个封建官僚体系，诗人对于清王朝的揭露与批判的广度、深度更是前所未有。及至庚子事变，在目睹了朝廷内部激烈的权利斗争，朝廷对洋人与义和团态度的反复无常后，诗人虽对此间发挥巨大作用的刚毅、徐桐等多有抨击，但更多的

① 郑观应：《闻中法息战感赋》，见夏东元编：《郑观应集》（下），上海：上海人民出版社，1988年，第1282页。

② 杨文荟：《书感》，见阿英编：《甲午中日战争文学集》，北京：中华书局，1958年，第102页。

③ 陈玉树：《甲午冬拟李义山〈重有感〉》，见《清代诗文集汇编》编纂委员会编：《清代诗文集汇编》第777册，上海：上海古籍出版社，2010年，第192页。

是对最高统治者慈禧的严厉斥责。诗人或言其牝鸡司晨，"枉崇圣母无生法，难遣神兵御列强"；或言其开衅误国，"祖宗功德王明圣，岂有乾坤一掷休"；或言其堕落享乐，"青葱甘脆备瓜果，冰盘叠进何时穷"，不一而足。批判对象从庸臣懦将到最高统治者慈禧，批判程度由不甚激烈到直言不讳，诗人对清王朝黑暗腐朽本质的认知正由此而展现。可以说，士人阶层对清王朝腐朽本质的认知是伴随着列强侵略程度的加深而加深的。

伴随着一次次侵略战争，诗人对侵略者贪婪残虐的认知也在不断加深。从鸦片战争时期，"最后许以七马头，浙江更有羁縻州。白金二千一百万，三年分偿先削券"[1] 的沉重，到甲午战争时期，"迫挟肆要求，金币二十亿。欲将侵地归，更增加千亿赎。台嶹巩金汤，割隶东夷籍"[2] 的惨痛，再到庚子事变时"表悔心，惩祸首。偿巨金，撤防守。种种要挟听所为，国体主权都无有"[3] 的空前屈辱，诸国列强贪婪的丑恶嘴脸已尽显无疑。鸦片战争时，在侵略者的屠刀下，中国百姓"尸骸枕藉血成川，老鸦飞来啄人肉。……一城久已人烟断，深夜长闻鬼哭哀。"[4] 及至庚子事变时，为了报复义和团，侵略者竟"穷搜遍城社，遇者何曾饶。衣并积尸委，杵随流血漂"，"抄蔓岂徒夷十族，白沟河畔万千家"，多次展开大规模的报复性屠杀，残虐已极。

晚清时期，个体诗人的心史因其身份地位、人生遭际的差异而异

---

① 金和：《盟夷》，见金和著，胡露校点：《秋蟪吟馆诗钞》，上海：上海古籍出版社，2012年，第 24 页。

② 王承煦：《威海失守数月后和议始成，感而赋此》，见钱仲联主编：《清诗纪事·光宣朝卷》，南京：江苏古籍出版社，1989 年，第 13099 页。

③ 邵孟：《辛丑约》，见阿英编：《庚子事变文学集》，北京：中华书局，1959 年，第 147 页。

④ 夏尚志：《乍防火》，见阿英编：《鸦片战争文学集》，北京：古籍出版社，1957 年，第 195 页。

彩纷呈、各不相同，但在整个晚清诗人群体的心史中，诗人对封建王朝黑暗腐朽和侵略者贪婪残虐本质的认知却是最重要的质素并始终贯穿其中。

三、文学内涵的拓展

在一系列重大历史事件背景下产生的晚清诗歌，不仅引入了极度新颖的题材内容，还展现出晚清诗人群体的诗歌审美，更丰富了文学种类。

首先，晚清诸多重大历史事件催生了许多别具新意的诗歌题材。反映西方事物如火车、轮船等先进物质文明成果、政治制度以及风俗习惯的诗歌前所未有，实为此间诗人的一大创举。但题材最新颖者，莫过于对科学知识的解释，如前文所引陈季同《说地》一诗堪称此类诗歌的代表。再如诗人斌椿《过伯尔灵、比利时各国都，晤美理驾使臣，言其国地形与中土相对；此正午，彼正子也，与〈联邦志略〉诸书相符》曰：

> 美国与中华，上下同大地；地形如循环，转旋等腹背；
> 我立首戴天，彼云我欲坠；我见日初升，而彼方向晦；高下踵
> 相接，我兴彼正寐；大块如辘轳，一息无停滞。[1]

这类诗歌新颖之处不仅在于题材前所未有，更重要的是它显示出中国封建传统文人主动打破旧有的知识体系，积极学习并主动传播西方科学知识的状态，彰显了晚清时期士人思想心态的变化与走向。

其次，国难频仍的晚清对国人来说无疑是一个多灾多难、悲惨异

---

① 斌椿：《海国胜游草》，长沙：岳麓书社，2008 年，第 181 页。

常的时代。国运愈发衰微，诗人对英雄人物的赞颂、对洗雪国耻的诉求、对美好未来的期盼便愈发强烈，由是诞生了许多以之为题材的刚健雄浑之作，形成了不同于晚清诗坛以凄冷悲郁之风为主流的另一种美学风格。

鸦片战争期间，诗人不仅以诗笔为关天培、王锡朋等民族英雄刻画了肖像，对于下层的英勇军士，也不吝笔墨地加以颂扬。朱琦《老兵叹》曰：

> 独有把总人姓林，广额大颡又多髭。自称漳州好男子，当关一呼百鬼喑。可惜众寡太不敌，一矢洞胸肠穿出。转战转厉刀尽折，寸裔至死骂不绝。嗟哉漳州好男子，尔名曰志告国史。安得防边将帅尽如此，与尔同生复同死。[①]

厦门之战中，在主帅怯战奔逃的情况下，漳州籍把总林志坚持战斗，身负重伤依然面无惧色，终因寡不敌众壮烈殉国。诗人寥寥数语，生动刻画了激烈的战争场面与英勇无畏的英雄形象。甲午战争后，面对惨烈的战争结局，不甘屈辱成为了此时诗人共同的心声。于是，诸如"此日敷天同义愤，会看一鼓扫贪狼""狂澜未倒犹堪挽，拔剑高歌赋《采薇》""何时酬敌忾，万国听铙歌"等昂扬勃发的诗语应运而生，传达出诗人渴望一雪前耻的心愿和坚毅不屈的精神风貌。戊戌变法失败后，梁启超被迫东渡，国内黑暗的政治形势并未使其退缩，反而使其更加期盼美好明天的到来，他在《二十世纪太平洋歌》中写道："我有同胞兮四万五千万，岂其束手兮待僵！招国魂兮何方？大风泱泱兮大潮滂

---

① 《清代诗文集汇编》编纂委员会编：《清代诗文集汇编》第 613 册，上海：上海古籍出版社，2010 年，第 218 页。

濨。吾闻海国民族思想高尚以活泼，吾欲我同胞兮御风以翔，吾欲我同胞兮破浪以飏"，字里行间充满着振兴国家、民族的豪情以及对美好未来的期待。

赞颂英雄、愤然反抗、希冀未来……晚清诗人撰构的这些诗篇不仅仅是出于记录历史、鼓舞人心的现实需要，更是风景不殊时士人阶层伸张民族正气、弘扬民族精神的重要方式。贯穿于晚清诗史的这一类诗作，不仅打破了笼罩于诗坛的悲郁之气，更反映出乱世中士人阶层核心的精神风貌与诗美追求。

第三，晚清以来，对反侵略战争与国内战争过程的记录、细节的描绘等始终是诗人诗歌创作的重心所在。这类诗歌，记录了中国军民对侵略者军事、经济、文化等多角度侵略的反抗，展现了战争过程中清廷的军政状况，描绘了战乱中各个阶层的生存状态与心路历程，表达了诗人对各个战争的看法与心声，以极其丰富的内涵、极大的特色与高超的艺术成就，成为了晚清军旅文学乃至中国军旅文学的重要组成部分，价值不可谓不大。

四、同一主题的不同变奏

从道光二十年（1840）的鸦片战争，到光绪二十六年（1900）庚子事变的六十年间，中华民族经历了前所未有的民族存亡危机的严峻考验。自鸦片战争时英国侵略者以坚船利炮强硬地打开中国的大门后，外国侵略者一次又一次发动侵略战争，疯狂凌逼腐朽颟顸的清政府割地赔款，蓄意瓜分华夏大地。于是，举国上下的志士义民无不为剧变的世道与残酷的现实所愤慨，狂怒、痛愤之气充溢于九州大地。

晚清一次次内忧外患空前激发了国人的爱国之情。但由于历史走向的复杂性，晚清以来国人的爱国心、民族情，较之前代有着更丰富的内涵。面对外国侵略者发起的鸦片战争、中法战争、甲午战争、八国联军侵华战争，国人体现出的抵御外侮、忧心国家前途与民族命运的爱国之情自是一致，但面对太平天国战争、洋务运动、维新变法运动和义和团运动等剧烈冲击封建统治秩序、救亡图存、维新鼎革的历史事件时，国人表现出来的爱国之情又有其复杂性。这些历史事件，一方面剧烈冲击着士民们赖以生存的封建统治秩序，使其不断丧失着对封建王朝的信赖感和可依赖感，陷入茫然不知何所归属的境地；一方面又迫使士人不断探索，为国家和民族寻找新的出路。因此，晚清国人赤忱的爱国之情应当是内涵更为丰富的复合性的民族爱国之情。但无论如何，"当英帝国主义的炮舰在广州口岸外轰来第一炮时，民族的爱国的自危、自尊和自救、自卫的热血流向毕竟是通同的。"①

在复合的民族爱国之情的感召下，诗坛爆发出了空前的凝聚力。自鸦片战争时期以来的诗人群体和个人，无不发出同仇敌忾之声，举国上下数以千计的诗人无不吟唱着爱国的时代主旋律。可以说，晚清以来诗人以鸦片战争、太平天国战争、洋务运动、中法战争、甲午战争、维新变法运动、庚子事变等重大历史事件为契机掀起的一个个诗潮，都是对爱国这一时代主旋律的不同变奏。

值得注意的是，每一个爱国诗潮的内部，也存在着对爱国主题的不同变奏。诗歌作品是不同诗人所见所闻、所思所感的体现，即便诗人的情感流向相同，诗作反映着共同的时代主题，但诗人依然各有其鲜明的个性。以鸦片战争爱国诗潮为例，张际亮、姚燮均是亲历战火并以亲身经历赋诗的诗人，古文功底深厚的张际亮诗语相对平和，诗风平实顿挫，而深受戏曲影响的姚燮则诗语直白辛辣，诗风凄冷悲郁。再如同为宋诗派名家的郑珍与何绍基，二人反映太平天国运动的诗作亦风格迥

---

① 严迪昌：《清诗史》，北京：人民文学出版社，2011年，第931页。

异。郑珍出身寒素，一生命途偃蹇，太平天国运动爆发时被困城中，备尝苦楚，诗作中充斥着对太平军的丑化与痛恨。何绍基出身簪缨书香门第，官至六部尚书，道德文章颇为时人称许。太平天国运动时，诗人的多位亲人罹难，老家亦遭焚毁，但其记述太平天国运动的诗作，诗风依然古朴雅正，丝毫不见凌厉峻刻之风。

晚清诗歌所表达的忧国忧民的爱国之情，虽然因诗人的身份、阶级、地位、政治主张的不同而有所差异，但在反对外国侵略、盼望国家昌盛和民族强大这一点上，诗人的认识是高度一致的。可以说，爱国精神是晚清诗歌的灵魂，是继承了古典诗歌优秀的爱国主义传统而又闪耀着时代光辉的精华所在。

主要参考文献

一、著作类

赵尔巽等《清史稿》，中华书局 1977 年版。

王钟翰点校《清史列传》，中华书局 1987 年版。

中国史学会主编《中国近代史资料丛刊·鸦片战争》，上海人民出版社 1957 年版。

中国史学会主编《中国近代史资料丛刊·太平天国》，上海人民出版社 1957 年版。

中国史学会主编《中国近代史资料丛刊·中日战争》，上海人民出版社 1957 年版。

中国史学会主编《中国近代史资料丛刊·中法战争》，上海人民出版社 1957 年版。

中国史学会主编《中国近代史资料丛刊·义和团》，上海人民出版社 1957 年版。

故宫博物院明清档案部编《义和团档案史料》，中华书局 1959 年版。

费正清等编《剑桥中国晚清史》，中国社会科学院历史研究所编译室译，中国社会科学出版社 1985 年版。

唐德刚《晚清七十年》，岳麓书社 1999 年版。

桑兵《庚子勤王与晚清政局》，北京大学出版社 2004 年版。

李剑农《中国近百年政治史：1840—1926》，复旦大学出版社 2007 年版。

罗尔纲《太平天国史》，中华书局 2009 年版。

夏东元《洋务运动史》，华东师范大学出版社 2009 年版。

茅海建《天朝的崩溃：鸦片战争再研究》，生活·读书·新知三联书店 2014 年版。

戚其章《甲午战争史》，上海人民出版社 2014 年版。

唐德刚《从晚清到民国》，中国文史出版社 2015 年版。

蒋廷黻《中国近代史》，中华书局 2016 年版。

陈捷撰述，何炳松校阅《义和团运动史》，河南人民出版社 2016 年版。

梁廷枏撰，邵循正点校《夷氛闻记》，中华书局 1959 年版。

罗惇曧《庚子国变记》，上海书店 1982 年版。

薛福成著，丁凤麟等点校《庸庵笔记》，江苏人民出版社 1983 年版。

夏燮著，高鸿志点校《中西纪事》，岳麓书社 1988 年版。

陈夔龙《梦蕉亭杂记》，中华书局 2007 年版。

王闿运等著，李沛诚等点校《湘军史料四种》，岳麓书社 2008 年版。

吴永口述，刘治襄笔记，李益波整理《庚子西狩丛谈》，中华书局 2009 年版。

〔德〕瓦德西著，王光祈译《瓦德西拳乱笔记》，中华书局 2009 年版。

姚锡光著，李吉奎整理《东方兵事纪略》，中华书局 2010 年版。

仲芳氏《庚子记事》，知识产权出版社 2013 年版。

杨典诰《庚子大事记》，知识产权出版社 2013 年版。

梁启超《戊戌政变记》，万卷出版公司 2015 年版。

罗尔纲辑《太平天国文选》，上海人民出版社 1956 年版。

阿英编《鸦片战争文学集》，古籍出版社 1957 年版。

阿英编《中法战争文学集》，中华书局 1957 年版。

阿英编《甲午中日战争文学集》，中华书局 1958 年版。

阿英编《庚子事变文学集》，中华书局 1959 年版。

罗尔纲选注《太平天国诗文选》，中华书局 1960 年版。

洪秀全著，扬州师范学院中文系编《洪秀全选集》，中华书局 1976 年版。

洪仁玕著，扬州师范学院中文系编《洪仁玕选集》，中华书局 1978 年版。

太平天国历史博物馆编《太平天国诗歌选》，上海人民出版社 1978 年版。

钱仲联主编《清诗纪事·嘉庆朝卷》，江苏古籍出版社 1989 年版。

钱仲联主编《清诗纪事·道光朝卷》，江苏古籍出版社 1989 年版。

钱仲联主编《清诗纪事·同治朝卷》，江苏古籍出版社 1989 年版。

钱仲联主编《清诗纪事·光宣朝卷》，江苏古籍出版社 1989 年版。

钱仲联主编《近代诗钞》，江苏古籍出版社 1993 年版。

李生辉等选注《甲午战争诗歌选注》，大连出版社 1994 年版。

王宏斌主编《诗说中国五千年·晚清卷》，河南大学出版社 2006 年版。

陶樑《红豆树馆诗稿》，《清代诗文集汇编》第 507 册，上海古籍出版社 2010 年版。

谢元淮《养默山房诗稿》，《清代诗文集汇编》第 546 册，上海古籍出版社 2010 年版。

孙义均《好深湛思室诗存》,《清代诗文集汇编》第 554 册，上海古籍出版社 2010 年版。

马寿龄《金陵癸甲新乐府五十首》,《清代诗文集汇编》第 566 册，上海古籍出版社 2010 年版。

马寿龄《金陵城外新乐府三十首》,《清代诗文集汇编》第 566 册，上海古籍出版社 2010 年版。

陆嵩《意苕山馆诗稿》,《清代诗文集汇编》第 570 册，上海古籍出版社 2010 年版。

朱琦《怡志堂集初编》,《清代诗文集汇编》第 613 册，上海古籍出版社 2010 年版。

周沐润《柯亭子诗二集》,《清代诗文集汇编》第 638 册,上海古籍出版社 2010 年版。

徐时栋《烟屿楼诗集》,《清代诗文集汇编》第 656 册,上海古籍出版社 2010 年版。

程鸿诏《有恒心斋诗》,《清代诗文集汇编》第 678 册,上海古籍出版社 2010 年版。

蒋泽沄《容川诗钞》,《清代诗文集汇编》第 728 册,上海古籍出版社 2010 年版。

陆廷黼《镇亭山房诗集》,《清代诗文集汇编》第 730 册,上海古籍出版社 2010 年版。

王之春《椒生续草》,《清代诗文集汇编》第 747 册,上海古籍出版社 2010 年版。

顾森书《篁韵庵诗钞》,《清代诗文集汇编》第 747 册,上海古籍出版社 2010 年版。

荣禄《荣文忠公集》,《清代诗文集汇编》第 751 册,上海古籍出版社 2010 年版。

张百熙《退思轩诗集》,《清代诗文集汇编》第 765 册,上海古籍出版社 2010 年版。

延清《庚子都门纪事诗》,《清代诗文集汇编》第 765 册,上海古籍出版社 2010 年版。

崔舜球《崔翰林遗集》,《清代诗文集汇编》第 772 册,上海古籍出版社 2010 年版。

曹润堂《木石庵诗选》,《清代诗文集汇编》第 774 册,上海古籍出版社 2010 年版。

陈玉树《后乐堂诗存》,《清代诗文集汇编》第 777 册,上海古籍出版社 2010 年版。

蒋楷《那处诗钞》，《清代诗文集汇编》第 777 册，上海古籍出版社 2010 年版。

龙顾山人《庚子诗鉴》，中国社会科学院近代史研究所编《义和团史料》（上），中国社会科学出版社 1982 年版。

郭嵩焘著，杨坚点校《郭嵩焘诗文集》，岳麓书社 1984 年版。

袁昶《渐西村人初集》，中华书局 1985 年版。

王栻主编《严复集》，中华书局 1986 年版。

洪弃生《寄鹤斋选集》，台湾大通书局 1987 年版。

夏东元编《郑观应集》，上海人民出版社 1988 年版。

胡思敬《驴背集》，北京古籍出版社 1990 年版。

吴鲁《百哀诗》，北京古籍出版社 1990 年版。

张维屏著，陈宪猷标点《张南山全集》（一），广东教育出版社 1993 年版。

张维屏著，关步勋等标点《张南山全集》（三），广东教育出版社 1994 年版。

汪松涛编著《梁启超诗词全注》，广东高等教育出版社 1998 年版。

谭嗣同著，蔡尚思等编《谭嗣同全集》，中华书局 1998 年版。

沈曾植著，钱仲联校注《沈曾植集校注》，中华书局 2001 年版。

黄人著，江庆柏等整理《黄人集》，上海文化出版社 2001 年版。

林则徐著，林则徐全集编辑委员会编《林则徐全集·诗词卷》，海峡文艺出版社 2002 年版。

岑毓英撰，黄镇南等标点《岑毓英集》，广西民族出版社 2005 年版。

谢俊美编《翁同龢集》，中华书局 2005 年版。

曾纪泽著，喻岳衡点校《曾纪泽集》，岳麓书社 2005 年版。

何绍基著，曹旭点校《东洲草堂诗集》，上海古籍出版社 2006 年版。

张际亮著，王飚校点《思伯子堂诗文集》，上海古籍出版社 2007 年版。

康有为撰，姜义华等编校《康有为全集》第十二集，中国人民大学出版社 2007 年版。

李鸿章著，顾廷龙等主编《李鸿章全集》第 37 册，安徽教育出版社 2008 年版。

江湜著，左鹏军校点《伏敔堂诗录》，上海古籍出版社 2008 年版。

斌椿《海国胜游草》，岳麓书社 2008 年版。

彭玉麟撰，梁绍辉等点校《彭玉麟集》，岳麓书社 2008 年版。

祁寯藻著，祁寯藻集编委会编《祁寯藻集》，三晋出版社 2009 年版。

李宣龚著，黄曙辉点校《李宣龚诗文集》，华东师范大学出版社 2009 年版。

鲁一同著，郝润华编校《鲁通甫集》，三秦出版社 2011 年版。

陈季同著，沈岩校注《清代陈季同〈学贾吟〉手稿校注》，国家图书馆出版社 2011 年版。

梅曾亮著，彭国忠等校点《柏枧山房诗文集》，上海古籍出版社 2012 年版。

金和著，胡露校点《秋蟪吟馆诗钞》，二海古籍出版社 2012 年版。

梁鼎芬撰，黄云尔点校《节庵先生遗诗》，华东师范大学出版社 2012 年版。

张景祁撰，郭秋显等主编《张景祁诗词集》，龙文出版社 2012 年版。

林昌彝著，王镇远等校点《林昌彝诗文集》，上海古籍出版社 2012 年版。

姚燮著，路伟等编集《姚燮集》第 3 册，浙江古籍出版社 2013 年版。

贝青乔著，马卫中等点校《贝青乔集》，上海古籍出版社 2013 年版。

曾国藩著，王澧华校点《曾国藩诗文集》，上海古籍出版社 2013 年版。

缪荃孙著，张廷银等主编《缪荃孙全集》，凤凰出版社 2014 年版。

刘铭传撰，马昌华等点校《刘铭传文集》，黄山书社 2014 年版。

郑孝胥著，黄珅等校点《海藏楼诗集》，上海古籍出版社 2014 年版。

张之洞著，庞坚点校《张之洞诗文集》，上海古籍出版社 2015 年版。

王韬著，陈玉兰校点《王韬诗集》，上海古籍出版社 2016 年版。

郑珍著，黄万机等校点《巢经巢诗文集》，上海古籍出版社 2016 年版。

张祖翼著，穆易校点《伦敦竹枝词》，岳麓书社 2016 年版。

中华书局编辑部编《魏源集》，中华书局 2018 年版。

陈铮编《黄遵宪集》，中华书局 2019 年版。

黄志平等主编《丘逢甲集》，广东人民出版社 2019 年版。

孔广德编，蒋玉君校注《普天忠愤集校注》，中山大学出版社 2021 年版。

邓云生校点《曾国藩全集·家书一》，岳麓出版社 1985 年版。

曾国藩著，韩长耕等整理《曾国藩全集·奏稿一》岳麓书社 1987 年版。

曾国藩著，萧守英等整理《曾国藩全集·日记二》，岳麓书社 1988 年版。

曾国藩著，萧守英等整理《曾国藩全集·日记三》，岳麓书社 1989 年版。

苑书义等主编《张之洞全集·奏议》第一册，河北省人民出版社 1998 年版。

李鸿章著，顾廷龙等主编《李鸿章全集 1·奏议一》，安徽教育出版社 2008 年版。

李鸿章著，顾廷龙等主编《李鸿章全集 4·奏议四》，安徽教育出版社 2008 年版。

李鸿章著，顾廷龙等主编《李鸿章全集 29·信函》，安徽教育出版社 2008 年版。

左宗棠撰，刘泱泱校点《左宗棠全集·札件》，岳麓书社 2014 年版。

梁启超《饮冰室诗话》，人民文学出版社 1959 年版。

王夫之著，舒芜校点《姜斋诗话》，人民文学出版社 1961 年版。

钱仲联《梦苕庵诗话》，齐鲁书社 1986 年版。

林昌彝著，王镇远等标点《射鹰楼诗话》，上海古籍出版社 1988 年版。

王揖唐著，张金耀校点《今传是楼诗话》，辽宁教育出版社 2003 年版。

陈衍著，郑朝宗等校点《石遗室诗话》，人民文学出版社 2004 年版。

汤志钧《戊戌变法人物传稿》，中华书局 1961 年版。

刘建明《基础舆论学》，中国人民大学出版社 1988 年版。

龚鹏程《近代思想史散论》，东大图书股份有限公司 1991 年版。

罗尔纲《增补本李秀成自述原稿注》，中国社会科学出版社 1995 年版。

陈力丹《舆论学——舆论导向研究》，中国广播电视出版社 1999 年版。

〔法〕勒庞著，冯克利译《乌合之众：大众心理研究》，中央编译出版社 2000 年版。

裴效维《近代文学研究》，北京出版社 2001 年版。

汪辟疆《汪辟疆说近代诗》，上海古籍出版社 2001 年版。

李志茗《晚清四大幕府》，上海人民出版社 2002 年版。

王尔敏《中国近代思想史论》，社会科学文献出版社 2003 年版。

郑大华《晚清思想史》，湖南师范大学出版社 2005 年版。

王尔敏《中国近代思想史论续集》，社会科学文献出版社 2005 年版。

张灏《危机中的中国知识分子》，新星出版社 2006 年版。

王尔敏《晚清政治思想史论》，广西师范大学出版社 2007 年版。

陈伯海主编《近四百年中国文学思潮》，东方出版中心 2007 年版。

王尔敏《弱国的外交：面对列强环伺的晚清世局》，广西师范大学出版社 2008 年版。

孔祥吉《清人日记研究》，广东人民出版社 2008 年版。

李泽厚《中国近代思想史论》，生活·读书·新知三联书店 2008 年版。

茅海建《从甲午到戊戌：康有为〈我史〉鉴注》，生活·读书·新知三联书店 2009 年版。

王向远等《中国百年国难文学史：1840—1937》，上海人民出版社 2010 年版。

严迪昌《清诗史》，人民文学出版社 2011 年版。

马亚中《中国近代诗歌史》，复旦大学出版社 2011 年版。

张晖《中国"诗史"传统》，生活·读书·新知三联书店 2012 年版。

杨国强《晚清的士人与世相》，生活·读书·新知三联书店 2017 年版。

郭延礼《中国近代文学发展史》，人民文学出版社 2017 年版。

二、论文类

汪辟疆《近代诗人述评》，《南京大学学报》1962 年第 1 期。

白坚《漫谈太平天国的诗歌——兼谈〈太平天国诗歌选〉》，《徐州师范学院学报》1979 年第 3 期。

刘学照《庚子史诗中的义和团和清政府》，《华东师范大学学报》1981 年第 3 期。

钱仲联《论近代诗四十首》，《社会科学战线》1983 年第 2 期。

钱仲联《近代诗坛鸟瞰》，《社会科学战线》1988 年第 1 期。

连燕堂《简论洋务运动时期的文学变革》，《文学评论》1990 年第 3 期。

关爱和《政治与军事对峙中的文学空间——太平天国与曾氏集团文学论略》，《山东社会科学》1993 年第 1 期。

李生辉《论甲午战争诗歌的艺术成就》，《丹东师专学报》1994 年第 2 期。

刘镇伟等《甲午战争诗歌探析》，《东北师大学报》1995 年第 5 期。

田晓春《诗史与心史》，《徐州师范大学学报》，1998 年第 2 期。

宁夏江《"同治中兴"与中法战争爱国诗歌》，《晋阳学刊》2007 年第 5 期。

周振荣《关于〈庚子都门纪事诗〉命名艺术的研究》，《现代语文》2009 年第 3 期。

左鹏军《江湜诗歌的诗史价值》，《晋阳学刊》2009 年第 5 期。

周录祥《浅论金和太平天国时期诗作的思想内容》，《扬州大学学报》2010 年第 5 期。

宁夏江《近代诗歌的纪实性及其影响》，《重庆社会科学》2012 年第 6 期。

林香伶《论晚清诗的苦难叙事》，《东吴中文学报》2012 年第 23 期。

王欣《创伤叙事、见证和创伤文化研究》，《四川大学学报》2013 年第 5 期。

林香伶《沿袭与新创：论晚清叙事诗长歌当哭现象及其叙事模式》，《东海中文学报》2013 年第 25 期。

关爱和《甲午之诗与诗中甲午》，《文学遗产》2014 年第 4 期。

左鹏军《甲午战争与近代诗风之创变》，《文学遗产》2014 年第 4 期。

赵静蓉《创伤记忆：心理事实与文化表征》，《文艺理论研究》2015 年第 2 期。

任增霞《近代历史与文学书写》，《中国图书评论》2015 年第 10 期。

史哲文《论咸同时期进入江南的淮军将领的诗歌风貌》，《江南大学学报》2016 年第 2 期。

王建会《文化创伤操演与创伤话语建构》，《文艺理论研究》2017 年第 2 期。

李柏霖《晚清庚子事变的诗歌抒写》，《苏州大学学报》2017 年第 6 期。

李晓涛《清代蒙古族诗人延清及其〈庚子都门纪事诗〉》，内蒙古师范大学 2006

年硕士学位论文。

姜朝霞《晚清军旅诗研究》，苏州大学 2011 年硕士学位论文。

欧轶松《文学中的国变众生相——基于阿英〈庚子事变文学集的探讨〉》，华中师范大学 2013 年硕士学位论文。

李柏霖《庚子诗史》，山东大学 2013 年硕士学位论文。

蒋正治《咸同时期湘军诗人群体研究》，西北大学 2013 年博士学位论文。

石任之《清末民初的诗史与心史——从戊戌变法到新文化运动》，南开大学 2014 年博士学位论文。